氷のハートが燃えるまで

スーザン・アンダーセン
立石ゆかり　訳

MIRA®

Just for Kicks

by Susan Andersen

Published by Harlequin K.K., Tokyo, 2008

献辞

わたしの人生におけるふたりの特別な女性に、愛をこめて、本書を捧《ささ》げます。

まずは、キャロライン・クロスに。りんごとさくらんぼと友情をありがとう。そして長電話に付き合ってくれたことにも感謝しています。わたしの文筆力が向上したのは、あなたのすばらしいアドバイスのおかげです。

そして、ミミ・アーミステッドに。三十年近くずっと変わらぬ友情をありがとう。いろいろな思い出があるけれど、中でも愚かな質問に対する知性あふれた返答のしかたをわたしに叩《たた》き込んでくれたあの週末のことは決して忘れないでしょう。

あなたがたふたりほどすばらしい人はいません。

スージー

読者のみなさまへ

わたしは大家族に恵まれています。夫、息子、ふたりの兄や義理の姉、そして母が、わたしを支えてくれています。彼らがいつも後ろ盾になってくれるおかげで、わたしは新しいことに挑戦できます。さて、みなさまはもうお気づきかもしれませんが、わたしの著書では一貫して、家族がテーマになっています。ちなみにここで言う家族とは、血のつながりのある家族だけでなく、気の合う仲間同士の集まりをも指しています。

カーリー・ヤコブセンにも、親しい仲間たちがいます。実の母親には認められたことのない彼女ですが、親友と親友の恋人、それに気持ちの若さでは誰にも負けない熟年カップルからたっぷりの愛をもらっています。五人は楽しいことも辛《つら》いことも共に分かち合い、互いを気遣って、まるでひとつの家族のように仲よく暮らしているのです。仲間たちの惜しみない愛情、愛するペットたち、それにダンス——お気に入りのものに囲まれ、充実した生活を送っていたカーリーは、ほかには何もいらないと思っています。

少なくとも、そう信じているのです。

ウルフガング・ジョーンズは、人付き合いがいいほうではありません。自分なりの人生計画を持っていて、他人とのかかわりで計画が狂わされることをひどく嫌っています。しかし、カーリーと出会い、複雑な事情を抱えたティーンエイジャーの甥《おい》を預かることになった瞬間から、彼の計画は徐々に道をそれていきます。

自分の望みだった人生を取り戻すべく闘いはじめたウルフガングですが、最後には並みいるヒーローと同じように、人生で本当に大切なものの存在に気づきます。

カーリーとウルフガング、そして仲間たちの、笑いあり、涙ありの物語をどうか存分に楽しんでください。

スーザン・アンダーセン

氷のハートが燃えるまで

■主要登場人物

カーリー・ヤコブセン……………………………ラスベガスのショーガール。

トリーナ・サーキラティ・マコール……………カーリーの親友、同僚、隣人。

ジャクソン（ジャックス）・ギャラガー・マコール……カーリーの隣人。トリーナの恋人。

エレン・チャンドラー……………………………カーリーの隣人。

マック・ブロディ…………………………………カーリーの隣人。エレンの恋人。

ウルフガング（ウルフ）・ジョーンズ…………カーリーの隣人。カジノの保安部副部長。

ニクラウス（ニック）・ジョーンズ……………ウルフガングの甥。

ダン・マカスター…………………………………ウルフガングの上司。カジノの保安部長。

デイヴ・ベッキンセイル（ベック）……………ウルフガングの同僚。

ケヴ・フィッツパトリック（パディ）…………ニクラウスのチームメート。

ジョー・フィッツパトリック……………………パディの父。

ジョシュ・ローラン………………………………ニクラウスのチームメート。

デイヴィッド・オーエン…………………………ニクラウスのチームメート。

ナタリー・フレモント……………………………ニクラウスのクラスメート。

オスカー・フリーリング…………………………〈ＯＨＣインダストリーズ〉保安部長。

イアゴ・ヘルナンデス……………………………癌を患う少年。

1

「もう、あんなやつ知らない」ラスベガスの生のショーガールと写真を撮りたがっている日本人観光客のためにポーズをとりつつ、カーリー・ヤコブセンは友人のミシェルに愚痴をこぼした。「頑固で、わがままで、とにかく人の言うことを聞かないの」

「言い換えれば、典型的なオスってことね」

カーリーは、ふん、と鼻を鳴らした。「まあね」自分より背の低い観光客を圧倒しないようかがんでいるため足が痛くてしかたがない。まるでアマゾネスになった気分だが、カメラに向かって満面の笑みを浮かべ、できるだけ気にしないようにした。唯一の救いは、ふたりがかぶっているウィッグが、最後のダンスで使った、二〇年代のフラッパー・スタイルを模したすべすべしたブルネットのウィッグであることだ。もっと前のナンバーで使った背の高いヘッドピースじゃなくてよかった。おかげで、せいぜい三十センチほど高いだけですんでるもの。

「こんなふうに考えてみたらどうかしら」しきりにシャッターを押している観光客の頭越しに、ミシェルがつぶやいた。「少なくとも彼には足が四本あることを感謝すべきよ。わたしが一緒に住んでる男には二本しかないもの」

「たしかに。正直言って、これほど訓練に手こずるとは思ってなかったわ。でも、ルーファスに対する望みはまだ捨ててないの」

「相手が人間のオスじゃないから、そこまで断言できるのよ」

「そうだけど」男性とひとつ屋根の下で暮らすことなど、カーリーは考えたこともない。でも……。「人間の男と暮らしてるあなたは、好きなときにセックスができるじゃない。わたしなんか、ご無沙汰《ぶさた》すぎて、どんなものかもよく覚えてないわ」

最後にいくつかポーズをとると、ふたりは観光客からゆっくりと離れた。観光客たちは笑いながらお辞儀をして、口々に〝サンキュー、サンキュー〟とつぶやいている。カーリーは満面の笑みを返した。日本人観光客は礼儀正しくていいわ。近ごろでは、礼儀正しい人なんてほとんど見ないもの。特に、人口の半分を占める男たちの間では。

「一杯やっていかない?」カジノを通りながら、ミシェルが尋ねた。

「やめとく。家に帰らないと。お腹《なか》をすかせたペットたちが待ってるの」

馴染《なじ》みの店にミシェルを残し、カーリーは帰宅用の普段着に着替えるために楽屋へ向かった。イタリアをイメージしたホテル〈アヴェンチュラト・リゾート・ホテル・アンド・カジノ〉で活躍するダンスチーム『ラ・ストラヴァガンザ』の一員になって長いカーリーは、いつもならカジノの喧噪《けんそう》などまったく耳に入らない。けれども、今夜は特別に疲れていた。ルーファスをどう扱えばいいのか、朝早くから悩んでいたせいだった。ルーファスというのはカーリーが〝ベビー〟と呼ぶ捨て犬の一匹で、まだ来たばかりの新入りである。ルーファスの反抗的な態度をどう改めさせようかと思い悩むあまり、夜も眠れない日々が続いていた。問題は、ルーファスが絶対に言うことを聞こうとしないことにあった。そのうえ最近越してきた犬嫌いの隣人の存在が、ルーファスの運命に暗い影を落としつつある。

そのせいだろう。電動スロットのがちゃがちゃいう音や、回転するルーレットの玉のかたかたという音、カジノに群がるギャンブラーたちの歓喜の叫び声やうなり声がいつになく耳に飛び込んでくる。さらに、それと拍子を合わせるかのように、左目の奥がずきずきと痛みだした。そのときだった。銀貨を山盛りにした容器を抱え、特大サイズのハンドバッグを持った白髪で小柄の女性がカーリーにぶつかった。いつもなら少々のことでふらついたりしないはずのカーリーだったが、このときばかりは後ろへよろめいた。

よろめくだけならよかった。だが、運の悪いことに、カーリーはスロットマシン・フロアを分ける二段の階段を上ったところだった。体がよろめいて後ろへ傾いたとたん、Tストラップのサンダルをはいた右足の踵《かかと》が宙を泳いだ。バランスを失い、とっさに手すりに向かって手を伸ばす。無意識のうちに体が落下に備えようとしたらしい。肩と背中の筋肉からヒップまで、一気に力が入った。

力が入った分、腕が伸ばせない。指は手すりに触れたものの、手のひらでつかむにはいたらなかった。さらに後ろ向きの落下に備えて体をまっすぐにしたにもかかわらず、床の上にあお向けにひっくり返り、右の足首をひねってヒップの下敷きにしてしまった。

足首に激痛が走り、カーリーはつい悪態をついた。

周囲で驚きの声があがり、人々が自分のまわりに集まってきたのがなんとなくわかった。誰かがカーリーに向かって体をかがめた。「大丈夫ですか？」

顔を上げると、薄茶色の髪の男性の姿があった。顔は、最初はよく見えなかった。階段の上のスロットマシンのきらびやかな光を背後から浴びていたせいだろう。やがて、少しずつ視界に入ってきた。まあ、ハンサム――カーリーはぼんやりと思った。

目の前の男が怪物だったとしても、今はどうでもよかった。痛みで視界がぼやけ、まともに見ることができなかったからだ。それでも、なんとか見える感じでは、なんとなく落ち着きがなさそうな気がする。わたしは、トリーナがよく言う〝男性ホルモンに満ちあふれた男〟が好きなのに。

よく見ると、カーリーをのぞき込んでいるのはひとりだけではなかった。数人が自分を取り囲み、ぽかんとした様子で見つめている。だが、カーリーにぶつかってきた小柄な年配女性の姿はない。

まったく、ギャンブル狂には困ったものね。

カーリーを心配そうに見つめながら、さっき声をかけてきた男性が横にしゃがみ込んだ。

「骨は折れてないですか？」

カーリーはからまった脚を慎重にほどき、ヒップの下敷きになった足首を自由にした。体重を移動したとたん、足に新たな痛みが走った。「いえ、折れてはいないと思うわ。たぶんひねっただけ」あまりの痛さに、それだけ言うのがやっとだ。カーリーはとにかく痛いのが苦手だった。

ピアスをいくつもつけ、ゴスメイクとかいう目のまわりと唇を黒く塗ることが立派なファッション哲学だと思っているらしい若者は、大胆に伸びたカーリーの脚から目をそらし、ゆっくりとうなずいた。「だろうね。腫《は》れ上がってきたぜ」

「氷で冷やしたら？」誰かが言った。

「どうだろう」サンサベルトのスラックスを本来のウエストラインよりもずっと引き上げた恰幅《かっぷく》のいい男性がつぶやいた。「一緒に写真を撮らせてもらえないかね？」

「どうかしましたか？」

カーリーの血圧が一気に上がった。なんてことかしら。最後の声の持ち主には聞き覚えがある。なまりのある、低い声。この数週間というもの、非難めいたあの声をいったい何度、耳にしたことか。そう、ホテル〈アヴェンチュラト〉の保安部副部長、ウルフガング・ジョーンズだわ。

彼こそが、最近越してきたばかりの、いまいましい隣人だった。

2

カーリーは、自分を取り囲む人々の脚の間から、近づいてくる男性の姿をじっと見つめた。そうね、今のは嘘《うそ》。本当のことを言うと、ウルフガング・ジョーンズの言葉はなまってなどいない。ただ、言葉の組み立て方があまりにも正確すぎて、頭の中では英語以外の言葉で考えているんじゃないかと思うだけ。

いつものカーリーなら、ふん、と鼻を鳴らしていただろう。しかし、まるで毛皮の奥までずぶ濡《ぬ》れになった子猫を思わせる弱々しい声をあげないようにするのが精いっぱいの今は、それどころではない。でも、だめ。こんな姿をあいつに見せるわけにはいかないわ。

ウルフガングは人々を押しのけるようにやってきた。髪はブロンドで、背が高く、やせて骨張っているががっしりとしている。だが、彼と同じ空気を吸っているというだけで、カーリーは苛立《いらだ》ってしかたがない。この男こそ、カーリーがルーファスのことをあれこれ思い悩む原因を作った人間だ。それでも〈アヴェンチュラト〉の敷地内で従業員同士が言い争うわけにはいかない。カーリーは喉の奥まで出かかっている悪態がこぼれ出ないよう、唇をぎゅっと閉じた。

ホテルとカジノを代表するのも、ときには辛《つら》いものだわ。

深くくぼんだウルフガングの目に浮かんだ表情からすると、向こうもカーリーに会えたことを喜んではいないらしい。それでも、人々の間をかき分けるようにカーリーの前にやってくると、くるりと後ろを振り返った。

「どうぞご心配なく。ここはぼくが対応します」いつもの〝わたしは神だからおまえたちはただ従えばいい〟と言わんばかりのいかめしい口調だ。「どうぞ、ラスベガスの夜をお楽しみください」そう言ってもう一度カーリーに向き直り、しゃがみ込んだ。非の打ちどころのない黒いスーツ、ダークグレーのエジプト綿のワイシャツ、パールグレーのシルクのネクタイといういでたち。観光客が言うことを聞いてしまうのも無理はない。

ほら、思ったとおりだわ。もう。本当にいまいましい男。

しかし、ウルフガングは仕事ができる男として、カジノでは定評がある。これまでのふたりのいきさつを考えると、ウルフガングの長所を素直に認める気にはならない。だが、今カーリーの靴を脱がそうとしている彼の気遣いを半分に差し引いても、その仕事ぶりは評判を立てられるに値するだろう。

ただ、彼が犬嫌いのどうしようもない男だということはよく知っているし、とてもこの男を信用することなどできない。わかってるわ。こうしてわざと優しく接するのは、わたしの気をゆるめようとする作戦に決まってる。カーリーは肘をついて上半身を起こし、目を細めてウルフガングをじっと観察した。おかしなまねをして、足首のけがをこれ以上悪化させたら承知しないわよ。

ゴスメイクに顔ピアスをした若者が指摘したとおり、足首のまわりが腫《は》れていた。そのうえ、熱を帯びはじめている。それでも、カーリーの踵《かかと》からふくらはぎに触れて、腫れ上がった足首を調べているウルフガングの大きな手の温《ぬく》もりに比べると、けがをしたところなど冷ややかなものだ。ウルフガングの手の熱さにカーリーは驚いた。こんなに気難しくて冷たい人が、これほど熱い手をしてるなんて！

ウルフガングはカーリーの足の甲を手のひらで包み、優しく足を回転させた。カーリーが顔を歪《ゆが》めたのを見逃さなかったようだ。「そんなに痛むのか？」

「ええ、痛いわよ」カーリーはとげとげしく答えた。それでもいくらか良心の呵責《かしゃく》を感じて言い足した。「でも、ひねっただけだと思うわ」何度もけがをしているので、その程度の判断はつく。ただ今は、足首の腫れが引いて、踊れるようになるのに二日かかる――そのことで頭がいっぱいだった。『ラ・ストラヴァガンザ』の総支配人ヴァーネッタ・グレイスに電話して、けがをしたことを伝えなければならない。いやだわ。ついこの間、同じようなことがあったばかりなのに。

カーリーは右手の人差し指の関節についた三日月形の傷を見下ろした。この傷のせいで二日仕事を休んでからまだ一カ月もたっていない。

「どうしてこんなことに？」

カーリーはウルフガングを見上げた。軽く日焼けした顔。髪は、淡い色のスパイキーへア。「大きなバッグを持った小柄なおばあちゃんに待ち伏せされたのよ」足から手を離してほしい一心で、ウルフガングに向かって腕を突き出した。「手を貸してちょうだい」「折れてもいないし、捻挫《ねんざ》もしていないようだ」ウルフガングはそう言うと、脚をつかんでいた指をさっと離した。カーリーが脚に触られたくないように、ウルフガングも必要以上に触っているつもりはないらしい。さっと立ち上がると、カーリーの手をつかみ、上へ引き上げた。

予想以上に早く体が浮き上がったので、ウルフガングに寄りかからないよう、けがをした足をつい床につけてしまった。足首に激痛が走り、思わずかがみ込む。ウルフガングがすばやく腕をつかんでくれなければ、彼の胸に倒れ込んでいたところだ。カーリーの衣装についたライラック色と金色のビーズのついたフリンジが大きく揺れ、黒いワイシャツとスラックスに当たって、きらきらと光を放った。

もう、なんてこと！　カジノの従業員は大勢いるのに、助けに来てくれたのが、よりによってこの男だったなんて。だいたい保安部の上層部にいる人間が、わざわざ転んだダンサーの世話をしに来るって、どういうことなのかしら？

自分がどれほど偉い人間か、わたしに見せつけるつもりね。偉そうに人に命令することが、いかにも自分の特権だとでも言いたいんだわ。

ウルフガングはポーカー・マシンの前にある椅子にカーリーを座らせ、脚が伸ばせるよう、椅子を通路側に向かせた。それからプラスチックのコインバケツを逆さにして椅子の前に置き、そこにカーリーの踵をのせる。そしてすぐに手を振ってウエートレスを呼んだ。

「氷とタオルを持ってきてくれ」口調は丁寧だが、命令には違いない。ウエートレスはくるりと向きを変えると、ウルフガングの指示に従った。

「あなた、友達少ないでしょう?」カーリーは冷ややかに言った。

ウルフガングはカーリーの前でかがみ込んでもう一度足首を調べている。やがてゆっくりと顔を上げ、無表情な目でカーリーを見つめた。「友達など必要ない」ウルフガングは無関心な口調で言った。

「冗談でしょ?」カーリーは驚いた。そもそもウルフガングと会話らしい会話を交わしたのはこれが初めてだ。ウルフガングがコンドミニアムに引っ越してきた日からずっと、ふたりは顔を合わせるたびにいがみ合ってきた。

少なくとも、カーリーのほうはいつも腹を立てていた。ウルフガングの冷ややかさはアイスキャンディのようだ。動物嫌いな男に興味はないが、そんなウルフガングでもいくらか人間らしいところはあると思っていた。

だが、そうではないらしい。友達なんて必要ない? まるで原始人ね。カーリーにとって必要のないものも、この世にはいくらでもある。隣の部屋の住人はその最たるものだ。でも、友達はなくてはならない存在だ。トリーナとジャックス、エレンとマックがいなかったら、わたしはどうしていただろう。想像もつかない。それでも、犬嫌いでいかめしい顔つきの警備員なんて、友達リストの最後にものせたくはないけど。

「冗談は言わない」ウルフガングは硬い口調で答えた。

カーリーは口をぎゅっと閉じ、ウルフガングの冷ややかなグリーンの目、その上の太くてまっすぐの眉、くっきりとした頬骨、こわばった口元を見つめた。それからふっと息を吐き出し、さっとうなずいた。「なるほど。ユーモアのセンスもないのね。まあ、わかってはいたけど」

ウルフガングは高く突き出た鼻の上にしわを寄せた。しかし、反論する前に、ウエートレスが氷の入った袋とタオルを持って戻ってきた。ウルフガングはカーリーの顔から視線をそらし、黙ってそれを受け取った。

「ありがとう、オリビア」ウルフガングの代わりに、カーリーが礼を言った。「仕事の邪魔をしてごめんなさいね」オリビアは肩をすくめ、早く治るといいわね、と言って立ち去った。カーリーは、自分の足首にタオルを巻いているウルフガングに視線を戻した。「あなたには同じホテルで仕事をしている仲間と仲よくしたり、最低限の誠意を見せたりという気もないのかしら?」

ウルフガングがカーリーの足首に氷を叩《たた》きつけた。

カーリーは思わず悲鳴をあげた。目の前でくるくると回っていた星がようやく消えると、目を細めてウルフガングをにらみつける。「ほんと、紳士的だこと」飛び上がってしまいそうな痛みをこらえるために片方の手で椅子を握りしめたまま、空いているもう一方の手をウルフガングに向かってひらひらと動かした。「もう、行っていいわよ」そして、しぶしぶ言い足した。「いろいろとありがとう」

ウルフガングは立ち上がり、ややかぎ鼻ぎみの鼻越しにカーリーを見下ろした。「自分で運転できるのか？」

おそらく、無理でしょうね。「大丈夫よ」

「きみの車はマニュアルじゃないのか？」

「マニュアルよ。五段変速のかわいい車なの。でも、わたしの車について無駄口を叩いているほど、あなたはひまじゃないでしょ？　だから、お願い。どうぞ、持ち場に帰ってちょうだい」

ウルフガングは引き下がらなかった。「どうやって家に帰るつもりだ？　赤毛のダンサー仲間に電話するのか？」

いいえ、しないわ。トリーナは今日は休みだし、昨夜のショーが終わったあとすぐに、ジャックスと一緒にサンフランシスコへ発《た》ってしまった。戻ってくるのは明日の夜遅くだって聞いている。それでもカーリーはウルフガングに向かってうなずいた。「ええ、そのつもり。それじゃあ」

カーリーを見下ろしているウルフガングには、彼女が嘘をついているのが見え見えだった。ちくしょう。やっぱりぼくが連れて帰らなければならないのか。

これ以上、一分たりとも彼女と一緒にいるのはごめんだ。ましてや彼女を車に乗り込ませて、コンドミニアムまで連れていき、さらに部屋まで送り届けなければならないとは。

この女は軽薄で無責任で、顔を合わせるたびにいらいらさせられる。大声をあげてコンクリートに噛《か》みつきたくなったり、つい向こう見ずな態度をとったりしそうになるんだ。そして最後には、彼女を膝の上にうつぶせにして、あの丸いヒップを叩いてこらしめてやりたい、という気にさせられてしまう。いったい親は彼女をどうやってしつけたんだろう。

こんなことを考えるなど、ぼくらしくない。とにかく、彼女と帰るなど絶対にごめんだ。だが、彼女もぼくも、今夜の仕事は終わっている。そして彼女の部屋はぼくの隣だ。あの腫れ上がった足でクラッチつきの車を運転できるはずはないし、帰る方向がまったく一緒なのに、彼女をここへ置き去りにしていくのは、あまりに無責任すぎる。

氷の袋を足に叩きつけてしまったことも、良心の呵責を感じている。たとえ彼女の言い方に腹を立てたとしても、あれはやりすぎだった。

ウルフガングはため息をついた。「来い。家へ連れていってやる」

カーリーは、ウルフガングが車で家へ送ってやる、ではなく、〝その価値のない犬をいじめてやる〟とでも言ったかのような険しい表情を浮かべた。「けっこうよ！」あまりに大声で、かつ激しい口調だったせいだろう。列の端のポーカー・マシンに向かっていたギャンブラーが、札を選ぶボタンを押す手を止め、カーリーを振り返った。カーリーはギャンブラーに弱々しく笑い返すと、声を落とした。「ありがとう。でもけっこうよ。必要ないわ」

「運転できないじゃないか」

「トリーナに電話するって言ったでしょ」

「嘘だ」

カーリーはうっとりするようなブルーの瞳で冷ややかにウルフガングを見つめた。「どうして嘘だと言い切れるの？」

「ぼくは警備員だ。人の気持ちを読み取るのはお手のものだ」

「わかったわ。今のは嘘。マックに電話する」

ウルフガングはうんざりしたように首を横に振った。「ぼくが進んできみを家まで送ろうとしているのに、こんな時間にミスター・ブロディに電話して迷惑をかけるつもりなのか？　まったくいらいらさせられる女だ。それに無責――」

「無責任で、いったいなんの因果でわたしと出会ったのかわからない、って言いたいんでしょ。わかってるわよ。前にも同じせりふを聞いたから」

カーリーの頬が赤く染まったのを見て、ウルフガングはカーリーの顔の青白さに改めて気づいた。けがをした足首がよほど痛いのだろう。だが、ウルフガングが自責の念に駆られる前に、カーリーは形のいい顎を上げて彼をちらりと見た。

「そうね。ありがとう。乗せていってくださるなんて、ほんと、感謝するわ」

まるで無理やり声を絞り出しているように聞こえるが、カーリーはすでに下を向いているので表情まではわからない。氷の袋を少しだけ持ち上げて、足首の具合を見ているようだ。

「歩けるのか?」カーリーが頭に大きくて派手な茶色いウィッグをつけているのを見て、ウルフガングは尋ねた。

しかし、カーリーは驚いたように顔を上げて真っ青に塗ったまぶたを見開くと、下から彼をにらみつけた。「歩けなかったらどうだというの? あなたに背負われろと? 冗談じゃないわ。歩けるわよ」

手のひらがむずむずしてきた。尻を思いきりひっぱたいてやりたい。これほど一発お見舞いしてやりたい気持ちになった女は初めてだ。ウルフガングは駐車場に通じる出口に向かって顎をしゃくった。「それなら行くぞ」

カーリーはゆっくりとけがをしていない足からサンダルをはずし、立ち上がった。足を引きずりながらも、どうにか自力で歩いている。だが、あまりにも遅い。肩を貸してやりたい衝動に駆られたのも一度や二度ではなかった。このままじゃ、コンドミニアムに着くころには二十二世紀に突入しているぞ。だが、やはり手を貸すのはやめた。だいたいそんなことをしたら、ジョーンズ家の野性的な血に屈服することになる。ぼくは父親や妹のカタリナとは違う。そんな衝動に屈しないよう、常に自分を厳しく戒めているのだから。ウルフガングは歯を食いしばり、カーリーの前に立って歩きはじめた。しかし、すぐに引き返してカーリーの脇《わき》に並び、小股で彼女に合わせて歩き出した。だが、やがて我慢ができなくなり、気がつくと彼女より五メートル近く前にいて、もう一度歩幅を狭めなければならなかった。

ようやく車に到着し、ウルフガングはカーリーのために助手席のドアを開けた。

「ワオ」カーリーは屋根に手をついて、感嘆の声をあげた。「あなたがこんな車に乗ってるなんて、想像もしなかったわ」

要するにばかだと言いたいのだろうが、不快には思わなかった。ウルフガングはもともと、ストリート・ロッドと言われるような派手な車を買うようなタイプではない。古くていかつい車がほしいという欲望に屈してしまったというのは、まさにいまいましい家族から受け継いだ野性の血が騒いだ結果と言うしかないだろう。だが、それはそれでよかったと思っている。安全なはけ口を作ったことで、少なくとも、ジョーンズ家のほかの家族のような破壊的衝動に駆られる心配がなくなったのだから。ウルフガングは、深紅から赤、そしてオレンジへと色が変化していく火炎が描かれた光沢のある黒地のボディに指を走らせ、カーリーのためにドアを開けた。「乗れ」

車の中は染みひとつない。カーリーは手の中で溶けかかっている氷の袋を見下ろし、とまどった。「汚したら申し訳ないわ」

カーリーの口から出たとは思えないほど気のきいた言葉だ。ウルフガングは、一瞬彼女に親しみのようなものを感じた。カジノから亀《かめ》のようにのろのろと歩いてきて以来初めて、ウルフガングはカーリーをじっくりと見つめた。驚いたことに、顔から血の気が引いているだけでなく、鼻の下や額にも大粒の汗が噴き出している。さぞかし足が痛んでいるのだろう。ウルフガングはいつにない優しさでもう一度言った。「乗れ」

カーリーが車に乗り込んだ。ウルフガングが運転席に座ると、彼女はだるそうに頭をシートにもたせかけていた。ベンチシートの灰色のレザーを手で撫《な》でている。「これはなんていう車？　フォード？」

「ああ」エンジンをかけ、太くて低いアイドリング音にゆっくりと耳を傾けた。笑みを浮かべたまま、カーリーのほうを向いた。「一九四〇年型のフォード・クーペだ」

「かっこいいわね」カーリーは、その細い首では耐えられないのではないかと思えるほど重そうに頭を起こしながら、ゆらゆら揺れる茶色いウィッグを取った。「やっぱり、このほうがいいわ」カーリーがつぶやいた。ブロンドの短い髪は頭に張りついている。しかし、カーリーが長い指ですいてくしゃくしゃにしたとたんに柔らかな髪が立ち上がり、いつものスパイキーヘアに戻った。見た目には、そそっかしくて、能天気なショーガールそのものだ。

　だが、目の下にはくまができていた。

　コンドミニアムに戻るまでの短い間、どちらも黙ったままだった。それでも意外なことに、気まずい沈黙ではない。ひょっとしたら奇跡が起こって、今夜はお互いに礼儀正しく一日を終えることができるかもしれない——ウルフガングはそう思いはじめた。

　カーリーをコンドミニアムの前で降ろすと、借りている車庫へ車を置きに行った。ウルフガングがコンドミニアムに戻ったとき、のろのろとしか歩くことのできないカーリーは、まだエレベーターを待っているところだった。やがて三階に到着した。エレベーターを降りないうちから、廊下の先にあるカーリーの部屋で犬たちが吠《ほ》えはじめた。ウルフガングの口からうんざりしたため息がもれ出た。

その瞬間、それまでの休戦状態に終止符が打たれた。カーリーはウルフガングのほうを向き、敵意に満ちた視線で舐《な》めるように見つめた。背筋が伸びているせいか、彼女の背丈が三センチは伸びたように見える。ブルーの瞳の色が濃さを増した。〝何か言ったら許さないわよ〟と無言で語っているのも、ウルフガングには見慣れたカーリーの表情だ。その間も、犬たちは吠え続けている。

今夜こそ、穏やかな気持ちで眠ることができるかもしれない——そんなウルフガングのはかない願いは塵《ちり》と消えた。

3

わたしったら、すっかり油断して忘れていた。ウルフガング・ジョーンズが犬嫌いの口やかましい男だということを。

オーケー、そうよ。たしかにルーファスほど厄介な犬はいないわ。でも、ウルフガングがひと息つく余裕をくれれば、ルーファスをうまく訓練する突破口を見つけられるのよ。これまではずっとそうだった。

ただ、今回ばかりは難しいかもしれない。これまでは運がよかった。コンドミニアムのみんなが、ペットはひと部屋に一匹までという契約条項に目をつぶってくれていたから。だけど、ウルフガングのせいで、そんな状況が一変してしまうかもしれない。やたらと規則を振りかざして盾にする男だし、それに気味が悪いほどの法律用語マニアだ。彼がコンドミニアムの管理会社に正式な苦情を申し立てたら最後、ルーファスだけでなく、あとの二匹のベビーたちまで失うことになる。

想像しただけで気持ちが沈んだ。カーリーは手を小さく震わせながら鍵穴《かぎあな》にキーを差し込んだ。どうしようもないことはわかっている。それでもウルフガングに向かって暗然とした面持ちを向けずにはいられなかった。なんて頑固な人かしら。肉体的にも精神的にも。言い訳するのは嫌いだ。でも言うべきことは言ったほうがいい。自尊心を抑え込み、できるだけ淡々とした口調で言った。「ルーファスのせいじゃないのよ。あの子は、本当はとてもいい子なの。州間高速道路十五号線の脇《わき》に捨てられていたかわいそうな子なの。相当辛《つら》い目に遭ったんじゃないかしら。だから落ち着くのに時間がかかっているんだと思うの」ロックがはずれ、カーリーはドアを開けた。

犬たちが〝おかえりなさい〟のダンスを踊っているかのように、ぴょんぴょん飛び跳ねながら玄関で待ち構えていた。ルーファスはひたすら鳴き続け、カーリーが中に入るのを待つことなく飛びついてきた。バスターはルーファスよりも年をとっていて、ずっとおとなしく、言うことを聞く犬だが、それでもしっぽを一生懸命振りながらカーリーのけがをしていないほうの足にもたれかかってきた。猫たちもそれぞれのお気に入りの場所から飛び下り、部屋を横切ってきたかと思うと、にゃー、にゃーと鳴きながらカーリーの足の間を出たり入ったりしている。えさがほしいのだ。騒々しくて始末に負えない状況だが、カーリーの心は癒《いや》された。

だが、ウルフガングにはそうは思えないらしい。興奮したルーファスがウルフガングのぱりっとしたスーツに飛びついた瞬間の表情がカーリーの目に入った。

まったく、なんていやそうな顔をするのかしら。

カーリーは、ふんと鼻を鳴らしたい気持ちをぐっとこらえた。まるでウルフガングのその表情を見たのは初めてではないかのように。

「ズィッツ！」ウルフガングが叫んだ。

「ズィッツ？」カーリーはわけがわからず、繰り返した。しかし、ルーファスはぴたりと鳴きやんだ。突然静かになったことに気がついて犬たちのほうを振り返ると、毛むくじゃらの顔に、まるで人間のように呆気《あっけ》にとられた表情を浮かべている。しかも驚いたことに床にぺたんとお尻をつけ、ウルフガングを見上げていた。猫たちでさえ、一瞬、えさをねだるのをやめたほどだ。

ウルフガングが背中をまっすぐに伸ばしてカーリーに向き直った。無表情で、いかにも文句が言いたげだ。「きみの言うとおりだ。犬が悪いんじゃない。悪いのはきみのほうだ。ちゃんと言うことを聞かせろ」そう言うと、片手でスラックスについた茶色い犬の毛をつまむ。そしてもう一方の手でドアノブをつかみ、ドアを閉めた。

カーリーは目の前で閉じられたドアをぼうっと見つめた。頭に血が上っていくのがわかる。手元に鏡があって、まるでアニメのように両耳から蒸気が噴き出しているのが映ったとしても、驚かなかっただろう。玄関口から酸素が吸い取られてしまったかのように息苦しい。カーリーは歯を食いしばって怒りを抑えた。

だが、無理だった。「何よ、ファシスト！　あんたなんか最低よ！」腹立ちまぎれにカーリーは溶けかけた氷の袋でドアを叩《たた》いた。

驚いたペットたちは慌てて部屋の奥へ逃げ出した。カーリーがよたよたと後ろを向くと、玄関口には一匹もいなかった。「ごめん」カーリーは申し訳なさそうに言った。「ほんとにごめん。でも、あんたたち、あんなに心の狭い人間を見たことある？」こんなときにトリーナがいないなんて。トリーナがいれば、彼女の部屋へ行って、ウルフガングを抹殺する計画を練りながらストレスを発散できるのに。カーリーは気持ちにけりをつけて自分に対する哀れみを振り払い、ペットにえさをやるために足を引きずりながらキッチンへ向かった。

ドッグフードをボウルに空ける音とキャットフードの缶を開ける音を聞きつけ、隠れていたベビーたちが姿を現した。バスターとルーファスはぴょんぴょん飛び跳ねながら、ラッグスとトリポッドは思い思いの場所に背中をこすりつけながら、カーリーがボウルを床に置くのを待っている。そんな馴染《なじ》みのある光景を見て、カーリーの苛立《いらだ》った神経がようやく落ち着きを取り戻した。

ボウルを床に置くと、冷蔵庫からワインを取り出してグラスに注《つ》いだ。足首がまた痛みはじめたので、痛み止めをのんだ。そのときドアに叩きつけた氷の袋から水がもれ、床にこぼれているのに気づいた。新しいビニール袋を取り出し、その中に氷の袋を入れる。床にこぼれた水は自然乾燥させればいいわ。今夜はさんざんな目に遭ったんだもの。そう決め込んで、よろよろと居間に入ろうとした。

しかし、その瞬間、カーリーはぴたりと足を止めた。「まあ、何よ、これは」

クッションがいくつか、引きちぎられていた。羽毛や発泡スチロール、それにびりびりになったシルクの布が家具や床をおおっている。どうしてキッチンへ行くときに気づかなかったのかしら。きっとウルフガングに腹を立てていたせいで、目に入らなかったのね。

「ルーファス！」カーリーは怒鳴った。

ルーファスがこそこそとキッチンから出てきた。お腹《なか》が床につきそうなほど体を低くしてカーリーの脇を通り抜け、玄関口に身を潜めた。やがて茶色い大きな目で肩越しにカーリーを見やると、カーリーには馴染みのあるポーズでうずくまった。

「だめ！」カーリーが叫んだ。「だめよ、ルーファス。そんなところでしたら、ただじゃすまさないわよ」

しかし、落ち着きを失うとおしっこをするのはルーファスのいつもの癖だ。みるみるうちに、後ろ足の間、イタリアンタイルの上に水たまりができた。

ほんとにもう。今夜はとことんついてないわ。

顎が小刻みに震えはじめた。カーリーは歯を食いしばった。何よ。こんなことくらいで泣くものですか。絶対に泣いたりしないわ！

とはいえ、ルーファスに汚されたタイルの掃除に取りかかる気にもなれない。ふかふかの椅子の上に座り込み、立派な椅子とは不釣り合いな足置きに右足をのせ、腫《は》れた足首をそっと氷で冷やした。それからグラスに注いだワインをごくごくと飲み干した。

ラッグスが膝の上に飛び乗った。ぐるぐると二度円を描くと、暖かそうな黒くて長い毛でおおわれた体をくるりと丸め、そのまま膝の上で横になった。カーリーが背中を撫《な》でると、気持ちよさそうに喉を鳴らしはじめた。トリポッドも椅子の肘掛けに飛び乗った。三本の足で、驚くほど優雅に肘掛けの上を歩いている。カーリーの隣に座り込んで衣装についたビーズの房飾りをついていたが、気が変わったのか自分の体をぺろぺろ舐《な》めはじめた。

トリポッドの仕草を見て、カーリーはまだ衣装を着たままだったことを思い出した。すばらしいわ。さんざんな目に遭ったうえに、衣装係にまで文句を言われることになるなんて。わたしがけがをしたと聞いて、大目に見てくれるといいんだけど。でないと、明日、衣装とウィッグを返すためだけにカジノへ行かなくてはならなくなる。せっかくの休みなのに。だいたい、車をカジノの駐車場に置いてきたから、誰かに乗せていってもらうか、タクシーを呼ばなければならないわ。

バスターがやってきて、ぶちのある頭をカーリーの膝にのせた。カーリーはラッグスを撫でていた手を上げ、バスターの頭のてっぺんで立ち上がった毛のかたまりを指ですいてやった。ルーファスは居間の入り口に留《とど》まっているが、すでに反省している様子はない。それどころか玄関のほうを向いて座り、何かを待っている様子だ。カーリーはルーファスが動かない理由に気づいてはっとした。

「ばかね！　ルーファス！　あの最低男が戻ってくると思ってるの？」

ルーファスは突然耳を上げ、タイルの上で身をくねらせはじめた。同時にうーっとうなり声まであげている。まずいわ。

「ルーファス、お願い。もうやめて。今夜はもうだめよ。頼むから、わざわざウルフガングを怒らせるようなまねをしないでちょうだい」

だが、無駄だった。ルーファスはその場でぴょんぴょん飛び跳ねながら、まるで自動小銃の集中砲火を浴びせるかのようにきゃんきゃんと甲高い声で鳴きだした。

ルーファスの鳴き声に合わせるかのように、頭と足首がずきずきと痛みだした。「ノー・スピーク！」カーリーは犬のしつけ教室で習ったとおりにルーファスに小声で命令した。

もちろん、ルーファスが素直に言うことを聞くはずがない。

「もう、ルーファスったら！　あなたのせいでわたしたちみんながいやな思いをするのよ」隣人の機嫌をうかがっている自分の態度にいらつき、カーリーは声を張り上げた。「ノー・スピーク！」

ルーファスは鳴きやまない。

たしかに、ウルフガングはひと言でルーファスを黙らせたわよ。「ズィッツ！」カーリーは腹立ちまぎれに独りごちたものの、ばからしくなった。こんなこと言ったって聞くはずがないじゃない。ルーファスが言うことを聞いたのは、あの低い声のせいなんだから。

しかし驚いたことにルーファスはぴたりと鳴きやんだ。そしてカーリーのもとへ駆け寄り、うれしそうに顔を見上げてきた。

「嘘《うそ》、信じられない」カーリーはつぶやき、息をつまらせながら笑いはじめた。「信じられない！　わたしの言ったこと、ちゃんと聞いてくれたのね？　ウルフガングがドイツ語をしゃべったっていうことはわかってるの。今の、ドイツ語でしょ？　にきび《ズィッツ》のことじゃないわよね。それじゃ、意味不明だもの」カーリーはじれったそうに首を振った。「ううん、そんなことどうでもいいわ」ラッグスが膝から落ちないよう指を広げて背中を支えながら、身を乗り出してルーファスの頭をげんこつでごしごしと撫で回した。「いい子ね。本当にいい子よ！」

カーリーの膝から頭を追いやられる格好になったバスターは、腹いせにルーファスを押しのけ、カーリーの手の下に潜り込んだ。

「ええ、そう、あなたもいい子よ、バスター」バスターのやきもちに驚きながら、カーリーは頭の上を撫でてやった。「わたしの子供たちはみんないい子よ」

ペットたちをそっと脇へよけ、立ち上がった。少しだけど、ようやく元気が出てきたわ。玄関口を掃除しておこう。クッションの中身は大きなものだけ拾っておいて、あとは明日片づければいい。

そのとき、あることを思いついた。ペットたちを見つめ、カーリーは笑い声をあげた。「いいことを思いついたわ。これならうまくいくかもしれない。ああ、何もかもすべて、どうしようもないお隣さんのおかげよ。あんなやつでも、意外と役に立つのね」

部屋に入ると、電話が鳴っていた。ウルフガングは無視してすぐに着替えを始めた。まずジャケットを脱ぎ、キッチンと居間を仕切るカウンターのスツールの背もたれにかける。ネクタイは結び目をほどいて襟から抜き、寝室のナイトスタンドに向かって放《ほう》り投げた。高価なシルクのネクタイが読書用ランプに引っかかった。何、破れたってかまうものか。シャツのボタンをはずしながら居間に戻った。苛立ってしかたがない。いったいぼくはどうしたのだろう。自分でもよくわからない。

いや、違う。いらいらの原因ははっきりしているじゃないか。

カーリー・ヤコブセンだ。

「まったく！」怒りが爆発した。ただ、それが厄介な隣人に向けられたものなのか、それともいつまでも鳴り続ける電話に向けられたものなのかはよくわからない。それにしてもこんな時間に電話を鳴らし続けるとは、いったい誰なんだ。六回鳴って出ないときは、出る意思がないということなんだぞ。ウルフガングはカウンターに歩み寄り、受話器をつかんだ。「今、何時だと思って……」

「ウルフガングなの？」

「母さん？」電話の相手は想像もしない人物だった。ウルフガングの母は、夜中の十二時過ぎまで起きているような女性ではない。だいたい両親が在駐しているボリビアのラパスはもっと遅い時間のはずだ。

お決まりの前口上が始まった。ウルフガングはコードレスの受話器を耳と肩に挟み、適当に聞き流す。スラックスのウエストからすそを引き抜き、身をくねらせてシャツを脱ぐと革張りのソファに向かって放り投げた。シャツは目標の半分にも到達しないうちにフローリングの床に向かって降下を始めた。しかし、大きく膨らんでゆっくりと落ちていく黒い綿のシャツのことなど気にも留めず、隣の部屋につながっている壁をじっとにらみつけた。

本当に、あの女にはいらいらさせられる。犬さえまともにしつけられず、好きなことは言いたい放題、脚は長いがだらしがなく、まったくもって無責任だ。彼女の部屋をじっくり眺めたわけではないが、ちらりと見た限りひどいありさまだった。それに、コーディネートがまったくなっていない。さまざまな色や模様で部屋中があふれ返っていて、がらくただらけ。犬や猫までがまだらだ。

きわめつけは、赤いペディキュア。

ウルフガングは鼻を鳴らし、スコッチを少しだけグラスに注いだ。ごくりとひと口で飲み干し、下唇を伝うしずくを親指で拭《ふ》き取りながら、母の話に相づちを打つ。いや、最後のひとつは余分だったか。赤いペディキュアをする女性は、世間にはいくらでもいる。だが、ウルフガングはそういう女性と結婚するつもりはなかった。今のところ、彼の人生は計画どおりに進んできている。保安部のトップの座に就くこと、すなわち問題が起こった場合、それを収束するために送られるのではなく、誰かを送る立場に立つことが彼の第一の人生計画だった。そして、おとぎの国ラスベガスを離れて、世界に名だたる都市で、その夢を現実のものとする。ラスベガスを出るときは、後ろを振り返る必要のない未来が自分を待っているはずだ。

キャリアの目標を達成した暁には、第二の計画に進む。すなわち自分の成功を分かち合うのにふさわしい女性を見つけること。できれば幼稚園の先生か何かをしている上品な女性がいい。そういったしっかりしていて、信頼できて、洗練されている女性なら、ペディキュアの色はピンクにするに違いない。

そのとき、ふと耳に入った母の言葉がウルフガングの注意を電話に引き戻した。「なんだって？　父さんがまた引退する？」

「何を言っているのよ、ウルフガングったら」母がむっとしたように言った。「聞いてなかったの？」だが、息子思いの母はあえて彼にイエスと言わせることはしなかった。「ドイツのローテンブルクに移るのよ。一カ月か、たぶん二カ月くらい先になるかもしれないわ。小さいけれどすてきなビアガーデンがあってね。そこを買い取れたらの話だけど」

中世の古風な城壁都市にある、購入検討中の店舗について息子に詳しく伝えるために、母が父に電話を取り次いだ。ウルフガングの意識は再び電話から離れた。カーリー・ヤコブセンは、ペットは一匹までという契約条項に違反している。ぼくにはそれを管理会社に訴える権利がある。

ただ、もっぱら規則を尊重するたちとはいえ、これまで他人を売ったことはないし、今後もそんなことをするつもりはない。彼女とはできるだけかかわらないようにし、いつかあのどうしようもない犬を本気で訓練してくれる気になるのを願うだけだ。

それでいいじゃないか。ぼくなりの結論を下し、それを実行する心構えも整っている。もうわけもなくいらいらすることはないはずだ。

それなのに、いったいどうして落ち着かないのだろう。

何を苛立つ必要がある？　問題処理に神経を使うのは〈アヴェンチュラト〉にいる間だけで十分ではないのか？　自宅に帰ってまで、こんな思いをする理由はないじゃないか。行動方針はすでに決めてある。あとは前に進むだけだ。

電話の相手が再び母に替わった。そのとたん、ふたりがインディアナにあるウルフガングの妹の家から電話をしていることに気づいた。カタリナが自分の息子ニクラウスの世話を母に押しつけてきたのか――そう尋ねようとしたとたん、隣の部屋のショーガールの姿が頭に浮かんだ。挑発するようなブルーの目と、セクシーなボディ……。

急にウルフガングはまっすぐに体を起こした。「ちょっと待ってくれ。今、なんて言った？」ウルフガングは初めて全神経を受話器に向けた。「ぼくにどうしろと？」

しばらくして電話を切ると、両手で頭を抱え、目の前の壁をぼんやり眺めながら自分の運命を呪《のろ》った。なんてことだ。

お色気たっぷりでも頭の弱い隣人よりも、もっと大きな問題を突然抱えることになってしまうとは。

両親がウルフガングのところへやってくる。たったひとりの孫を連れて。

翌朝、カーリーは二階に住む隣人のドアをノックした。ドアを開けて出てきたのはエレンだ。「あら、おはよう、カーリー」エレンは温かく言い、ドアを大きく開け放って後ろへ下がった。「さあ、入って」

しかしカーリーが敷居をまたいだとたん、心配そうに額にしわを寄せて、カーリーの肘をつかんだ。「けがをしたの？」

「ええ、ゆうべ、カジノで大きなバッグを持ったおばあさんとぶつかったのよ」

「その声はカーリーかい？」しわがれた男性の声がして、もうすぐエレンの夫となるマックが玄関口に現れた。『レビュー・ジャーナル』を、スポーツ欄のところで広げたまま半分に折り、脇に挟んでいる。「やっぱりそうだ。よく来たね、カーリー。けがをしているって？」

自分の心配をしてくれる熟年カップルの優しさに、心が温まった。自分の母なら、心配するどころか、うとましがったに違いない。あの人は、わたしの一日を台無しにすることしかできなかった。よくてもメイドにわたしの世話をさせる程度だった。「足首をひねったのよ。今朝はいくらか腫れも引いているし、休みが終わるころにはすっかりよくなっていると思う」

「そういえば、休みが火曜日と水曜日になったって言っていたな」マックが言った。「タイミング的にはちょうどよかったということか」

「わたしもそう思っていたところよ」

「でも、いかにも痛そうだわ」エレンは言い、カーリーを居間へ招き入れた。「さあ、入って、腰かけてちょうだい。足首を冷やす氷を用意しましょうか？」

「いいえ、大丈夫よ。でも、しばらく足を上げさせてもらっていいかしら。そのほうが楽なの」

「もちろんよ。マック、カーリーに手を貸してあげてちょうだい。わたしはコーヒーをいれてくるわ」

体格がよくグレーの髪をしたマックは、居間に美しく並べられた椅子のひとつにカーリーを座らせた。そして足置きの上の新聞を片づけると、彼女の足もとへ引っ張ってきてくれた。「よかったら犬の散歩を代わろうか？」マックはカーリーの踵《かかと》と床の間に足置きを挟みながら尋ねた。

まあ、なんて気がきく人かしら。カーリーはうれしくなった。「ああ、マック。あなたって本当に優しいのね。でも、心配いらないわ。今朝はバスターもルーファスも、よろよろ歩きながらなんとか散歩をすませたの。今夜は、もう少し長い距離が歩けるところまで足首が回復していることを願うわ」

「ちょっと待ってくれ」マックは老眼鏡越しに訝《いぶか》しげな視線を向けてきた。「その足で二匹を散歩に連れていって、ルーファスに逃げられなかったのか？」

「さあ、いただきましょう」エレンがトレイを持って居間にやってきた。トレイにはコーヒーだけでなく、手焼きのクッキーものっている。陶器の皿に敷かれた紙ナプキンの上に美しく並べられていた。

「今朝はもう、犬の散歩をすませたんだそうだ」

エレンがカーリーのほうを振り向いた。驚きで眉をつり上げている。「ルーファスは逃げ出さなかったの？」

カーリーは笑い声をあげた。「信じられないでしょ？　実は、今日来たのはその話をするためなの」カーリーはコーヒーの入ったマグカップを受け取り、砂糖をまぶしたチョコレートクッキーをつまみ上げた。「もちろん逃げようとしたわ。いつものように駐車場に向かってまっしぐらに大脱走をしかけたの。でも、わたしが〝ズィッツ！〟って言ったら、すぐに戻ってきたのよ」

「ズィッツ？」マックが鼻を鳴らした。「これまで誰の言うことも聞かなかった犬が、急に従うようになるなんて、いったいどういう言葉だい？」

「にきびのことじゃないわよ」エレンは何かを悟ったように言い、カーリーに向き直った。「ドイツ語よね？　〝座れ〟の意味の。違うかしら」

「そういう意味だったのね。すごいと思わない？　ルーファスはドイツ語がわかるのよ」

カーリーはもう一度笑い声をあげた。「わかるだけじゃないわ。ドイツ語が大好きなの。本当にドイツ語がわかるみたいに言うことを聞いたのよ。まあ、実際にはその場に座ったわけじゃないけど。でも戻ってきたわ。昨日までなら考えられないことよ。それでね、エレン、お願いがあるんだけど」カーリーは、元図書館司書のエレンを見つめた。「ほかにもドイツ語のしつけの用語がないか、パソコンで調べてくれないかしら？」

「ぜひとも、と言いたいところだけど、あいにくプロバイダーが別の会社と合併するとかで、ゆうべからインターネットに接続できない状態が続いているの。今朝、そのことでプロバイダーに電話したら、接続できない原因が向こうにあることは認めたんだけど、いつになったらつながるのか、明確な時間は教えてくれなかったのよ。本当にいらいらするわ。でも、ルーファスが言うことを聞いたと聞いて、ぱっと気分が晴れたみたい」

カーリーもうれしくてたまらなかった。「すごいでしょ？　実はね、お尻の形だけはいいあいつのおかげなのよ」

「誰だい？　ひょっとして、ウルフガングか？」マックが身を乗り出した。「ウルフガングに教えてもらったのなら、ほかの命令もやつに教えてもらえばいいじゃないか」

「それで、あいつがわたしを侮辱している最中に発した言葉が、ものすごく効き目があったって認めろと？　それだけはごめんだわ」

「そうだった。忘れていたよ」ふたりの成人した娘の父親であるマックは肩をすくめた。

「ここにいるのが女性だということをね」

「それは愉快だこと」エレンは素っ気なく答えた。しかし互いを見つめ合うエレンとマックの瞳は愛情にあふれている。カーリーはマグカップを置いた。

「ごちそうさま。ところでイタリア旅行の写真はできてる？　結婚式の準備は進んでるの？　さあ、クッキーを食べながら、いろいろと最新情報を聞かせてちょうだいな」

しかし、旅行の写真を見て、ふたりの結婚式の計画に耳を傾けながらも、心に何かが引っかかっていた。

ありえないことをしなくてはならないときがとうとう来てしまった。どうやらルーファスのためにもプライドを捨て、ウルフガングにもう一度頭を下げなくてはならないようだ。

4

マッカラン国際空港にある保安検査所の出口の前で、ウルフガングはうろうろと歩き回っていた。飛行機の到着が遅れている。それがいいことなのか、悪いことなのかはわからなかった。

家族には会いたい。だが母の突拍子もないアイデアが成功するとは思えない。それでも自分は電話で母を説得できたのか？　答えはノーだ。

もっとも面と向かって話をすれば、納得させられるだろう。ひょっとしたら、両親は孫のニクラウスをこれといった理由もなくラスベガスへ連れてくるだけかもしれない。

もちろん、母はそんなふうには考えてはいない。それでも、今回の再度の引っ越しがニクラウスにとって有利に働くとは思えなかった。ウルフガングは奥歯を噛《か》みしめて考え込んだ。そう言い切れるのは、彼自身、同じことを経験しているからだ。それにしても今回は、両親にとって何度目の引っ越しになるのだろうか。ウルフガング自身、十一歳になるころには、何度家を変わったのか、すっかりわからなくなってしまっていた。軍人だった父は、六〇年代後半にシュトゥットガルトで将来の妻に出会った。ふたりはすぐに結婚し、四年後にジョージア州のフォートベニングでウルフガングが生まれたときには、二箇所の駐屯地での生活を経験していた。妹のカタリナが生まれたのは、日本のキャンプ座間にいるときだった。小学校の中学年までには、ドイツのハイデルベルク、ベルギーのシェイプ＝シヴレス、そのほかにも名前は思い出せないが二、三箇所のアメリカの基地を転々とした。その後もアメリカ本国の基地を数箇所移動し、ようやく父は退役した。

だが、それで流浪生活が終わったわけではない。まったく、父さんときたら……。

「やあ、ウルフガング！」

父がコンコースを歩いてきた。過去の記憶を脳裏へ追いやり、近づいてくる父を複雑な思いで見つめた。父の姿を目にするたびに心をよぎる感情は今も変わらない。自分の心を温めてくれる、どうすることもできない愛情、父の注意を引きたいという激しい願望、そして決して消化しきることのできない憤り。

背が高く、手足のしなやかなリック・ジョーンズは、まっすぐにウルフガングのもとに近づき、彼の肩に針金のような腕を回してきた。背中を軽く叩《たた》かれ、引き寄せられる。父の息にかすかにビールの香りが入り混じっていると思ったのもつかの間、腕の長さだけ再び押し戻された。

「これは驚いた」リックが言った。「まさに成功を絵に描《か》いたような男前ぶりじゃないか！　どうだ、大使館にいたころに夢見ていたものがすべて手に入ったか？」

「今、がんばっているところだ」声が硬いのは、胸にあふれるさまざまな思い出のせいかもしれない。リックが退役したあと、まだティーンエイジャーだった自分が大使公邸へ一緒に連れていかれたときの思い出。父が行政補佐官や大使ではなく補給管理係だったというだけで、大使館の裏側に住む貧乏な負け犬として見られていた当時の思い出。そして、いっぱしの男として正々堂々と表に出たいという気持ちをウルフガングの中に植えつけたさまざまな欲望。

ウルフガングは記憶を振り払った。「母さんとニクラウスは?」

「もうすぐ来る。ニクラウスのやつ、飛行機でコーラばかり飲んでいてな。母さんの心配性はわかるだろう? 自分の手助けがないと、誰も何もできないと思っているんだ」

あるいは、初めての空港でニクラウスの好きなようにさせるべきではないと思っているのかもしれない。

「母さん、おまえに会いたがっていたぞ、ウルフィ。何年ぶりになる? 二年か? 三年か?」

ウルフィ、か。若き日の父の姿がセピア色の映画のように脳裏をよぎった。ウルフガングを空に向かって投げ上げてはキャッチし、また投げ上げてはキャッチする父。甲高い歓声をあげながら喜ぶ自分。父の声がこだました。〝わたしのかわいいウルフィは元気だったかな? ママを困らせたりしていなかったかい?〟

そのとき、急に父が背を向けて去っていく映像が浮かんだ。出かける用事もないのに出ていく父。ウルフガングが父を最も必要としていたときには決まって、その場にいなかった父。「二年と少しになるかな」ウルフガングは冷ややかに答えた。「サンティアゴで会ったのが最後だ。ぼくが母さんと父さんに会いに行ったときさ」

「ウルフガング？」

母の声にウルフガングは振り向いた。母の出身地、バイエルン地方のなまりを聞いたとたん、胸に温かいものがあふれた。母のなまりだけは、本国での基地勤務が長く続いたあとでも変わらなかった。ふっくらした頬をばら色に染め、いつものようにスタイルにとらわれず長く着られる衣服に身を包んだ母が、保安検査所を急《せ》き立てられるように通り抜ける。母の後ろから、ニクラウスとおぼしき、ひょろりと背の高い若者が、ポケットに手を入れ前かがみでついてきた。

いやはや驚いた。ニクラウスを最後に見たのはいつのことだったろう。ウルフガングが覚えているニクラウスは、頬のふっくらした少年だった。それが、ジョーンズ家の手足の長さと上背を備えたいっぱしのティーンエイジャーになっている。見覚えのあるのは、明るい茶色のストレートヘアとヘーゼルグリーンの瞳くらいなものだ。

ウルフガングの母は夫に責めるような視線を向けた。「待っていてくだされぱいいのに、リチャードったら」いつもと変わらない、厳しい口調だ。しかし、ウルフガングに向き直ったとたん、視線は和らぎ、笑みが浮かんだ。頬にえくぼができている。ウルフガングに向かってふっくらした両手を差し出した。「ハロー、わたしのかわいい息子《リーブリング》」息子の前で足を止め、爪先立って彼を抱きしめた。

ウルフガングも軽く抱き返し、懐かしいバニラの香りを吸い込んだ。マリア・ジョーンズは父ほどユーモアにあふれているわけではなかったが、常にウルフガングをしっかりと正しい道に導いてくれる信頼できる女性だった。「やあ、母さん《グーテン・ターク》。よく来てくれたね《ヴィルコメン》」母の肩越しに、甥《おい》っ子と目が合った。「よう、ニクラウス。元気にしてたか?」

ニクラウスは、まあね、とつぶやいた。

マリアはウルフガングを放し、後ろへ下がりながらジャケットの襟の折り返しを手で払った。「すてきなスーツだこと！　いかにも出世したって感じ。ほれぼれしちゃうわ」そう言うとウルフガングの手を握り、ぎゅっと引っ張った。「荷物を取りに行かなくちゃ。早くあなたの家が見たいわ」

ウルフガングは三人を手荷物受取所へ案内してから、駐車場へ向かった。フォード・クーペを見てリックは歓声をあげた。ニクラウスでさえ目を輝かせた。それでも照れくさいのか、ストリート・ロッドか、まあ無難な選択だね、とつぶやいた。

十五分後、四人はコンドミニアムの駐車場に到着し、どやどやと車を降りた。ニクラウスは、ウルフガングがトランクを開けるのを待ちかねたかのように大きなダッフルバッグをあさり、サッカーボールを取り出した。手慣れた様子で膝を使ってリフティングをしながら、祖母を見やった。「プールを見てくる」

「ここのコンドミニアムにはプールがいくつかあるぞ」ウルフガングは言い、自分の棟を指さした。「ぼくの部屋は、あの棟の三〇一号室だからな。その気になったら戻ってこい」

ニクラウスは肩をすくめてボールを落とし、足の側面を使って蹴《け》り上げた。空中でボールをつかむと、脇《わき》に挟み、何も言わずに歩き去った。

マリアはニクラウスが歩いていくのをじっと目で追っている。心配そうに額にしわを寄せているマリアを見て、リックが肩に腕を回した。

「心配しなくても大丈夫だ」リックはマリアを力づけるように言った。

そうだろうか――ウルフガングはぼんやりと思った。かつて自分もニクラウスと同じ立場にあった。自分の意思とは関係なく、よくあちらこちらへ連れていかれたものだ。それでも、少なくとも母がいつもそばにいた。すぐ近くで、ぼくをしっかりとつなぎ留めていてくれたのは母だった。母の心配を和らげる方法はひとつしか思いつかない。「バッグを持つよ」なんて説得力のない言葉だろう。

マリアがウルフガングに向き直った。「いいえ、いいのよ。そこに置いておいて。ホテルに泊まるつもりだから」

「ばかなことを言わないでくれ、母さん。部屋ならある。ニクラウスがソファで寝てくれれば、だけどね」

「あの子には〈サーカス・サーカス〉に泊まるって言ってあるの」マリアは言い、しかたないわ、とばかりに小さく肩をすくめた。母らしくない。「そういえば、なんとかなるんじゃないかと思って……」マリアは言葉を濁した。そして姿勢を正すと、手に持っていたバッグをウルフガングに差し出した。「そうそう、クーヘンを作ってきたのよ」

「それはうれしいよ」実に母らしい。マリアにかかるとパン屋やケーキ屋は必要ない。一から手作りでケーキを作る彼女は、ことあるごとにそれを持参する。海を渡ることなどものともしない。五千キロ近い距離を移動して妹の家を経由しても、細心の注意を払ってケーキを運んできてくれた母に敬意を表して、ウルフガングも大切にバッグを抱え、母親を部屋へ案内した。

玄関に入ると足を止め、後ろからついてきた父親を肩越しに見やった。「それで、父さんは本気でビアガーデンの経営に乗り出すつもりなのか？」あたりさわりのない口調で、慎重に切り出す。「まあ、妥当な計画だとは思うけどね」

そのとき、部屋の奥に姿を消していたマリアが現れ、ウルフガングに釘《くぎ》を刺した。「それが、父親にものを言う言い方かしら」マリアは厳しい口ぶりで言い、ウルフガングの手からバッグを取ると、再び壁の向こうへ消えた。キッチンを徹底的に検査するつもりらしい。

「事実を述べただけじゃないか。ぼくは父さんにぴったりだと思ったんだ」そのとおりだった。父のリックは昔からパーティー好きだった。ウルフガングが幼いころから信じていた真理が三つある。ひとつは、母がドイツ語で〝だめ《ナイン》〟と言えば、それは本当に〝だめ〟であること、ふたつ目は、陸軍は空軍や海軍よりも優れていること、そして三つ目が、従軍で外国に行っていないとき、たいていリックは軍の仲間とともに下士官用のクラブにいることだ。この三つ目についてリックが退役したあとに変わったのは、店の名前と、新しい仲間が必ずしも軍関係の人間ではなくなったことだろうか。新しい大使館へ家族と移動するたびにリックが最初にしたのは、酒が飲めて他人と楽しくできる社交場をさがすことだった。

「ウルフィにかまうな、マリア」リックが言った。「ウルフィの言うとおりだ。ビアガーデンはわたしにぴったりだよ」リックはいかにもうれしそうにウルフガングに向き直った。「どれ、母さんがコーヒーをいれてくれる間に、写真を見せてやろう。もうすぐ手に入れる店の写真だ。ローテンブルクはいい町だぞ。〈ドニーズル〉は、おまえが見たこともないほどすばらしい店だろうよ」

「写真を見たいのはやまやまだけど、まずニクラウスのことを相談したい」ウルフガングは言った。

「ああ、そうだな」リックは答えたが、さっと立ち上がると、すたすたとドアに向かって歩きはじめた。「そのことなら、母さんと話してくれ」そう言って外へ出ると、後ろ手にばたんとドアを閉めてしまった。

ウルフガングは喉まで込み上げてきた苦々しさをのみ下し、居間に入った。「父さんらしいよ」できるだけ、穏やかな口調でつぶやく。

コーヒーメーカーをセットし、コーヒーの粉を入れるのに忙しくしていた母が、ウルフガングに冷ややかな目を向けた。「父さんも、もういい年だもの。少しはのんびりさせてやってちょうだい」

「なぜだ？　父さんが今までに、ぼくらの話を真剣に聞こうとしたことがあるかい？　いや、ないね」ウルフガングは母の返答を待たずに、自分で答えた。「さっさと出かけて、自分だけ楽しくやってる。軍にいたときだってそうだ。何かに身を入れるわけでもなく、しょっちゅう出歩いて――」ウルフガングはぴたりと口を閉じた。

しかし、手遅れだった。マリアは目を細め、カウンター脇のスツールのひとつをさっと指さした。

ウルフガングはスツールに腰を下ろした。

マリアはカウンターを挟んで、ウルフガングに向かい合った。「軍の大物幹部になれなかったからって、父さんを見下すようなあなたの態度に、わたしはもううんざり。たしかに父さんは、華やかな大使館の裏側で目立たない仕事をしていたわ。そのせいで、あなたが辛《つら》い思いをしていたことは、わたしも父さんも申し訳ないと思っている。でも、労働は恥ずかしいことではないわ。それだからこそ、父さんは補給管理係になったんだもの。父さんは体を動かして働くのが好きなのよ。楽しみながら仕事ができるなんてすばらしいことだわ」

「ああ、すばらしいよ」ウルフガングは、喉元まで出かかったせせら笑いをのみ込んだ。「父さんは楽しかっただろう。でも、母さんはどうなんだい？　父さんが楽しんでいる間、何をしていた？　置き去りにされて、子供を厳しくしつけるよりしかたなかったんじゃないのかい？」

「ウルフガング、母さんが三十八年も父さんと暮らしていながら、自分が何をしているのかもわからないような女だと思う？　わたしはね、子供を育てるのが好きなの。しつけに厳しい母親であることが、わたしの性分なのよ」

「だったら、母さんはいつ人生を楽しむんだ？」

「わたしが人生を楽しんでいないとでも言うつもり？　わたしのことなんかより、自分こそどうなの？　いったい、いつになったら人生を楽しむの？」マリアは悲しそうにウルフガングを見つめた。「たしかに、立派なスーツを着て、重要な仕事を任されているかもしれない。でも三十四歳にもなって、子供どころか妻もいないじゃない。ペットさえ飼っていないなんて。こんな状態では、いつまでたっても幸せになんてなれないわ」

ウルフガングは身を乗り出した。「だが、いつかは幸せになれるんだよ、母さん。ぼくには計画があるんだ。それをやり遂げる日はすぐそこまで来ている。ばらばらのものをひとつにまとめるだけなんだよ。それさえ終われば、ぼくも幸せになれる」

「まったく、あなたときたら。幸せっていうのは、将来の目標にするようなものじゃないのよ。目的に向かって努力してるときに、あなたを支えてくれるのが幸せなの。あなたにはアメリカ人の血が半分流れているんだから、幸せを追い求める絶対的権利があるのよ」

そうじゃない。幸せとは、今の労働に対する将来の報酬だ。何もかも予定どおりに運べば手に入れられるものなんだ。

しかし、マリアは母親である。面と向かって〝それは違う〟と反論するわけにはいかない。ウルフガングは、甥っ子のことと母の突拍子もないアイデアを思い出し、話題を変えた。

「例の件だけど、ニクラウスを預かるのは無理だ。それは、母さんもわかっているはずだよね？」ウルフガングはできるだけ穏やかに言った。まあ、口調は穏やかでも、〝母さんの考えは間違っている〟と暗に言っているようなものだが。それにしても、母さんが持ち出した話は、ばかげているとしか言いようがない。墜落炎上するとわかっている欠陥飛行機をわざわざ飛ばすようなものだ。「ぼくは夜、働いているんだよ、母さん。ひと晩中家を空けることになる。ここは歓楽都市ラスベガスだ。ほったらかしにされたニクラウスが幸せになれるわけがない」

「あの子はね、理想的な環境とは言えなくても、安定した生活を送っている人間と一緒に暮らすべきなの。かわいそうに、どれほどカタリナに振り回されてきたことか。これまでカタリナに新しい恋人ができたり、何かに夢中になったりするたびに、引っ越しを繰り返してきたのよ。それでも、その現実を受け入れてようやく新たな日常を送りはじめるでしょ。でも、そのうちに母親であることを思い出したカタリナに割り込まれて、また生活を乱されてしまうわ。今回のローテンブルクのビアガーデンの話がだめになることはないと思うの。つまり、今度はあの子をドイツへ連れていくことになるのよ。ただでさえ困った状況に向かいつつあるというのに、これ以上引っ越しを重ねたら、しかも、今回は外国へ行くわけだし、立ち直れなくなってしまうんじゃないかと心配なの。だから手遅れになる前に、阻止したいのよ」

「困った状況って、どういうこと？」

「なんて言ったらいいのかしら。つまり、一緒にいるお友達が、あまり好ましくないの。ニクラウスはいい子だけれど、力のある立派な男性がついていてあげないと、いつ誤った道を進むことになるか、わからないわ。あの子にはあなたが必要なのよ、ウルフガング。九カ月や十カ月暮らしただけで出ていかなくてもいい、ちゃんとした家が絶対に必要なの」マリアはテーブル越しに、マニキュアをほどこしていない荒れた手を差し出した。ウルフガングの手に重ね、懇願するように見つめる。「お願いよ」

まったく、なんてことだろう。これまで母はなんの見返りも求めることなく、ぼくを無条件に受け入れてくれていた。ぼくにとっては、唯一の避難所のようなものだったのに。

「わかった」ウルフガングは気の進まない口調で答えた。「でも、ぼくはいつまでもラスベガスにいるつもりはない。だから、母さんの言うあいつの日常はいずれまた乱されることになるよ」

「でも、あなたはもう二年以上も、この仕事を続けているじゃない」マリアは額にしわを寄せながら言った。「それに、このすてきなコンドミニアムだって、買ったばかりでしょ。十分安定した生活を送っているように見えるけど」

「たしかに〈アヴェンチュラト〉の保安部に入って三年目になる。ただ、もうのぼれるところまではのぼりつめたんだ。部長は当分引退しそうにないからね。それ以外にも、ぼくの仕事ぶりを気に入ってくれたいくつかのカジノでもフリーランスで仕事をしている。だが、一生この町で過ごすつもりはない。この部屋だって、仕事で中東へ行っている知り合いから又借りしてるだけだ。前に住んでいた部屋が気に入らないって言ったら、空き部屋にしておくよりは、とそいつが喜んで貸してくれたんだ。部屋を出る一カ月前までに通知すればいいという条件でね。だから、別の町でもっと条件のいい仕事が見つかったら、すぐにでも引っ越すつもりだ。とてもニクラウスのためになるとは思えない」

だからといって、ニクラウスを連れて引っ越すつもりもなかったが、わざわざそれを口にする必要はないだろう。それくらいのことは、マリアなら当然察しているはずだ。とはいえ、ニクラウスの転居歴がひとつ増えることに変わりはない。それが彼にとってどういうことか、ウルフガングはいやというほどわかっていた。

ウルフガングはカウンターの向こう側にいるマリアを真顔で見つめた。「わかった。引き受けるよ、母さん。できるだけのことはしてみる。でも、ぼくが母さんだったら、ニクラウスがすぐに感謝するようになるなんて期待しない」

よくわかってるじゃないか、とニクラウスは苛立《いらだ》たしく思った。後ろ手にそっと閉めた六枚板の玄関ドアに両肩を押しつけている。しばらく前からそこに立っていたニクラウスは、祖母とおじの会話をほぼすべて盗み聞きしてしまった。裏切られたような思いにはらわたが煮えくり返る。おばあちゃんだけは信頼できると思っていたのに。ママと住んでいたインディアナ州エヴァンズヴィルへぼくを迎えに来たときは、ぼくをボリビアへは連れていかないなんて、ひと言も言わなかったじゃないか。別に、ボリビアでおじいちゃんたちと一緒に暮らしたかったわけじゃない。でも、少なくともおばあちゃんと一緒なら安心できると思ってたのに。

ニクラウスは腰に当てた白黒のサッカーボールを、指先が白くなるほど力をこめて握った。空いているほうの手は脇に下ろしたままこぶしを握っている。あふれる涙でまぶたの奥が熱い。

思わずぎゅっと目を閉じる。泣いてたまるか。もうすぐ十七歳になるんだから、赤ん坊みたいに泣いたりするものか。

肩の力を抜き、こぶしを握っていた手をゆるめて、手を振りながら前へ突き出した。ちくしょう。引っ越しがなんだっていうんだ。覚えてもいない小さなころから、ママに連れられてあちこちに移り住んできたじゃないか。それに、十二歳か十三歳のときには、ママよりぼくのほうがおとなだって気づいていた。

おばあちゃんはずっとぼくの味方だと思ってた。ママがおかしくなったときは、すぐに飛んできてくれると信じてた。おばあちゃんと一緒にいるときは、ぼくはおとなでいる必要はなかった。それなのに、突然、ぼくをおじさんに押しつけるなんて。いったいどういうつもりなんだよ？

しかも、その理由がぼくの友達だって？　ああ、たしかにあいつらのファッションはゴス風だし、ピアスやタトゥーだってたっぷりと入れてる。ときには誰かがやっとのことで手に入れた少しばかりのマリファナを吸うこともあるさ。でも、あいつらだって普通のがきなんだ。少なくともあいつらといれば、おとなたちが思っているようなお気楽人間のふりをしなくてもすむのに。

せめて、ウルフおじさんのところへ置き去りにされることを知っていたら。おばあちゃんとおじいちゃんが来てくれて、ママが最近できたばかりの新しい恋人のところへ移り住む準備をしていた週の間に、友達とおばあちゃんを引き合わせて、誤解を解くこともできたかもしれない。でも、もう遅すぎる。てっきり、おじさんに会って、かっこいいラスベガスのホテルで二、三日過ごしたら、おじいちゃんが働いているラパスの大使館に行くものだと思ってた。ところが本当は、ぼくが生まれてから全部合わせてもせいぜい三カ月分か四カ月分くらいしか一緒に過ごしたことしかない人間のもとへ置き去りにされることになっていた――ぼくにはなんの相談もなく。ウルフおじさんについてぼくが知っていることと言ったら、くそまじめな権威主義者だということだけ。あんなに陰気くさいとは知らなかったよ。ほとんど笑わないじゃないか。

ニクラウスは一瞬、車のトランクに入ったままのバッグを持ち出してここから逃げ去り、ひとりでやっていこうかとも考えた。自分ひとりの生活ぐらい、なんとかなる。今までだって自分で稼いできたんだ。でも……。何度か深呼吸をし、動かずに考えた。

ぼくだって、将来の青写真くらい描いている。あいにくその中に十代にして家出という計画は入ってない。物心ついたときから働いて、その日暮らしをしてきたけれど、一生同じ生活をしていくつもりはない。勉強もせずに働いているがきは、さがしたところで〝フライドポテトもご一緒にいかがですか?〟って言う程度の仕事しか見つからないのがおちだ。でも、ぼくは違う。いまいましい高校をちゃんと卒業して、サッカーか何かの学問で奨学金をもらって大学に入り、職業の選択肢を広げるつもりだ。これまでの生活とは比較にならないほど大きな進歩を遂げるつもりだった。

それなのに、よりによってラスベガス? ほぼ一年中、気温が摂氏三十八度まで上がるような町で、まともなサッカーチームなんかさがせるだろうか。だいたい、サッカー部のある高校なんてあるのだろうか。ぼくは、今までまともに勉強できたためしがない。新しい学校に慣れたころに、ママの引っ越しに付き合わされたり、おじいちゃんとおばあちゃんがそのときに住んでいる場所へ行かされたりしたからだ。そうやって、しょっちゅう新しい学校の新しいシステムに慣れなければならなかった。

もう、そんな生活にはうんざりだ。

再び肩に力が入っているのに気づき、ニクラウスは大きく息を吐き出した。あと一年と少し我慢すれば、十八歳になる。それからもう十カ月がんばれば、高校の卒業資格を取って、大学に入れる。

しかたない。ここで暮らすとするか。たとえおじさんが理想の仕事とやらを見つけて、ラスベガスに置き去りにされることになったとしても、そのころにはぼくも自分の目標にもっと近づいているはずだ。

それに、たとえ目標にはほど遠かったとしても、おばあちゃんがまた引き取ってくれるかもしれないし。

5

「というわけで火曜日の朝、自尊心を押し殺し、ウルフガングに〝もっとドイツ語の命令を教えてほしい〟って頼むことに決めたの」カーリーが言った。数日間にわたるルーファスのめまぐるしい進歩について親友のトリーナ・マコールに語って聞かせているところである。今は木曜日の夜。ふたりは一緒に仕事に向かっていた。「これだけは言っておくわ、トリーナ。月曜日の夜、別れ際にあいつが言い捨てたせりふを思い出して、何度考え直したかわかる？」〈アヴェンチュラト〉の駐車場に車を入れながら、カーリーは助手席に座る赤毛の友人をちらりと見やった。エンジンを切ってパーキングブレーキをかけると助手席に向き直る。トリーナは目を輝かせ、興味津々といった様子だ。

「でしょうね。あなたがウルフガングと一緒にいるところを目撃していたら、一緒になって考え直してたところだわ」

「わたしは本気よ。とにかく覚悟を決めたの。それで、どうなったと思う？」カーリーの中の怒りが再び爆発した。「あのどうしようもない男、どこかへ消えちゃったのよ！」

「ほんと、いやなやつね」腹を立てたカーリーに合わせるように、トリーナもむっとしてみせた。けれどもすぐにからかうような口調で続けた。「わざとあなたを怒らせているんじゃないの？」

「わたしも、最初はそう思ったの」カーリーは声をあげて笑った。「でも思い直したわ。わたしが思ってるほど、向こうはこっちのことを気にしていないんじゃないかって」

「そうなの？」

「あの男が気になる理由が自分でもよくわからないの。ここまで相性の悪い男に出会ったことがないからかしら」

トリーナはいつものように口の片端を上げてかすかな笑みを浮かべた。「そのうえ、あれほどお尻の形がいい男は、でしょ？」

「そうなのよ！」カーリーは間髪を置かずに答えた。「あいつのお尻はまさにワールドクラスよ。それにしても、男と最後に寝てからどれくらいになるのかしら。不公平だと思わない？　お尻をつかんでみたい、あんなお尻の持ち主になら抱かれてもいいって女性に思わせてくれる男が、あんな根性悪だなんて！」

トリーナは哀れむように首を横に振った。「人生って厳しいわね」

「そのとおり」今までは、好きでもない男に興味を引かれたことなんてなかった。アフロディーテに愛されたアドニスのような美少年が相手だったらわかる。それなら問題はない。救いようのない男なら、そもそも興味を引かれたりはしない。

ウルフガング・ジョーンズは、アドニスほど美形ではない。そして、間違いなくどうしようもない男だ。それならなぜ、あいつに会うたびに、性的なものを意識してしまうのだろう。

「相性って、なんなのかしら」車を降りながらカーリーはつぶやいた。

トリーナが赤いスポーツカーの屋根越しに、カーリーを見やった。「何か言った？」

「ううん、ただ……世の中にはものすごく相性の合う人もいれば、まったく興味をそそられない人もいるでしょ。どうしてかしら、って思って」

「そんなことで悩んでるの？　大嫌いな男性と相性が合っているから？」

「違うわよ。そうね……そうかもしれない」カーリーは首を横に振った。「まさか、やっぱり違うってば。あの男がわたしのベビーたちをばかにすることに腹が立ってるの。それだけよ」だが、本当はそうでないことはわかっている。トリーナを見つめ、しかたなさそうに顔をしかめた。「ああもう、知らない」

長年の友人らしくカーリーを気の毒に思ったトリーナは、話題を変えた。「ところで足首の調子はどう？　今夜は踊れそう？」

カーリーは肩をすくめた。「さあ、どうかしら」トリーナに向かってこぶしを突き出す。

「でも、なんとかなると思うわ」

トリーナがこぶしを合わせた。「痛みはじめたら無理はしないって、約束して」

「はい、わかったわ、ママ」皮肉りながらも、穏やかな笑みを浮かべた。「月曜日の夜と比べたら、ううん、昨日の夜と比べてもずっとよくなってるのよ。順調に回復してるってことだと思う。でも、痛みはじめたら、すぐに中止するわ。それは約束する」E通路を通って駐車場のエレベーターに向かいながら、カーリーはトリーナのヒップをぽんと叩《たた》いた。「それより、サンフランシスコはどうだったの？」

「それはもう、最高だったわ」トリーナは琥珀《こはく》色の瞳をうっとりと輝かせた。「〈セント・フランシスシス〉に宿泊して、二日間で回れるだけの観光スポットを回ったのよ」

「ジャックスは、ポーカーのトーナメントに出なかったの？」

「そう。しなければならないことがひとつもないって、わくわくするわね。いろんなものを食べたわ。お酒もちょっと飲みすぎたかもしれないけど、とにかく観光客として思いきり楽しんできたの。天気もよかったし。ラスベガスよりもずっと涼しいのよ」

「でしょうね。ここのところ、十月半ばにしては異常なほど暑いんだもの。いいかげん涼しくなってもいいころなのに」

「体がついていかないわ。少し前に平均気温に戻ったときは、ほっとしたのに。また急に暑くなるなんて思ってもいなかった」

ホテルのロビー階でエレベーターのドアが開いたとたん、カジノの喧噪《けんそう》がふたりを包み込んだ。しかし、長年ホテルで仕事をして聞き慣れているカーリーにとって、それは単なる背景音にすぎない。ふたりが出てくるのを待ちきれずに乗り込んでくる観光客の間を縫うようにエレベーターを降り、大理石のフロアで荷物用カートを押しているベルボーイをよけながら、カジノへ足を踏み入れた。ガーリックとトマト、オリーブオイルの香りが漂うイタリア料理店の前を横切り、仕事の疲れを癒《いや》すお気に入りのオープンラウンジを通り抜けた。それからクラップスのテーブルのところで左へ曲がると、建物の東の壁に沿った短い通路を目指す。その先に、従業員専用の〈スターライト・ルーム〉の楽屋口がある。

「ミズ・ヤコブセン」

嘘《うそ》でしょ？　トリーナの〝どうしようもない男が戻ってきたようね〟というつぶやきを聞くまでもない。振り向かなくても、誰だかはわかっている。ため息をつきながら、カーリーはくるりと振り向いた。

近づいてくるウルフガング・ジョーンズをカーリーはじっと見つめた。初めてウルフガングを客観的な目で見たカーリーは、ようやく自分がいらいらさせられる理由がわかった気がした。あまりにも冷静で落ち着いているせいで、まるでロボットのよう。血の通う人間のような気がしないのだ。でも、それだけではない。このふたつと、そこにカーリーが男性に求める強さがあるせいだろう。〝おれに近づくな、うかつに近づこうものならけがするぞ〟的な強い男性に、カーリーは弱い。

ウルフガングのそんな魅力が、思いきりカーリーのつぼにはまった。男性を縛りつけるつもりがないからかもしれない。これまでも、これからも。

とりわけ彼が相手ならば。

それでも、自分の人生の目標に向かってまっしぐらに、堂々と歩いている男性には、女性をその気にさせる何かがある。

カーリーを本気にさせる何かが。

ウルフガングはまさに自分の目標にまっしぐらに向かっていくタイプだ。目的が何かは知らないが、ひと目見て、それだけはわかった。それにあの引き締まったボディ。ジーンズのほうが好みだが、スラックスの形がいいせいでお尻の盛り上がった筋肉の線が実にきれいに見える。仕立てのよいジャケットも、彼の肩幅を浮き立たせている。

どうしよう。あのいかにも高級そうなスーツに隠れた肉体美に問題などあるはずがない。

ウルフガングがカーリーの前で立ち止まった。顔を上げなければグリーンの目を見つめることができないほどの至近距離だ。これぐらいなんでもないわ。そう心の中で言い聞かせたものの、それがまったくの嘘であることは自分がよくわかっていた。ハイヒールをはくと百八十センチを超えるカーリーが、男性を見上げなくてはならない。それだけでも、どきどきするのに。

「先日のけがのことで話がある」ウルフガングはきびきびと言った。頭を後ろへ引き、カーリーの足首までゆっくりと視線を下ろしていき、もう一度上へ戻した。「もう足はいいのか？」

カーリーの体の中に温かいものが広がった。「ええ、おかげさまで。ありがとう」

「よかった。それなら、事故報告書に記入してもらいたい。この件が片づく」

体の中が凍りついた。目を細くして、彼の下唇を見つめる。いつも不機嫌な顔ばかり見てたから気づかなかったけど、この人の唇って思ったよりふっくらしているのね。やっぱり、そうだわ。彼には、わたしがつい惹《ひ》かれてしまう男の鋭さがある。特別にハンサムというわけではないけれど、男らしさにあふれてる。

ああ、口さえ開かなければ最高なのに。

それでも、視線を上げてウルフガングと目が合ったとたん、背筋がぞくっとした。

ちょっと待って。寒気のした背筋をまっすぐに伸ばす。いったい何を考えているの？

この男と男女の関係になるつもりなんかないわよ。「そう、わかったわ。じゃあ、近いうちに」カーリーはくるりと背を向けた。

するとウルフガングが彼女の腕をつかみ、再び自分のほうへ向かせた。カーリーは、自分の肌をつかみ、体中を熱くさせている長い指と大きな手のひらをじっと見つめた。

ウルフガングが手を離した。「今、来てもらいたい」

「今は、困るわ」カーリーは冷静に断りを入れた。「これから仕事なの。遅刻して総支配人に目をつけられたくないのよ。保安部を総動員したってヴァーネッタ・グレイスの恐ろしさにはかなわないんだから。わかってくれるわよね」上目遣いでウルフガングを見つめ、挑戦的な視線を送る。「個人の責任というものを大切にするほうだから」

「いいだろう」ウルフガングは、いつものように口を引き結んだ。「では、ショーが終わったら、保安部に来てサインをしてくれ」

「わかったわ。家へ帰る前に寄るから」カーリーはトリーナに向き直った。「忘れてたら、言ってね」

「ええ」トリーナは答えた。

もう一度ウルフガングに向き直る。「じゃ、これで。ほかに何か?」

「いや」

「さあ、急がなくちゃ。開演まで十五分しかないわ。まだ着替えもメイクもすませていないのに」

ウルフガングは、こわばった表情のままうなずき後ろへ下がった。カーリーはトリーナと一緒にその場を離れた。

声の届かない場所まで来ると、トリーナがカーリーを振り返った。「保安部に立ち寄って事故報告書にサインするつもりなんてないんでしょ?」

カーリーは鼻を鳴らした。「当然よ。そんなことするものですか」

楽屋に足を踏み入れたカーリーは、自分が驚くほど上機嫌なことに気づき、ふと不安を覚えた。

そんなカーリーの気持ちを察したかのように、トリーナが冷ややかな流し目で彼女を見つめた。「ウルフガングに会っただけで、やけにうれしそうじゃない?」

図星だ。すぐさま否定しようとしたが、できなかった。

「そうなの」カーリーは小声で打ち明けた。「なんだか怖いくらい。でも、ううん、やっぱり違う」性格的にはいやでしかたがないのに、その男の肉体に魅力を感じるなんて、どう考えても間違ってる――カーリーは手を振り、自分の言葉を否定した。でも……。心の中で理性と本能が葛藤《かっとう》しはじめた。振っていた手を急に止めたのは、不器用だった少女時代の記憶が甦《よみがえ》ったからだった。あの当時のことは、二度と思い出したくない。

カーリーは息を吐き出し、腕を脇《わき》に下ろしてトリーナに苦笑いしてみせた。「ただうとましいだけの存在だったときのほうが気楽だったわ。最近は、あの男がそばにいるだけで、動悸《どうき》がするの。いったい全体、どういうことかしら」

「それは、あなたが思っていた以上の何かが彼にはあるってことでしょ」

「そうかしら」そのとき、自分の化粧台に置かれた美しい花束が目に入った。「まあ、あれを見て」カーリーは声をあげ、仲間のダンサーの間をすり抜けて早足で化粧台に近づいた。部屋の中は、着替えをすませたダンサーや、まだ着替えている最中のダンサーでいっぱいだ。「わたしのことをよほど気に入ってくれている人がいるのね」

カーリーの言葉に野次があがった。「そうよ、カーリー」ずっと先の席に座っているミシェルが言った。「いつもどおり休みをとってただけなのに、あなたが足首をくじいて動けないらしい、なんて噂《うわさ》が流れてたの。元気そうなうえに、新たにふところの豊かなファンまで獲得してたなんてねえ。いったいどういうこと？」ミシェルは鏡をのぞき込んで顎と下唇を突き出し、つけまつげをつけている。接着剤が乾くのを見計らって手を離すと、ようやくカーリーのほうに向き直った。「その男、兄弟はいる？」

「おあいにくさま。仮にわたしにパトロンがいて、その彼に兄弟がいたとしても、兄弟のほうは予備に取っておくに決まってるでしょ。どれだけ日照り続きだったと思ってるのよ。もし本当に恋人ができたとしても、やっぱり予備は作っておかないと。別れたときのためにね」

カーリーの言葉が引き金となって、部屋のあちこちであまり上品とは言えない笑いやコメントが次々と飛び交った。カーリーは化粧台の前にダンスバッグを置き、花の間を探った。

期待どおり小さな白い封筒を見つけて引っ張り出し、封を開ける。中のカードを引き出した。「早くけがを治して、舞台に復帰してください」声を出して読んだ。贈り主の名前はない。「わかった」顔を上げると、仲間たちがにやにやと自分を見つめている。カーリーははっと閃《ひらめ》いた。「みんながくれたんでしょ?」

部屋の奥で撫《な》でつけた頭に大きなヘッドドレスをつけているジェリリンが、ばかにしたように言った。「そういうことにしておくのはかまわないけど、今までにダンサー同士で花を贈り合ったことがある?」

「ジョージアが赤ちゃんを産んだときくらいかしら」カーリーは言った。「そうね、たしかにけがをしたくらいであなたたちが花束なんかくれるわけはないわ。じゃあ、いったいみんな、何をにやついてるの?」

「まったく、カーリーったら」ミシェルが言った。「花束のプレゼントというのは、女にとって一大イベントよ。みんな、自分のことのように喜んでるの」

カーリーはホテルの花屋のリボンをつけた花束を再び見やった。オーケー、わかったわ。でも……。「あなたたちじゃないなら、いったい誰からかしら？」

「月曜日の夜、緊急救命室《ER》でセクシーな若い医者に診てもらったんじゃないの？」ジュニーが言った。

「いいえ、ERには行ってないわ。家まで足を引きずって帰って、氷で冷やしただけ。それに、この間ERに行ったときに会った最高にセクシーな人といったら、ブランヒルダっていう名前の女性看護師だったし。シャワールームにいるときに目の前で絶対に石鹸《せっけん》を落とすわけにはいかない、っていうタイプ」

「カーリーったら、そんな嘘を言わないの」トリーナがたしなめた。

鏡を挟んでカーリーの真向かいに座っていたジョーがぱっと顔を上げた。「ひょっとして、隠れファンなんじゃない？」

「そうかもしれないけど」カーリーは考え込みながら答えた。しかし、壁の時計に目をやると、ステージ衣装を受け取るために部屋の奥へ向かって歩きはじめた。「そうだとしても、正体を突き止めるのはあとにするわ。今はそんなひまないもの」

衣装ブースに近づくと、衣装係の女性が顔を上げた。首に下げたメジャーを引っ張りながら、縮れた髪の房を耳の後ろにかけ、ラックからカーリーの衣装を選び出す。「昨日は衣装とウィッグをトリーナにことづけてくれて助かったわ」そう言って、きらびやかな第一幕用の衣装一式を手渡す。それから金色で先端だけが白い噴水型のヘッドギアを差し出して、ずり落ちてくる眼鏡を押し上げた。「おかげでクリーニングができたから。まあ、あなたはいつもきれいに使ってくれるけどね」

化粧台に戻ったカーリーはすぐに服を脱ぎ、網タイツをはいてから衣装を身につけた。頭にヘッドギアをのせ、手早くドーランを塗る。蛍光灯の下では厚化粧で品がなく見えるが、ふだんのメイクのままではステージライトが明るすぎて表情が消えてしまう。

しばらくするとイヴが楽屋に入ってきた。カーリーの化粧台から三つ先の化粧台の前で立ち止まり、右足をスツールの上にのせた。ふくらはぎから太ももに沿って網タイツを撫でつける。それから視線を上げ、カーリーを見つけて微笑《ほほえ》んだ。「ヘイ、ガール。足首の具合はどう?」

「もうすっかり大丈夫よ」と、思う。

「それならいいんだけど」妙にテンションの高い、甘ったるい声がした。ジュリー＝アンだ。この声を聞くたび、カーリーは無性に苛立《いらだ》つ。「わたしのコーラスラインをめちゃくちゃにしてもらったら困るもの」ジュリー＝アンはいかにも面白いジョークを言ったかのように高笑いした。

カーリーは若いチームリーダーを冷ややかに見やった。「そうね。わたしのけがのせいであなたのステージを台無しにしたくはないわ」

「今の聞こえた、カーリー?」トリーナが無表情のまま尋ねた。「ジュリー＝アンったら、自分のことばかり。あなたのことはこれっぽっちも心配してないのね」

「ほんと」イヴも言った。「聞こえたでしょ？　けがのせいで、ラインを乱されるのがいやなんですって」イヴはジュリー＝アンに向かって眉をひそめた。「それに、わたしたち、いつジュリー＝アンのダンスチームになったのかしら。わたしたちはひとつのチームとしてダンスしているのよ」

「もう、いいかげんにして」ジュリー＝アンが怒って言った。「そんな言い方しないでよ。ジョークだってば」

へーえ、そうなの。カーリー、トリーナ、イヴの三人は顔を見合わせた。そして、そのまま何も言わずにショーの準備を再開した。

しかし、カーリーは首を後ろへひねって背中を触ると、肩越しに小声でトリーナに尋ねた。「どこかに、ナイフが刺さってない？」

トリーナは口端を上げて微笑んだ。「彼女には本当にあきれるわ」カーリーに負けないくらい小さな声で答えた。「天使のようなにこやかな笑みを浮かべながら、相手の弱みをぐさりと突いてくるなんて。どうしてそんなことができるのかは、永遠の謎《なぞ》だわ」

「トリーナなら、それがどんな痛みかわかるでしょ？」事情があって一年ほどチームを離れていたトリーナは、年に一度のチームのオーディションまで、メンバーに追いつくために文字どおり血のにじむ努力を続けていた。ところがチームリーダーのジュリー＝アンは、彼女をサポートするどころか、ことあるごとに足を引っ張り、評判を傷つけるようなまねをしていたのだ。

トリーナが満面の笑みを浮かべた。「でも、もうわたしをいじめる気はなくなったみたいね」

「トリーナ、あなた本当に今年限りで引退するつもりなの?」

「ええ。そろそろ潮時だもの。もういい年だし、肉体的にきつくなっていくのは目に見えてるわ。今後のことについては、ジャックスともいろいろ相談しているの」

「そうね、あなたなら、踊る以外にもいくらでも道はあるでしょうね。あなたが幸せであれば、わたしはうれしいわ。もちろん、一緒に仕事ができなくなるのは寂しいけど。一緒に踊るようになって、もう何年になるのかしら。十年?」

「そうよ、なんだか嘘みたいね」トリーナは化粧台に踵《かかと》をのせて脚をまっすぐに伸ばし、膝裏の筋肉のストレッチを始めた。ゆっくり体を起こしながら、ふたりの化粧台の間に置かれた花束に向かって顎をしゃくる。「それで、誰からの贈りものだと思う?」

「さあ、想像もつかないわ」カーリーはヘッドピースのターバン部分に髪を押し込みながら、トリーナを見つめた。「明日、ホテルの花屋で何か知らないか訊《き》いてみる。だって、本当に思い当たる節がないんだもの」

「ひょっとして、ウルフガングだったりして」

カーリーはごくりと唾《つば》をのみ込み、大笑いした。笑いすぎて下まつげから涙がこぼれる。

「やだわ、そんなこと言うから、メイクが崩れてきたじゃない。どうしてくれるのよ」ティッシュを数枚つかみ、マスカラが取れる前に涙を吸い取った。なんとか化粧崩れを防ぎ、トリーナに向き直った。「あのロボット人間が、ベッドをともにしてもいない女性に花を贈るような人間に見える？」

「正直言って、見えないわね」

「同感よ。だいたいあいつが女性とベッドに入ることじたい、想像もできないわ」

ましてや、興奮して汗まみれで素っ裸のウルフガングが、わたしにおおいかぶさってくる夢を見て、驚いて目を覚ますなんてこと……ありえるかしら？

おっと、このことだけは、いくら親友のトリーナでも話すわけにはいかない。

6

翌朝、ウルフガングは大音量で鳴りだした音楽で目を覚ました。ニクラウスのしわざだろう。耳ざわりな音と甲高いギターのフレーズに、左のこめかみが脈を打ち、やがて居間のスピーカーから流れてくる不協和音と同調しはじめた。うなり声をあげながら、転がるようにベッドを下りる。ずきずきする頭を手で支え、肘を膝で挟んで床に座り込んだ。

最悪だ。とても眠れやしない。この三日間、朝から晩まで忙しく動き回っていてくたくただというのに。仕事を夜に回し、昼は両親とニクラウスに付き合ってラスベガスとその周辺の観光地巡りをしてきたんだぞ。今はほとんど食べなくなった脂っこい料理を食べ、母の期待に応《こた》えるべく犬のようにせっせと働いたのに。

働くというのは、つまり、世間話をして、愛想笑いを浮かべて、いかにも楽しそうに振る舞うことである。

柄にもない社交活動でストレスがたまりにたまっていた。今にも爆発しそうだ。いつもはおとなしい動物がいきなり猛獣に変わり、外に出せと言わんばかりに、檻《おり》の扉に体をぶつけ、よだれを垂らしながらうなりはじめた――そんな状態だ。ただでさえ睡眠不足などころへこれほどの大音量でくだらない音楽を聞かせられるとは。このままでは、さがし求めている扉の鍵《かぎ》を見つけ出すのは時間の問題だろう。

だが、いくらいらいらしていても、今は短気を起こすべきときじゃない。ニクラウスに八つ当たりするなんて、もってのほかだ。あいつだって、辛《つら》い思いをしているに違いないのだから。ようやく落ち着ける場所を見つけたとたんに荷物をまとめるよう言われ、どこか別の場所で同じ苦労を繰り返さなければならないわずらわしさは、わかりすぎるくらいわかっている。

けっきょく、ニクラウスを預かると決めた最大の理由はそれだった。

ボリビアへ帰る両親を空港で見送ったあと、ウルフガングはニクラウスを家へ連れ帰り、彼の好きなピザを注文して、新しい環境でゆっくりと過ごさせてやるつもりだった。だが、部屋に着いたウルフガングを待っていたのは、〈アヴェンチュラト〉の保安部長ダン・マカスターからの留守電メッセージだった。「非常事態だ」いつもどおり、ぶっきらぼうなダンの声がした。「急いで来てくれ」

つまりニクラウスは、自分がよりどころとしていた唯一の人物である祖母から引き離されたとたん、見知らぬ町の見知らぬコンドミニアムにたったひとりで置き去りにされることになった。見ず知らずの他人も同然のおじの家に引っ越すだけでは足りないかのように。

ウルフガングはずきずきと痛むこめかみを指先で押さえつけた。それでも頭が破裂する前に、この音楽だけはなんとかしなければ。

立ち上がり、昨夜デスクの椅子にかけておいたシャツを手に取って身につけた。ボタンは留めずに、引き出しからカーキのショートパンツを取り出し、脚を通して引き上げる。そしてファスナーを閉めながら、居間へ足を踏み入れた。

まっすぐにステレオへ向かい、ボリュームを下げる。

ソファに寝転がっていたニクラウスがにらみつけてきたが、ウルフガングはカーリーの部屋との境である壁に顔を向けた。「少しは気を遣え。隣は空き部屋じゃないんだ」

驚いたことに、ニクラウスの表情がぱっと輝いた。「知ってる。ゆうべ、バルコニーにいるのが見えた。色っぽい人だね。それに猫と犬を飼ってて、すごく賑《にぎ》やかそうだ。すごいよ」

カーリーのペットの話を聞いたとたん、顔をしかめたくなったものの、どうにか無関心を装う。ニクラウスがこんなにうれしそうな表情を見せたのは、祖父母にラスベガスに置き去りにされると知ってから初めてのことだからだ。

「ああ」ウルフガングはうなるように言った。「そうだな」なんてことだろう。

まったく、あの女め。ウルフガングは昨晩『ラ・ストラヴァガンザ』のショーが終わったあと、ずっとカーリーを待っていた。それなのに、彼女はけっきょく、姿を見せなかった。サインをくれという、それだけの頼みさえ無視されたんだ。ニクラウスのために一刻も早く帰らなければならなかったのに、待ちぼうけを食わされるとは。ウルフガングはまだ腹を立てていた。

少々のことでは動じないウルフガングだが、今回ばかりはなかなか気が収まらない。今にもかんしゃくを起こしそうな自分に驚いているのは、まさに自分自身だった。ここ数日、いろいろと気を遣いすぎてきたせいで、思っていた以上に精神的にまいっているのに違いない。だからといって、それを表に出すわけにはいかない。あくまでも冷静に振る舞わなければ。

ニクラウスがいきなり立ち上がった。「シャワーを浴びてくる」

「わかった。じゃあ、そのあとぼくもシャワーを浴びて、それから朝食を食べに行こう。ついでにいくつか学校を回って、おまえに合いそうなところをさがすとするか」

ニクラウスが顔をしかめた。「この町に、まともなサッカーチームのある学校なんてあるとは思えないけど」

くだらないね、と言わんばかりの、いかにもティーンエイジャーらしい軽い口調だ。だが、ニクラウスのこわばった態度と鋭いまなざしを見れば、本気で言っていることは察しがつく。

「かもしれない。まあ、とりあえず、さがすだけさがしてみよう。おまえがサッカーが得意だという話は、おばあちゃんから聞いている」

ニクラウスは肩をすくめ、バスルームへ向かってぶらぶらと歩いていった。

ウルフガングがサッカーチームのことで近所の学校に電話をしていると、隣の部屋で犬がヒステリックに吠《ほ》えはじめた。犬は鳴きやまない。我慢の限界に達したウルフガングは、電話を終えると乱暴に受話器を置いた。「いいかげんにしてくれ！」

　廊下に出て奥のバスルームのほうをのぞき込んだが、シャワーの音がやむ様子はない。そうだ。意を決したようにうなずくと、昨夜、家に持って帰った事故報告書をつかみ、ちょうつがいを引きちぎりそうな勢いでドアを開けた。

　隣の部屋のドアの前を離れようとしていた宅配便の女性ドライバーが飛び上がった。ウルフガングはしかめっ面を消し去り、ドライバーに近づいた。

「カーリー・ヤコブセン宛《あて》の荷物ですか？」ドライバーの持っている荷物に向かって顎をしゃくる。

　茶色い制服を着たドライバーは伝票の宛名を見下ろし、うなずいた。

　ウルフガングは手を伸ばした。

　ドライバーは後ずさりした。「受け取り人ご本人にサインをいただかないと」

「受け取り人の夫ではだめなのかい？」ウルフガングは言い、もう一度手を伸ばした。

「今、ちょっと隣の部屋へ行っていたところなんだ」カーリーの犬は、あいかわらず吠え続けている。ついに我慢の限界に達し、叫んだ。「ズィッツ！」

　鳴き声がぴたりとやんだ。

　ウルフガングはドライバーに注意を戻した。「なぜカーリーが出てこないのかは知らないが、とにかくそれを渡してもらえないかい？　また配達してもらうのを明日まで待たなきゃならないとなったら、ただじゃすまない」

そういう苦情には慣れているのだろう。ドライバーは携帯用端末と専用のペンを差し出した。ウルフガングは端末の画面にサインをし、荷物を受け取った。「どうも」ドライバーはそう言うと立ち去り、階段を下りていった。

ドライバーが建物から出るころを見計らい、くるりと振り向いてカーリーの部屋のドアをノックした。犬がまた吠えだす。かろうじて抑え込んでいた怒りが爆発し、ドアを思いきり叩《たた》いた。ドアが壊れてもかまうものか。「さっさと、開、け、や、が、れ！」激しい心臓の鼓動と犬の鳴き声が響き渡る中、タイルを打つ人の足音がドアの向こう側からかすかに聞こえた。そう思ったとたん、カーリーの声がした。「ズィッツ！」すると再び犬が静かになった。

カーリーの部屋から聞こえたドイツ語の命令に驚いて、ウルフガングはぽかんと口を開いた。そして口を閉じきらないうちに、ドアが開いた。

敷居の反対側に立っているカーリーをひと目見たウルフガングは、また口が開かないようにするのが精いっぱいだった。

まいった。カーリーはすっぴんで、髪が濡《ぬ》れていた。こめかみからしたたる水滴が滑らかな喉から、胸へと伝っていく。よく見ると、白いタンクトップの縁が湿り、透けている。ウルフガングが見ている間にも水が染み込み、ノーブラで見ごとに突き出た胸の上部へと広がっていく。伸縮性のある布で押さえつけられていた胸の先端が、蒸し暑いバスルームからエアコンのきいた涼しい部屋に出てきたせいだろうか、それとはっきりわかるほどに、生地を下から押し上げている。足は、裸足《はだし》のままだ。居間の窓から玄関口まで太陽の光が差し込み、すそがぎざぎざしたスカートを通して彼女の長い脚がくっきりと透けて見えた。どうやらシャワーを浴びていたらしい。

両手を脇《わき》に下ろしたまま、カーリーもまるで初めて見るような目でウルフガングを見つめている。しかし、すぐに細い眉を寄せ、彼の顔を改めて見やった。「何かご用かしら、ミスター・ジョーンズ？」

「いや……」どう答えていいかわからず、最初に頭に浮かんだ言葉を口にした。「ドイツ語が聞こえたが」

カーリーは胸元から喉にかけた部分を赤らめた。「それが何か？」

「いや、なんというわけじゃないが……意外だった」何気なく足を踏み出したとたん、腕に抱えた段ボールの角が腕に食い込んだ。痛さにはっと我に返る。「これを」荷物を差し出した。「犬があまりにうるさかったんでね。頭がどうかなる前に、サインして受け取っておいた」

「まあ」カーリーはウルフガングの手から荷物をひったくるようにつかみ、くるりと向きを変えて居間へ入っていった。「うちの子を責めないでちょうだい。宅配便のお兄さんに吠えない犬なんていないわ」

「ドライバーは女性だった」ウルフガングは訂正した。だが、意識して言ったわけではなく、自然に口をついて出たにすぎない。まるで最後の燃料を使い果たしたエンジンのように、脳が働かなくなっていたからだった。

薄いスカートの下にうっすらと透けて見える太ももやヒップが、事態を悪化させた。カーリーの引き締まったヒップの上に見えるTバックの細いブルーのひものおかげで、わいせつ行為にならずにすんでいるようなものだ。意を決してカーリーのヒップから視線をはずし、彼女のあとをついて部屋の中に入った。「ドゥーファスをドイツ語で訓練しているのか？」

「ルーファスよ！」カーリーがくるりと振り返った。ブルーの瞳をぎらぎらさせている。「あの子の名前はルーファスっていうの！　あなたこそ、ウルフギャングって呼ばれたい？」

「いや」ウルフガングは硬い口調で答えた。あいかわらず頭はずきずきと痛む。「すまない。ルーファスだった。覚えておく」

「あら」カーリーは目を見開いた。「いいのよ。わかってくれれば」カーリーはウルフガングに真っ向から向き直ると、目をまっすぐに見据えた。「ドイツ語の命令のことは……ええ、そうよ。この間は、ルーファスがあなたの言うことしか聞かなかったでしょ。でも、わたしもがんばって、ようやくルーファスをしつける方法を見つけ出したの」

「鞭《むち》と椅子か？」

しまった。言ったとたんに後悔したが、あとの祭りだった。カーリーは怒ったように目を細めて顎を突き出し、足を前に踏み出した。「ちょっと、あなた――まあ、バスター！」

まだら模様の毛が頭の上で逆立ち、足首も毛でおおわれたまぬけな姿の犬が、彼女の注意を引こうと間に割って入ってきたのだ。あっという間の出来事だった。ウルフガングにわかったのは、カーリーが犬を蹴《け》らないよう足を引いたとたん、前に向かって倒れ込んだことだけだ。

バスターはさっと脇に逃げた。ウルフガングはカーリーを支えるために無意識に手を伸ばし、カーリーも支えを求めて両手を差し出した。ふたりの運動神経を考えれば、最小限の接触でカーリーの体勢を立て直すことができたはずだった。

しかし、どういうわけかカーリーの腕はウルフガングの腕の内側をすり抜け、彼の手を両側へ押しやった。カーリーの両手はボタンを留めていなかったウルフガングのシャツの中に入り込んで、身ごろを両側へ押し開き、そのまま肋骨《ろっこつ》に沿って素肌の上を滑った。カーリーを支えようとウルフガングは彼女のヒップに手を伸ばした。カーリーはウルフガングのシャツをつかんで体勢を立て直そうとしたが、勢いでシャツがはだけ、ウルフガングの両肩が剥《む》き出しになった。ウルフガングは反射的に腕を両脇に引き、後ろへ下がったため、背中が壁にぶつかった。カーリーのペットたちはきゃんきゃんと声をあげてちりぢりに逃げ出し、カーリーはウルフガングの胸に倒れ込んだ。カーリーの顎がウルフガングの鎖骨に思いきりぶち当たった。

「いたた……」顎を動かしながらカーリーが言った。「もう！」

ウルフガングは黙っていた。何も言うことができなかった。ウルフガングは体中のＹ染色体で石鹸《せっけん》と熱と女性の香りを認識していた。自分に重なっている長い脚と官能的な体の感触はもちろんのこと、湿った薄いタンクトップが自分の体とカーリーの胸とを隔てている唯一の存在であることを、恐ろしいほどに感じていた。まさに本物の胸だった。柔らかくて、引き締まった筋肉に押されて平らになる女性らしい乳房。最近のショーガールにありがちな人工的に膨らませた胸ではない。

カーリーの瞳孔《どうこう》の周囲には金色の小さな斑点《はんてん》があり、透き通ったブルーの虹彩《こうさい》を濃いブルーの色が囲んでいることに、ウルフガングは初めて気づいた。そのとき、カーリーが急に動きを止めた。おそらく彼女もぼくのことを意識しているに違いない。ぼくが彼女を意識しているように。あるいは、ぼくが彼女を意識していることに気づいたのだろう。彼女のお腹《なか》に当たっている下腹部のこわばりに気づかないはずはないだろうから。

そう、こんなに張りつめてしまっている。

カーリーの喉元が激しく脈を打つのが見えた。ウルフガングは、取り返しのつかない愚かなまねをする前に彼女から離れようと腕を伸ばした。

問題は、シャツがからんで腕を思うように動かせないことだった。カーリーの腕に手を置くことはできた。あくまでも彼女を少しでも自分から引き離すために、からまったシャツによる束縛の許す限り、そうしただけだ。腕に手を置いて空間を作れば、下腹部のこわばりを彼女に押しつけなくてすむ。

少なくともそのつもりだった。

だが、脳の命令どおりに動きはじめたはずの両手は、滑らかで引き締まったカーリーの腕を滑り上がり、ほてった肩にたどり着いた。そして細い喉をたどり、彼女の顔を包み込む。親指がまるで意思を持っているかのように、彼女の顎の下を優しく押し上げた。今まで気づかなかった浅いえくぼがあった。残りの指は彼女の短くて湿った髪の中に入り込んだ。ウルフガングはカーリーの頭を斜め後ろへ傾け、自分の頭をその反対側へ向けて小さく倒した。

そして重々しく鼓動する自分の心臓の動きを感じつつ、柔らかなカーリーの唇にそっと口を重ねた。

ああ。なんて甘くて、しなやかなんだ。できれば唇を開いて、ぼくを受け入れてほしい。今すぐに。

ウルフガングは口を広げてカーリーの唇をおおい、一定の速度で吸いながら、ゆっくりと閉じた。頼む。中へ入れてくれ。

願いがかなわないと知って眉を寄せ、頭を起こして角度を変えた。舌先でカーリーの唇の縁をそっと撫《な》でる。

カーリーは喉の奥で小さな声をあげた。手の力が弱まり、つかんでいたシャツを放したと思ったとたん、その両手がウルフガングの背中に当てられた。シャツが脱げ、剥き出しになった彼女の肌に。

そしてついに彼女の唇が開いた。

いいぞ！　ウルフガングは舌を潜り込ませた。

カーリーの口の中は想像以上に濃厚で、病みつきになりそうな味がした。そして彼女がキスを返してきた瞬間に、こんなことをしていてはいけない理由はすべて、砂漠に落ちた水滴のように消え去った。自慢の自制心は吹き飛び、彼女の唇をむさぼった。

カーリーは両腕をウルフガングの首に回し、乳房を彼の胸にこすりつけて、やはりむさぼるようなキスを返した。

ウルフガングは彼女の柔らかなうなじ、肩、そして背中へと手を走らせ、そのまま背骨に沿って丸くて引き締まったヒップへと撫で下ろした。薄くて滑らかなスカートの上から彼女のヒップをつかみ、膝を曲げて彼女を引き寄せる。張りつめた情熱のあかしが、ついに彼女の太ももの間の柔らかな場所をさがし当てた。

しかし、それだけではもの足りない。透けたスカートの内側に見える彼女の肌にじかに手を触れたい。少しでいいんだ――ウルフガングはカーリーの太ももの後ろでスカートをつかみ、徐々にたくし上げた。自制を失った男性ホルモンがそう主張する。ウルフガングはカーリーの太ももの間に片脚を割り込ませて彼女の脚を開いた。

少しでいいから触るんだ！

このときばかりは、ほかのことはどうでもよくなっていた。彼女が自分の人生計画にふさわしくないことも。お互いに好意さえ持っていないことも。隣の部屋でニクラウスが待っていることも。それから……。

ニクラウス？

そうだ、ニクラウス？

こんなことをしている場合じゃない。いつ自分をさがしに来るとも知れない甥《おい》のことを思い出したとたん、ウルフガングは我に返った。欲望という熱い霧に包まれ、それ以外のことはどうでもよくなっていたところで、いきなり冷水を浴びたような気分だ。そういえば、ここへ入ってきたときにカーリーの部屋のドアを開け放してきたじゃないか。予告なしに誰かが部屋の中をのぞき込む可能性だってある。何ごともなかったのは偶然の幸運としか言いようがない。

ウルフガングはカーリーのスカートを下ろし、さまよっていた心そそられる領域から両手を引き離した。カーリーのショートヘアに指を入れ、頭を押しやる。

カーリーはうつろな目でウルフガングを見つめて瞬《まばた》きをし、下唇を舐《な》めた。そしてキスのせいで赤らんでふっくらした唇に、妖艶《ようえん》な笑みを浮かべた。ウルフガングは思わずうなった。せっかくの決意が今にも崩れそうだ。このセクシーな笑みに応えて、もう一度さっきの続きを始めたい。

しかし、ジョーンズ家の血に流れているはずの野性的資質はぼくにはない――たとえ、さっきまで激しい欲望に駆られていたとしても。ウルフガングはいかめしい表情でカーリーを見つめた。「だめだ。できない」

カーリーはウルフガングの腹の底をじかに刺激する、とろけそうなほど甘く、わずかにぼうっとした笑みを浮かべ、彼の膨らみに腰を押しつけた。「あら、ハニー、大丈夫よ」

ウルフガングは無意識に腰を押し返していたことに気づいて無理やり体を引いた。髪から指を引き抜いて彼女の肩をつかみ、押しやる。

再びシャツが引っかかり、腕を思いきり伸ばすことはできなかった。しかし壁から起き上がった勢いで、結果的にカーリーを後ろへよろめかせることになった。バランスを崩したカーリーが体勢を立て直している間に、ウルフガングはシャツを肩まで引っ張り上げて、もとどおりに着直した。そして激しい鼓動を感じつつ、カーリーを見つめた。

いったいぼくは何をしていたんだろう？

「いや」カーリーと目が合った瞬間、ようやくウルフガングは答えた。「だめだ。ぼくの人生計画にきみは存在しない」

カーリーはとまどいの表情を浮かべた。「セックスを認めない、とでも人生計画に定めているの？」

「いや」

「違うんでしょ？」カーリーはわずかに足を踏み出した。「それじゃあ……」

ウルフガングは片手を上げ、カーリーの反論をかわした。「そうじゃない。たしかに人生計画は立てているが、そこには予定外のセックスは含まれていない」いつまでも道をはずしているわけにはいかない。そろそろ本筋に戻らなければ。

「セックスの計画まで立てているの？」カーリーは、信じられない、という口調で言った。

「まさか、報告書を提出したり、いかさま師を摘発したりするように？　驚いたわ。あなたって、本当におかしな人ね」

　ウルフガングは、自分のことを常に系統だったものの考え方のできる人間だと考えてきた。だが、自発的に接触を避けてきた、この髪の毛をくしゃくしゃにしたセクシーなブロンド女ときたら、まったく何もわかっていないようだ。

　たしかに何もわかっていない。ぼくは、自分の人生に不必要なものをちゃんと知っている。セックスが不必要だというわけではない。必要なものではあるが、満足感が失われた瞬間に後悔するようなセックスはやはり間違っている。そしてぼくの人生計画に間違いを犯す余地はない。

　ウルフガングはけだるそうに肩をすくめ、これ以上はないというほど無表情な顔をしてみせた。「そうかもしれない」ドアに向かいながら冷ややかに言った。「だが、少なくとも計画があるのはたしかだ」

　通路に足を踏み出そうとしたとたん、沸騰しすぎたやかんから蒸気が噴き出すような音が聞こえた。

「ああ、そう、わかったわ。じゃあ、好きなだけ計画を立てればいいわ、ばか！」カーリーが叫んだ。

　後ろ手にドアを閉めながら、ウルフガングは思った。今ごろ、どんなジェスチャーをしていることか。見ずにすんで何よりだ。

7

カーリーは爆発寸前だった。右に一歩、左に一歩。湿った髪に手を入れ、その場でぐるりと回転し、カウンターに向かってぼんやりと足を踏み出す。

「もう！」足を止め、窓越しに外を見やった。しかし小さなベランダの下に広がる中庭の美しい景色は目に入らない。カーリーがひとりになって、ばたばた慌てる様子がないのを見て取り、ペットたちは彼女の注目を集めるべく隠れていた場所からこそこそと出てきたが、今のカーリーにはどうでもよかった。

二サイズほど体が縮んだ気分だ。満たされない欲求に体の奥がうずき、動悸《どうき》している。そのうえ恥ずかしさでどうにかなりそうだった。自分自身をどうすればいいのか、まったくわからない。矛盾したさまざまな感情については、今回ばかりはトリーナにも打ち明けられない。あまりに個人的だし、それに……生々しすぎる。

カーリーはますます落ち着かなくなった。ウルフガングが焚《た》きつけた恐ろしい量の蒸気をコントロールする安全弁が、彼女にはなかった。

人の気持ちを沸点直前まで盛り上げておいて、さっさと逃げていくなんてあんまりじゃない。このくすぶり感をどう解消すればいいの？

「大ばか者」小声でつぶやいた。ドアを開けて、ウルフガングが立っているのを見たときは、本当に驚いた。ぴかぴかに磨き上げた革靴に、ボタンをきちんと留めたうんざりするようなスーツ、というカーリーの見慣れた姿とはまったく違っていたからだ。そこにいたのは、堅苦しくて表情ひとつ変えない保安部の副部長ではなく、腹を立て、荒々しい形相を浮かべたただの男だった。

その姿にカーリーは反応した。母親の言ったことは正しかったのかもしれない。やっぱりわたしには、セラピーが必要なのかも。

しかし、そんな思いを頭の中から払いのけた。だって、そうでしょ？　わたしにもわかるくらい高級な洋服を着た男、ネクタイにいたるまで、完璧《かんぺき》なコーディネートで決めた男、その高級な生地にしわが寄らないよう、自分をクロゼットに引っかけて眠りそうな男はみな、いつの間にか姿を消してしまうんだから。

しかし立っていたのは、そういうタイプの男なら決してはずせないはずのネクタイをつけていないばかりか、シャツのボタンさえ開け放したままの男だった。そして、前身ごろの間からちらりと見えた滑らかで固そうな胸と引き締まった腹筋、長くて筋骨たくましい太もも、すね毛におおわれたふくらはぎ、それに大きくて幅の狭い素足。それらを目にしたとたん、一瞬心臓が止まり、その場に凍りついたようになってしまった。

それでも、そのときはまだ冷静だった。そのまま冷静であり続けるはずだった。つまずいたりしなければ。彼にキスをされなければ。

まったく、唇をちゃんと封印しておいてくれればいいのに。キスくらいしてもいいけど、少なくとも、へたなふりをしてくれればよかったのよ。

でも、あいつはどっちもしなかった。やっぱりどうしようもない男だわ。典型的な支配魔。セックスまで自分の計画に組み込む人間なんている？　でも、ウルフガング・ジョーンズのキスがあんなにすばらしかったなんて……。彼のことを、心が冷えきり、感情のないロボット人間だ、などと思ってもなんの慰めにもならない。

ロボット人間だと思えたらよかったのに。あいつのキスのすばらしさを認めるくらいなら、虫を食べるほうがましよ。それでも……。

あの男、妙なこだわりがあるのはたしかだけど、情熱がないわけじゃない。わたしの唇に重ねられたウルフガングの唇は、冷たくなどなかった。押しつけられていた体にも、冷ややかさを感じさせるものは何もなかった。ああ、まるで石炭を燃やす炉のように、彼はわたしの体に火をつけた。それにあの両手ときたら！

ヒップに置かれたウルフガングの手は、長くて、固くて、そしてとても熱かった。それに、少しも臆《おく》することなく、わたしに下腹部を押しつけてきた。あんなに甘い体験は本当に久しぶり。それにすごく気持ちよかった。もし、もう少し長くあのまま抱き合っていたら、わたしのほうが彼を壁に押しつけていたかもしれない。

カーリーはしらじらしく笑った。わたしったら、何をしていたのだろう。すっかりその気になっていたなんて。あいつがさっさと手を引いたのはそのせいかもしれない。こんなふうにわたしをくすぶらせたまま、逃げていってしまうなんて。

第一印象に狂いはなかった。女性を燃え上がらせておいて、突然見捨てるような男なんて冷たすぎる。しかもその理由が〝自分の計画にないから〟だなんて。あの熱い手の動きともっと熱いキスはなんだったの？

奥歯を噛《か》みしめ、こぶしを握りしめて部屋の真ん中で立ち尽くしたまま、深々と息を吸い込み、吐き出した。よくもやってくれたわね。また腹が立ってきた。

何よ。わたしにだって今日やるべきことはあるわ。たいした用事じゃないけど、欲求不満を抱えたままうなっている場合じゃないんだから。とにかくいまいましいあの冷酷な男のことなどさっさと忘れて、もっと別のことを考えなくちゃ。問題は、何を考えればいいか、よね。部屋をぐるりと見回したカーリーは、足置きの脇《わき》に、紙切れが落ちているのに気づき、近づいて拾い上げた。よかった、これで少しは気が紛れるわ。

だが、それがウルフガングに署名してくれと言われていた事故報告書であることに気づき、再びカーリーの頭に血が上った。くしゃくしゃに丸めて床に投げつけ、裸足《はだし》で踏みつける。それだけでは腹の虫が収まらず、もう一度拾い上げて広げた。それからできる限り細かく引き裂く。細かく破れた書類の破片を片手で握り、もう一方の手でデスクの中をまさぐって、封筒を取り出した。ウルフガングの報告書に対する彼女の返答をその中に入れ、封をした。

グレーと白の毛が交じったトリポッドがカーリーの足を引っかいてきた。トリポッドを持ち上げ、胸に抱きかかえた。トリポッドは喉を鳴らし、頭をカーリーの顎に寄せてきた。「おまえの言うとおりね」トリポッドの耳の間を撫《な》でながら、カーリーは断固とした口調で言った。「腹を立てて突っ立ってるだけでは、何も始まらない。このままじゃ、ウルフガングに勝ちを譲るようなものだわ。それだけはいや」カーリーは、トリポッドを足置きの上に下ろした。「病院へ行って、誰かを楽しませてあげましょう。もう少しおとなしい洋服に着替えて、髪も整えなくちゃ。準備ができたらみんなで出発よ。おっと、あんたは別ね」カーリーは寝室へ向かう途中で足を止め、ルーファスの頭を撫でた。「すごくおりこうさんになってきたけど、まだ連れては行けないわ。でも、もうすぐだから、ね？」

数時間後、コンドミニアムに戻ってきたころには、カーリーの気分はすっかりよくなっていた。バスターのリードをはずし、トリポッドとラッグスが出られるようにキャリーのドアを開ける。出かけるたびに狭いキャリーに押し込められてくたびれるのか、二匹ともすぐには出てこない。ルーファスはベランダに続く窓の横で、ふてくされて寝そべっていた。カーリーのほうを見ようともしない。それでも、部屋の中は出ていく前と変わらなかった。

部屋を荒らしていないだけでも大きな進歩ね。そうよ、ルーファスの機嫌が悪いことを気に病む必要なんてないわ。カーリーが、ペットセラピー・ボランティアとして自分のペットを近所の病院に連れていくようになってから、かれこれ四年以上がたつ。しかし、ルーファスはとても連れていける状態ではなかった。病院を訪れる目的は、ペットたちを広い病院で思いきり暴れさせることではない。手術前で不安を感じている患者や、特に長期療養の必要な、たとえば癌《がん》病棟に入院中の子供たちにペットを会わせ、彼らを励ますために行くのだから。だからこそ、ルーファスが一貫して言うことを聞くようになるまでは、家で留守番させるつもりだった。

しかし、ルーファスにとって犬用ガムの次にすばらしい存在のはずの自分が、半ば無視されているという状態に、だんだん耐えられなくなった。だからといって、ここで甘い顔をしたら、またもとどおりになってしまう。カーリーは心を鬼にして寝室へ向かい、あざやかなブルーのビキニに着替えた。どこかの誰かさんがなんて言おうと、わたしは責任感あるペットオーナーよ。だからルーファスがすねたければ、すねさせておけばいい。

それだからって、わたしがそばにいて心を痛める理由はないわよね。さっさと泳ぎに行こう。

しばらくしてプールの入り口を通り抜けたカーリーの目に入ってきたのは、ひとりでプールの端から端に向かって泳ぐ見知らぬ十代の若者だった。それほどきれいな泳ぎ方とは言えず、水を激しくかき混ぜているばかりだ。すぐに泳ぎ疲れて上がってくると予想したカーリーは、しばらくプールサイドで待つことにした。やしの木の陰になった長椅子にブルーとホワイトのデルフト模様の派手なタオルを敷いて寝そべり、根気よく泳ぎ続ける少年を観察した。彼はまるで何かに憑《つ》かれたように泳いでいた。怒りなのか、決意なのかはわからないが、やむにやまれぬ理由がありそうだ。それが泳ぎ方のまずさを補い、彼を泳ぎ続けさせる原動力となっているに違いない。夢中になって泳ぎ続ける少年を眺めながら、カーリーは日焼け止めを塗りはじめた。

　しばらくすると眠たくなってきた。思わずあくびが出た。少年がターンするのを見た直後、カーリーの目は静かに閉じていった。

　やしの葉を通り抜けて降り注ぐ太陽を遮る影に気づき、カーリーは目を覚ました。目を手でおおいながら見上げると、逆光に映し出された背の高い人影が、長椅子の足もとに立っていた。

「ハイ」若い男性の声がした。わざとクールさを装っているように聞こえる。人影が動き、隣の長椅子に腰を下ろした。影は、濡《ぬ》れた髪を後ろへ撫でつけた、手足がひょろ長くてヘーゼルグリーンの瞳の少年に変わった。水がしたたる額を腕で拭《ぬぐ》いながら、カーリーの胸と剝《む》き出しになった腹部、脚そして顔へと、さっと視線を走らせた。

「ハイ」心の中でため息をつきながら、返事をした。どうせお決まりの口説き文句が出てくるんでしょう?

「犬たちはどこ?」プールを囲むきちんと整備された庭から飛び出してくるのを期待するかのように見回しながら、少年が尋ねた。「一緒に連れてきてくれればよかったのに」

予想外の言葉に、カーリーの顔がほころんだ。なるほど、犬好き仲間ってわけね。趣味のいい男は大好きよ。「ペットはプールに立ち入り禁止なのよ。残念ながら」そう言って、さっと少年を上から下まで見直した。

いつかはいっぱしの男になるでしょうけど、軽く日焼けした肌の下の筋肉はまだたいしたことはないわね。成長期の十代にありがちな、栄養不足感とぎこちなさもしかたないわ。でも、賭《か》けてもいい。きっといつかは筋肉がついて体中からセクシーさを漂わせるようになるわ。それに、このなんとも詩的なヘーゼルグリーンの瞳。すでに女の子を夢中にさせているんじゃないかしら。

カーリーは手を差し出した。「カーリーよ」

少年も手を出そうとしたが、体に巻いているタオルに手が引っかかったらしい。一瞬、顔が青ざめたがなんとか手を出し、握手をした。「ニクラウスっていうんだ」

「よろしくね、ニクラウス。ところで、どうしてわたしの犬のことを?」

「ゆうべ、バルコニーにいるところを見た」

真夜中に？「どこで？　中庭？」

「ううん」ニクラウスはカーリーの部屋のある建物のほうに向かって顎をしゃくった。

「引っ越してきたばかりなんだ」

「冗談でしょ？」カーリーは興味深くニクラウスを見やった。「部屋が売りに出されてたなんて聞いてないわよ」

「だろうね。おじさんが住んでる。知ってるんじゃないかな」ニクラウスの声が変わった。

腹を立てているようにも聞こえる。「ウルフガング・ジョーンズっていうんだけど」

「彼が、あなたのおじさん？」あのロボット人間に家族がいるの？　なんだかあまりにも……人間くさいわ。メドゥーサのお腹《なか》からあのまま出てきたんじゃないかという気がしてたのに。

ニクラウスがうなずいただけなので、カーリーは続けて尋ねた。「いつからいるの？」

「今週の初めに、おばあちゃんにラスベガスへ連れてこられた。でも〈サーカス・サーカス〉に泊まってたから、ここへ来たのはゆうべだよ」

ウルフガングったら、わたしを無責任だなんてよくも言ってくれたわね。わたしなら、越してきたばかりの子供をひとり部屋に残して夜中に家を空けたりなんかしないわ。今度見かけたら捕まえて、そう言ってやろうかしら。

その一方であんなやつとは二度とかかわりたくないという思いもある。でも、やはり訊《き》かずにはいられなかった。「で、あなたのおじさんは今どこに？」「部屋にいるよ。ショートパンツ「ロボット人間のこと？」ニクラウスは肩をすくめた。「部屋にいるよ。ショートパンツをさがしてるんじゃないかな」

カーリーはにやりと笑った。へえ、この子とはうまが合いそうね。彼があと二十歳ぐらい年をとってたらよかったのに。それとも、わたしがうんと年下好みだったらよかった。最高の伴侶《はんりょ》になれたかも。

だからといって、内輪もめを助長するのは得策ではないわね。カーリーはにやけ顔を撤回し、おとならしいまじめな表情を浮かべた。「あら、彼はとてもいい人よ」口先だけでなく、心からそう思っているふりをする。何ごとにもまず計画ありきで、性的快感まで計画を立てているタイプが好きなら、だけど。

心の中で面白がっていたカーリーは、はっとした。今朝の出来事が急に脳裏に甦《よみがえ》ってきたからだ。これだけは、思い出したくなかったのに。

でも、それはニクラウスとはなんの関係もないことだ。遠慮がちに甘えてくるペットたちと同じような視線でわたしを見てくるこの少年とは。

そういう視線に背を向けることはできない。道に捨てられていた猫や犬を拾って育てている理由はそこにある。相手が友達をほしがっている少年であっても同じことだ。ラスベガスのことをまったく知らないわけだし、あと数日もすれば、新入りとして新しい学校に通いはじめ、いろいろと苦労するに違いない。そのうえ、保護者として一緒に暮らすのは、なんの面白みもないロボット人間だなんて。そんな生活の何が楽しい？

カーリーは立ち上がり、少年を見下ろした。「ざぶんと泳いでくるわね。そのあと、もしよければ家に来て。ベビーたちを紹介するから」

「子供がいるの？」

カーリーは笑った。「いいえ。うちのペットたちをわたしはそう呼んでるの。というわけだから、よかったら会いに来てちょうだい」

ニクラウスは満面の笑みを浮かべ、ぴょんと飛び上がった。「やったー！」

「そんなにうれしい？」カーリーは微笑《ほほえ》んだ。そのとき、あることを思いつき、さらに笑みを大きくした。「ねえ、ひょっとして、ドイツ語がわかる？」

「うん、まあね。おばあちゃんがバイエルンの出身なんだ。そのせいでママも、ウルフおじさんもドイツ語が話せるし、ぼくも自然に覚えたんだよ。でも、なぜ？」

「たった今、ルーファスの訓練の介添え役として任命したから」

ふたりは顔を見合わせた。そしてにやりと笑い、声を揃《そろ》えて言った。「やったー！」

8

火曜日の夜、ウルフガングはダン・マカスターのオフィスの開け放たれたドアをのぞき込んだ。「ちょっといいですか?」上司が顔を上げたのを見て、尋ねた。

「ああ」保安部長のダンは持っていたペンをデスクに置き、ウルフガングを招き入れた。「ちょうど、これが終わったらきみを呼ぼうと思っていたところだ」ダンは、磨き上げられた広いスチールデスクの半分を占める、今にも崩れ落ちそうな書類やフォルダーの山を探った。そして一枚の書類を引き出し、オフィスに足を踏み入れたウルフガングに向かって差し出した。「いったいこれは何かね?」

ウルフガングは長い脚を使ってわずか二歩で部屋を横切り、書類を受け取った。さっと目を通し、上司に返す。「従業員の事故報告書です」

「それは見ればわかる。なぜ保安部が関係するのかを訊《き》いているんだ」

「帰宅をしようとしていたときに、偶然、事故の現場にでくわしたんです。けがをしたのがステージ衣装のままのショーガールでして、すでに野次馬が集まりかけていたところでした」ウルフガングは肩をすくめた。「彼女に手を貸そうとする者が誰もいなかったので、ぼくが行ったんです。けがをしたショーガールは、ダンサーのカーリー・ヤコブセンといい、ぼくの隣人でした。そこで彼女を立たせ、足首に当てる氷をもらい、家に連れて帰りました」

「なるほど、わかったよ。ご苦労だった。だが、この報告書にあるのは、きみのサインじゃないか。なぜ、ヤコブセンが自分で書いていないのだ？」

「それは、ぼくが彼女を怒らせてしまい、報告書がびりびりになって戻ってきたからです。新しく書類を作り、自分でサインするほうが効率的だと考えまして」

ダンは首を横に振った。「酢よりもはちみつを使ったほうが多くの蠅《はえ》を捕まえられるという言葉を知らないのかね？　いいか、次回はもっと愛想よくしろ！」

「ぼくは、愛想よくできるタイプではありません」たとえそうであったとしても、カーリーの機嫌をとるようなまねなどできるものか。ぼくたちに必要なのはもっと距離を置くことだ。近づくことじゃない。

「たしかにそのとおりだ。だからこそ、もっと努力すべきじゃないのか」ダンはデスクに肘を置き、急に真顔になった。「きみがどこかの警備部門の最高位を狙《ねら》ってうずうずしているのはわかっているし、それなりの実力があるのも認める。問題があるとすれば、人との接し方だ」

胃がねじれるような思いがした。しかし、反論の言葉が見つからないうちに、ダンが続けた。

「きみにはすばらしい問題解決能力がある。だが、もっと同僚といい関係を築くよう努力すべきだ。最初から最後まで、冷たい男だと思われるような態度では感心せんぞ。実際、保安関係の相談のうち、スタッフがわたしやベックのところへ直接言ってきた件もいくつかある。きみが近寄りがたいからというのがその理由だ。客室係やカジノのフロア・マネージャーといったスタッフからの情報が、ことを大きくする前に解決に導く鍵《かぎ》になることは、よくわかっているはずだ」

ダンの穏やかな叱責《しっせき》をウルフガングが厳粛に受け止めている間も、オフィスの外にあるメインハブの機器が静かな音をたてている。開かれたブラインドの隙間《すきま》から、ウルフガングは壁に設置されたモニターを見るともなしに見つめた。ゲームテーブルから、カジノの機械、エレベーターから廊下まで、ホテルの敷地内でのあらゆる風景が映し出されている。

「別に、誰彼なく、飲み友達になれ、と言っているわけじゃない」ダンは素っ気なく言った。

ウルフガングはうなずいた。「わかりました。努力してみます」

「きみならそう言ってくれると思っていた。きみのように仕事熱心な人間をわたしは知らないからな」ダンは椅子に背を預けた。「わたしが言いたかったのはそれだけだ。きみの用件は？」

「は？　ああ、そうでした」ウルフガングはポケットに手を入れた。上司の思いもかけない要求は、あとでゆっくり考えるとしよう。「休暇をいただきたいと思いまして」

「めずらしいな」ダンの笑い声がオフィスに響いた。「ここで働きはじめて、いったい何日休みをとった？　一カ月に二日くらいか？」

そのようなものだろう。だが、これも人生計画の一部だ。ラスベガスで一生働くつもりのないウルフガングにとって、〈アヴェンチュラト〉の仕事は今後のキャリアのための格好の訓練のようなものである。ここには、最先端の技術と最新式の機器が揃《そろ》っているうえ、毎晩さまざまな状況の事件にさらされるカジノという場所にいるおかげで、金を出しても買えないような経験が味わえる。いったん仕事に就いたら、どんな事態が待ち受けているか想像もできない。実際、同業者が一生かかってやっと経験するようなことを、カジノで働いてきたわずか二年九カ月の間にすべて経験してきたと言ってもいいほどだ。

「状況が変わりまして」ウルフガングは、ホテルで起きた事件を報告するのと変わらない簡潔さで、自分が甥《おい》の保護者になったことを説明した。

「そういうことなら、ちゃんと甥御さんのそばにいてやったほうがいい」ダンはすぐに同意した。「十代の若者にはおとなの監視の目が必要だ。それに率直に言って、昼間、子供の面倒を見ながら夜働くのは、並大抵のことじゃない。今夜は呼び出したりしてすまなかった。これまで、すんなりと呼び出しに応じてくれていたものだから、つい調子に乗ってしまった。ここへ来たときにすぐに言ってくれればよかった。いや、わたしが電話したときにそう言うべきだったんだ。ベックを呼べばすむ話だから」

実は、ウルフガングもそう思っていた。だが、ニクラウスに仕事に出かけることになったと伝えても、彼は何も言わなかった。もっとも、一緒にいてほしいなどとは、ニクラウスは口が裂けても言うつもりはないだろう。それでもやはり、どこか元気がなかった。新しい学校での初日を終え、少し気が弱っていたのかもしれない。ひとりになって考えたいこともあるかもしれない——そう思って残してきたのもある。

それにしても、母さんは何を考えてぼくにニクラウスを預けたのだろう？　習慣とは恐ろしいものだ。ぼくはもういつものやり方に従って問題を処理しようとしている。そして、母親に頼まれたらいやとは言えない。

「さあ、帰った、帰った」考え込んでいたウルフガングを、ダンの声が遮った。「金曜日まで戻ってくるんじゃないぞ」

ウルフガングの休日は、基本的には火曜日と水曜日だ。そんなに休みはいりませんと言いかけたが、すんでのところでのみ込んだ。さて、しばらくは……。

なんてことだ。

親の立場で考えなければならないのか。

家へ戻るまでの短い時間に、親の代わりを務めることについてあれこれ考えを巡らせた。親代わりをしなければならないことに動揺しているわけではない。だが、血気盛んなティーンエイジャーの行動のすべてにおいて自分が責任を負わなければいけない——そう思っただけで、心底恐ろしくなったのは事実だ。自分は捨てられたと思っているニクラウスの怒りをどうやって収めればいいのかもわからない。かつては自分もティーンエイジャーだったのだから、わかってもいいようなものなのに。自分の置かれた状況を変えられない無力さは簡単に理解できる。それでも、やはりニクラウスの扱い方はさっぱりわからなかった。

　だが、今のニクラウスにとって、頼りになるおとなはウルフガングしかいない。何か共通の話題を見つけるべきなのだろう。

　もうわけがわからなくなってきた。これまでひとりで順調にやってきた。そんな自分が急に感じやすい年ごろの少年の唯一の保護者となってしまった。そのうえ、理想とはかけ離れた女性について不埒《ふらち》なことを考えてばかりいる。

　いったい、どうしてこんなことになってしまったのか。

　家に戻ると、部屋の中は静まり返り、まるでひとけがないことに気づいた。ウルフガングは急に腹が立ってきた。これぐらいのことで腹を立てるなどばかげているし、おとなげないぞ――そう思い直し、後ろ手にドアを閉めてキーをポケットにしまった。ニクラウスがひとりで大通りをぶらついているとは思えない。おそらく自分の部屋にいるはずだ。

「ニック！」

　返事はない。また苛立《いらだ》ってきた。ニクラウスのために帰ってきたんだぞ。それなのに、やつはいったいどこへ行ったんだ？

　じれったさを抑えつけ、ウルフガングは早足でそれほど長くはない廊下を進んだ。ヘッドフォンをつけて音楽を聴いているせいで、ぼくの声が聞こえないだけかもしれない。隣人たちに対する礼儀として、そうするように説得したのはウルフガング自身だ。

違う。ウルフガングの足が止まった。隣人たちじゃない。

隣人と呼べるのはひとりだけだ。カーリー・ヤコブセン。彼女の体の感触はまだ両手に残っている。彼女の味は忘れたくても忘れられない。待て、苛立ちの矛先が変わってきたぞ。

今は、そんなことを考えている場合じゃないんだ。自分に言い聞かせ、ニクラウスの部屋に向かって歩きはじめた。同時に、すぐに自分の思考の邪魔をする隣のショーガールのことを頭の隅へ追いやる。今考えなくてはいけないのは、ニクラウスのことだ。甥っ子が絶えず流し続けている音楽を思い出しただけで、ヘッドフォンから流れるビートに合わせて茶色い髪を揺らしながら頭を振るニクラウスの姿が目に浮かぶ。

ニクラウスの部屋の前で足を止め、思いきりドアを叩《たた》く。だがすぐに、しまった、と後悔した。これではあまりにも横暴だ。反抗的なティーンエイジャーを手玉に取る作戦としては、あまり褒められたものではないぞ。たとえ日和見的な態度をとるのが性に合わないとしても。

だが、悩む必要はなかった。返事がなかったからだ。ウルフガングは胸騒ぎを覚え、手を伸ばしてドアノブを回した。ドアを押し少しだけ開けてみる。「ニクラウス？」

やはり返事はない。ドアを開くと、部屋の中は空っぽだった。ニクラウスがいないばかりか、いつも持ち歩いているサッカーボールが、乱れたままのベッドの上にぽつんと残されている。ウルフガングは初めて不安を覚えた。

いったい、どこへ行ったんだ？　心配が徐々に頭をもたげはじめた。しかし、そんな気持ちを押しやり、自分に言い聞かせる――考えるんだ。気持ちを集中して、得意の論理を当てはめろ。昨年、〃七歳の息子がいなくなった〃という夫婦が〈アヴェンチュラト〉の保安部に飛び込んできたときのように。

きびすを返し、頭の中に響く声を無視しながら居間へ戻った。ニクラウスがいないことがなんだっていうんだ。自分の息子でもあるまいし。

くそ。これまで感情に流されないことを自負してやってきた。それなのに、誰もが突然、それがいかにもひどいことのように振る舞いはじめた。カーリーが足を痛めた夜、〃友達など必要ない〃と言ったときの彼女の驚きの表情は、今でも忘れられない。まるで頭のおかしい下層階級の人間を見るような目つきだった。つい先ほどまで聞かされていたダンの小言も脳裏から離れない。そうだな、血のつながった家族がいなくなったときくらい、少々動揺してもいいだろう。

それでも、そんな気分にさせられることは、どうも落ち着かなかった。

まさかニクラウスは町で事件に巻き込まれ、けがをしているのでは――考えれば考えるほど集中できなくなっていく。前回はさほど心配はなかった。〈アヴェンチュラト〉で男の子が迷子になったときは、ホテルの敷地内をさがせばよかったからだ。

いまいましいラスベガスの町中ではなく。

ウルフガングは、はっと我に返った。ニクラウスがけがをしてどこかで倒れているんじゃないかとか、ストリップ劇場に潜り込もうとしているんじゃないかとか、いったいぼくは何を考えているんだ。このコンドミニアムの敷地内だって、若者がぶらぶらできそうな場所はいくらでもあるじゃないか。近所で同じ年ごろの子供と知り合って遊んでいるのかもしれないし、プールやクラブハウス、ひょっとしたらジムにいる可能性だってある。

ウルフガングはバルコニーに出られるスライド式のガラス窓に近づいた。中庭をのぞこうとして、ロックに手を伸ばす。締め金がはずれていた。ニクラウスを見つけたら、ちゃんと鍵をかけるよう言っておく必要があるな。そう心に留めて、ガラス窓を開けた。

「……みんな金持ちなんだ。ぼくのママの年収以上もする高級車を運転してるんだよ。まあ、そんなのはどうでもいいことだけどさ」

自分では気づかなかったが、ストレスを感じて力が入っていたのだろう。ニクラウスの声を聞いたとたん、ふっと首と肩の力が抜けた。ほっと息をつくと、静かにバルコニーに足を踏み出し、闇《やみ》の中をのぞき込んだ。いったい誰と話しているのだろうか。

だが、バルコニーには誰もいない。

「そうねえ」セクシーな女性の声がした。「あなたみたいなハンサムで魅力的な男の子なら、女の子はすぐに言いなりになるんじゃない？　〝お金なんて、おまけみたいなものよ〟って、よく母に言われたものだわ」

緊張感が一気に高まった。なんてことだ。顔を見なくても、声の主はわかる。静かに体を乗り出し、隣とバルコニーを仕切るしっくいの壁の向こう側をのぞき込んだ。低いテーブルの上に、何本ものキャンドルの明かりが揺れている。テーブルの端にかかっているふた組の足が見えた。すねの辺りしか見えないが、ニクラウスとカーリー・ヤコブセンのふたりが、かなり近づいて座っているらしい。

そのとき、赤いペディキュアをほどこした細い足が、ニクラウスの両足を軽く突いた。

思わずウルフガングはかっとなった。奥歯を噛《か》みしめながら、声をあげないよう必死で自分を抑える。だが、心の中では怒鳴っていた――ニクラウスに触るな、ばかやろう、おまえなんかにニクラウスに触る権利などないぞ。いったいどういうつもりなんだ？　そもそも、彼女のようなおとなの女性が、なぜ十六歳の子供の相手などしているのだろう。

カーリーは爪先を引っ込め、テーブルの上で足首を組んだ。「それで、あなたのおじさんは、わざわざそのお金持ちの子供が通う学校をあなたのために選んだの？」

「まあね」むっつりした声でニクラウスが答えた。

ウルフガングは息をこらし、カーリーが自分の悪口を言いはじめるのを待った。少しでも偏見を抱いた人間に入れ知恵されれば、ただでさえ危うい甥っ子との絆《きずな》は完全に断たれることになる。彼女の口からひと言でも否定的な言葉が出れば、二度とニクラウスと対等の立場に立つことはできなくなるだろう。

カーリーは赤いペディキュアをほどこした足でもう一度ニクラウスを突いた。ウルフガングはさらにむっとしたものの、彼女の足が思っていたほどきれいではないことに気づき、急に満足感を覚えた。たこができて、いくらか変形もしている。

ウルフガングは、カーリーの人並み以上に魅力的な部位のことは考えないように、足だけをひたすら見つめた。どうせ、ぼくのことを徹底的にこき下ろすに違いない。そう思っていたウルフガングは、カーリーの言葉に驚いた。

「その学校には、そういう欠点を補う取り柄みたいなものはないの？」

「サッカー部はまあまあかな」いつもは退屈そうなニクラウスの口調が一変した。熱がこもっている。「ううん、その、すごくいいチームなんだ。四年連続でリーグ優勝してでさ。もっとも、あのゴールキーパーには辛《つら》い思いをしてもらうことになるかな。明日、キーパーのトライアルを受けるんだ。悪いけどキーパーの座はぼくがもらう」

「がんばってね」カーリーは軽い口調で言った。一瞬の沈黙のあと、再びカーリーが続けた。「それ、あなたにとってすごく大事なことなんでしょ？」

「くそっ。当然じゃん。だって――」

「こら！」カーリーは急に厳しい声をあげ、足をどしんとバルコニーの床につけた。振動でキャンドルの明かりがちらつき、黒猫がむくっと起き上がった。不格好な犬が慌てて逃げていき、バルコニーを囲むしっくいの壁にもたれてうずくまり、落ち着かない様子で後ろを振り返った。「言葉遣いには気をつけなさい、って言ったでしょ？　わかった？」

「でも、カーリーだって――」

「わたしは、フライパンで親指をやけどして頭にきたから、つい怒鳴っただけ。わかる？」

「わかったよ」ニクラウスはもごもごとつぶやいた。「ごめん」

「わかればいいの。わたしのほうこそ、あなたの前でひどい言葉遣いをしたことは謝るわ」カーリーはテーブルの上に足を戻し、リラックスした口調で続けた。「それじゃあ、サッカー部に入ることがあなたにとって大切な理由を教えてちょうだい」

「もちろん、得意だからさ。サッカーは、いい大学へ入るためのチケットのようなものなんだ」

「本気でそう思ってるの？　勉強して成績を上げて、とかって思ったことはないの？」

「そりゃあ、あるさ」ニクラウスは笑った。苦笑いと言ってもいい。「考えたなんてもんじゃないよ――もともとはそういう計画だったんだ」

ウルフガングはほくそ笑んだ。計画なんて言葉が出るとは、やっぱり血がつながっている証拠だ。

「驚いた。こんな短い間に、ふたりの計画大好き人間に巡り合うなんて」むっとした口ぶりでカーリーがつぶやいた。

「なんのこと？」

ニクラウスはわからなくても、自分にはわかる。ウルフガングは顔をしかめた。だが、自分に向けられた嘲笑《ちょうしょう》の言葉をどう捉《とら》えるかを決めるより早く、カーリーが続けた。

「気にしないで。たいしたことじゃないわ。それじゃあ、これまで成績はよかったほうなの？」

「平均で三・九は維持してた」

「へえ、すごいじゃない！　たいしたものね、ニクラウス」

「まあね。だからさ、頭のよさでも、スポーツでも、どちらかで奨学金がもらえるなら、その両方を兼ね備えていたら、ほら、なんて言うんだったっけ……」

二冠を達成する、だ──ウルフガングはニクラウスを誇りに思いながら心の中でつぶやいた。

「二冠を達成できる」

「そう、それ！」

ニクラウスがカーリーの言葉に大喜びするのを聞いて、ふいに嫉妬《しっと》心がわき起こった。ただ、ニクラウスがウルフガングを部屋でおとなしく待つこともなく、カーリーと楽しそうに話をしていることが気に入らないのか、それともここからフーバー・ダムに届くほど根性のあるニクラウスを見てカーリーが心から喜んでいるのが気に入らないのかは、自分でもよくわからなかった。

なんてことだ。いいかげんに思考の流れを止めなければ。自分にとっていちばんの関心事はニクラウスのことに決まっている。ウルフガングは隣のバルコニーをしっかりのぞき込むために、壁のぎりぎりまで静かに近づいた。

カーリーはバルコニーの左側のほうで何かが動いた気がした。まるでお化けが実体化するのを期待するかのようにじっと見つめた。だが、気のせいだったようだ。あきらめて再びニクラウスに注意を戻した。

「それで、目標は大学へ行くこと？」カーリーはニクラウスに尋ねた。ルーファスの頭を撫《な》でながら笑みを浮かべるニクラウスと、同じくうれしそうなルーファスを見て、カーリーの顔がほころぶ。

ニクラウスも彼女に笑みを返した。「もちろん。ぼくの家族で大学へ行ったのはウルフおじさんだけなんだ。だから、ぼくがふたり目になる」

ウルフ。その呼び方も悪くないわね。そう思って、どきっとした。別に、わざとニクラウスからウルフガングの話を聞かないようにしてたわけではないし、彼の話を聞きたくてニクラウスとの友情を利用しているわけでもないけど。

でも、彼の話を持ち出したのは、ニクラウスなわけだし……。

「あなたのおじさんはどこへ行ってたの？」カーリーは軽い口ぶりで尋ねた。

「ペンシルバニア州立大学」

「そう。専攻は？」

「知らない」ニクラウスは、探るような目でカーリーを見つめた。

オーケー、ヤコブセン。そのくらいにしなさい。だいたい、そんなことを訊いてどうするつもり？「あなたもペンシルバニア州立大学を目指してるの？」

「特定の学校に絞るつもりはないんだ。どこが、どんな条件の奨学金を出してくれるかわからないでしょ？　いちばん条件のいい学校を選ぼうと思ってるから」

「なるほど。複数の競合校の中から、最も希望に合った奨学金を提供してくれるところを選べれば最高っていうシナリオなわけね」

「うん」

そのとき、隣の部屋のバルコニーでまた何かが動いたのが見えた。カーリーは、小さなモザイク風のコーヒーテーブルに並べたキャンドル越しに、暗闇をじっとのぞき込んだ。今度はあきらめないわよ。本当に何かいるのかしら？　それとも単にわたしの豊かな想像力の産物？　だめだわ。やっぱり見えない。カーリーは首を横に振った。でも、たしかに見えたのに。

そのとき、かすかに何かが動いた。やっぱり間違いない。突き止めたわ——動くものの正体を。

ものじゃなくて、人、と言ったほうがいいかもしれないけど。それにしても驚いた。ウルフガングったら、わたしたちを監視してるのかしら？　カーリーはかっとなったが、なんとか怒りを抑え込み、必死になって考えた。

カーリーの唇に小さな笑みが浮かんだ。他人の部屋のバルコニーをこそこそのぞき込むような人間は、それ相応の罰を受ければいいのよ。

ただ問題は……。ニクラウスに怪しまれずに、どうしたらあいつを困らせられるか、ってことだわ。どうしよう。いいアイデアが浮かばない。ニクラウスとは、あくまでもひとりの友達として接しているし。

カーリーはジュースのボトルを手に取り、ラベルを自分のほうへ向けた。遠目で見ているウルフガングがワインボトルと勘違いしてくれることを願う。「どちらにしても、少し遅れを取っていることはたしかね。同級生と対等に張り合おうと思ったら、がんばらなくちゃ」カーリーはニクラウスのグラスにジュースを注《つ》いで、ボトルを足もとの氷の入ったバケツに戻すと、中身が半分ほど入った自分のグラスを彼に向かって持ち上げた。「友達に、乾杯！」

ニクラウスがジュースを飲み干すのを見届け、カーリーはグラスをテーブルに置いて立ち上がり、手を差し出した。「中へ入りましょうか。あなたにとびきりのごちそうをあげるわ」

エレンに頼み込んで焼いてもらったクッキーをニクラウスに見せるひまもなく、玄関のドアを激しく叩く音がした。込み上げる笑みをこらえ、カーリーはウルフガングを中へ入れた。

9

ウルフガングがカーリーの部屋のドアを叩《たた》いたとたん、犬たちが吠《ほ》えはじめた。ところがドアが開いて、相手がウルフガングだとわかるとぴたりと鳴きやんだ。しかしルーファスは通路に飛び出し、彼に飛びついた。

カーリーに注意がいっていたウルフガングはそれどころではなかった。もっとも当のカーリーは目を見開き、涼しげな顔で彼を見上げている。

虫も殺さぬような顔つきで、〝ニクラウスを誘惑するつもりなんかないわよ〟と言わんばかりに。

「あら、いらっしゃい。わざわざいらしてくれたの?」カーリーはルーファスを指さし、ぴしゃりと言った。「お座《ブラッツ》り!」

ルーファスはさっと床に尻をつけ、ウルフガングをうれしそうに見上げた。ピンク色の舌が口の横からはみ出している。

ウルフガングは目を細めてカーリーを見やった。化粧っけはほとんどなく、かなり控えめな印象だ。ショーガールらしい色気を持った体は、だぶっとした男性もののピンストライプのシャツで隠され、胸のボタンは喉元までしっかり留めてある。袖《そで》はまくられ、細い腕が剥《む》き出しになっているものの、すそは太ももの中ほどまで垂れていて、その下にはいているデニムのカプリパンツはほとんど見えない。

「ニクラウスをさがしてるんでしょ？」沈黙を破って後ろへ下がり、ドアを大きく開け放った。「入って。ちょうどいいところに来たわ。そろそろいただこうかなと思ってたの」

カーリーは、こほんと咳払《せきばら》いをした。「クッキーを」

ウルフガングはカーリーをにらみつけた。「近ごろは、そんなふうに呼んでいるのか？」

「あら、いつだってわたしはそう呼んでるわよ、ウルフおじさん」

居間へ続くアーチの下にニクラウスが現れた。ウルフガングを見ても、あまりうれしそうではない。「何しに来たの？　仕事に行ったんじゃなかったの？」

「もっとおまえと一緒に過ごす時間を増やそうと思ったんだ。だから仕事を切り上げて帰ってきた。それが、どうだ。家に帰ったらおまえはいない。行き先を書いたメモさえ置いてないんだからな」上からものを見るような言い方はしないと決めたのも忘れ、ウルフガングは横柄に命令した。「荷物を持ってこい。帰るぞ」

ニクラウスの顔が曇った。「やだね」カーリーをちらりと見て、腕を組み、もう一度ウルフガングに注意を戻す。頑固さが歯を食いしばった顎に表れている。「まだ帰らない。クッキーを食べてないんだ」

ウルフガングの我慢は限界に達していた。だが、まるでいかさまをしたカジノの常連客を相手にするときに使う冷ややかな口調で言った。「ニック、荷物を持ってこい。今すぐに、だ」

「荷物なんか持ってきてない」ニクラウスは意地を張った。

「わかった。じゃあ、行くぞ」ウルフガングはくるりときびすを返した。ニクラウスは当然後ろからついてくるだろう。

「ニクラウス、待って」

ウルフガングはゆっくりと振り返り、信じられないという目つきでカーリーを見つめた。この期に及んでもまだニクラウスをかまう気なのか？　ニクラウスを巻き込んでまで、対決する気なのか？　しかし、目を細めているウルフガングを残して、カーリーは居間へ入っていく。しばらくして戻ってきたカーリーは、フリルのついたペーパーナプキンを敷いた皿を持って現れた。上にのっているのは……クッキーだった。

「はい」カーリーはニクラウスに皿を渡した。「これ、持っていって。エレンのクッキーを食べるまでは、ここの住人とは言えないわよ」手を伸ばし、ニクラウスの額にかかっていた髪をそっと払いのける。「明日のトライアル、がんばってね。結果をちゃんと教えてちょうだい」

ニクラウスの表情が明るくなった。「わかった。いちばんに報告する。ナチョス、おいしかったよ。それにジュースとか、いろいろとごちそうさまでした」クッキーの皿を持ち上げた。「それに、これも」

「どういたしまして。ちょっと待って、まさか全部、持っていくつもり？」カーリーはラップを破って、チョコレート・クッキーとショートブレッドのようなクッキーを一枚ずつ、皿から取った。「食べたら、お皿をエレンに返してね。いい？」

「エレン？」

「ああ、そうだった。まだエレンとマックには会ってないのね。じゃあ、ここへ持ってきてくれればいいわ。みんなの都合がいいときに、下の階へ連れていってあげる。このクッキーを焼いてくれた女性を紹介するわ。きっと大好きになるわよ。彼女にも気に入ってもらえたら、好きなだけクッキーを食べさせてもらえるから」

「それはいいね」ニクラウスはカーリーを見つめた。一瞬躊躇《ちゅうちょ》したものの、首を曲げ、頬に軽くキスをした。ウルフガングのほうをにらむように見つめたあと、くるりと振り返り、頬を赤くしながら、ドアの外へ出た。

カーリーはウルフガングに注意を引き戻した。それまで温かく愛情に満ちていたブルーの瞳が、急に冷ややかになった。「愚かな人ね」カーリーはふたりにしか聞こえないような低い声で言った。「愚かで、立ち聞きするうえに、なんでも決めつけてかかるんだもの」

ウルフガングの胸の中心に手を当て、通路へ押しやる。

そして彼の面前でばたんとドアを閉めた。

まったく、こんなことになるとは。いらいらしながらため息をつき、ウルフガングは自分の部屋に戻った。

部屋の敷居をまたいだとたん、ニクラウスがウルフガングを振り返り、鼻先を付き合わせてきた。「今度また友達の前で、あんなふうに恥をかかせたら、ぼくは出ていく。はなを垂らした六歳のがきみたいに扱わないでよ。だいたい六歳のときから、自分の行動には責任を持ってきたんだ」

意外だった。ニクラウスの生い立ちをそんな観点から見たことがなかったからだ。しかし、妹の生活ぶりを考えると、たしかにニクラウスは小さいときから自分のことは自分で責任をとってきたのかもしれない。それでもウルフガングは弁解せずにはいられなかった。

「すまなかった。おまえを助けないと、と思ったんだ」

「ぼくを助ける?」ニクラウスは訝《いぶか》しげに尋ねた。「何から?」

しまった。ニクラウスとカーリーの話を立ち聞きしていたとばらしているようなものじゃないか。カーリーにはばれていたようだが、ニクラウスは今のところ気づいてないらしいし、できれば知られたくはない。もっともらしい説明はないかと頭をひねっているうちに、カーリーのことがいまいましく思えてきた。こんなことになったのも、すべてあの女のせいじゃないか。

よくも、ぼくをもてあそんでくれたものだ。

肩をすくめながら、ウルフガングは言った。「つまり、その……カーリーは十代の高校生とは違う。おまえでは相手にはならないんじゃないかと思ったんだ」

「いったい何を根拠に言ってるわけ? ジュースとクッキーを出してくれたこと?」

カーリーの言うとおりだ。ぼくは愚かだった。いったいなんと言い訳すればいいのか？　だが、そのとき、ニクラウスの表情が固まった。口をぽかんと開けている。「ひょっとして、カーリーに誘惑されてるとでも思ったの？」ニクラウスは、再び口を固く閉じた。

「そんなこと考えるなんて、おじさんの性格、歪《ゆが》んでない？　それにさ、たとえそういうことがあったとしても、それはカーリーとぼくの問題だよ。ぼくが誰とどんな付き合いをするかなんてことまで、口を挟まれるのはごめんだからね」ニクラウスはきっぱりと言った。

なるほど、たしかにそのとおりだ。ぼくが十代のころ、父親がぼくの日常生活について何ひとつ知らなかったように、ぼくもニクラウスの日常についてはほとんど知らない。今のニクラウスの年齢のころに、父親にそんな話を持ち出されたら自分がどう思ったかぐらい、深く考えなくてもわかる。

ウルフガングに〝わかったよ〟と答える余裕も与えず、ニクラウスは頭のてっぺんから煙を吐き出さんばかりに、文句を言い続けた。

「念のために言っておくけど、ウルフおじさんはぼくのパパじゃない。それに知らないかもしれないけど、ぼくは来月十七歳になる。童貞は二年も前に失った。だから、守らなければいけないものはないんだ。だいたいあのときだって、セックスのことを誰かにとやかく言わせなかったし、今さら説教を受けるつもりはないよ。たとえお情けで住まわせてもらっているとしてもね」

ウルフガングは黙って聞いているつもりだったが、最後の言葉だけは聞き捨てならなかった。ニクラウスの両肩をつかんで押しやり、彼の怒りに満ちた瞳を正面から見据えた。「それ以上、セックスの話をする気なら、今すぐ叩き出してやる。ぼくはおまえをお情けで住まわせているつもりはない。おまえがここにいたいと思う間は、ここはおまえの家だ。だが、それでも守るべきルールはある」

ニクラウスは肩を回して後ろへ下がり、ウルフガングから離れた。「どんなルール？　十時には、パジャマを着てベッドに入っていなければならないとか？」

ウルフガングは思わず吹き出した。「そうじゃない。おまえの成績がいいのは聞いている。おばあちゃんからな」

「へえ」ニクラウスがウルフガングを見つめた。「おじさんでも笑うんだ。よく顔が壊れないよね」そう言って、ふと眉を上げた。「おばあちゃんが言ってた？」

カーリーに話しているのを盗み聞きしたとは言えない。「優秀と言ったほうがよかったな。おばあちゃんはいかにも得意げだったぞ」少なくとも、後者は事実だ。「だから、その優秀な成績を保っている限り、何時に寝ようがかまわない。ただ、学校のある日は午後十一時、週末は午前一時までには帰ってこい。出かけるときは行き先を書いたメモを残していってくれ。どうしたら連絡がつくのかも、だ。携帯電話を持たせてやったほうがいいかもしれないいな。それから、出かけるときはドアの鍵《かぎ》をきちんとかけていけ。今日はかけてなかったところがあったぞ」

「ちゃんとかけたって！」

「玄関のドアはかかっていた。だが、ベランダの引き戸の鍵が開いていた」

「なんだ、そんなことか」ニクラウスは目にかかった髪を払った。

「泥棒がわざわざ三階まで壁を上ってくるとは思えないけど」

ウルフガングは黙ってじっとニクラウスを見つめた。


ニクラウスはしかたなく肩をすくめた。「わかったよ。家中の鍵という鍵をかけていく。それだけ？」

「いや、まだある。女性との付き合い方に口を出すなと言ったな。たしかに、おまえが誰と付き合って何をしようとぼくの知ったことじゃない。だが、避妊と病気には気をつけると約束しろ。そうすれば、もう二度と口は出さない」

「まったく。ぼくがそんなまぬけに見える？」ニクラウスは、信じられない、という目つきでウルフガングを見つめた。

「いや。まあ、そこまで言うならおまえを信じる」ウルフガングは、ニクラウスが居間のエンドテーブルに置いたクッキーの皿に向かって顎をしゃくった。「牛乳を入れてくるから、一緒に食べるか？」

「ワオ、なんて愉快なんだろう」ニクラウスはいかにもがっかりしたように、ため息をついた。「セクシーなブロンド女性と分け合うはずだったクッキーを、おじさんにあげなくちゃならないとはね」一瞬黙り込んだあと、ウルフガングを横目で見やった。「ねえ、本当に思ったの？　その、カーリーがぼくに興味があるんじゃないかって」

「なんと言えばいいんだろう。どうかしていたんだ。疲れていたせいかもしれない。状況を見ただけで、早まって勝手な結論を下してしまった」

「たしかに」ニクラウスは渋い表情で同意した。「ショーガールが高校生を誘惑しようとしている、みたいに思ったわけだ」

「あのショーガールならやりかねない」ウルフガングはつぶやきながら、キッチンへ入った。

ニクラウスがクッキーの皿を持ってついてきた。「おじさんは越してきてから、ほとんど近所付き合いがないんじゃない？」

冷蔵庫を探っていたウルフガングは手を止め、肩越しに甥《おい》を見やった。つい最近、ほぼ同じ内容の質問を何度かされた気がする。近ごろやたらと他人とのかかわり方について、とやかく言われるのは偶然だろうか。正確に言えば、他人とかかわらないですませようとするぼくのやり方に、だが。「なぜだ？」

「だってさ」ニクラウスが鼻を鳴らした。「ぼくがここへ来てから、おじさんが近所の人と立ち話をするところを一度も見たことがないよ」あきれ顔で言う。「たとえば、カーリーとか」

カーリーにキスをしたときの記憶が、鮮明に甦《よみがえ》った。自制心を失いそうになることを恐れ、ウルフガングは慌てて消し去った。「彼女がどうかしたのか？」

「同じカジノで働いてるうえに、すぐ隣に住んでるんだよ。仕事場で顔を合わせたり、廊下ですれ違ったりしないの？　隣同士、同じ壁を共用してるってことは、ものすごく近い存在なわけでしょ？　それなのに、こんなめったにないチャンスを利用しないなんてさ」

ニクラウスはうんざりしたように首を横に振った。「ありえないよ。ウルフおじさんがカーリーのことを何ひとつわかってないのは、誰が見ても一目瞭然《りょうぜん》だね。ぼくに言わせれば……」ニクラウスはクッキーをつまみ上げ、口に放《ほう》り込んだ。「もったいない以外の何ものでもない」


木曜日の夜、楽屋に入ったカーリーは、自分用の化粧台の上にまた花束が置かれているのに気づいた。前回と同じく、贈り主の名前はない。今回も花束にはカードが添えられていて、〝まばたきみが踊るのを見られてうれしい〟とあった。

ありきたりの言葉だったが、なぜかカーリーは落ち着かないものを感じた。

「どっきりなのはかまわないのよ」その晩、ショーが終わったあとでトリーナの部屋に寄ったカーリーは言った。

「どっきりは大好きだものね」トリーナが口を挟む。

「わかった。ミステリー、って言い換えるわ」

トリーナの恋人ジャックスが、ふたりにワインの入ったグラスを差し出し、カーリーの真向かいに座ったトリーナの横へ腰を下ろした。トリーナの肩を軽く抱いて、額にかかった茶色い髪を払いのけ、カーリーを見つめる。「何がミステリーなんだい？　きみはショーガールだ。セクシーなきみに惚《ほ》れ込む男がいないはずがない」

「名乗ってくれたっていいじゃない。匿名だなんて気味が悪いわ」

「わかったよ。きみはまっすぐな女性だからね。それにしたって、たかが花束だ」

カーリーは白ワインをすすって、うなずいた。そう、たかが花束よ。頭の中ではわかっている。だが、心の底では匿名である点がどうしても引っかかる。「あのカードを見てると、観客に交じってわたしの一挙手一投足をじっと見つめる男の姿が脳裏に浮かぶの。前回、あの花束を買った人を覚えていないか、ホテルの花屋で訊《き》くつもりだったんだけど、すっかり忘れてて。でも、明日こそ、訊いてみるわ」

ジャックスが黒い眉を寄せた。「どうしても贈り主の正体を突き止めるつもりらしいね」

「ええ、そうよ」カーリーはワイングラスを胸に押しつけた。「くだらないってことはわかってる。でも今夜の花束は、何か妙な感じがするの。匿名の花束がひとつならわかるわ。でも、ふたつ目よ。わたしの経験から言うと、男は普通ストレートに来るものなの。男は寝たいと思う女に花を贈るのよ。当然、自分の名前を書いておくわ。内緒で贈りものをしようなんて考えるのは、女のほうよ」

トリーナが口端を歪めて微笑《ほほえ》んだ。「じゃあ、答えは出てるじゃない。贈り主は、レズビアンなのかも」

「なるほど」ジャックスがブルーの瞳を輝かせながら立ち上がった。「これは、あくまでもぼくの意見だが、もし、熱を上げたレズビアンに追っかけられているのがトリーナだとしたら、ひとつだけ言いたいことがある」

「なあに？」

「ぼくも見てみたい」トリーナに脇《わき》を突かれると同時にカーリーから頭にクッションを投げられ、ジャックスは大きく咳《せ》き込んだ。「何をするんだよ」ジャックスはトリーナを抱き寄せ、カーリーのクッションを床に落ちる前にキャッチして、すぐに彼女の膝に向かって投げ返した。「怒ることはないだろう。ただ観察するだけなんだから」

「男ってのは、どうしてこうなのかしら」それでも、ジャックスのおかげで贈り主のわからない花束のせいでわき起こった不安が払拭《ふっしょく》された。カーリーがそう伝えようとすると、ジャックスが急に真顔になった。

「そんなに心配なら、ジョーンズに話してみたらどうだい？」

カーリーはぷっと吹き出した。「いったいなんて？　誰かが、わたしに百ドルもする花束を贈ってきたのよ、って？」

「ああ。そうすれば、匿名の贈りものはきみには受け入れてもらえないってことが彼にもわかってもらえる」

「あの男にわかってもらいたいことなんて、何もないわよ、ジャックス。あいつとは気が合わないの」

ジャックスのブルーの目が、カーリーを見据えた。「ほら、そうやってすぐ喧嘩《けんか》腰になってにらみつける。そんな目で見られたら、ぼくだって恐ろしくてしかたないよ」

「ジャックス」トリーナが口を挟んだ。だが、カーリーが遮った。

「いいのよ、トリーナ。彼の話を聞きたいわ」カーリーはソファの上で姿勢を正し、組んでいた脚をほどいて床に置いた。「それじゃ、ウルフガングともめるのは、すべてわたしのせい？　そう言いたいわけ？」

「まさか。冗談だよ」ジャックスは苦笑いしながら言った。しかし、決して目をそらそうとしない。「でも、きみたちふたりの緊張感を高めていることはたしかだ」

「気づかなかったわ。あのとき、キスやヒップを撫《な》で回すのをやめたのは、わたしがにらみつけたからだったのね」いけない。話すつもりはなかったのに、つい口が滑ってしまった。

「ジョーンズに襲われたのか？」トリーナにもたれかかっていたジャックスの瞳からユーモアの色が消えた。体を起こして座り直している。低く、脅すような声で言った。「ぼくが痛い目に遭わせてやる」

トリーナも怯《おび》えた表情を浮かべてカーリーを見つめていた。

「違うの！　そうじゃないのよ、ジャックス」

「じゃあ、どういうことなんだ？」ジャックスはポーカーのゲーム中に浮かべる、無表情で冷ややかな目つきで彼女を見やった。

いやだわ。いつもの気さくな笑みを浮かべてちょうだい。「あのね、彼に無理やりどう

じゃないの。あれは、その……合意のうえだったのよ」もう、なん

肩の力を抜き、ソファの背にもたれかかった。トリーナは、そのままカーリーを見つめているが、琥珀《こはく》色の瞳からつい今しがたまで浮かんでいた不安の色は消え、代わりに口元にかすかな笑みを浮かべている。「あきれたものね、カーリー・ヤコブセン。それ、いつのこと？　初耳なんだけど」

「先週の金曜日だったかしら。どう話していいかわからなかったのよ。ルーファスがあんまり吠えるからシャワーを中断して玄関に出ていったら彼が来ててね。ルーファスを叱《しか》りつけようとしたらバスターを蹴飛《けと》ばしそうになってバランスを失って、そのまま彼の胸に倒れ込んじゃったの」

　カーリーの体の奥が、熱くなってきた。ウルフガングの肌の温かみが脳裏をよぎる。カーリーは首を振って、記憶を振り払った。

「とにかく、気がついたときは、キスされてたわけ」思い出しただけで、目が閉じていく。

「ひとつわかったことがあるわ、トリーナ。あんな男でもキスはできるのよ」

「まさか、小さなタオルを一枚巻いていただけだったんじゃないだろうね？」ジャックスが尋ねた。「それで、つまずいた瞬間にタオルが床に落ちてしまったんじゃないのかい？」

　カーリーは、指摘されたばかりの険しい目つきでジャックスをにらみつけた。「わたしたちは何？　高校生？　ジャックスったら、どうかしたの？　さっきから変よ」

「彼のことは気にしないで」トリーナが言った。「飛び級したせいで人より学校生活が短かったでしょ。だからわたしたちが学生時代に普通に経験する性的好奇心が満たされていないの。その時間をこの年になって取り返そうとしているだけ」

「なんだよ」ジャックスがむっとして言う。「テレビや映画ではよくあるじゃないか。シャワーから出たばかりの女性が覆面した泥棒にばったり、なんていうのが。それに近い状況だろ?」

「そうね、たしかにそういう遊びをしたこともあるわ」トリーナは言った。「でも、お願いだから、わたしの親友のヌード姿を想像するのはやめてくれないかしら。わたしを怒らせたくはないでしょ」

「ああ、それだけはごめんだ。ようやくぼくと結婚する気になりはじめたところだから」ジャックスはトリーナを抱き寄せ、カーリーに向かってにやりと笑った。「ジョーンズとキスをする仲になったのなら、別に彼を避けることはないじゃないか」

テンションが下がるようなことを言ってくれるわね。「あの男、わたしをすっかりその気にしておいてから、わたしとの関係が自分の人生の計画には入ってないことを思い出した、いきなり逃げ出したのよ。わたしたちの一時的緊張緩和状態は、〝はい、それまで〟ったわけ」

「画?」トリーナは不思議そうな表情を浮かべたが、すぐにからかうように言った。かったじゃない? あなた、計画性のある男に出会うと放っておけないものね」

「違うわ。目標を持った男が好きなの」

「どこがどう違うのか、わたしにはわからないわ」しかしトリーナは、素っ気なく手を振った。「まあいいわ。それで、どんな人生計画なの?」

「そこまでは言わなかった。でも、予定外のセックスが計画に入ってないのはたしかよ」

「セックスの予定を立てているのかい?」ジャックスは信じられないとばかりにつぶやいた。「人と会う予定を立てるみたいに?」

「らしいわ」

ジャックスは黙っていたが、しばらく息を吐き出した。「オーケー。ジョーンズという男は、支配欲が強いんだろう。だけど、きみこそ、あっちのほうはとんとご無沙汰《ぶさた》だって言ってたよね。それはまたどうして?」

「ちょっと!」カーリーはジャックスをにらみつけた。「それとこれと、どういう関係があるの?」

「ない。ただ、きみは自分には男が寄ってこないっていつも言ってるだろう? だけど、きみほどの女性なら、その気になればどんな男だっていちころのはずだ。なのになぜ誰も寄ってこないんだ?」

トリーナも姿勢を正した。「たしかにそうね」考え込んだ様子で言う。「以前は健康的なセックスライフを楽しんでたじゃない? でも、近ごろときたら、したいって言うばかりで、自分から動こうとはしない気がする。どうして?」

「あなたのせいだと思うわ」

トリーナはぽかんと口を開けて、カーリーを見つめた。そしてぴたりと口を閉じて、うなずいた。「オーケー、わかった」長い脚を伸ばして、足先をカーリーの膝にのせる。「いったい、どういうこと? あなたがセックスしないことが、どうしてわたしのせいになるの?」

「だって気づいたら、まわりを愛し合う恋人たちにすっかり囲まれていたんだもの。あなたとジャックス、それにマックとエレンもしかり。わたしも体の関係以上のものを求めるべきだって、無意識のうちに考えてるのかもしれない」カーリーは髪を指ですいた。「だけど、それって変かしら? 別におとぎ話にあこがれているわけじゃないのよ」

「おとぎ話って?」ジャックスが尋ねた。

「ほら、王子さまとか、お城とか、ふたりの愛の結晶、つまり子供とかのことよ」トリーナが説明した。

「男に面倒を見てもらう必要はないわ。それにはっきり言わせてもらうと、男って、慣れてくると寝室に汚れたソックスを置きっぱなしにしたり、バスルームの床に濡《ぬ》れたタオルを放置したり、女にああしろ、こうしろって命令しはじめるでしょ?」カーリーは言った。

「男のひとりとして言わせてもらうと、そういう一般論的な非難のしかたには賛成しかねる」ジャックスは言った。「だが、きみが本当にそう思っているなら、ジョーンズはきみにぴったりの男だと思う。せっかくのチャンスだぞ。自分の希望をかなえればいい。それにほら、キスがうまければ言うことはないだろう？」

カーリーににらまれ、ジャックスは顔をしかめた。

「いやならやめればいいさ」そう言うと、話題を変えようとするかのように口早に付け足した。「そういえば、緊張緩和がなんとかって言わなかった？　ぼくはラスベガスのショーガールのそういうところが好きなんだ。やたらと難しい言葉を使いたがる」

「甘いわね、ジャクソン」トリーナがあざけるように言った。「カーリーが、口のうまい男に簡単に心を動かされるような女だと思ったら大間違いよ。彼女はね、カリフォルニア州立大学を出たインテリで、教職の学位を持ってるんだから。知ってるでしょ？」

ジャックスは首を回してトリーナを見つめた。「そんなこと聞いたっけ？　カーリーが教職の学位を持ってるって？」

「ええ、話したわよ」

「いや、聞いてない」ジャックスはカーリーに向き直った。「教師をしていたの？」

「正確にはそうじゃないの。学費はダンスで稼いだから。ただ、実際に人を教えてみて、初めて気づいたの。教えるより自分で踊るほうが好きだって。それでも、教師の学位は取ったわ。母を喜ばせるためにね。嘘《うそ》みたいでしょ？　でも、それを使ったことは一度もないの」

「驚いたな。きみたちふたりとこうして一緒にいられてうれしいよ。毎日、新しい発見があるからね。それにしても、やっぱり気になるな。例の花束のことだが、どうしてもジョーンズがいやだというなら、保安部の別の人間に話してみたらどうだい？」

「保安部長のダン・マカスターがいいんじゃないかしら」トリーナが言った。

「でも、けっきょくは同じことなのよ。なんだかいやな感じがするということ以外、今の時点では特別に報告するようなことはないもの」

「じゃあ、そう伝えればいいさ。はっきりした理由はわからないが、匿名の贈り主から贈られる花束のせいでどうも落ち着かない、って。きみは勘がいいからね。保安部だって知らん顔はしないよ」

　カーリーは首を横に振った。「やっぱり、今のところは無理よ。だって実は何もなかったなんてことになったら、ばかみたいじゃない」ウルフガングの笑いものになるなんて絶対にいや。

「もちろん、何もないに越したことはない。でも、用心するのはばかなことじゃないよ」

「余計な口出しはしないほうがいいわよ」トリーナが口を挟んだ。「カーリーと議論しても勝ち目はないわ。彼女、本当に頑固なんだから」

「あなたたちって、優しいのね」カーリーはジャックスとトリーナに向かって微笑んだ。漠然とした不安にすぎないのに、ふたりはこんなに心配してくれている。

「でも、約束してちょうだい。何かあったら自分の胸だけにしまっておかずに、必ず誰かに相談するって」トリーナが言った。

「わかった。約束する。わたしは頑固だけど、愚かじゃないもの」そう言うと、カーリーは話題を変えるように明るく言った。「ところで、ウルフガングの甥っ子のニクラウスには会った？　おじさんとは大違いの、ものすごくいい子よ」

10

まったく、新しい学校ってのは面白くない。

ニクラウスはバッグを背中に斜めがけにし、シルヴァラード・ハイスクールの廊下を歩いていた。車さえあれば、昼食を食べに外へ出たことだろう。そうすれば、混雑したカフェテリアへ入っていって、知った顔がひとりもいない寂しさを味わわなくてもすむ。だが、もちろん車などないし、近所に一軒だけあるファーストフード店まで歩いていっていては、次の授業に間に合わなくなる。

しかたなく自分にあてがわれたロッカーの前で足を止め、バッグを中に放《ほう》り込んで、ばたんと扉を閉めた。勢いでダイヤルが回転し、自動的にロックがかかった。新入りと悟られないよう、まっすぐにカフェテリアに向かった。だが、もし誰かに見られていたとしたら、すぐに転校生だとわかったはずだ。出入り口の手前で足を止め、深呼吸して身構えてしまったからである。そのとき、頭の悪そうな運動部の生徒がふたり現れ、ニクラウスを押しのけるように中へ入っていった。背中に学校のマークの入ったスタジアムジャンパーを着ている。

この季節にあんなものを着てたら、さぞかし暑いだろうに。よくやるよ。おいしそうな匂《にお》いがニクラウスの鼻を刺激した。生徒たちの声や、プラスチック製のトレイをテーブルに置く音、食器類がぶつかり合う音が部屋中にこだまする。どこのハイスクールでも見られる賑《にぎ》やかなランチタイムの光景そのものだ。ふたつのテーブルの間で行き来するサッカーボールをかわしながら、ハンバーガーとホットドッグ売り場の列を目指す。外へ持ち出して、松の木陰で食べるとするか。ここ数日は、外の気温も二十六度ほどに下がり、比較的過ごしやすくなった。

列の最後尾に着いたとたん、ひとりのいかつい生徒と肩と肩がぶつかり、ニクラウスは数歩後ろへ突き飛ばされた。

「ちゃんと前を見て歩きやがれ」ニクラウスにぶつかってきた冷蔵庫サイズの生徒が怒鳴った。彼の取り巻きが、まるでそいつが何か面白い芸でも披露したかのように大笑いしながら通り過ぎていく。取り巻き連中はみな学校のマークの入ったスタジアムジャンパーを羽織っていた。女子生徒の姿もあった。そのうちのふたりは、ワインレッドと白のチアリーダーの衣装を着ている。しかし、チアリーダーのひとり、ミディアムヘアで絹のような茶色の髪の女子生徒だけはすぐに真顔になり、細い眉をかすかにひそめてニクラウスをじっと見つめてきた。ふたりの視線が、ほんの一瞬からまった。

だがすぐに彼女は、ニクラウスを突き飛ばした生徒に名前を呼ばれたらしい。なんという名前かは聞き取れなかったが、彼女はくるりと振り向き、仲間たちのところへ戻っていった。

彼女のような女の子がなんであんな冷蔵庫野郎と一緒にいるんだろう。

「くそったれ野郎め」彼女の後ろ姿を目で追いつつ、列に並び直したニクラウスはつぶやいた。

「同感だな」

視線を目の前に引き戻すと、前に並んでいた生徒が後ろを振り返っていた。ニクラウスがそっと観察している間に、彼は完全にニクラウスのほうに向き直った。いかにも愛想がよく好意的に見えるが、どうせわなに違いない。初対面から親しげなやつほど要注意だということは、これまで通ってきたさまざまなハイスクールで経験ずみだ。

目の前の生徒は、身長は百七十五センチほど、髪は赤く、そばかすだらけのせいか、お世辞にもハンサムとは言いがたい。色白だが、タフで有能そうだ。

そばかすだらけのがっしりした手をニクラウスに向かって差し出した。「ケヴ・フィッツパトリックだ。仲間にはパディと呼ばれてる」

「ニクラウス・ジョーンズだ」握手はしたものの、ニックと呼んでくれとは言わずにおいた。それは、もっと相手のことを知ってからでいい。

「ジャルジンスキー・コーチのトライアルを見たよ」

「そうか」水曜日の放課後、ニクラウスはスタンドに生徒が数人いたのを見たが、顔までは覚えていない。

「ああ。コーチからはまだ何も言ってきてないだろうけど、よかった。最高だったよ。たぶん、ぼくの代わりにゴールキーパーに抜擢《ばってき》されるのは間違いない」

そういうことか。やっぱりわなだった。ちくしょう。仲間が一発食らわしてやるとばかりに両側に陣取っているんじゃないのか――そう思いながら、ニクラウスは自分の両脇《りょうわき》を肩越しにうかがった。

つい両脇をうかがってしまうのは、苦い経験から学んだ彼の習慣だった。転校を何度も繰り返してきたニクラウスは、これが何度目に当たるのかさえ覚えていない。

しかし、そのたびに教わった苦いレッスンだけは決して忘れることはなかった。

そんな警戒心が表情に表れていたのだろう。パディが慌てて言い足した。「そんな顔をしないでくれ。たいしたことじゃない。去年のシーズンが終わったあと、キーパーだったジーン・ウィンクラーが父親の転勤で引っ越したんだ。しかたなく、ぼくがキーパーをやってたんだけど、もともとストライカーなんだよ。ちょうど有能なキーパーがほしかったんだ」

ちょうどカウンターに着いたので、パディは前に向き直ってハンバーガーとフライドポテトを注文した。自分の順番が終わるとさっと脇によけ、ニクラウスが注文するのを待っている。ふたりの注文した品が出てくると、彼は自分のトレイを持ち、顎をしゃくってカフェテリアの隅のテーブルを示した。「来いよ。チームのメンバーを紹介する」

パディのあとを追いながら、ニクラウスは自分の愚かさを呪《のろ》った。何をやってるんだ。

自分からわなにかけられに行くようなものじゃないか。まともに考えてみろ。いくら気が合いそうでも、会ってすぐにここまで親しくしようとするやつなどめったにいない。それでも、ニクラウスはとりあえずついていった。半ば覚悟を決めつつ、ひょっとしたらからかわれる程度ですむことを期待しながら。

だが、パディはテーブルに集まった仲間にニクラウスを紹介しただけだった。「ニック・ジョーンズだ」

馴《な》れ馴《な》れしく呼ぶなと文句を言うべきか、ニクラウスが結論を出すよりも早く、その場にいた十人近くの生徒が声を揃《そろ》えて言った。「やあ」

オーケー。今のところはよしとするか。

すると赤毛のパディが言い足した。「たぶん、ぼくらの新しいキーパーになると思う」

歓声があがった。

テーブルの端にいるブロンドの生徒が身を乗り出した。「大賛成だ。ぼくたち、見たんだぜ。昨日、コーチと――」

「水曜日だよ、ばか」誰かが訂正した。

「なんでもいいだろ。昨日でも、おとといでも――それがどうしたんだよ？　肝心なのは、ジョーンズが最高のキーパーだってことさ」

全員がいっせいにうなずいた。

「それに、パディには早く定位置のフォワードに戻ってもらわないと」

「だろう?」パディが言った。「いいか、ぼくにはわかったんだ。ここにいるニックは、ぼくの親友になるやつだって。ラッシュマンを〝くそったれ野郎〟と呼んだ瞬間からな」

とたんに、おーっという雄叫《おたけ》びがあがった。パディがベンチにどすんと座り、一緒に加わるよう手を振ったのを見て、ニクラウスもテーブルにトレイを置いて腰かけた。牛乳パックの封を開けるのに苦戦しながら、尋ねた。「それで、あいつは何者なんだ?」

「アメフト部の花形選手だよ」ブロンドの生徒が言い、身を乗り出して手を差し出した。

「ぼくはジョシュ・ローランだ」

ニクラウスとパディのほかに、テーブルには八人の生徒が座っていた。八人は代わる代わるニクラウスに握手を求め、名前を名乗った。だが、すぐに覚えられたのは三人だけだ。パディ、ジョシュ、それに肌の色がさほど濃くはない黒人のデイヴィッド・オーエンである。デイヴィッドはニクラウスに言った。「ラッシュマンはアメフト部のキャプテンなんだ。この学校は、アメフト部が仕切ってるようなものさ。アメフト部のやつらは、自分たちは屁《へ》もくさくないと思ってるんだぜ。それで、ほかの生徒はどう思ってるかって?」鼻を鳴らして続ける。「ぼくの口から言いたくはないが、サッカー部なんて存在しないも同然さ。それだけは覚悟しといたほうがいいかもな」

ニクラウスはテーブルの反対側に座っているデイヴィッドを見つめた。「冗談だろ?これまでにも、サッカー部が無視されてた学校はあった。けど、それはへたくその集まりだったからだ。このチームは州の大会では四年連続優勝してるって聞いたぞ」

「ああ、そうだ。それなのに、数校の大学のスカウト、親、それにガールフレンドを除けば、ぼくらのことなど誰も見向きもしないんだ」

「それって、あんまりじゃないか？」

「そのとおり」九人が声を揃えて答えた。


「冗談はやめてください、ご婦人」

カーリーは〈アヴェンチュラト〉の花屋のカウンターの向こう側に立っている店の主人を見つめた。背が高く、青白くて死人のようにやせ細っていて、どう見ても花屋より葬儀屋のほうが似合っていそうだ。葬儀用スーツを思わせる真っ黒な上着の胸についている小さな名札にはミスター・ベルザーとある。ジム・ベルザーとかボビー・ベルザーじゃなくて、ミスター・ベルザーなのね。オーケー、わかったわ。友達として気軽に付き合ってくれるタイプじゃないってことは。カーリーは大まじめな表情で静かに言った。「いいえ、ミスター・ベルザー。冗談ではなくてよ。わたしはまじめにお訊《き》きしているんです」

「当店が一日に何件の注文を受けているかご存じですか、お嬢さん？」

カーリーは必死で自分を抑えていた。こうなることくらい、想像がついてたじゃないの。でも、この人、あまりに強情すぎない？　いいかげんにしてほしいわ。たしかにわたしより十歳は年上でしょうけど、そこまで人を見下すような態度をとる理由はないんじゃないかしら。それに、わたしは〝ご婦人〟なの？　それとも〝お嬢さん〟？　はっきりしてちようだい。それでも苛立《いらだ》ちを頭の隅へ押しやって続けた。「さぞかし、たくさんの注文を受けてらっしゃるんでしょうね。でも、昨日のことを少し思い出していただけません？」

「昨日は五十件近い注文があったはずです。それ以外にも、当店ではスイートルーム用のフラワーアレンジも手がけておりますので」

カーリーは喉まで出かかった言葉をのみ込み、深く息を吸い込んだ。「お忙しくて大変でいらっしゃると、お察ししますわ。そうそう、このことはどうぞ、ここだけの話にしてくださいね。それでも、もしあまりに時間がなくて困るということなら、この件は保安部のウルフガング・ジョーンズにお願いして調べていただくこともできますから」カーリーはつい〝ふん〟と鼻を鳴らしそうになるのを懸命にこらえた。ウルフガングになんか、何があろうと頼むつもりはないわ。

とはいえ、作戦は成功した。予想したとおり、ウルフガングの徹底的な保安態度の噂《うわさ》はすでに〈アヴェンチュラト〉中に広まっているらしい。急に花屋の表情が変わり、口調が穏やかになったからだ。

「いえ、いえ、その必要はございません」花屋の主人は慌てて答えた。青白い唇がぱっと開いて黄ばんだ歯が見えた瞬間、カーリーはつい吹き出しそうになった。「ただ、ご理解いただきたいのですが、現金でお支払いいただいている場合は、お力添えできません。もちろんクレジットカードでのお支払いでしたら、なんらかの記録が残っているはずです。もう一度お名前を教えていただけますか？」

「カーリー・ヤコブセンですわ。あれはそう、エキゾチックな感じのする花束だったわ。高さはこれくらいね」カウンターから五十センチくらい上で、手のひらを下に向けて宙に浮かせる。「〈スターライト・ルーム〉の裏の楽屋に届けてくださったのよ」

「このホテルで働いていらっしゃるのですか？」

「ええ、『ラ・ストラヴァガンザ』のダンサーなの」

店主はカーリーを上から下まで見下ろし、後ろを向いた。「リサ！」指を鳴らすと、二十代とおぼしき女性が現れた。「ミズ・ヤコブセンを頼む。わたしは裏にいるから、どうしてもわからないことがあれば、呼んでくれたまえ」店主の口調からして、最後の手段を決め込んだようだ。くるりときびすを返し、背をまっすぐに伸ばすと、店から姿を消した。

「愉快な方ね」カーリーは若い店員に話しかけた。

「ええ、そうなんですよ」

店主に比べるとリサはずっと明るく協力的だったが、残念ながら期待していたような結果は得られなかった。

「申し訳ありません」手書きのメモでいっぱいのブルーのリングノートのページを繰ったあとでリサが言った。「でも、楽屋に届けられた花束の記録はないようですわ」額にしわを寄せながらカーリーを見上げた。「本当にこの店の花束だったのでしょうか？」

「そうよ」

「それは少し妙ですね。花束をお買い上げいただいたお客さまをさがしているなら、わからなくてもしかたないんです。現金でお支払いいただいたということですから。でも、配達の記録は必ずつけることになっていますよ。なのに、記録がないんですよ。ゆうべのはもちろん、お客さまからお聞きした日にちにも」

「まさか」

リサは首を横に振った。「本当です。お役に立てなくて申し訳ありません」

「いいの。調べてくださってありがとう。お願いしたいことがあるのよ。もし、またわしへの花束の注文を受けることがあったら、贈り主の名前を控えておいていただけないかしら。贈ってくださった人がわからないというのはどうも不安でしかたがないの」

「わかりました。ほかの店員にも伝えておきますわ。ベルザーの協力が得られるかどうかは保証できませんけど、あとのふたりはとてもいい娘《こ》たちですから。でも、ひょっとしたら、お客さまのためなら、ベルザーも手を貸すかもしれませんね。かなり影響力がありそうですもの」

「そうね」カーリーは微笑《ほほえ》んだ。「わたしを相手にするほうがまだましだと思わせる人物の名前を挙げただけなんだけど」

本当はあんな手を使いたくはなかったのよ。ホテルのショッピング街を引き返しながらカーリーは思った。でも、しかたないわね。少なくとも、努力はしたんだし、わずかだけれど状況をコントロールしている気分は味わえた。やっぱり、些細《ささい》なことを大げさに騒ぎ立てようとしているのかもしれないわ。

とにかく、花束の贈り主をさがし出すという目標に向かって一歩踏み出したことはたしかよ。結果は、いまひとつだったけど。

ロビーを横切って駐車場に向かう途中、ロビーにある灰皿の中の砂に〈アヴェンチュラト〉のロゴマークであるAの形を作っていたひとりの清掃作業員が、カーリーの姿を見て手を止め、じっと見つめてきた。どこかで会った気がする。そう思ったカーリーはにっこりと微笑み、軽くうなずいて挨拶《あいさつ》をした。少し進んだところでウルフガングが数人のベルボーイに話しかけているのが見え、急にカーリーの歩みがにぶった。視線に気づいたのだろうか、ウルフガングが急に目を上げた。視線が合ったとたん、彼のほうも動きを止めた。

もう！　彼をひと目見ただけで、こんなに鼓動が速くなるなんて、いったいどういうこと？　彼を見ると苛立つだけ――そんな言い訳で自分をごまかすつもりはもうない。

ウルフガングの視線はグリーンのレーザー光線のようにカーリーの目に突き刺さった。視線をはずすのには意志の力が必要だった。唇を舐《な》めながら、カーリーは駐車場の階段へ続くドアに向かって歩き続けた。わたしは、花屋を出たときに決めたままに行動しているだけ。家に帰ろうとしているだけ。

逃げ出そうとしてるんじゃない。

まるで逃げているような気分だとしても。

カーリーがヒップを揺らしながら歩き去るのを、清掃作業員はじっと見つめた。カーリーは微笑んでくれた。つまり、彼女が足首を痛めたあの夜に、自分に会ったことを覚えてくれているということだ。それまで、覚えてくれているかどうか自信がなかった。あのときはまだ出勤したばかりで、制服を着ていなかったからだ。だいたい、こういう仕事の欠点は、制服を着たとたんに人々の目に映らなくなってしまうことにある。だが、カーリーは覚えていてくれた。いちはやく手を貸そうとしたことが功を奏し、セクシーなショーガールに好印象を与えたのだろう。

本来なら、もっと彼女に手を貸すことができたはずだった。だが、あのいまいましい警備員が現れ、野次馬にその場を離れるように命令をしてきた。まるで自分がカジノの王さまで、それ以外の人間はどうでもいい存在であるかのように。

男の中で激しい怒りが渦を巻きはじめた。何度か深呼吸を繰り返し、心の奥の本来あるべき場所へ抑え込む。すんだことはしかたがない。ドクター・アッシャーがよく言うじゃないか。変えられないことをくよくよするのは無駄なことだ、と。それにあの晩、離れた場所から見て気がついたことがある。自分と同じく彼女も、あのブロンドの警備員が好きではないということだ。

だが、彼女に贈った花束は気に入ってもらえたはず。気に入って当然だ。自分で言うのもなんだが、実に立派な花束だったのだから。もちろん清掃作業員にすぎない男の給料で〈アヴェンチュラト〉の花屋の花など買えるはずがない。しかし、男は、カジノで大金を儲《もう》けた客のプライベート・パーティーの後片づけを通常の清掃業務後に言いつけられることがよくあった。カーリーがけがをした次の晩も、男はスイートルームの掃除をすることになった。そのとき最初に目に留まったのが、フィレンツェ風サイドボードの上に飾られた豪華でエキゾチックな花だ。美しいショーガールは高価な贈りものをもらい慣れているに違いない、と考えた男は、その花束を、〈スターライト・ルーム〉の楽屋に届けた。花の存在に気づいているかどうかもわからないどこかの金持ちのギャンブラーより、彼女が持っているほうがずっとふさわしいと思ったのだ。

カーリーが駐車場へ続くドアの向こうに姿を消すのを見届けた男は、自分の仕事を再開した。作業をしながら男は笑みを浮かべた。総合的に考えれば、十分に満足のいく進行ぶりだ。初対面で自分の存在を印象づけることができたばかりか、彼女の期待どおりの贈りものを届けることもできた。

いつかはもっといいことが起こるとずっと信じていた。

この調子なら、あの美しいショーガールの愛情をものにするのも時間の問題だ。

次の金曜日、ニクラウスはある計画を思いついた。

この町での生活は悪くない。最初はこの町で暮らすことになるなど思ってもいなかったし、おばあちゃんとおじいちゃんに置き去りにされたことはいまだに心に引っかかってもいる。それでも、今度の学校はけっこう気に入ってるし、サッカー部は優秀で、正式にゴールキーパーになることも決まった。月曜日の四時限目のあと、ジャルジンスキー・コーチがそう伝えてくれたのだ。友達もできた。新入りで、いついなくなっても不思議じゃない自分を簡単に受け入れてくれたというだけで、気が合わなくてもなんとなく付き合っていた昔の友達とは違う。パディ、ジョシュ、デイヴィッドなら、マリアおばあちゃんだって友達として認めてくれるだろう。

それに、ナタリー・フレモントもいる。

ハンバーガーの列に並んでいて、くそったれ野郎のラッシュマンにぶつかられたときに、振り返ってニクラウスを見てきたチアリーダーの名前である。彼女とは、生物の上級クラスで再会した。ニクラウスが転校してくる数週間前に、そのクラスに移ってきたばかりらしい。つまり、ふたりともそのクラスでは新入りというわけだ。

そして、つい昨日のこと、科学の天才であるバーンハム先生が、ニクラウスとナタリーを実験室でのパートナーにしてくれた。

ああ、彼女はなんてかわいいんだろう――長い脚、大きくて茶色い瞳、そして輝く茶色い髪。今朝、ぼくに笑いかけてくれた彼女の頬にはえくぼができていた。それを見たとたん、腰が抜けそうになった。

間違いない。ぼくの人生はようやく上を向きはじめた。

これならウルフおじさんのことだって、我慢できる。面白くもなんともない男だけど、マリアおばあちゃんと共通するところがひとつだけある。ぼくがおとなを演じる必要がない、という点だ。うっとうしい規則を勝手に決められはしたものの、請求書の支払いをしたり、日々の買いものをしたり、ママと一緒に住んでいるところを追い出されないようにするための新たな手段を考え出したりする必要はなくなった。おじさんのことは、まあいいや。ただし、どこかで夢だった仕事を手に入れるという彼のくだらない計画を別にすれば、だけど。

このままなら、自分の未来に暗雲がかかることもなさそうだ。

ウルフおじさんが町を出ることになったら、カーリーの部屋へ転がり込むというのはどうだろう。でも、どうやって？　カーリーと一緒に過ごすのは楽しいけど、一緒に住んでほしいなんて頼む勇気はない。まあ、知り合ってから二週間しかたってないんだからしかたない。だけど、いくらぼくにごちそうしてくれたり、一緒に過ごしてくれたりしていても、部屋に住まわせるとなったら話は別だ。このコンドミニアムにはカーリーの友達がたくさん住んでいるし、バスター、ルーファス、ラッグス、トリポッドがいれば十分だろうから。

別の手もある。カーリーを利用して、ウルフおじさんをラスベガスに留《とど》まらせる作戦だ。ふたりはまだ寝ていないはず。いや、おじさんがあれだけ気難しくては、永遠にそういうことにはならないかもしれない。だからといってぼくがカーリーを口説くつもりはないけど。ただ……。

カーリーは、これまで出会った中で最高の女性だ。セクシーで、博識で、話していてもすごく楽しい。それになんといっても、ラスベガスでも最高のショーガールだ。つまりプレイメイト・オブ・ザ・イヤーに匹敵する美貌《びぼう》の持ち主だということ。いや、それ以上かもしれない。雑誌のグラビアのように修正はできないのだから。ウルフおじさんはカーリーの美しさに気づいてないように見えるけど、やり手の警備員らしいし、少しはカーリーのすばらしさはわかっているはずだ。そう、修正がかかっていないことくらいは。

おじさんは面白くない男かもしれないけど、死人でもないんだから。

とにかく、おじさんをラスベガスに留まらせるためにカーリーを使うのはいいアイデアじゃないか。なんていったって、先週、おじさんにも言ったように、ふたりは壁一枚を隔てた場所で暮らす隣人なのだから。あとはふたりを引き合わせて、自然の成り行きに任せればいい。

ウルフおじさんが人に好かれるタイプじゃないことはわかってる。それでも、仕事は立派だし、いい車も持ってるし、カーリーより背が高いし、顔が醜いわけでもない。それに、カーリーと寝られると思えば、もっと優しく接することだろう。

女は、そういうのに弱いんだ。

問題は、その気にさせられるよう、いかにふたりきりの時間をたっぷりと与えるかだ。

その間にぼくは、くそったれ野郎のラッシュマンからナタリーを引き離す方法を考えなくては。

11

「ウルフガング、ちょっと見てくれ」

ウルフガングは書きかけの報告書から目を上げ、ベックと呼ばれているデイヴ・ベッキンセイルを見やった。ベックは保安部のコントロールセンターの北側の壁を埋め尽くすモニターの前に立っていた。ウルフガングも立ち上がり、ベックの横へ並ぶ。

ベックは自分が見ているモニターを指さした。「どう思う?」

ウルフガングはブラックジャック・テーブルでのゲームの様子をしばらく見つめたあとベックをちらりと見やり、またモニターの画面に注意を引き戻した。「右からふたり目、茶色い髪の女だな。いかさまか?」

「ああ、だが、どうやって?」

ウルフガングはしばらくモニターを見やった。「のぞきはしてない。ほかのプレイヤーのカードはほとんど気にしていないからな。盗聴器か何かを使っているんじゃないのか?」

「ぼくもそう思う。フレッドに女の耳の辺りをアップにしてもらったが、髪の毛で隠れていてよくわからない」ベックは残っていたコーヒーを飲み干し、小さく息を吐いた。「だが、まず間違いないだろう。だが、盗聴にしても、パートナーは？　のぞき役のパートナーが、近くにいるはずだ。そう思ってもうかれこれ二十分ほどあのテーブルの辺りを入念にチェックしているんだが、怪しげな人物はまったく見あたらない」

「それなら、誰かがフロアへ行って見てきたらどうだ？」

ベックは後ずさりし、コーヒーの紙コップをごみ箱に投げ入れた。「ぼくが行こう。運動にもなるからな」

「そうしてくれ。ぼくは書類を書き上げる。だが、何も発見できないようなら連絡してくれ。別の方法を考えよう」ベックが出ていくのを見届け、腕時計を見た。そろそろ終業時間だ。

今までなら、新たな手口の詐欺行為の証拠をつかむ方法を考えるのを優先し、時間のことなど気にも留めなかっただろう。カジノから大金を騙《だま》し取ろうとする新手のいんちき賭《と》博《ばく》師は、毎日のように現れる。そんな中〈アヴェンチュラト〉の保安部は、高度かつ最新式の不正行為を見破ることにかけてはすばらしい成績を挙げてきた。ただ、不正をひとつ見破るたびに、ふたつの新たな手口が発覚する、というような状況だ。いっときも気を抜くことはできない。もっともウルフガングはそれを自分の能力を磨く機会と捉《とら》え、積極的に仕事に励んできた。

だが今は、月曜日の夜に自分の部屋でニクラウスをひとりで留守番させていることが心に引っかかっている。せめて今夜だけは、すぐに解決できる問題だといいんだが。二十分もしないうちにベックが戻ってきた。「無線で誰かと連絡をとり合っていることはたしかだろう。ただ、証拠がない。近くにはそれらしい不審人物がひとりも見あたらないんだ」

ウルフガングはパソコンのファイルを閉じ、椅子に背を預けた。「フレッド」保安部では最年少の技術者を呼ぶ。「エリア四が映っている過去二十四時間の映像を……」ふと口調がいかにも命令的であることに気づき、さらに仲間や部下に対してもっと優しく、寛大に接しろ、というダン・マカスターの言葉を思い出して、柔らかい口調で締めくくった。「流してくれないか？　頼む」

フレッドは驚いたような目を向けたが、すぐに笑みを浮かべた。「わかりました、ミスター・ジョーンズ」

なんだ、たいしたことはないじゃないか。たしかにダンの言うとおりなのだろう。トップに立ちたいと思うなら、他人との接し方にも磨きをかける必要がある。

ビデオの映像を検証するのには時間がかかりそうだった。ニクラウスに電話をしておくか。オフィスを中座し、まず自宅にかけた。だがニクラウスは出ない。顔をしかめて腕時計を見る。午後十一時十五分。そこで携帯電話にかけた。

四度目の呼び出し音で応答があった。「ウルフおじさん？」声が楽しそうだ。

「今、何時かわかっているのか？」

「腕時計は持ってないんだ」親しげだったのが、うんざりした口調になった。「それに、時計も見てないし。だから、わからない」

「もう十一時を過ぎている。十一時までには部屋に戻れと言ったはずだ」

「ちゃんとコンドミニアムの中にいるよ」すっかり不機嫌な声に変わっている。「仲間たちが遊びに来てくれたから、泳ぎに行ったんだ。みんな、さっき帰ったところさ。今は、部屋に向かって階段を上ってる。それでもお許しはいただけないのでしょうかね？」

だめだ。ニクラウスと話すとすぐ非難するような口調になってしまう。ウルフガングは、ニクラウスの〝仲間たち〟にはまだ会ったことがなかった。だから、彼らが友達としてふさわしい人物なのか、それとも前の学校で親しくしていたと母が心配していたような素行の悪い不良少年なのかはまったくわからない。

だが、いきなり咎《とが》めるように話を始めたのはウルフガングのほうだ。しかたなく、ここはとりあえず下手に出ることにした。

小さくため息をつき、自尊心に別れを告げた。「いきなり決めつけたりして悪かった。おまえは責任感のある男だったよな」ニクラウスの沈黙を了解の意思表示とみなし、言葉を続けた。「仕事で問題が発生した。今夜ちょっと遅くなるが大丈夫か？」

「さあね。ぼくは放《ほう》っておかれると何をするかわからないどうしようもない子供だから」

まったくニクラウスめ！「そういうつもりじゃなかった」なかなか一緒の時間がとれなくて、本当に申し訳ない。すまないと思ってる。「できるだけ早く帰るようにするよ」

「お好きにどうぞ」

ぴっと音がして電話が切れた。ウルフガングは携帯電話を閉じ、上着のポケットにしまった。髪を撫《な》でながらつぶやく。「まったく、厄介なやつだ」

「十代のお子さんがいらっしゃるんですか、ミスター・ジョーンズ？」

座ったまま振り向くと、ひとりの中年の清掃作業員がごみ箱のごみを集めているところだった。それまで清掃作業員など気に留めたことはなかったが、十六歳の高校生の扱いに難儀しているせいだろうか、気がつくと言葉が出ていた。「十六歳の甥《おい》っ子と暮らしていましてね。話をしようにも、どうも食い違ってしまう」

清掃作業員はうなずいた。「十代の間はそんなもんですよ。でも、彼らもいつまでも十代の若者じゃありません。そのうちにおとなになって、今度はすごく頼もしい存在になってくれる」

ウルフガングは清掃作業員を見つめた。「あなたにも十代のお子さんが？」

「うちの息子たちは二十歳と二十二歳になりました。ようやくうまくいきはじめたところですよ。でも娘のベリンダは十五歳でしてね。あのかわいかった娘がひと晩で悪魔の花嫁になりました」男は首を横に振った。「今のところ母親が娘の苛立《いらだ》ちのはけ口になってましてねえ。幸か不幸か、父親には遠慮しているらしく、わたしがいらいらさせられることはないんですが」男が顔をしかめた。「わたしも妻も毎日恐々としながら過ごしています。以前のかわいい娘が戻ってくるまでへこたれずにいられることを願うばかりですよ」

しばらくふたりで話を続けたあと、清掃作業員は去っていった。しかし、同じ屋根の下で暮らすティーンエイジャーの気持ちがつかめずに悩んでいるのが自分だけではないと知ったことで、ウルフガングの気持ちはずっと楽になった。これならニクラウスとの言い争いをしばし忘れて、気持ちを新たにビデオの検証に打ち込めそうだ。

エリア四の二十四時間分の録画映像を見続けるのは実に単調な作業だった。だが、時間短縮のために早送りにしている分、目にかなりの負担がかかる。なかなか問題解決の鍵《かぎ》となる映像は見つからなかった。

そのとき、検証中のテーブルに、〈アヴェンチュラト〉の保守管理部の黒い制服を着た男が現れた。「フレッド、巻き戻して、今の従業員が出てきたところで止めてくれるかい？」

「わかりました、ミスター・ジョーンズ」フレッドは指示に従った。

ウルフガングは男の映像をじっと見つめた。顔に見覚えはないが、〈アヴェンチュラト〉では大勢の従業員が働いている。全員を記憶することは不可能だ。「名札をアップで映せるか？」

映像が絞り込まれ、制服に縫いつけられた小さな金色のパッチが大きく映し出された。黒い糸で、マイク・グレゴリーと刺繍《ししゅう》されている。

「調べてくる」ウルフガングが身元調査を命じるより早く、ベックが言った。

「オーケー、マイク」ウルフガングは男の静止画像に向かってつぶやいた。「今、おまえの悪事を暴いてやるからな」

ウルフガングの命令を待たずに、フレッドは再び映像をズームアウトさせた。映像に映った男は、ブラックジャック・テーブルの裏にしゃがみ込んだ。テープの記録によれば、時刻は今朝の午前三時を少し過ぎたころのようだ。ウルフガングはフレッドに向き直った。

「ディーラー側から映した映像はあるか?」

「この時間帯のこのテーブルのですか?」フレッドは肩をすくめた。「残念ですが、ないんですよ。申し訳ありません、ボス」

「あの男があそこに工作をしたに違いない。小型監視カメラのようなものが絶対にあるはずだ」ウルフガングは肩越しに見やった。「ベック! 何かわかったか?」

「ああ」ベックはプリントアウトを持って戻ってきた。「マイク・グレゴリー、三十七歳。三週間前に雇われたばかりだ。経歴には特に問題はないな」

「いつも深夜勤務なのか?」

「そうらしい。でも、おかしいな。今夜は入っていない。普通ならまずこいつに間違いないと言いたいところだが、今回の場合はなんとも言えないな。ディーラー側にカメラが設置されてないかどうか、確かめたほうがいい。ワールド・ポーカー・ツアーで使われるいかさま手口の一種かもしれない」

「ディーラーがホールドカードを配る様子を盗撮しているのかもしれない」ウルフガングは頭をすばやく働かせながらモニターを見つめた。

ベックがうなずいて同意した。「だが、グレゴリーにこちらの動きを悟られずに、ディーラーに調べさせる方法があるだろうか。あいにくぼくには思いつかない」

「たしかに、それが問題だ。無線装置に詳しいやつにとって、有線監視装置の目をあざむくことなど、簡単なことだからな。どこかで監視しながらプレイヤーに賭《か》け方の指示を出していることはたしかだ。だが、それがこのホテルの中なのか、それとも自宅なのかはわからない。いったいどこで、どのように監視をしているんだろう」ウルフガングは人事部のデータにさっと目を走らせ、住所が架空のものではないかどうか確認するようフレッドに命じた。

「ただ」ベックが考え込んだ様子で言った。「別の州にいるという可能性もあります。まあ、不審に思われるのを避けるつもりなら、そういうことはしないでしょうが」

「それに離れた場所から遠隔操作して何が面白い？　そんなことができるものかと断定できるほど電子機器のことに詳しいわけではないが、それほど遠くにいるとは思えない。フロア・マネージャーに連絡しよう。彼に何かいいアイデアがあればいいが、もしなければ、彼女が仲間に知らせる前に無線装置の接続を切る方法を考えなければ」

けっきょくフロア・マネージャーからもいいアイデアは出なかった。フロア・マネージャーはフロアへ戻り、勤務中の警備員全員で再び相談を始めた。いくつかの考えを大急ぎで巡らせていたウルフガングだったが、目はぼんやりとモニター画面を追っていた。

いくつかのアイデアが挙げられたが、どれも確実性に欠ける、実行が困難、あるいはまったく実行不可として却下せざるをえなかった。

そのとき、カーリーと彼女の赤毛の友人トリーナが、ショーの衣装を着たまま観光客と写真を撮っているシーンがモニターに映った。ウルフガングは思わず映像を注視した。ふたりは観光客の一団に囲まれ、カジノの中央にあるオープンエアの小さなラウンジに向かっている。

「いかさまの女から目を離すな」ドアに向かいながらウルフガングはベックに言った。「すぐに戻る。あることを思いついたんだ」

ダンサー仲間と最高に楽しい時間を過ごしていたカーリーがふと顔を上げると、ラウンジのすぐ外にウルフガングが立っていた。彼女が気づくのを待ちかねたように、彼女とトリーナを指さし、来てくれ、とばかりに顎をしゃくった。

カーリーは、いやよ、と片手を振った。あの男が歯を食いしばるのが聞こえるようだわ。すっかり身についている〝おれの言葉が法律だ〟的な態度に逆らおうとする人間がよほど少ないのね。それとも逆らったら最後、二度と生きて戻れないとか。

どちらにしても、今日のわたしはその少数派になるわ。業を煮やしたのか、ウルフガングが不機嫌そうにラウンジに入ってきた。カーリーはひとりほくそ笑んだ。

「ちょっと失礼」ウルフガングは軽くうなずき、カーリーとトリーナに向き直った。「ミズ・ヤコブセン、ミズ・マコール、ちょっと来てもらえないか」

三角関係なんてごめんよ、そう言おうとしてカーリーは口を開けた。きっとあきらめると思ったのだ。しかし、すぐに思い直し、言わずにおいた。カーリーの爆弾発言を聞けば、すっかり盛り上がっている仲間たちはいっせいにウルフガングに注目するだろう。そのときの彼の対処ぶりを見たいのはやまやまだが、いったい自分とトリーナになんの用があるのか、興味もある。

カーリーは肩をすくめて立ち上がり、テーブルにドリンク代を置いた。トリーナもカーリーにならったが、カーリーが置いていこうとしたマティーニのグラスを手に持ち、彼女に渡した。「ものを無駄にしなければ、貧窮することもないのよ」トリーナはつぶやき、自分のレモン・ドロップを飲み干した。

ウルフガングは横を向き、ふたりに先に進むよう腕を振って合図した。しかし、ふたりが一歩も進まないうちに、テーブルの端に座っていたジュリー＝アンが立ち上がった。「わたし、このチームのリーダーなの」ウルフガングに向かって横柄に言った。「だからわたしのメンバーが何かのトラブルに巻き込まれたのなら、それを知る権利があるわ」

ウルフガングはにこりともせずに答えた。「何を根拠にトラブルに巻き込まれたなどと決めつけているのか知らないが、〝きみのメンバー〟のことが気になるなら彼女たちの顔に泥を塗るようなまねをせず、力になってやってほしい。だから、そこに座っていろ」冷ややかに命令した。「これはきみにはなんの関係もない」

ジュリー＝アンはすとんと席に腰を下ろした。

カーリーはいったん喜びの声をのみ込んだ。しかしジュリー＝アンの耳に届かないところまで来るなり言った。「たまにはいいこと言うじゃない。最高だったわ」声をあげて笑った。「あなたの専制的なもの言いが役立つこともあるなんて思わなかった。なんていうか、借りができたみたいね」

「それはちょうどいい。こっちも、きみたちふたりに頼みたいことがある。手を貸してくれないか」

「そうね、人殺しとかあなたの子供を産めというのはごめんだけど、それ以外ならなんでもするわ。さあ、言ってみて」カーリーは促した。

「そうね」トリーナも同意した。「同感よ」

「それはよかった。とにかく来てくれ」

ウルフガングは、従業員専用エリアに入っていった。カーリーがトリーナに目配せすると、トリーナはわずかに肩をすくめ、いつものように口の片端を曲げて小さく微笑《ほほえ》んだ。

やがてウルフガングは保安部のオフィスの前で足を止めた。ふたりは再び目を合わせて苦笑いした。カーリーと同様、トリーナも、ジュリー＝アンに対するウルフガングの冷ややかな叱責《しっせき》を頭の中で再現しているらしい。「すばらしいわ」カーリーはつぶやいた。

「ほんと」トリーナが答えた。

ウルフガングがふたりに向き直った。右手にキーカードを持ってロックの前で構え、左手はスラックスのポケットに入れている。「きみたちは暗号を使って話しているのか？」

「そのようなものね」カーリーは答えた。「女だけに共通の言葉よ」

「それで、ぼくには何を話しているのかさっぱり理解できないわけか」ウルフガングはカードをロックに差し込んでスライドさせ、ドアを押し開けると、脇《わき》に立ってふたりを先に入れた。

カーリーは興味深げに辺りを見回した。トリーナもきょろきょろしている。コントロールセンターの中は広く、まるで『スター・トレック』に出てくる宇宙船の中のようだ。装飾はクロムで統一され、重厚なイメージがある。まとまって並べられたデスクもすべてクロム製で、部屋の壁のうち一面はすべて監視用モニターにおおわれていた。本当なら、カジノのフロアからホテルの廊下、従業員専用エリアから駐車場にいたるまであらゆるところを網羅した監視映像をじっくり見てみたいところだ。しかし、いったいなぜ、自分とトリーナがこんなところへ連れてこられたのだろう。カーリーは、訝《いぶか》りながらウルフガングを見つめた。

ウルフガングはふたりを、モニターをじっと見ている男のところへ連れていった。「紹介しよう。デイヴ・ベッキンセイルだ。ベック、こちらはカーリー・ヤコブセンとトリーナ・マコール。衣装を見ればわかるだろうが、『ラ・ストラヴァガンザ』のダンサーだ。ミスター・グレゴリーに知られることなく女に近づくのに、ぜひ彼女たちの協力をあおぎたいと思う」

「そりゃあいい」ベックが言った。すると、部屋の反対側でコンピューターを操作している若い男性が咳払《せきばら》いした。

ウルフガングはモニターのひとつをじっと見つめながら、若い技術者の方向に向かって手だけを動かした。「彼はフレッド。うちの技術者だ」

カーリーが目を向けると、フレッドは、大きな耳の先まで顔を真っ赤にしている。そのとき、モニターをのぞき込んでいたウルフガングが言った。「右からふたり目のプレイヤーを見てくれ。茶色い髪の女だ」

カーリーはトリーナと一緒にモニターに近づき、ウルフガングの指摘したプレイヤーを見つめた。

「よく聞いてくれ」ウルフガングは、ベックと推測したことを手短に伝えてから、自分の作戦を話した。「普通は一般人を使うことはしない。だが今回の場合、共犯者に知られることなく作戦を成功させるには、どうしても女性の協力が必要だ。だが、ただ手を貸してもらえばいいわけじゃない。実は、少々演技をしてもらうことになる。できそうか？」

「もちろんよ」カーリーは即答した。なんだか楽しそう。女スパイのマタハリになった気分だわ。ただし、協力する相手は悪玉のナチスじゃなくて善玉だし、もちろん銃殺隊に殺されることもないけど。そうそう、誰かの愛人になるっていう部分も省略ね。まあ、近ごろのセックスライフを思ったら、そんなこと、考えるのも恥ずかしいけど。それでもお芝居をしたり、命の危険のない冒険が味わえたりっていう機会なんか、そうは巡ってこないわよ。

トリーナはあまり乗り気ではなさそうだ。細い眉を不安げに寄せている。「危なくはないの？」

ウルフガングはトリーナの疑問をはぐらかそうとはせず、真剣な表情で答えた。「危険はないはずだ。カジノの現金保管室に押し入る強盗を除くと、カジノの常連客で武器を持っていた人間はひとりしか聞いたことがない。そいつは泥酔していたらしいし、まあ、酒に酔ってなければ、銃を持ち込んで振りかざそうなどとは思いつきもしなかったはずだ。テーブルゲームのいかさま師は、カジノから金を巻き上げることに喜びを覚えるだけで、暴力を振るうようなまねはしない。一般の店舗に武装して押し入るよりは、ただのいかさまのほうがリスクが小さいわりに金を稼げる。実刑判決の期間は長くなるし、武装強盗は割りが合わない」

「それに」ベックが言った。「きみたちには無線をつけてもらうし、フロアには万が一という場合に備えて、スタッフを十分に配置する」

奥に座っていた技術者のフレッドがさっと立ち上がった。「無線をつけるのをお手伝いしましょうか」

ウルフガングに一瞥《いちべつ》され、フレッドはすぐに座り直した。ウルフガングはトリーナからカーリーへと視線を走らせ、露出度の高い衣装におおわれたカーリーの体をじっと見つめた。「ぼくがつける」

舐《な》められるような視線を感じたカーリーは、それに屈してしまう前に、硬い口調で言った。「断るわ。わたしがトリーナに、トリーナがわたしにつけてくれればすむもの」

「専門家でないと無理だ」ウルフガングは冷ややかに言った。しかし、瞳は熱く燃えている。どうやら専門家云々《うんぬん》は言い訳らしい。

「そこまで言う以上、さぞかしわたしたちの仕事ぶりに期待してくれてるのね。するか、しないかのどちらかしかないわけだから」

「好きにしろ」ウルフガングは降参したかのように手を上げながら、後ろへ下がった。

「装置を取ってくる」

トリーナは部屋に残った警備員に背を向けて、手で顔を扇《あお》ぎ、小声でつぶやいた。「ああ、どきどきした。すっかりのぼせちゃったわよ。わたしに熱が向けられたわけでもないのに。あの見せかけの冷徹さは、まさにくせ者ね。その気になれば、あんなことも言えるんだから」

「まったくよね」カーリーも渋い顔で同意した。「あまりに不公平よ」

「彼を嫌いでい続けるのが、きつくなってきたんじゃない？」

「こういうふうに考えてみようと思うの。熱を感じたのはたしかよ」体の奥からね。「でも、距離は置くようにするわ。だって二分あったら、動けなくなるもの」そんなこと今はどうでもいいわ、とばかりにカーリーは指を鳴らし、このあとの三十分でしなければならないことに思いを馳《は》せた。彼にイヤホンをつけられたら自分の心の平和がどうなるかなんて、考えている場合じゃない。だが気持ちを集中させるのは大変だった。ウルフガングのせいで体の奥がうずきはじめたばかりか、彼の仕事ぶりにも感心していたからだ。カーリーがルールにうるさくてお堅い人間だと思っていた男は、仕事のためには少々枠からはずれたものの考え方もできるらしい。

その点は、感服せずにはいられないわ。

カーリーはしかし、賞賛の気持ちを脇へ押しのけた。「それにしても、いったいわたしたちに何をさせるつもりかしら？」

「あの女が持っているはずの受信機をさがし出して、できることなら使えないようにしてほしいんじゃない？」

「ただし、彼女と共犯者があくまでも偶然の出来事ととれる方法で、ということね」

「わたしは、そうとったけど」

「ええ、わたしもよ。それで、いいことを思いついたの。ほら、ジャックスがあなたに近づくためにとった作戦を覚えてる？」

「トレイを持ったウエートレスの足を引っかけて、グラスの中のドリンクをわたしにぶちまけた、っていうのでしょ？　忘れられるわけがないじゃない」トリーナは冷ややかに言った。

「それを少しアレンジしたらどうかしら。いちばん簡単で、直接的な方法よ」

トリーナはうなずき、口端を小さく上げて微笑んだ。「ただし、わたしたちは心の美しい楽天家だから、グラスの中のカクテルは半分くらいにしておきましょう」

「それもそうね」

ウルフガングが小さなマイクをふたつ持って戻ってきた。つけ方を説明し、通路の先のトイレへふたりを連れていく。ふたりは少々とまどったものの、いちばん安定して、外からも見えない方法でなんとか装置をつけることができた。十分後、受信担当のフレッドとともに装置をテストし終え、いよいよカジノへ向かう。ウルフガングの指示がふたりの耳にこだましている。

「少し飲みすぎたふりをするのはどう?」カジノの喧噪《けんそう》の中へ足を踏み入れながら、カーリーはトリーナに話しかけた。

「それがいちばんいい方法かもね」

「ウルフガング、もし聞いてるなら」カーリーは低い声でささやいた。つい、胸の谷間に向かって話しそうになる。「カジノのお偉方から、ちゃんと了承をとっておいたほうがいいわよ。あなたたちに荷担したせいで、明日の朝、呼びつけられて大目玉食らうなんてお断りだから」

ブラックジャック・テーブルへ向かう途中で、ふたりはバーに立ち寄った。「ハイ、ティム」バーテンに向かって挨拶《あいさつ》をする。「ピナコラーダをハリケーングラスでお願い」

ライムを四つ切りにしていたティムが顔を上げた。「いつものコスモポリタンから、ずいぶんな路線変更じゃないか、ヤコブセン」

「わかってるわよ。でも、何かおいしくて、甘いものがほしい気分なの」

「わたしも、それにして」トリーナが言った。ティムがカクテルを作りに行くのを見て、カーリーに笑いかける。「そういえば、そのなんとかっていう装置が彼女のどちらの耳に入っているのか、それとも両方なのかも、わからないのよね」

「つまり、ふたりでいっせい攻撃をしようってこと?」カーリーが尋ねた。

「やる以上は、徹底的にやらなくちゃ。思いきって、かけなくちゃ意味がないわ」

「トリーナ・サーキラティ・マコール、あなたって恐ろしい女ね」バーテンがふたりのカクテルを持って戻ってきた。受け取ったグラスとグラスを合わせ、乾杯した。「これはあなたに。ずっとその意地悪なところを買ってたのよ」

大きなグラスになみなみと注《つ》がれたカクテルをすすりながら、ふたりはぶらぶらとブラックジャック・テーブルに近づき、茶色い髪の女性の背後に立った。女性が三度続けて勝つのを見たあと、カーリーはトリーナに寄りかかった。

「ねえ、あのチップ見て。勝ってる人を見るとこっちもうれしくなるわねえ」語尾を微妙に伸ばして言う。「ほら、勝ってるって言えばさ――」カーリーは肘でトリーナをつついた。

「ちょっと、気をつけてよ」トリーナは今にもカクテルがあふれそうなグラスをまっすぐに持ち直した。「いったい、どういうつもり?」

「そっちこそ、どういうつもり? さっき、せっかくバーで彼と楽しく話してたのに、邪魔したわよねえ」カーリーは、ストローでピナコラーダをすすった。

やない」

「退屈しちゃったのよ。それに、いつまでたっても埒《らち》があかないんだもの。いつもそうじゃない」

痛いところを突いてくれたわね。まるでわたしのラブライフそのもの。カーリーはトリーナをにらみつけた。これなら演技する必要もないわ。「独善的なのはお互いさまよ。みんながみんな、あんたみたいにいかした恋人に恵まれるほどラッキーじゃないの」

トリーナは得意げな笑みを浮かべた。

「もちろん、あんたは、結婚ぐらいで自分の楽しみを邪魔されたくないって思ってるんでしょうけど」カーリーはさらりと言う。

トリーナがカーリーを指でつついた。「今の言葉、取り消しなさい、ばか！」

「ばかあ？　ばかって誰のことよ？　わたしは自分で見たままに言ってるだけよ」

「なんにも見えてないのねえ」トリーナは指にさらに力をこめて、カーリーを突いた。

「誰にものを言ってるの？　あんたの彼に奥さんがいることくらい、お互いにわかってるでしょ？」カーリーはトリーナの指をつかんだ。トリーナは指を引き抜こうとしたが、カーリーは放さない。ふたりのカクテルがグラスの中で揺れはじめた。「それに、あたしをつつくのもやめて。認めたくないからって、八つ当たりしないでちょうだい。おとなしく手を引っ込めていれば、こうしてもめることもないのに」トリーナの指を放して、自分の指を鳴らし、あいまいな笑みを浮かべた。「そっか、あんたの正体をすっかり忘れてたわ。他人のお金を使うのは、あんたの得意分野だものねえ、赤毛さん？」

トリーナはうなり声をあげてカーリーにつかみかかった。ふたりは目配せすると、同時にグラスの中のカクテルをぶちまけた。茶色い髪の女の頭に、冷えたピナコラーダが左右から同時に降りかかった。

女は悲鳴をあげ、しずくのしたたる髪に両手を当ててスツールから飛び上がった。

「まあ、なんてことするのよ」トリーナが小声で言った。

「あたしのせいだって言うの？　あんたのグラスだって、ほら、空っぽじゃないの」しかし、カーリーは慌てた様子で女に話しかけた。「まあ、ごめんなさい。すぐに拭《ふ》きますね」驚いて走ってきたウエートレスのトレイに置かれたタオルをつかみ、濡《ぬ》れて固まった耳の後ろの髪束を払いながら女の髪についたしずくを拭き取る。女の左耳に小さな装置が差し込まれているのに気づくと、トリーナを見やった。

さらによく見ると装置から細いコードが出ていて、カシミアのセーターの襟の下へと消えている。トリーナが言った。「まあ、このきれいなセーターにまで飛んでいるわ！　台無しになる前に拭かないと」監視カメラにはっきり映るよう、襟を引っ張る。

「やめて」女は猛烈な勢いで髪を押さえて耳を隠すと、さっと体を引いてセーターの襟をもとどおりにした。

「ごめんなさい。本当にごめんなさい」カーリーが言い、ふたりは両手を上げて後ろへ下がった。「つい夢中になっちゃって。あら、ちょうどいいわ」小声で付け加えた。「警備員が来てくれたみたい」

女がはっとした表情を浮かべた。カーリーはもう一度体を寄せ、女の耳の後ろの濡れた髪をタオルで拭いた。

「ねえ、お願い。このことはできるだけ穏便に処置してくれないかしら」カーリーは小声で言った。「とんでもないことをしたことはわかってるけど、このままだとあたしたち、首になりかねないの。一緒に化粧室に来てくださらない？　きれいに拭いてから、それなりのお詫《わ》びをさせていただくわ。約束よ」

「しかたないわね」女は答えた。そしてディーラーが自分のチップをすでに大きい単位のチップに両替してくれたのを確かめ、大きな袋に入れた。ディーラーの前に五十ドルのチップを置き、カーリーに向き直る。「それじゃあ、行きましょうか」

お詫びの言葉と責任のなすり合いを繰り返しながら、カーリーとトリーナは女を近くの化粧室に案内した。ウルフガングが近づいてきた。彼が笑みを浮かべているのを見て、カーリーは仰天した。しかしすぐに落ち着きを取り戻すと、トリーナが女を化粧室の中に連れていく隙《すき》を見て、そっと手を広げて声に出さずに言った。五分だけ待って。

ひとりの従業員が、化粧台の脇の小さなテーブルでタオルを畳んでいた。トリーナは彼女に黙って二十ドルを渡し、ドアに向かって顎をしゃくった。従業員が立ち上がって出ていくと、カーリーはタオルをつかんで茶色い髪の女に手渡した。「せっかくの勝ち運に水を差してしまったようねえ。勝負の埋め合わせはできないけど、ここの従業員はみんな顔見知りなの」

「そうよ」トリーナも言った。「だから無料でスパ・トリートメントを受けたいとか、〈テレンス〉で髪を直す予約を入れてほしいとか、何かご希望があれば喜んで力になるわ」

「そう、彼女の言うとおりよ。あたしたちのショーのチケットとか、シルク・ドゥ・ソレイユの『オー』とかセリーヌ・ディオンのショーのチケットでもいいわ。それとも、〈リユーム・ディ・ルナ・ルーム〉でディナーなんていかが？」

「今のところは、あそこの個室に入れれば満足よ。ひとりになりたいの、静かな場所で」女は意味ありげに言い足した。

「あら、そうね。もちろんよ。どうぞ、お好きなように」カーリーが言った。「今のは、ここだけの話よ」

「そうね、お願い」トリーナが言った。「じゃあ、行ってきて。あたしたちは静かにしてるわ。音を出さないって約束する」

「もう一枚タオルをどうぞ」カーリーは無理やり押しつけた。「はい。二枚でもいいわよ。小さいから」

女はバッグを抱え込んでぶつぶつとつぶやき、個室の中に入っていき、大きなドアをばたんと閉めた。

カーリーは爪先立ちでドアに近づき、イタリアの田園地方を描いた手書きのパネルに耳を押しつけた。つぶやき声が聞こえたが、意味のある言葉はところどころしか聞き取れない。だが、そのうちのひとつが〝はずす〟という言葉、そしてもうひとつが〝ほん〟という言葉だった。

きっと〝イヤホン〟のことに違いないわ。カーリーはトリーナに向かって親指を立てた。トリーナがトイレのドアを開けると、ウルフガング、ベックのほかに警備員がもうひとり入ってきた。

カーリーはドアを離れ、ビロードの椅子に腰かけて脚を組んだ。やがて個室から女が出てきた。警備員の姿に気がつくと、女はその場に一瞬立ちすくみ、大きなバッグに手を入れて後ずさりを始めた。

トリーナがさっと足を出したので、女はバランスを失った。体勢を立て直そうとしたはずみでバッグが手から離れ、床に転がった。

バッグから飛び出してタイルの上を滑っていく中身をウルフガングが拾い上げた。ガムの容器ほどの小さな装置だった。「これはもらっておく」コードを装置に巻きつけて、別の警備員に手渡す。警備員はすぐにドアに向かった。

「ちょっと、何するの?」女が叫んだ。「返して!」警備員が振り返ることもなくドアから出ていくと、今度はウルフガングに怒りをぶつけた。「あなた、名前は? 上の人間に直接話をつけさせてもらうわ」

「なんてずうずうしいのかしら」カーリーとトリーナはつぶやいた。

しかし、ウルフガングはいつもの冷ややかな表情を浮かべて女を見つめた。「ウルフガング・ジョーンズだ。文句があれば、言いに行けばいい。ぼくは、何ごとも上司に報告する主義だ」

ウルフガングが女の手首をつかんだ。女は息を荒らげながら、自分の手首を、そしてカーリーとトリーナをにらみつけた。

カーリーは組んでいた脚をほどきながら、女に満面の笑みを返した。「こうなったら」しらふの、はっきりした口調で言う。「覚悟を決めることね」

12

清掃作業員の男は、カーリーと赤毛のショーガール、そしてふたりが飲みものをこぼした女が入っていったトイレのドアに向かって顔をしかめた。そして女性たちが入ってから五分もたたないうちに保安部の三人の警備員がずうずうしい顔でずかずかと入っていったのを思い出し、さらに顔を歪《ゆが》めた。警備員のうちふたりは、すぐに出てきた。しかし、ブロンドのいかつい顔をした保安部のやり手の警備員は、まだ中にいる。

カーリーがトラブルに巻き込まれたのではないだろうか。

だが、そうだとしても、必ずしも不当だとは言えない。実際、少なからず失望したのはたしかだ。仕事中に酔っ払っていたのだから。それどころか、彼女と赤毛のふたりは、カジノで見ごとな醜態を見せてくれた。ああいった行為は自分にはまったく受け入れられない。カーリーがそんなことをするとは思わなかった。

露出度の高い服や派手な化粧は見過ごすつもりだった。仕事が仕事だけにしかたがない。それに、ショーガールの威信と神秘的雰囲気を醸し出す役割も果たしている。だが、公衆の面前で酔って醜態をさらしたり、仲間のダンサーとこづき合ったり、カジノの客にカクテルをかけたりすることなど、自分が受け入れた女性のするべきことではない。

果たしてこのまま永遠の愛情という贈りものを彼女に贈り続けていいものだろうか。正直なところ、彼女がそれほどの女性かどうか自信がなくなった。

また耳鳴りがしはじめた。昔の怒りが戻ってきたのだ。ドクター・アッシャーはもう大丈夫だと言ってくれたのに。ほうきをぎゅっと握りしめ、いずれ心を決めなければならないと思いつつ、男は立ち去った。

〈アヴェンチュラト〉のカジノから二十四万七千ドルを騙《だま》し取った茶色い髪の女、マルシア・ボウエンは、ウルフガングを四十五分間はぐらかし続けた。あくまでもカクテルをかけられた客を装うボウエンに、ウルフガングはとうとう我慢できなくなった。

「いいか」ついに淡々とした口調で言った。「ぼくは疲れた。家に帰りたい。時間を無駄にするのはもうたくさんだ。あんたが責めを負って、パートナーを自由にさせるつもりなら、それでもいい。マイク・グレゴリーに最後に連絡をとってからもうずいぶん時間がたっている。おそらく、やつはすでにどこかへ高飛びしているだろう。あんたひとりに責任を負わせるに違いない。こっちはそれでもかまわない。ぼくの責任は、この事件に決着をつけることにある。詐欺を働いたと思われる人間をひとり捕まえた以上、苦労してもうひとりをさがし出す必要はない」ボウエンから取り上げた装置をテーブルに叩《たた》きつけ、ウルフガングは彼女をじっと見つめた。「捕まえたいかさま師とは、もちろん、あんたのことだ。非合法的な手段で手に入れたチップの山と、この双方向の無線機がれっきとした証拠だ。カジノでこんな装置を使う目的はたったひとつしか考えられない。あんたがプレイしていたテーブルに、監視用小型カメラが不正に設置されていたという報告もある。これだけ証拠が揃《そろ》えば、十分あんたを警察に突き出せる。それでもまだぼくに協力する気になれないというのなら、しかたないだろう」ウルフガングは椅子の前脚を浮かせて後ろに寄りかかり、尋問室のドアを開けた。「ベック！」

すぐにベックが現れ、ドアを大きく開けてのぞき込んだ。「なんですか、ボス？」

〝ボス〟なんて呼ばれるとは、自分に対する部下の信用度が増したようだ。心に温かいものを感じたが、厳しい口調で命令した。「警察に電話して、いかさま師をひとり、すぐに引き渡したいと伝えてくれ。状況を説明して、こっちが告発する意思のあることを伝えるんだ」

「了解」ベックの頭が引っ込んだ。

「ちょっと待って！」

ベックがもう一度のぞき込んだ。ウルフガングは椅子の前脚を床につけ、テーブル越しに女を見つめた。三十秒前とはうってかわり、女は落ち着きを失っていた。「何か、付け足したいことがありますか、ミズ・ボウエン？」

「わたし、これまで一度もこんなことしたことがないの。ベッドでのすばらしさと口車に乗せられて犯罪に荷担するなんて、なんてばかだったのかしら。こんなことで刑務所行きなんていやよ。だから、お願い。マイクの居場所と、彼がどうやってこれを計画したのか白状するわ。その代わりにわたしを見逃してくれないかしら？」

「いいだろう」ウルフガングは同意し、さっそく交渉に入った。「聞かせてくれ」


ウルフガングが家に着いたときにはすでに午前五時を過ぎていた。ボウエンの供述を書き留めるのに、意外に時間がかかったのだ。グレゴリーをさがし、ホテル内に借りていた部屋を突き止めるのには、さらに時間がかかった。グレゴリーは使っていた装置を分解している最中だった。グレゴリーを保安部に連れてきて尋問を開始し、グレゴリーとボウエンを警察に突き出したころにはすでに明け方近くになっていた。そして最後に必要な書類の整理をして、ようやく帰途に就いたのだった。

ネクタイをはずしながらニクラウスの寝室のドアをわずかに開け、中をのぞき込んだ。ニクラウスはベッドの上でうつぶせになり、ぐっすりと眠っている。毛布は蹴《け》られてベッドから半分落ちていた。ウルフガングはドアを閉め、キッチンへ向かった。

コップに牛乳を注《つ》ぎ、カウンターの上の箱の中にあった冷たいピザをひと切れつかんだ。居間へ持っていき、革の椅子に座り込む。ピザをかじり、椅子に頭を預けて噛《か》んだ。

とんでもない夜だった。

ひとつだけわかっていることがある。もっと待遇のいい職場に移ったとしても〈アヴェンチュラト〉と比べるともの足りなく思うに違いない、ということだ。今の職場は毎日のように新しい事件が次から次へと起こる。アドレナリンが出すぎ、まるで中毒になりそうな自分自身と闘わなければならないことも、ときにはある。

まさに今がその状態だった。

目を閉じたまま、コップの牛乳を半分ほど一気に流し込んだ。カーリーと彼女の赤毛の友達がマルシア・ボウエンを騙している様子がふと脳裏に浮かび、声を出して笑う。あのふたりなら、ダンスをやめてもスパイとしてやっていけそうだ。

もっとも、赤毛の友達のことは、カーリーと一緒に芝居をしていたところしか思い出せない。あのふたり、お互いの考えが読めるかのように息がぴったりと合っていた。それにしても、どちらも自分の期待をはるかに上回る演技ぶりだった。

実際のところ、その事実には驚かざるをえない。偏見かもしれないが、捨てられたどうしようもない犬や猫を拾ってきては飼っているいかれたブロンド娘が、実はあれほど機転のきく人間だったとは誰が予想できただろう。そのうえ、人間の本質のようなものもちゃんと理解しているらしい。そうでなければ、少し言葉を交わしたぐらいで、ボウエンがあれほどたやすく彼女の言いなりになることはないはずだ。

彼女が相手なら、言いなりになるのもいいかもしれない。

気でも違ったのか、ジョーンズ？　心の中で自分に叱咤《しった》し、椅子に預けていた背をさっとまっすぐに伸ばした。はずみで危うく残った牛乳がこぼれるところだった。いったい、自分はどうしたのだろう。

疲れのせいだ。間違いない。そういえば、セックスの解放感を長いこと味わっていない。たしかにカーリー・ヤコブセンの肉体には、惹《ひ》かれるものがある。だから死にそうなほど疲れきった脳が、暴走したのに違いない。それに、コントロールセンターでつい熱い視線を投げかけてしまったが、状況は何も変わらなかった。いったい何を考えていたのか。望んでもいないのに体だけを求めて互いに熱を上げたところで、トラブルの種を作ることになるだけだ。

だが、今はとにかく眠りたい。本当は、二日間の休みを利用して、もっとニクラウスのことを知るつもりだった。そして、今度こそ、彼を怒らせずに話しかける方法をさがし出したかった。だが、そのためには頭がきちんと働く状態にしておく必要がある。つまり、数時間はぐっすり眠ったほうがいいということだ。ウルフガングは急いでバスルームへ行って歯を磨き、顔を洗って服を剥《は》ぎ取ると、マットレスの上に顔から突っ伏した。エアコンの冷気で肩を冷やさないようブランケットを引っ張る間もなく、彼は深い眠りに落ちた。

その日、ようやく目が覚めたとき、家の中はしんと静まり返っていた。目を開け、どうにか焦点を合わせて見ると、時計は午後四時過ぎを指している。悪態をつきながら転がるように起き上がり、ベッドの脇《わき》に腰かけた。家の中には自分ひとりしかいないことになんとなく気づいた。学校は一時間以上前に終わっている。もっとも、帰宅していたとしても、すでにどこかへ出かけたあとだろう。いつ戻ってくるかは、神のみぞ知る、だ。

なんてことだ。せっかくふたりで過ごそうと思っていた計画が台無しじゃないか。

ウルフガングはベッドを離れ、バスルームへ向かった。顔を洗って、歯を磨き、昨夜脱ぎ捨てたスラックスをはき直す。そしてぶらぶらとキッチンへ入っていき、コーヒーメーカーのところへ向かった。

だが、すでにレンジの上にコーヒーの入ったポットが置いてあり、前面にメモが貼《は》りつけてあった。カップにコーヒーを注ぐ。半分ほど飲んでからもう一度いっぱいに注ぎ足し、メモを持ってカウンターに向かった。スツールに腰を下ろし、半分に折ったメモを開いた。


ウルフおじさんへ。宿題は終わった。プールへ行く。目が覚めたら来て。バーベキューをするから。ニクラウス

ウルフガングはにっこりと笑った。すばらしいじゃないか。心配したほど嫌われてはいなかったらしい。コーヒーを飲み終え、カップをシンクに入れると、寝室へ戻った。水泳パンツをどこへしまっただろう。けっきょく、見つけられず、素材のいいスラックスからはき古したカットオフ・ジーンズにはき替えた。八〇年代後半から着ているものだ。バスルームのタオルをつかむと鍵《かぎ》を持ち、部屋の外に出た。

数分後、プールエリアの裏にある立木のそばを通ると、聞き慣れない男性の声がした。

「サッカー部のレギュラーだそうじゃないか、ニクラウス」

驚きのあまり、なつめやしの太い幹の後ろで足が止まった。ひょっとして、父さん同じ声が言った。「サッカーは自分からやりたいと思ったのか？　ひょっとして、父さんかおじさんに押しつけられたんじゃないのか？」

「違うよ。ぼくが自分でやりたいと思ったんだ。ウルフおじさんは、あれこれルールを押しつけてくるほかは、ほとんどしゃべらない。だからサッカーのこともほとんど何も言わないよ。サッカーが得意なのをマリアおばあちゃんに聞いたってことぐらいかな。父さんは……」ニクラウスが黙り込んだ。カタリナを妊娠させ、ニクラウスが生まれる前に逃げ去ったろくでなし野郎の話などする気がなくなったのに違いない。だが、ニクラウスは咳《せき》払《ばら》いして、続けた。「父さんのことは知らないんだ。誰だかは知ってる。そう、名前ぐらいはね。でも会ったことはないんだ、わかるでしょ？」

「気にすることはない。父親なんて必ずしも必要はないんだ」

「ジャックス、余計なことを言わないの！」

ウルフガングがなつめやしの幹の間に潜り込むと、トリーナが隣に腰かけた大柄な男の筋肉質な胸をつついているのが見えた。

トリーナは次にニクラウスのほうを向いた。「ジャックスを許してあげて」かすかな笑みを浮かべて言う。「彼、父親に無理やりスポーツチームに入れられたから、子供はみんな親に強制されてスポーツをするものだと思っているのよ」

ジャックスと呼ばれた男が肩をすくめた。「そういうことだってあるさ」

「でも、ぼくは違う」ニクラウスは笑いながら言った。「サッカーが大好きなんだ」

「それはよかった。それじゃあ、お母さんはいるのかい？」

「ああ、インディアナにいるよ」

「お母さんがインディアナにいるのに、どうしてラスベガスなんかに来たんだ？」

いったいどういうつもりだ？　本でも書くつもりなのか？　ああいう詮索《せんさく》好きな人間がいるから、他人と親しくするのはいやなんだ。話したくないことまで根ほり葉ほり訊《き》いてくる。

「だが、ニクラウスはウルフガングよりも他人に対してオープンな性格らしい。「ママは次の希望をつなぐ新しいだめ男を見つけたんだ。おじいちゃんとおばあちゃんは、おばあちゃんの故郷へ戻ることになってて、今度はぼくを連れていけなかったみたい」ニクラウスはまだ骨張っているが幅広い肩をすくめた。「だからウルフおじさんがぼくのお守りを押しつけられたってわけ」

ショックで体が引きつった。しかし、ウルフガングが反論しようとして足を出すより早く、小柄で白髪交じりのおしゃれな老婦人が、優しく言った。「おじさんは、あなたを〝お守り〟しているなんて思ってないわよ」

そうだとも。どうか、言ってやってくれ。

「同感ね」向かって右手のなつめやしの陰にカーリーのスパイキーヘアの後頭部が現れた。

長椅子から体を起こし、身を乗り出している。「それより、お母さんが次の希望をつなぐ新しい男ってどういう意味なの？」

「ママは、自分が心を寄せられる男がいないと、生きていけないんだ。で、新しい男に惚《ほ》れ込むと、もうそいつのことしか目に入らなくなるわけ。たとえ、ごみのように捨てられても」

老婦人が驚いたような笑みを浮かべた。「まだ若いのに、ずいぶん冷笑的なものの考え方をするのね」

ニクラウスは肩をすくめた。「もう、何十回と経験してるからね。ママは、帽子が落ちるのを見ただけで惚れちゃうから」

ニクラウスの言葉はまんざら嘘《うそ》ではない。たしかにカタリナはそういう女だ。ニクラウスは、母親が誰かを好きになるたびにのけ者にされてきたのだろう。自分もかつては〝一度しかない十代をめちゃくちゃにされた〟と、父を恨んだ。だが、母はいつもそばにいてぼくを支えてくれていた。

「まあ、それは大変だったでしょうね」カーリーは感傷を交えずに言った。「でも、あなたのお母さんだって、そういう男性の何かが気に入って彼らを選んだんだと思うわ。わたしの母も三度結婚したけど、ひたすら社会の出世階段を上りたいという彼女の終わりなき欲望を満たしてくれる男だけを厳密に選んでいたもの」

ウルフガングは批判的な言葉をさがしたが見つからなかった。財産のある男を好んで選ぶカーリーの母親のほうが、無差別にフィーリングの合いそうな男を見つけるカタリナよりは、賢いような気がする。

だが、自分は盗み聞きをするためにここへ来たわけじゃない。まあ、見知らぬ隣人たちと近所付き合いをするために来たわけでもないが。人との付き合いが苦手なウルフガングは、そのままくるりときびすを返して部屋に戻り、彼らがどこかへ行ってしまうのを待っていたい気分だった。多感な十代を階層意識の強い大使館で過ごしたウルフガングは、苦い経験をして他人と距離を置くことを学んだ。自分から人付き合いを避けるようになったのは、十八歳になるころのことだった。生きていくには、そのほうがずっと楽だった。

しかし、このときばかりは、奥歯を噛みしめて歩き続けた。ニクラウスがわざわざプールに来てほしいと置き手紙を残していったのだ。ここでその願いを無視するわけにはいかない。必要とあらば、隣人とうまくやることだってできるはずだ。いずれ彼らは家へ帰っていく。そうすれば、ニクラウスとふたりきりになれる。

最初に気づいたのはニクラウスだった。ウルフガングの姿を見たとたん、ぱっと顔が明るくなった。「ウルフおじさん！」ニクラウスはそう言いながらウルフガングに近づき、プールエリアのドアを開けた。「よかった、来てくれて。カーリーとトリーナは知ってるよね。えっと、こちらはトリーナのボーイフレンドのジャックス。マックとエレンはトリーナとジャックスの隣に住んでるんだ。みんなが、ぼくたちをバーベキューに招待してくれたんだよ」

なんてことだ。まあいい。期待どおりにはいかなかったが、ニクラウスと一緒に過ごすことはできる。ニクラウスは、なかなか近所付き合いがうまいらしい。少なくともうまくやっているふりはできている。ウルフガングは、さっき見た大柄な男、ウルフガングの味方についてくれた声の優しい老婦人、それから背は高くないが目つきに油断がなく、鉄のように頑丈な手を持った年配の男とそれぞれ握手をした。トリーナには軽くうなずき、カーリーのほうは見ないようにした。

だが、それを実行するのは容易ではなかった。磁石に引っ張られる針のように、否《いや》が応でも視線がカーリーのほうへ向かっていってしまう。彼女は、昔の花柄のカーテンを切り取ったかのような、四〇年代を思わせるホルターネックのトップを着ていた。ネックラインのハート形が、彼女の豊かな胸を際だたせている。お揃いのショートパンツも、その時代のタップダンサーを思わせるデザインだ。メイクをしておらず、すっぴんだが、それがまた実に魅力的だった。ふいに、その美しさを彼女に伝えたい気分に襲われた。愚かなことを言いださないうちに、ウルフガングは急いで言った。「きみたちのおかげで、ゆうべは助かった。改めて礼を言わせてもらう」当然、カーリーとトリーナのふたりへの感謝の言葉だったが、できるだけトリーナに視線を集中させた。

トリーナは口の片端だけを上げて微笑《ほほえ》んだ。頬に小さなえくぼができている。「最初は、少し不安だったのよ。でもだんだん楽しくなってきちゃって」

「トリーナに二十ドル借りがあることを忘れないで」カーリーはにこりともせずに言った。

なんだって？　まったく、ゆうべはもっと愛想がよかったじゃないか。しかし、驚いた顔をした直後、カーリーの口調がずっと親しげに変わった。「実はね、あのとき、トリーナはパウダールームの係に二十ドルを渡して席をはずしてもらったのよ。保安部に協力するためにしたことだもの、彼女が払う理由はないでしょ」

「ああ、そのとおりだ。その必要はない。木曜日に出勤したときに返金の手続きをしておこう」

「カーリーたち、何をしたの？」ニクラウスが尋ねた。ふたりは、すばらしい演技でボウエンを騙してトイレに連れ出し、見ごとに共犯者との交信を断ち切らせたことを面白おかしく語りはじめた。ウルフガングが現れたことで硬くなっていた雰囲気が、一気に和らいだ。

「気をつけないと、おまえも騙されるぞ」ウルフガングは、ボウエンをとまどわせて彼女の警戒心を解き、ごく自然にテーブルを離れさせたふたりの言い争いぶりを思い出し、小さな笑みを浮かべた。「実に見ごとな腕前だったからな」自分でも驚いたことに、ウルフガングは基本的に〝訊かれたことしか答えない〟ルールを自ら破り、ボウエンに白状させたあとのどたばたぶりまで語って聞かせていた。

　成人の隣人たちと一緒にいることでリラックスできたのもさることながら、やはり何よりもほっとしたのは、ニクラウスがうれしそうなことだった。どうやら、ニクラウスは年の不釣り合いなこの友人たちと一緒にいるのを心から楽しんでいるらしい。そうなると、ぼくも、もう少し彼らに溶け込もうとしなければ――せめて今日だけでも。

　だが、古い習慣はすぐに直るものではない。どうしていいかわからなかったウルフガングに助け船を出してくれたのは、エレンだった。「クッキーはいかが？」そう言って皿を差し出した。

「ありがとうございます」ウルフガングはクッキーを何枚かつかんだ。「手作りですか？」

「ええ、そうなの」

　ひと口食べてみた。それまで味わったことがない旨《うま》さだ。ウルフガングが正直にそう伝えると、エレンの顔がぱっと輝いた。肩の力が抜け、エレンに向かって、小さな、けれども心からの笑みを見せた。「母を思い出しました」自分で言って驚いた。おしゃれで、気さくなエレンは、あまり感情を表さない母親とは似ても似つかなかったからだ。

「本当に？　どういうところが？」

「実はよくわからないんです。母ではとうてい及ばないほど、上品で、社交的でいらっしゃいますから。クッキーのせいかもしれません。もっとも母が作ってくれたのはケーキですが。ことあるごとに世界一のケーキを作ってくれたものです」ふと、エレンのクッキーを食べたのは初めてでないことを思い出した。「ひょっとして、やはりことあるごとにクッキーをたっぷりと焼いていらっしゃるのではありませんか」

　エレンはウルフガングを見上げてにっこり笑った。「わたしたちの年代の女はそういうものなのよ。特定の年齢になると、ちょっとした食べものがあったほうが何もかもうまくいくものだって、信じているの。お砂糖と脂肪分があれば、言うことはないわね！」エレンはウルフガングの手を取った。「お母さまはドイツのご出身だとニクラウスから聞いたわ。さあ、ここに座って、お母さまのお話を聞かせてちょうだい。わたしが立っておしゃべりしてもいいけど、首の筋を違えそうだから」

ウルフガングは苦笑いしながらも、エレンに請われるまま、やしの下に置かれた椅子や長椅子に歩み寄った。

エレンとマックは一カ月後に結婚するらしい。エレンは近くカーリーとトリーナを連れてブライズメイド用のドレスをさがしに行くのをとても楽しみにしていた。ニクラウスはマックとスポーツの話に花を咲かせていた。マックはスポーツにかけては若いジャックスよりも詳しく、ニクラウスが会話に加わりやすいよう気を遣っている。ジャックスが十四歳でマサチューセッツ工科《MIT》大学に入学した数学の天才だと知ると、ウルフガングとジャックスは数学的確率がホームゲームの有利性に与える影響だとか、カジノにおける新しいいかさまの生まれ方について話しはじめた。

ジャックスとマックの関係を見極めるのには、しばらく時間がかかった。だが、プールサイドだけでなく、パーティーをするためにトリーナとジャックスの部屋へ移動したあとも、ふたりが話している様子を観察していると、口ではけなし合いながら、互いに相手を心から信頼しているのが見て取れた。

それを確信したのは、マックがベランダのグリルでハンバーグを焼きながら、へらで煙を飛ばしているときだった。彼はジャックスの目を見つめて尋ねた。「それで、おれのトリーナといつ正式に結婚するつもりなんだ？」

ウルフガングは興味深げにジャックスからマックへと視線を走らせた。「トリーナのお父さんだとは存じませんでした」親子にしてはまったく似ていない。

大きく開かれたガラスの扉の向こう側で冷蔵庫からスパイスとポテトサラダを取り出していたトリーナとカーリーが大笑いした。

「何か、面白いことを言いましたか？」

「いや」マックは首を横に振った。「たしかに娘はいるが、ここにいるふたりにとっては、おれは親代わりみたいなものでね。彼女たちが悪い男に騙されないように監視しているんだ」そう言うと、ジャックスに意味ありげな視線を送った。

「悪い男で悪かったね」

「ジャクソン、いいかげんにして」トリーナが首を出して言った。「それから〝パパ〟に言っておきますけど、もうわたしのことは心配してくれなくても大丈夫よ。ジャックスをいじめるにしても、別のことにしてちょうだい。なぜかわかる？　ゆうべ、ついに彼のプロポーズにオーケーしたの」

カーリーが叫んだ。「本当なの？」

エレンが言った。「それはよかったこと」教会にいるかのようにうやうやしい口調だ。

マックもつぶやいた。「まあ、当然の成り行きだが」そう言いながら、満面の笑みを浮かべた。

　歓声があがり、ハグとキスが交わされた。ジャックスとマックは握手をして、互いの背中を叩き合う。事情を知らないウルフガングは、ただ見ているしかない。ニクラウスに目をやると、やはりなんのことかわからない様子で肩をすくめている。だが、楽しそうな彼らを見て、ニクラウスもうれしそうだった。

　マックからへらを取り上げ、焦げる寸前のハンバーグを救出した。やがてテーブルに着席すると、カーリーを盗み見た。トリーナとジャックスがいつ結婚式を挙げるつもりなのかといったどうでもいいことばかり、エレンと代わる代わる質問している。カーリーが笑うと、顔がぱっと華やいだ。そんな笑顔に見とれそうになりながらも、懸命に女性たちの会話を理解しようとした。だが、最後には、どう考えたらいいのかもわからなくなった。話題があちこち飛んでいくうえに、省略形を使っているのか、外国語のようで理解できない。そもそもウルフガングは、言語能力には自信があったのに。

　ジャックスも同じ気持ちなのか、あるいは同じパーティーに参加している男として同情をしてくれたのかはわからないが、急にウルフガングに向き直った。「そういえば、きみの車を何度か見かけたんだが、ぜひ、もっと近くで見てみたい。食事が終わったら、マックと一緒に見せてくれないか？」

「ああ、いいとも」ウルフガングは答えた。しばらくして食事がすむと、男たちはそそくさとテーブルを立ち、部屋を抜け出した。ウルフガングは思わずほっと息をついた。人付き合いのまっただ中に放《ほう》り込まれるとは、まさにこのことだ。「いつもあんなふうなのかい?」階段を駆け下りながらウルフガングは尋ねた。

最初に一階に下り立ったジャックスは、ドアを開けながら肩越しに振り返った。「あんなふうって?」

「女性たちだ。結婚式の話ばかりよくも飽きないものだと思って」

「ああ、あれぐらいどうってことないさ」マックが言った。「ジャックスとトリーナの結婚式の話が本格化したら、もっと大変だぞ。おれたちの場合、おれは〈リトル・チャペル・オブ・ザ・フラワーズ〉のパッケージプランでいいって言ったんだが、エレンが〝本物〟の結婚式をしたがってな。なあ、〝本物〟ってどういう意味だと思う? チャペルはすばらしいし、〈チョコレート・スワン〉のケーキを用意してくれるんだぞ。それのどこが本物じゃないっていうんだ?」

「家族を呼べる本物の教会で式を挙げたいってことじゃないのかな」ニクラウスが言った。

「ふたりとも家族は出席しないの?」おとなたちをすり抜けるように、ニクラウスが最初に車庫に着いた。

「おれの娘たちは来ることになってる」マックが答えた。「エレンには子供がいないが、弟が出席してくれるらしい」

「ぼくには家族はいない」ジャックスは言い、ジーンズのポケットに手を入れた。「トリーナの家族にはまだ結婚の話はしていないから、わからない。ただ、プロのギャンブラーと結婚することを家族は喜ばないかもな。たとえ、彼女には絶対に経済的な苦労はかけないと約束できたとしてもね」

「どうして？」車庫の扉を開ける暗証番号を押しながら、ニクラウスが尋ねた。

「彼女の家族はペンシルバニアの鉄工所に勤めている。堅実で、厳格な労働倫理を持った人たちなんだ。ダンスがしたいというトリーナの気持ちを今でも理解してくれていないらしい。今でも、彼女がいつか正気を取り戻して、彼女をラスベガスから連れ出してくれるちゃんとした仕事を持った人間と結婚してくれると信じているんだ」ジャックスは肩をすくめ、おずおずと笑みを浮かべた。「それが、彼女の家族が出席してくれるかどうかわからない、っていう理由さ。もちろん、ぼくはトリーナのためにも出席してほしいって願っているが」

「おれは一度会ったことがあるが、いい人たちだったよ」マックが言った。「カーリーのおふくろさんにも会ったが、彼女こそ大変だぞ」

車庫の扉が音をたてて上がっていく。しかしウルフガングには扉よりもマックの言葉が気になった。「どういう意味ですか？」

「カーリーは実に心の温かいやつなんだ。それなのに、おふくろさんは、彼女をまぬけとふしだら女を足して二で割ったように扱ってた。おれはあのおふくろさんも、おふくろさんのあの気取った態度も好きじゃないね。それに……おい、驚いた。これがあんたの車なのか？　どうして今まで気づかなかったんだろう？」

「目の前をひゅっと通り過ぎていっちゃうからじゃないかな。ウルフおじさんは、帰ってくるとすぐに車庫にしまっちゃうし」ニクラウスが悔しげに言った。「ネバダ州にこれほどの車がほかにあると思う？　だけど、この車を最高にかっこよく見せる方法を知ってる人間がいたとしても、おじさんは絶対に運転させないだろうね。自分以外、誰も運転席に座らせようとしないんだから」

マックが鼻を鳴らした。「おまえはまだ十六歳だ。それにおれだって、これほどの車をおまえなんかに運転させるものか」

「なんだよ。ぼくだって、もうすぐ十七歳になるんだぞ！」

「ああ、実に説得力のある意見だな」ジャックスが言った。「もちろん十七歳の子供は、思いきりスピードを出したり、バドワイザーを持って風を切って走ったりなんてことは絶対にしない。絶えず道路に神経を集中させているよ」ニクラウスの頭をげんこつで軽く叩くと、腰を曲げて車の塗装をじっくりと眺めた。「そのおかげで、十七歳の保険料率は低いんだろうな」

ニクラウスには運転させないという自分の決意にマックとジャックスが賛成してくれたことに、ウルフガングはほっとしていた。その一方で、カーリーと彼女の母親に関するマックの言葉がどうしても気になってしかたがない。

ウルフガングはしかし、カーリー母子への好奇心を懸命に振り払った。カーリーと彼女の母親との関係を知ったところで、いったいどうしようというんだ？　たしかに彼女はセクシーで、危うく手を出すところだった。だが、もう二度とそんなことをするつもりはない。自分の目標へと視線を戻し、足の爪を真っ赤に塗っているような女に対する妙な気持ちは心の奥底に埋《うず》めてしまわなければ。

13

仕事が終わり、清掃作業員の男はタイムカードを入れた。長い一日だった。男にしてはめずらしく、仕事に集中できない日でもあった。義務感から解放されたことを喜びながら、まっすぐに従業員用のロッカールームへと向かい、普段着に着替える。制服で自宅と職場を往復する同僚も多いが、彼にとって、それは許せない習慣だ。〝便利だから〟など、その人間のだらしなさのへたな言い訳にすぎない。

彼とて、一生、清掃作業員をするつもりはなかった。これまでは出世のチャンスに恵まれなかったが、いずれ状況は変わるはずだ。そもそも、自分が出世できずにいるのは、部屋に勝手に入られたと言って文句をつけてきた女性客のせいだ。

美しさではカーリーの足もとにも及ばないくせに。

以前味わった苦々しい思いが、心の奥深くでわき起こる。しかし、男はそれを抑えつけた。せっかくのいい気分をそんなことで台無しにされたくはない。

男はきちんとアイロンのかかった濃紺のチノパンをはき、ピンストライプのシャツを着て濃紺と赤のストライプのネクタイをつけた。それからきれいな靴下にはき替え、きれいに磨いたローファーに足を入れた。よく見ると、茶色い革の表面にわずかにほこりが積もっている。顔をしかめてロッカーを二列に区切るベンチの上にまず左足をのせ、それから右足をのせて、小さなハンドタオルでぴかぴかになるまで靴を磨いた。満足のいくまで磨くと、ようやくロッカーに向き直り、棚の定位置に置かれたくしを取り出した。

くしをライトブラウンの髪に当て、一本残らずまっすぐに整うまでとかしつける。それが終わるとくしをもとの場所に戻し、後ろへ一歩下がってロッカーのドアにつり下げられた鏡に映る自分に向かって微笑《ほほえ》んだ。

男は、自分の容貌《ようぼう》に自信を持っている。髪は豊かで健康的だし、真っ白な歯は、歯並びもきれいだ。そしていつ誰に見られてもいいよう、身なりは完璧《かんぺき》に整えている。女性には、いつも欲望にあふれた目で見つめられていることも知っている。なぜならば、自分はハンサムで、定職に就いていて、ほかの男たちより秀でているからだ。

だが、自分の目に映る女性は、カーリー・ヤコブセンただひとり。

男は鏡に向かってにやついた。当然だ。今日は最高に幸せな気分なのだから。昨夜の怒りは、もはや遠い記憶にすぎない。〈アヴェンチュラト〉では朝から晩まで、昨晩の噂《うわさ》でもちきりだった。どうやら、カーリーとあの赤毛の友達のあの失態は、保安部に協力していかさま師を捕まえるための芝居だったらしい。何しろ、どこへ行っても、従業員がその話をしていたのだから。

やはり、カーリーは酔ってなどいなかった。それに赤毛の友達と口喧嘩《げんか》をしていたわけでもなかったのだ。あの赤毛の女、名前はなんだっただろうか。まあ、名前などどうでもいい。広い目で見れば、彼女など取るに足りない存在だ。大切なのはカーリーなのだから。それにしても、なんて勇敢で、大胆で、カジノに忠実なのだろう。自分が愛情をかける対象としてふさわしい女性であることを改めて気づかされた。

間違いない。彼女も心から喜ぶはずだ。彼女が自分にとって理想的な女性であることを知れば。

14

いよいよルーファスがペットセラピーのボランティア犬としてデビューする日がやってきた。ルーファスの訓練の集大成であり、永遠に来ないのではないかとカーリーには思えた日でもある。ところが、とても楽しみにしていたそのときが実際に来たというのに、どうでもいいことにばかり気がいってしまう。肝心なことに気持ちを集中させることができないのだ。

ウエスト・チャールストン通りに車を走らせている間も、人や車の往来に神経を集中させることすら多大な努力を要した。後部座席のキャリーに閉じ込めてあるトリポッドとラッグスが〝車なんて大嫌い〟とばかりに声を合わせて不協和音を奏でるのもいつものことである。それなのに、今日はそれがやたらと耳につき、気になってしかたがない。車好きの犬たちがおとなしいのが唯一の救いだった。二匹はともに助手席の窓からうれしそうに頭を突き出している。ルーファスの風になびく耳や舌が、バスターの顔をほぼおおっていた。

いずれにしても、いつもどおりの光景だった。違うのは、ペットたちのおどけた仕草を楽しみ、病院で待っている患者の笑顔に期待するよりもむしろ、なぜジョーンズ家での食事の誘いを受けてしまったのか、その理由を考えずにはいられないことだ。

もっとも理由ははっきりしていた。ことの発端は、ニクラウスがカーリーと一緒に病院へ行って、ルーファスの活躍ぶりを見たがったことにある。しかし、あいにくスケジュールが合わず、今回はその願いを聞いてあげられなかった。小児病棟に入院しているイアゴ・ヘルナンデスがその日に退院することになっている。カーリーは、ずっと以前から退院するときには絶対にペットたちと一緒に見送ってあげるという約束をイアゴと交わしていた。イアゴの母親が予定している退院時間までに学校から戻ってこられないニクラウスには、今回はあきらめてもらうしかなかった。残念がるニクラウスを見て申し訳なく思ったカーリーは、食事の誘いに同意してしまったのだ。

大きな間違いだった。気軽に〝行く〟と返事をしながらも、心の奥底ではわかっていたはず。ニクラウスが家にいるということは、ウルフガングもいるということを。今夜、また彼と一緒に過ごさなければいけないなんて、どうしよう。まだ心の準備ができていないのに。

昨夜のバーベキュー・パーティーで受けた衝撃からまだ立ち直っていないというのに。

ウルフガングが来ることを知らないわけではなかった。ニクラウスを誘ったときに、彼にウルフおじさんも連れていってもいいか、とちゃんと訊《き》かれたのだから。だが、てっきり身だしなみを完璧《かんぺき》に整えて現れるものと思っていた。それなのに、たった今ベッドから出てきたかのような、あんなにセクシーな格好で現れるなんて。

思い出すだけで、汗が出てくる。百九十センチはある上背にひょろ長い手足、剥《む》き出しになった筋肉質の肌。身につけているのは、彼にしては信じられないほど古びてすり切れたカットオフ・ジーンズ。普通のジーンズだって持っていないんじゃないかと思っていたのに。

わたしは間違ってた。ウルフガングは見たこともないほど着古したカットオフ・ジーンズを持っているだけでない。それを着る彼のなんてセクシーなことか。ボーイフレンドのケンに夢中のバービーのように見とれてしまった。十月末の太陽を浴びた、くしゃくしゃなまま立ち上がった白く輝くブロンドの髪。トースト色にうっすらと日焼けした広い肩。ひと目見ただけで、モハベ砂漠なんて目じゃないくらい口がからからに乾いた。その一方で、うんと南のほうはいつの間にかしっとりしてくるし。

トリーナに二十ドル返しなさい、なんてばかげた命令をしてしまったのも、そのせい。自分でも驚いた。すぐに口調を和らげて、頼んでいるように伝えられたのは幸いだった。それにしても、どうして彼の前に出ると、ホルモンが騒ぎだすのだろう。たしかにすばらしい肉体の持ち主よ。けど、それがどうだというの？　仕事場では毎日のように体の締まったハンサムな男性に囲まれている。だけど、これまで誰ひとりとして、わたしをこんな気持ちにさせる男はいなかった。

あのあと、みんなで食事をするためにトリーナの部屋へ行ったとき、ウルフガングは自分の部屋に寄ってネイビーブルーのTシャツを着てきてくれた。おかげで少しだけ助かった。少なくとも、テーブル越しに剥き出しの肩を見つめてしまうようなことにはならなくてすんだから。

ただ、問題は、そのTシャツが小さめだったことと、やっぱり手遅れだったこと。なぜかというと、柔らかなニット地のTシャツが彼の筋肉質の胸にぴったりと張りついていたから。胸だけでなく腕の太さも強調していた。お腹《なか》まわりはいくらか余裕があったけど、時すでに遅し、よ。だって、きれいに割れた腹筋や、滑らかな背骨のくぼみを見てしまったあとだもの。いくらTシャツで隠れていても、脳裏に焼きついたあの光景がいやでも頭に浮かんできてしまう。

トリーナとジャックスの結婚宣言には心から感謝したわ。おかげで身を守ることができたから。それまでは、ウルフガングの裸同然のカジュアルな格好と、初めて目にした彼の打ち解けた雰囲気のせいで、あまりにも動揺していた。すぐにでも彼にしがみつきたいという自分の欲望を誰かに気づかれるのではないかと怖くてしかたがなかった。

「ほんと、危ないところだった」何もわからないペットたちに向かってカーリーはつぶやき、首を横に振った。「そう思わない？」

誰も答えてはくれない。

しばらくして〈ユニヴァーシティ《U》・メディカル《M》・センター《C》〉の駐車場に車を停《と》めた。フロントガラスを通して、砂岩のような色の近代的なビルをじっと見つめる。深呼吸を繰り返して気持ちを落ち着けると、犬たちのリードをつかんでようやく車から降りた。猫のキャリーバッグを取り出し、癌《がん》センターへ向かう。さあ、ここへやってきた理由を思い出しなさい。ウルフガング・ジョーンズのことなど忘れて、ルーファスが立派に初仕事を終えられるようにすることだけを考えなくちゃ。わたしはイアゴの退院をお祝いしに来たのよ。

八歳のイアゴは病室で退院のときを待っていた。ベッドを起こし、スパイダーマンのコミック本を読んでいる。ドアの脇《わき》にスーツケースが置かれていた。

「ハイ、イアゴ。これ、あなたの荷物？」部屋に足を踏み入れながら、カーリーは明るく言った。「退院が待ちきれない、ってとこね」

「カーリーお姉ちゃん！」イアゴの黒い目が輝いた。コミック本を脇へ置き、ベッドの上で座り直す。「来てくれたんだね！」

「当然でしょ。盛大に見送ってあげるって言わなかった？　バスターとラッグスとトリポッドは知ってるわね。猫たちは車に乗ってきたせいでまだ怯《おび》えているから、落ち着くまで少し待ってあげて」キャリーを床に置き、扉を開けた。「その間に……」カーリーは新顔を前へ押し出した。「ルーファスを紹介するわ」

やせて、髪も抜け落ちたイアゴが、ぱっと顔を輝かせた。「うわあ！　こんなにかっこいい犬、ぼく見たことないよ！」そう言うと、申し訳なさそうにバスターをちらりと見やった。「ごめんね、バスター。きみもかっこいいよ。ただ、その――」

「少し顔がまぬけなのよね」カーリーはバスターの頭のふさふさを撫《な》でながら、ベッドの少年に向かって笑いかけた。「気にしなくていいのよ。バスターにはバスターのいいところがあるもの。ほら、バスターって男らしいじゃない？　男の優しさで、ルックスを補ってるのよ」

イアゴはにこりと笑い、自分の脇のベッドの上を叩《たた》いた。「おいで、ルーファス」とたんに笑みが広がった。ルーファスがベッドに飛び乗り、イアゴの顔を舐《な》めたからだ。まさにひと目惚《めほ》れだった。カーリーがペットを連れていくたびにイアゴは喜んでくれたものだ。けれども、こんなに楽しそうなイアゴを見たのは初めてだった。そしてルーファスも、背を丸めてぴったりとイアゴに寄り添っていた。イアゴの太ももに頭を置き、うっとりした目でイアゴの顔をひたすら見つめている。

二十分後、ミセス・ヘルナンデスが病室に到着したときには、四匹のペットが揃《そろ》ってイアゴのベッドを囲んでいた。しかし、イアゴの注目を集めていたのは、やはりルーファスだった。イアゴの母親が病室の壁に貼《は》られたカードや写真を剥《は》がし、コミック本の山と一緒にドアの脇のスーツケースにつめている間、カーリーはじっとイアゴを見つめていた。家に帰れる喜びと同時に、ようやく巡り合えた心の友とすぐに別れなければならない寂しさで、イアゴの心はひどく揺れているようだった。

そのとき、とんでもないアイデアが浮かんだ。カーリーはすぐに頭の奥へそれを押しやった。しかし、それはまたすぐに戻ってきて、頭の真ん中に陣取った。鼓動が激しくなり、冷たい汗が胸の間を伝う。胃が跳ね、ねじれる思いがした。そうして、心の中で数分ほど葛藤《かっとう》したあと、ようやく心を決めた。

湿った手のひらをショートパンツのお尻の部分で拭《ふ》き、ミセス・ヘルナンデスのところへ向かった。片づけをしていた彼女を脇に呼び、カーリーは話を始めた。


その日、ウルフガングは五時に帰宅した。体は疲れてへとへとだった。冷たいビールを飲んで、数分でいいから静かな場所でゆっくりしたい。そんな気持ちでいっぱいだった。

「おかえり」ニクラウスが爪先立ちでぴょんぴょん跳ねながらウルフガングを出迎えた。

「遅かったね」

「ああ、悪かった」本来なら休みであるはずの日に仕事に行かなければいけなかったという罪の意識が、キッチンへ向かうウルフガングの良心にぐさりと突き刺さった。ニクラウスがすぐあとをついてきた。「おまえが帰るのは四時半ぐらいだろうと思って、そのころには帰っている予定だったんだ。だが、ディケーター通りで事故があることまでは考えなかった」ウルフガングは冷蔵庫からハイネケンのボトルを取り出し、ふたを開けて、ごくごくと飲んだ。やがてボトルを下げ、ニクラウスを見つめた。「学校はどうだった？」

「まあまあだったかな」ニクラウスは寝室へ続く短い廊下を指さした。「着替えてきたほうがいいよ。あと十五分もしたら、カーリーが来るから」

「カーリー？」ウルフガングは持ち上げたボトルをそのまま下ろした。とたんに落ち着きを失った。「彼女がここへ？」

「うん。夕食に招待したんだ。着替えてきてよ。昨日着てたのでいいからさ。カーリー、気に入ってたみたいだし」

冗談じゃないぞ。来てもらっては困る。リラックスしたいんだ。何も考えずにぼうっとして、息抜きをしたいんだ。昨日の集まりのときのように、体の柔らかなショーガールばかり気になって神経をすり減らす思いをするのはたくさんだ。

ただ、問題は……。

ニクラウスは笑みを浮かべてとても楽しそうにしている。よく見ると、家の中はきれいに片づけられ、部屋の隅に置かれためったに使わないテーブルに、揃いの皿が三枚並べられていた。皿の脇にはフォークやスプーンまでがきちんとセットしてあるうえ、テーブルの中央にはガラスの容器に入ったキャンドルが置かれ、その両側に存在すら知らなかった塩こしょうの容器やナプキン・ホルダーが並べられている。

やれやれ。息を吐き出し、髪を指ですいた。「わかった。着替えてくる。だが、昨日のカットオフ・ジーンズははかないぞ」パーティーだとわかっていたら、最初からはいていくつもりなどなかったんだ。

「ご自由にどうぞ。でも、ネクタイはしないでよ。気楽な食事会なんだ。ネクタイなんて隣人っぽくないよ」

「隣人っぽくないなら、なんだっていうんだ?」

ニクラウスはにやりとした。「よそよそしいっていうか、他人行儀っていうか。好きな言葉を選んで」

「断る」ウルフガングは首を振りながら寝室に向かった。靴を脱ぎ、クロゼットにジャケットをかけ、ネクタイをはずした。それからベッドに座り込み、ヘッドボードに背をもたせかける。足を前に投げ出し、ビールをゆっくりと飲み干した。

最後のひと口まで味わうと、しぶしぶ足を下ろし、カーキ色のズボンにはき替えた。エジプト綿の白いストライプのシャツは着たまま、喉元のボタンをはずし、袖《そで》をまくり上げた。ひげを剃《そ》ろうかとも思ったものの、苛立《いらだ》たしげに肩を回した。いいかげんにしろ。デートするわけじゃないぞ。まったく、自分がもう少し要領のいい男だったら、一、二時間手伝ってほしいというダンの頼みなど無視してのんびりしていただろう。そうすれば、今ごろすっかりリラックスして、いまいましい食事会にもどうにか対応できる状態にあったかもしれない。いったい、ニクラウスは何を考えているんだろうか？

ウルフガングが居間へ戻ったのは、カーリーが来ることになっている一、二分前だった。十五分がたったころ、ニクラウスがしきりに時間を訊きはじめた。それからさらに十分後には、ニクラウスは玄関口でうろうろし、ウルフガング自身はいらいらしはじめた。だが、それをニクラウスに知らせるわけにはいかない。そのことがさらにウルフガングの苛立たしさをつのらせた。

「カーリー、いったいどこへ行ったんだろう?」再び時間を尋ねたあと、ニクラウスが心配そうに言った。「もう三十分の遅刻だよ」不安そうに玄関を見やった。「様子を見てきたほうがいいかな」

「おまえは料理を見ていろ」ふと、料理の匂《にお》いがしないことを不思議に感じた。しかし、すぐに頭の中から振り払う。「ぼくが行って見てくる」

ドアを後ろ手にそっと閉めながら、カーリーの部屋のほうを向いた。三歩でドアの前に立ち、こぶしでノックした。なんて女だ。子供に期待だけさせておいて、あとは知らん顔だとは。

返事はない。しかし、二匹の犬の一匹が吠《ほ》えはじめたとたん、かすかに〝しーっ〟という声が聞こえた気がした。犬の鳴き声がぴたりとやんだことで、推測は確信に変わった。もう一度ノックした。「カーリー！　いるのはわかっているんだ！　開けてくれ」

だが、やはり返事はない。

ドアのロックを見つめた。〈アヴェンチュラト〉の保安部で仕事をするようになって実に多くのことを学んできたウルフガングが、このコンドミニアムに越したときに最初にしたのが、もともとついていた標準的でお粗末なロックを頑丈なデッドボルトに変えることだった。

カーリーは明らかにロックを変えたことがないようだった。ウルフガングはものの四十秒でロックをこじ開けた。次の瞬間、玄関に足を踏み入れて静かにドアを閉めた。そして奥へ進んだ。

居間には誰もいなかった。キッチンにも、ベランダにも人影はない。

しかし、寝室のほうからかすかに音が聞こえた。廊下を進む。「カーリー！」

「来ないで。お願いだから……来ないで」

寝室までやってくると、元気のない沈んだ声がはっきり聞こえた。部屋のブラインドは下ろされている。ウルフガングは薄暗い部屋の中をのぞき込んだ。

不安が胸をよぎった。バスターという名前のおかしな顔をした犬がそっと近づいてきて、ウルフガングの手の下に鼻を押し入れてくんくんと鳴きはじめた。ますます不安が広がった。

どうも様子がおかしい。いつものカーリーなら、〝プライバシーの侵害よ〟と言って怒鳴りつけてくるはずだ。それに、彼女のペットたちがこれほどおどおどしているのも見たことがない。何かあったに違いない。壁の電気のスイッチが見つからなかったので、ナイトスタンドまで近づき、ランプをつけようと手を伸ばした。

「やめて」ベッドに座っていたカーリーがしゃがれ声で言ったのとほぼ同時にランプがつき、部屋がいくらか明るくなった。

ウルフガングははっとした。カーリーは泣いていたらしい。両目が赤く腫《は》れ、真っ白な肌は、特に鼻の先が真っ赤だ。明らかに気力を失っていて……なんて弱々しいのだろう。

こんなに落ち込んだカーリーを見たことはない。ウルフガングは妙な感情の高ぶりを覚えた。守ってあげたい、とか、優しくしてやりたいという感情とは違う。思いもよらないほど激しい感情が彼の中を駆け抜けたのだ。ばかばかしいということはわかっていた。それでも黒い猫を脇によけ、ベッドの縁に腰かけた。スマートな仕草ではないことはわかっていたが、手を伸ばしてカーリーの左目の下を親指で撫で、涙のしずくを拭き取った。そのまま何も考えずに親指を自分の口につけ、しょっぱい水滴を吸い取る。「大丈夫か？」

だが、すぐに首を横に振った。

「くだらないことを訊いた。大丈夫なはずはないな。気分が悪いのか？　誰かが死んだのか？

「違うの」しかし、カーリーの声は震えている。こぶしを目に押し当て、鼻の下を手の甲で拭くと、体を震わせながらゆっくりと息を吸い込んだ。そしてふいにウルフガングを見やった。「ここで何してるの？　どうやって入ったの？」

「ドアが開いていた」

「ドアが開いてた？」カーリーは不思議そうに目をぱちぱちしたが、どうでもいいかのように首を振った。「まあ、あなたがここにいるのはたしかだものね。何かご用？」

彼女に守るべき約束を思い出してもらえるよう、ウルフガングは言った。「ニクラウスが——」

「いけない！」はっとした様子で、カーリーはウルフガングの声を遮った。「食事に誘われてたんだったわ！」カーリーは膝の上にのっていた三本足の猫を抱き上げて自分の隣のベッドカバーの上に置いた。猫はその場で大の字に寝そべった。「すっかり忘れてた。十分待って。いいえ、五分でいいわ。五分あれば、大丈夫」たぶん、なんとかなるから——彼女の表情はそう言っているように見えた。

ウルフガングは、危うく〝食事のことなど忘れろ〟と言うところだった。彼女の身に何かがあったのはたしかだ。でなければ、あんなふうになるはずがない。一回ぐらいカーリーにすっぽかされても、ニクラウスは生きていける。それに、カーリーが落ち込んでいると聞けば、ニクラウスもわかるだろう。まともにものを考えられる男なら、泣いている女の相手などしたいと思うはずがない。

だが……。

カーリーには気分転換が必要なのではないだろうか。食事はまたにしたいと申し出ることもできたはずなのに、彼女はすぐにベッドを下りて隣り合ったバスルームに駆け込んでいく。ショートパンツだが、丈はかなり控えめですそは太ももの中間ほどまであった。次の瞬間、カーリーはドアを閉めてバスルームにこもった。ウルフガングはペットたちと一緒に残された。

まったく、なんてことだ。ぼくはどうすればいい？　ほかにすることのないまま、ウルフガングはベッドの上で向きを変え、寝室を見渡した。

びっくりするくらい落ち着く部屋だった。足首をくじいた彼女を家に連れ帰ってきた晩のことを思うと、想像していた以上に片づいている。そういえば、数分前に通ってきた居間やキッチンもきれいだった。

ウルフガングは苛立たしげに首を振った。いったいぼくはなんだ？　白い手袋をはめてほこりが残っていないか触って調べる口うるさい小舅《こじゅうと》か？　冗談じゃない。肝心なのは、部屋のきれいさより、全体的な雰囲気だ。

そういう意味で、この部屋は実に女性的だった。

ひとつには、すごくいい匂いが漂っているからだろう。なんの匂いとは言えない。花やおしろいの匂いとは違う。ただ、いい匂い、としか言えない。それにうっとりとさせられる匂い、とも。

これを、女性の匂いというのかもしれない。

そしてもうひとつには、今腰かけているベッドのシーツと、お揃いの枕《まくら》カバーが、淡い黄色のレースでできているからだろう。それ以外にはそれほど女性らしいものは見あたらない。ベッドの上は、今は多少乱れてはいるが、深い金色の壁は最近塗り直したばかりのようだし、硬材の床は塵《ちり》ひとつなく、花柄の小さな敷ものがあるだけだ。部屋の隅には木製のロッキングチェアが置かれ、座席から房飾りのついたエメラルドグリーンの柔らかな毛布がこぼれていた。カラフルで質感のある布をまとったアフリカ女性が描かれた明るい絵が壁の二面に並べられている。ウルフガングはよく見ようと立ち上がった。近づいてじっくりと眺めているところへ、カーリーがバスルームから出てきた。

カーリーを振り返り、目を見張った。ショートパンツと薄いトップという服装は変わっていないが、目の腫れは引き、鼻の先の赤みも消えている。さっきまで泣いていたとは思えない。「すばらしい変身ぶりだ」

カーリーは肩をすくめた。「冷水と、目薬と、痔《じ》の薬さえあれば、泣き腫らした顔は簡単にもとに戻るの」

「痔の薬って――」つい開いてしまった口を、ウルフガングは慌てて閉じた。「まあ、訊かないでおこう」

カーリーは右目の下を指先で軽く叩いた。「塗ると、腫れ上がった組織が収縮するのよ」

「なるほど、驚いたな」

当惑した様子のウルフガングを見て気が楽になったのか、カーリーがかすかに笑みを浮かべた。「ベビーたちに水をあげたら、行けるわよ」

カーリーについてキッチンへ行った。カーリーはペット用のボウルに水を注《つ》いだ。バスターはうれしそうに水を飲んでいるが、二匹の猫たちは鳴きながら彼女の足首にからみついている。どうやらボウルの中身がえさでないことに気づき、文句を言っているらしい。

カーリーの脚は実にすばらしい。滑らかで、長くて、しなやかで、楽々と男の肩に足をかけられそうで……。

何を考えているんだ。まいったな。彼女がボウルに水を入れているのを見ただけで、冷静で自制心の強い自分が、淫《みだ》らで愚かな男に変わってしまうとは。

彼女の何がそうさせるのかなど、考えたくもない。だが、それももうおしまいだ。心の中でつぶやきながら、適度な距離を置いて彼女を自分の部屋に案内した。

ニクラウスがふたりをドアのところで出迎えた。「いらっしゃい」カーリーに向かって言う。「来てくれないのかと思った」

「遅れてごめんなさい。実は、その、午後から忙しくて、時間がわからなくなっちゃったの」

「そうなんだ。ルーファスが何か面倒でも起こした？」

「いいえ、すごくいい子だったわ」だが、その言葉を言い終わらないうちに声がうわずり、目に大粒の涙があふれた。カーリーは慌てて手で涙を拭《ぬぐ》い、首を激しく振った。「ごめんなさい。イアゴにルーファスをあげたものだから、なんだか寂しくなっちゃって」

「ルーファスをあげた？」ニクラウスは、カーリーが道端に犬を捨ててきたと告白したかのように、彼女を見つめた。

「イアゴって？」ウルフガングが尋ねた。

ニクラウスがウルフガングのほうを向いた。「カーリーがペットセラピーで訪問してる癌の子供だよ」

「ここのところ、病状が落ち着いてきてたの。それで今日、数カ月ぶりに退院したのよ」

ニクラウスがカーリーに向き直った。「それにしたって、あげることはないじゃないか！」

「イアゴとルーファスは、ひと目見ただけでお互いを気に入ったの。わたしは正しいことをしただけ。本当よ」言葉とは裏腹に声が震えている。

だが、ニクラウスが気になったのはただ一点だけらしい。「ルーファスを処分したかったら、ぼくにくれればよかったのに！」

「いいかげんにしろ」ウルフガングがぴしゃりと言った。「彼女をよく見ろ。ルーファスを処分したかったように見えるか？」

ニクラウスは冷ややかにカーリーを見つめた。「平気そうだけど」

「それは、おまえがちゃんと見ていない証拠だ。ぼくが彼女の部屋へ行ったとき、彼女は泣いてたんだぞ。今だって、平静を装うのがやっとなんだ」

カーリーはむっとした目でウルフガングを見やった。「いいのよ、ウルフガング。かばってくれる必要なんかないから」

ニクラウスはカーリーをまじまじと見つめた。「本当に泣いてたの？」

「ええ、そうよ！」カーリーはいつもの勢いを取り戻した。「泣いてたわよ。それが、何か？　わたしがルーファスを処分したがってたなんてまだ思ってる？」カーリーの表情が陰った。「どうなのよ？」

ニクラウスは両腕をカーリーに回し、力強く抱きしめた。

頑《かたく》なだったカーリーの体から力が抜けた。ニクラウスのTシャツを両手でつかみ、しがみつく。カーリーは嗚咽《おえつ》した。「ルーファスがいらなかったわけじゃない。でも、あの子たち、まさにひと目惚れだったのよ。イアゴは六歳のときから入退院を繰り返してきたの。よその子供たちが当たり前に思っていることを、したくてもできなかったの。ルーファスのような犬で役に立つなら、こんなにうれしいことはないわ。でも、やっぱりかわいいベビーを手放したことが辛《つら》くてしかたない。ああ、どうしよう、あなたのTシャツが濡《ぬ》れちゃった」カーリーは握っていた手をほどき、両手で頬の涙を拭いながら後ろへ下がった。「ごめんなさい」落ち着きを取り戻したことは、見た目にもはっきりとわかる。「ごらんのとおり、今夜は、だめね。わたしがいると、せっかくの食事が台無しになってしまう。やっぱり帰るわ」

「だめだ！」ウルフガングとニクラウスが口を揃えて言った。しかし、そのまま続けたのはニクラウスのほうだった。「だめだよ、食べていってくれなくちゃ。それに今日はひとりにならないほうがいいと思う。もうすぐ料理が届くから、入って待ってて」ニクラウスはふたりをダイニングテーブルに案内した。「キャンドルをつけるね。飲みものは何がいい？」ドアベルが鳴った。「ほら、来た来た」ニクラウスは居間を飛び出した。

「なるほどな」ニクラウスを見ていたウルフガングが言った。「それで料理の匂いがしなかったのか」

「ウルフおじさん、お金！」ニクラウスが玄関口から呼んだ。

「あらあら」カーリーが涙声でつぶやいた。「今日のあなた、ニクラウスにすっかり食われてない？」頬を拭ってきゅっとつねり、ブロンドの柔らかなスパイキーヘアを指で逆立てた。

一時間前ならそれでよかった。だがウルフガングは、今はニクラウスのペースに乗せられているとは思いたくなかった。ただ、自分の気持ちをどう表現していいかわからず、唇の片端だけを上げて笑みを見せ、配達人に料金を払いに行った。

「中華が好きだといいんだけど」しばらくしておいしそうな匂いの漂う袋を持ってきたニクラウスが言った。テーブルの上に袋を置いて中身を探ると、箱を取り出してテーブルの中央に並べる。「いろいろな種類を頼んでおいたんだ。そうすればカーリーの好きなものもあるだろうと思って」

「食べものなら、わたしはなんでもいけるわよ。おいしそうな匂いがしてるわね。そういえば朝から何も食べてなかったわ」

ウルフガングは取り分け用のスプーンを取りにキッチンへ向かった。カウンター越しに彼女を見つめる。「飲みものは何がいい？　うちにあるのは、牛乳、水、ビールにコーラかな。ニクラウスが飲んでなくなってなければだが。そういえば、赤ワインも少しあった」

カーリーはワインを選んだ。数分後、三人は揃ってテーブルに着き、食事を始めた。ところが料理を皿に盛っているウルフガングとカーリーを横目に、ニクラウスは三口食べただけで、テーブルから立ち上がった。「歯を磨いてくる。もうすぐ迎えが来るんだ」

ウルフガングは目を細めて見つめた。「迎え？　どこへ行くつもりだ？」

「生物クラスのパートナーと図書館で調べものをするんだよ」ニクラウスは居間から出ていきながら説明した。この十五分間で二度目のドアベルが鳴り、ニクラウスはバスルームに駆けていった。「出てくれる？　ガーリックの匂いをぷんぷんさせながら、生物学の調べものはできないよ」

少なくとも〝仲間〟のひとりに会う機会ができたということか。ウルフガングはカーリーに断って席を立ち、玄関に向かった。しかし、ドアの向こう側にいたのは、想像していたような少年ではなく、明るい茶色の髪の、すらっとしたかわいらしい少女だった。

ウルフガングは驚きを隠すと同時に、顔がにやついて唇が上がるのを必死にこらえた。

頼むぜ、ニック。生物学だって？　歯科衛生学の間違いじゃないのか？「やあ」ウルフガングが言った。「きみが生物クラスのパートナー？」

少女がうなずいた。「ナタリーです」

「はじめまして。ぼくはウルフガング。ニクラウスのおじだ」ウルフガングは後ろへ下がり、ナタリーを手招きした。「入って。ニックはすぐ出てくるから」ほかにいい場所はなく、ダイニングテーブルまで連れていく。「隣人のカーリー・ヤコブセンだ。カーリー、こちらはナタリー」

「ニクラウスの生物クラスのパートナーね」カーリーが笑みを浮かべながら言った。

ナタリーはこっそりとカーリーを観察しているらしい。ウルフガングは彼女の注意をテーブルの上に向けることにした。「食事はすんでるかい？　中華料理が食べきれないほどあるから、よかったら食べていってくれ」

「あら、いいえ、けっこうです、ミスター・ジョーンズ。家で食べてきました」

ニクラウスが入ってきた。「やあ、ナタリー。ウルフおじさんとカーリーには会ったみたいだね。じゃあ、行こうか。じゃあね、おじさん。十一時までには戻ってくるから」ニクラウスはナタリーを連れて居間を出ていった。アフターシェーブローションの香りがほのかに漂っている。ほどなくして玄関のドアが閉じる音が聞こえた。

ウルフガングとカーリーは顔を見合わせた。鼓動だけがこだまする。ふたりは苦笑いした。

「ニックったら、授業の調べもの以外の生物学的興味を頭の中に描いてない？」

「どうしてわかった？　出ていったときの慌てぶりか？　それともローションの香りか？」

「うーん、五分五分ってとこかしら」カーリーは皿の上の料理を見下ろしてからもう一度ウルフガングの顔を見上げた。笑みが消えていく。「このお料理を持ち帰って、あなたの前から消えたほうがよさそうね」

「だめだ。ここにいろ。きみもようやく落ち着いたようだし、ニクラウスがデートを忘れていたからといってきみを追い出すつもりはない。さあ、食べてくれ」

「わかった。ありがとう」カーリーは椅子に座り直し、フォークを手にした。「すてきなキャンドルね」キャンドル形の芳香剤を指して言う。実は、いつもバスルームのトイレタンクに置いてあるものだ。

「ああ、ニックが準備したんだ。スチュアート王朝の女性も真っ青のテーブルセッティングのこつを知っているらしい」

そのあとは驚くほど会話がスムーズに進んだ。たっぷりあった料理は瞬く間に減っていった。ウルフガングが断ったにもかかわらず、カーリーは汚れた皿をディッシュウオッシャーに入れた。ウルフガングはその間に残った料理を冷蔵庫にしまった。しばらくしてウルフガングがカーリーを部屋の前まで送っていくと、再び彼女の顔に寂しげな表情が戻ってきた。

だが、カーリーは気丈に振る舞った。「ニクラウスにありがとうって言っておいてくれる？」笑みを浮かべて言う。「それに、あなたにもお礼を言うわ。ほんと、助かった」

「これはぼくの意見だが」自分の知らなかったカーリーの一面について考えながらウルフガングは言った。「きみは辛かったろうが、立派なことをしたと思う」

カーリーのふっくらした下唇が震えた。「ルーファスのことを嫌っていたくせに」

「嫌いだったわけじゃない。知ろうとしなかっただけだ。今思えば、残念なことをした」

カーリーが嗚咽をもらした。おいおい、泣かせるつもりで言ったわけじゃないぞ。ウルフガングは身をかがめ、唇で唇を塞《ふさ》いだ。それは単なる衝動から起こした行動だった。同時に大きな過ちだと気づいたときには、すでに遅すぎた。

カーリーは両手を上げ、ウルフガングの髪に指を巻きつけた。その瞬間、もっと大きな過ちを犯さずにはいられなくなった。

15

手も、唇も、肌も熱い。

興奮してもやのかかった頭で、カーリーはぼんやりと考えた。よく〝あの男は熱い〟なんて言うけど、あくまでもたとえにすぎないと思ってた。でも、ウルフガングからは文字どおり熱が発せられてる感じ。ヒップに焼け焦げた彼の指紋が残っていても驚かないわ。どうにか機能している脳細胞にまで火がついたのを感じ、爪先立って、激しく炎を上げるそのエネルギーの源に体を押しつけた。両手がウルフガングの髪から力強い首へと下りていき、胸と胸が重なる。

ウルフガングは喉の奥で小さくうなりながら、カーリーが寸前にロックをはずしたドアを通って中へ入った。足で蹴《け》って閉めると、後ろ手にすばやくロックをかける。ベビーたちが出迎えてくれたが、カーリーには三匹のペットを思いやる余裕はなかった。

ウルフガングはまさしく使命ある男と化していた。ワルツを踊るように彼女をリードしながら、足もとでうろつくペットを巧みによける。玄関口を離れたウルフガングは、カーリーをさらに抱き寄せながら居間を通り抜け、性急な足取りで寝室へ向かった。

ウルフガングは一度も唇を離さなかった。めまいがするような巧みな動き。しかし、彼女をうっとりさせていたのは、唇の優しさだった。

有無を言わせぬようなウルフガングの態度に、カーリーは興奮を覚えると同時に、とまどいを感じていた。ウルフガングは彼女をしっかりと抱き、目的の場所へまっすぐに導いていく。長く力強い手は、彼女のヒップをつかんだまま離さない。カーリーを求めていることを自らの体ではっきりと示している。彼にはゆっくりと盛り上がるということがないのだろう。カーリーのお腹《なか》を押してくる硬く盛り上がったものの正体を誤るはずがない。それでも唇は柔らかく彼女の唇を包み込み、壊れやすい聖杯から聖餐《せいさん》用のワインを飲むかのように優しく吸っている。

ウルフガングは舌を使ってさえもいない。

なぜ？　どうして舌を入れてくれないの？　こうして唇を開いて待っているのに。彼の舌を自分の舌で味わいたい。彼の味が知りたい。

待って。わたしってそんなに遠慮深い女だった？　いいえ、とんでもないわ。恥ずかしがり屋でもなければ、内気でもないじゃない。こちらがリードすればいいんだわ。カーリーは舌をウルフガングの口に差し入れ、そっとからめた。

ウルフガングは、さらに低いうなり声をあげた。欲望の高まりを感じさせる動物的な声だった。カーリーのヒップをつかむ手にさらに力がこもる。ウルフガングの舌はそれまでの慎みを捨て、彼女の舌にからみついてきた。一気に部屋の中に駆け込むと、興味深げなペットたちの目前でばたんとドアを閉める。カーリーをドアに押しつけ、唇をむさぼるようにキスをした。

一瞬のことなのか、それとも計り知れないほど時間がたったあとのことなのかもわからないまま、気がつくとウルフガングが唇を離し、上半身をそらした。硬くなった彼の下腹部がカーリーのお腹に押しつけられる。ウルフガングはカーリーの背の高さに合わせるように膝を曲げ、下腹部を今度は彼女の脚の間に押しつけた。

ああ、神さま。男性とこういう関係になったのが本当に久しぶりだからかしら。なんて気持ちがいいの。カーリーはうなるようなため息をついた。

「きみが見たい」彼女のヒップに沿って両手を上げ、薄く透き通るようなトップのすそをつかんだ。「今すぐに」

命令するような口ぶりからすると、ノーと言われるとは思ってもいないらしい。ノーと答える理由はひとつも思いつかなかったカーリーは、彼が脱がせやすいよう両腕を高く上げた。

脱がせたトップを床に落とし、実用的なショートパンツと実用的とはほど遠いピンクベージュのハーフカップのブラだけになった彼女をウルフガングはしばらくの間じっと見つめていた。それからゆっくりと右手を上げ、ストライプ模様のブラジャーのへりを指でなぞり、ちらちら光るストラップの、小さいけれど凝った作りの留め金を指先でいじる。

薄い布地の上から肌をくすぐるような指の動きに、カーリーの体の奥深くの筋肉が引き締まった。

ウルフガングは目を伏せたまま自分の指先を見つめていた。「柔らかい」しわがれた声で言う。「母の作ったケーキにのっているホイップクリームのようだ」ウルフガングがふと目を上げ、カーリーを見つめた。彼の強烈な視線を浴び、カーリーの足は床に張りついて動かなくなった。ウルフガングはゆっくりと頭を下げはじめた。唇が耳をかすり、彼の息が吹きかかる。「体中を舐《な》め上げてやる」官能的な低い声。これからの行為を予感させるその声が、ほのかな渦を描きながら体の奥へ伝わっていく。

カーリーの全身に鳥肌が立った。リードするのはおれだ、きみはおれに従えばいい――言外の意味を感じ取り、カーリーは激しく欲情した。時代遅れの考え方だが、彼の尊大な態度は彼女だけに向けられている。これまで顔を合わせるたびにこの横柄な態度に苛立《いらだ》たせられてきたことや、明日になればまた腹が立ってしかたなくなることを考えると、なんという皮肉かしら。

でも今夜は、恐ろしいほどセクシー。

ここでストップをかけるのも惜しい気がする。少なくとも完全にはやめてほしくない。ただこのまま言いなりでは、受け入れがたい先例を作ってしまう。もちろん一夜限りの関係で終わるかもしれない。ただ、じゃあもう一度、となった場合、自分が与える以上のことを求められても、それに応《こた》えることはできない。手を伸ばし、ウルフガングのズボンからシャツのすそを引き抜いた。

「舐める前に」カーリーはシャツのボタンを下のほうからはずしながら硬い口調で言った。「あなたを見せて」ゆっくりとボタンをはずしていくと、ズボンのウエストの下から続いておへその周囲をぐるりと囲む筋状のブロンドヘアが露《あら》わになった。次に滑らかな筋肉質なお腹が現れ、ゆるくカーブした力強い胸板が姿を見せた。シャツを左右に開き、昨日は目が惹《ひ》きつけられながらもちらっとしか見なかった体をじっくりと観察する。今日のほうがずっとセクシーな気がするわ。

そんなことありえないと思っていたのに。

カーリーはごくりと唾《つば》をのみ込んだ。こちらから、舐めてみるのも悪くないわね。だが腰から下を寝室のドアに押しつけられていて、身動きがとれない。しかたなく手を大きく広げてウルフガングの胸を撫《な》でながら、自分の唇を舐めた。やっぱりもの足りないわ。

ウルフガングはまんざらでもないらしい。はっと息をのみ、ヒップをつかむ指に力が入る。首を曲げてカーリーの唇を自分の唇で塞《ふさ》いだ。しかし、今度のキスは優しいキスではなかった。唇越しに歯の感触がはっきりと伝わってくるうえ、舌はカーリーの下唇の滑らかな内側に攻撃的な勢いで押し入ろうとしている。下腹部を彼女に押しつけ、両手をカーリーの両脇《りょうわき》に滑らせると、指でブラのホックをはずした。ゆるんだブラを引き剥《は》がす。だが、カーリーが腕をウルフガングの首にかけているせいで、ずり上がっただけだ。アンダーワイヤーが浮き上がり、ふたりの間を妨げている。ウルフガングが不満そうにうめいたので、ブラがはずせるよう彼の首に巻いていた腕を離した。ウルフガングははずしたブラをズボンの尻ポケットに押し込むと、ドアにもたれたカーリーの顔の横に両手を置いた。腕をまっすぐに伸ばし、露わになった胸を見下ろす。

「これは……」感服したようにつぶやいた。ドアから片手を離すと、耳たぶから肩へと指を撫で下ろし、さらに胸骨まで指先を伝わせる。左胸の下に手を当て、そっと上へ持ち上げた。「敬意を表してキャンドルを灯《とも》したい」

ウルフガングが首を曲げた。胸にキスをするつもりだわ。たいていの男がそうするように。しかしウルフガングはまぶたに口をつけただけだった。その直後、彼はさらに体を低くし、彼女の首にキスをした。自信と情熱にあふれたキスだった。カーリーは小さなうめき声をあげ、せがむように顎を上げた。ウルフガングは首筋を通って下のほうへ唇をはわせていく。

ウルフガングが急に頭を上げ、体を引いた。カーリーは瞬《まばた》きしながらぼんやりと彼を見つめた。しかし、焦点が合うよりも早く、抱き上げられた。

小さな悲鳴をあげてウルフガングの肩にしがみついた。ウルフガングは面白がって笑い、彼女を数センチほど空中に放《ほう》り上げた。両腕で彼女を抱き留めると、またすぐに放り上げては抱き留める。

歩き出したウルフガングにカーリーはさらにしっかりとしがみついた。「何をしているの？」

「遊んでいるんだ」

「何をして遊んでいるつもり？　カーリー投げ？」

「そうかもな。どうだろう、わからない」ウルフガングが肩を回した。「見せつけようとしているのかな。大きくてたくましい男が、美しい女性を奪い去ろうとしているんだ」

わたしのことを美しいと思ってくれているのかしら？　しかしカーリーが喜ぶ前にウルフガングは続けた。

「もっとも、そうやってふじつぼのようにぼくに張りついてこられたんじゃ、力が見せつけられない」

思わずカーリーはさっと首から腕を離した。ウルフガングはすぐに彼女をそれまで以上に高く放り上げた。次の瞬間、自分が宙を落ちていることに気づいた。

カーリーはベッドの上にどさりと落ち、ウルフガングは彼女の脇に膝をついた。背を曲げてうずくまり、長い指を開いてカーリーの頭の後ろを支えた。親指で彼女の頬を輪郭に沿って撫でる。見上げると、数センチも離れていないところに彼のグリーンの瞳があった。なんてすてきなの。カーリーはやっとのことで息を吸い込んだ。

「プライドの高いきみは、扱いやすいよ」ウルフガングは当然のように言い、冷ややかな笑みを浮かべた。「まあ、ぼくには言われたくないだろうが」ウルフガングはカーリーの口を凝視し、目を細めた。「ぼくはきみにキスをした」しゃがれた声で言う。「今度はきみの番だ」

いいわよ。ウルフガングに向かって腕を伸ばしたとたん、思い出した。そうだ、彼の言いなりにはならないと誓ったんだわ。「さあ、どうかしら」カーリーは物憂げに答えた。両手をウルフガングの肩に置き、軽く押す。うれしいことに、ウルフガングはそのまま転がり、あお向けになった。笑みを浮かべそうになったが、わざと顔をしかめる。「キスの場所を指定しないと、恐ろしいことになるわよ」カーリーは寝返りを打って膝をつき、ウルフガングを見下ろした。一方の肩だけシャツがはだけたウルフガングは両肘をつき、彼女を見上げている。カーリーはそのままウルフガングのお腹をまたいだ。大きく広げた膝に両手を置いて腰を下げ、彼にヒップが触れるか触れないかのところで止める。「わたしが本気を出すと、男たちは見えるものも見えなくなってしまうの」

「かまうものか。きみに本気を出してもらえれば本望だ。だから、キスをしてくれ、カーリー。遠慮はいらない。ぼくのことなら心配は無用だ」ウルフガングはかすかに笑みを浮かべた。「責任あるおとなだからね。見にくくて眼鏡が必要になったときは、ストップをかけるさ」

カーリーは唇を噛《か》み、吹き出しそうになるのをこらえた。驚いたわ。ユーモアのセンスもあるなんて。女として抵抗できるはずがない。カーリーは退屈を装って頭の上で腕を組んだ。彼女の胸が上がる様子をウルフガングが目で追っているのを見つめた。「そうね、まずは権利放棄をしてもらわないと。ほら、わたしは自分の資産を保護しないといけないもの。わたしにめろめろになって、あなたは一生を棒に振るかもしれないでしょ。この先ずっと法廷争いに巻き込まれるなんてごめんよ。何度も警告したのに、わたしの魅力には負けないって主張したのはあなたなんだから」

「ずいぶん、うまいことを言ってくれるじゃないか」ウルフガングはカーリーの左胸の下側に手を伸ばした。肌触りのよさと重さを指先で感じ、すっかり魅了されている。「でも、よく言うだろう？　できるやつは実行し、できないやつは」顔を上げてカーリーの目を見つめる。「口だけを動かす」

カーリーはやれやれと首を振り、ため息をついた。「なるほど。でも、最初からそう警告してくれればよかったなんて言わないでよ」ウルフガングのシャツの前立てをつかみ、重心を後ろに移動させながら引っ張った。

ウルフガングは逆らわずに腹筋を使って上半身を起こした。カーリーは彼の膝の上にのり、腰に脚を巻きつけた。後ろで足首を組んだとたん、ウルフガングは太ももを開いた。ふたりはパズルのピースのようにぴったりと組み合わさった。硬くなった彼の下腹部が、彼女の脚の間の柔らかな部分に重なる。ふたりを隔てているのは数枚の薄い布だけだ。ふたりは身を硬くし、見つめ合った。

カーリーは両手をウルフガングの顔に当て、顎の輪郭に沿って撫でた。わずかに伸びた顎の無精ひげが手のひらに当たってちくちくする。首を傾け、唇をぴったりと重ね合わせた。

完全に消えてはいなかったものの、一時的に収まっていたふたりの間の炎が再び息を吹き返し、ふたりを焼き尽くすかのように激しく燃え上がった。

からかいの気持ちはすっかり消えていた。想像もしていなかった激しい欲望がわき起こり、カーリーはそのエネルギーをキスに注ぎ込んだ。ウルフガングの顔を離し、首に腕を巻きつける。彼のシャツがはだけて肌と肌が触れ合う。カーリーはうめき声をあげた。彼の胸に自分の胸を押しつけ、エクスタシーを求めて脚の間の彼の張りつめた部分を激しく揺すった。

彼の情熱のあかしが敏感な場所に触れたとたん、カーリーの体中の感覚すべてがその一点に集中した。ウルフガングはカーリーを膝の上から下ろし、ベッドの上にあお向けに寝かせた。しかし、彼女の体の熱が冷めるよりも早く彼がおおいかぶさり、彼女はマットレスに押しつけられた。ウルフガングはカーリーの喉にキスをし、唇を徐々に下へずらしながら体の間に手を差し入れると、カーリーのショートパンツのウエストをまさぐった。

すると彼が顔を上げ、カーリーを見下ろした。「裸になれ」有無を言わさない声だった。

「裸になって、ぼくの下で腰に脚を巻きつけてくれ」カーリーが動かないのを見て横柄な口調で言い足した。「今すぐに、だ」

「シャツを脱いで」カーリーも言い返した。

ウルフガングは踵《かかと》にお尻をのせて座り、脱げかかっていたシャツを剥がした。シャツを脇へ放り投げ、長い指でショーツを指さす。「脱いだぞ。今度はきみの番だ」

カーリーはショートパンツを脱いだ。Vストリングのショーツ一枚になった彼女を見てウルフガングが目を細める。カーリーは内心ほくそ笑んだ。彼の手が伸びてくると、彼女は首を横に振った。「だめよ。あなたの番でしょ」ズボンのウエストに戻っていく手をカーリーはじっと見つめた。

ウルフガングは茶色い革ベルトのバックルをゆるめ、ズボンのリベット・ボタンをさっとはずした。ファスナーのタブを指で挟み、カーリーを見下ろす。「パンティのひもをほどけ」

カーリーは三角形のサテン生地をつなぐひものひとつに手を伸ばし、結び目をほどいた。

「あなたがファスナーを下ろしたら、もう片方もほどくわ」

ウルフガングは少しずつファスナーを下ろした。先ほど目にしたブロンドのヘアにおおわれた平らなお腹が露わになっていく。前立てのV字が広がるにつれ、カーリーの目も大きく広がった。この人、よほど小さなブリーフをつけているのね。それとも……。

「ひょっとして、下着を着けてないの？」ウルフガングが下着を着けない男だなんて思いもしなかった。

ウルフガングがカーリーのショーツを指さした。「そっちのひもをほどけ、カーリー」言うなり、ファスナーを下まで引き下ろした。

ショーツのひもがほどけたと同時に、ウルフガングの情熱のあかしがズボンから飛び出した。自分に向かって突き出す長くて太いそれを見て、カーリーは口をぽかんと開けた。なりふりなどかまっていられない。「なんて……」大きい。すばらしい。立派。とてもひとつには絞りきれず、手を振った。「どうしよう。言葉が出てこない」

ウルフガングが微笑《ほほえ》んだ。心からの笑みだった。トリーナと一緒にいかさま師を女性用トイレに連れていった月曜日の夜に初めて目にしたあの笑みだった。ふだんは無口なウルフガングにとても似合っていて、カーリーはつい笑い返さずにはいられなかった。ウルフガングがズボンを脱ぎ捨てた。彼の歯が丈夫そうで真っ白なことにカーリーは初めて気づいた。

ウルフガングがかがんだ。カーリーの三角形になったショーツの前部をつかんで引っ張る。後ろの三角形についているひもがシーツとヒップの間に挟まった。ウルフガングが力をこめて引くと、ヒップの下を滑るようにすり抜けた。

ウルフガングの顔から笑みが消え、はっと息をのんだ。喉ぼとけが上下に動くのが見える。「まいった」下唇を舐めながら、ウルフガングは視線を無理やり引き離して彼女の目を見つめた。「すごくきれいだ。体中が」カーリーの隣に横たわり、頭を下げて彼女の耳元でささやく。「目もすてきだ」ウルフガングは彼女の首の横にキスをした。「唇もかわいい」口にさっとキスをする。「脚は美しいし」足首を彼女の足首にかけ、さっと脚を開く。「それに――」

ウルフガングは黙り込み、困惑した表情でカーリーを見下ろした。

「これはなんて呼べばいいんだろう」ウルフガングはカーリーの脚の間に視線を送った。

「本気で言っているんだ。そうだな、医学用語では堅苦しい」左の手のひらで頭を支え、右手でカーリーの胸のまわりをなぞり、腹部へと移動させていく。お腹を撫でた四本の指が丘の上に到達した。脚の間のブロンドのカールを撫でながら、柔らかな体の奥へ人差し指の先を滑り込ませる。

はっと息を吸いながら、ウルフガングはカーリーの脚の間に挟まった自分の手を見下ろした。情熱で瞳の色がみるみる間に濃くなっていく。「ここも魅力的だ」ウルフガングがつぶやいた。彼女の秘めた部分を指でなぞり、滑らせる。「しっとりとしていて、滑らかで」手を深く差し込み、長い中指を彼女の中に埋《うず》めた。

「ああ、ウルフ」カーリーは唇を噛んだ。彼女をもてあそぶような指の動きに刺激され、こぼれ出そうになったあえぎ声をかろうじてのみ込む。「なんと呼んでくれてもいいわ。お願い、触って」

「こうか?」ウルフガングは中指を滑らせると、次に人差し指も一緒に差し入れた。「それともこうか?」頭を下げて近いほうの胸の先を唇で挟み、強く吸う。同時に親指を立て、歓《よろこ》びの中心をこすった。

激しいエクスタシーに襲われたカーリーは、ベッドの上で弓なりに背中をそらした。快楽の波にもだえながら首をのけぞらせ、快感のわななきに身をゆだねる。最後の波が通り過ぎ、シーツの上に崩れ落ちた。「よかった」カーリーはつぶやいた。

「ああ」ウルフガングはしゃがれ声で言った。「きみのように感じた女性は見たことがない」

カーリーは片目を開けた。ウルフガングは隣で片肘をついたまま、熱烈な視線で彼女を見下ろしている。「少し休ませて」けだるい笑みを浮かべて言った。「そうしたら、今度はあなたの番よ」

「ぼくのことなら気にしなくていい。時間はたっぷりあるんだ」カーリーの敏感な場所を親指でゆっくりと撫でながら、ウルフガングは答えた。「きみこそまだ終わってない」

カーリーはもう一方の目も開けた。「それなら、順番にしましょうよ。わたしはまだ震えが止まらないの。今は無理だと思う」

ウルフガングは、自分の中のジョーンズ家の野性の血が騒ぎだ さんばかりであるのを感じ取っていた。どうにかして収めなければならない。彼女の言うとおり、今度は自分の番にすべきだろう。そうすれば、この状態を回避できる。

しかし、口から出たのは気持ちとは裏腹の言葉だった。「何、心配ない。きみならひと晩中だって快感を味わっていられる」

ウルフガングの指はまだ、カーリーの温かくて気持ちのいい体の奥にしっかりと抱きしめられている。驚くほど強い力だ。ウルフガングはにやりと笑ってみせた。

「いいアイデアだと思わないか?」指を抜き、彼女の上におおいかぶさって腕を立てて体を支え、彼女の脚の上にまたがった。カーリーの筋肉質で滑らかな太ももの外側と、ウルフガングの内ももとがこすれた。ウルフガングは一瞬目を閉じ、その感触を楽しんだ。目を開いて彼女を再び見下ろしたものの、まぶたが重く感じられる。

カーリーはあお向けのまま、じっと彼を見上げていた。髪は乱れ、頬は赤らみ、唇はキスのせいでぷっくりと膨らんでいる。ウルフガングはこれほど美しい女性を見たことはなかった。急速に彼女に魅せられていく自分が怖くなり、体がこわばる。不安が背筋をはい上がっていく。

冗談じゃない。ウルフガングは自尊心をわき上がらせ、とまどいの気持ちを一掃した。この場をリードしているのは、ぼくのほうだ。何を恐れる必要があるのか。「体中を舐め上げてやると約束したよな」ウルフガングは柔らかな口調で言った。カーリーが困惑しながらもその気になっているのは目を見ればわかる。ウルフガングはいくらか自信を取り戻した。「男なら約束を守らないと」

「ああ、神さま」カーリーが弱々しく言った。

「神さまは関係ない。ぼくときみだけの問題だ」ウルフガングは体を下へ滑らせ、カーリーの耳たぶから顎の下へと舐めていった。さらに体を下げると唇を喉にかぶせ、くぼみに舌を押しつけて激しく鼓動する脈の動きを感じ取る。繊細な鎖骨にキスをし、滑らかな胸へと下ろしていく。胸の膨らみに到達すると、両手でその丸くふっくらした感触を味わい、頬を胸に押しつけながら谷間に舌を走らせた。胸の先は、交互に舐めて息を吹きかけた。きゅっと引き締まり玉のようになった先端を親指と人差し指でつまみ、優しく引っ張る。

カーリーはうめき声をあげてのけぞった。

カーリーの声はウルフガングの足の先にまで響いていく。つかの間、体をずらして下腹部をマットレスに押しつけておかないと、我を忘れてしまいそうだった。衝動を抑え、ゆつくりと8の字を描きながら彼女の胸を舐める。おへそのところで動きを止め、深いくぼみの縁を軽くなぞる。そして頭を上げ、最終的な目標をじっと見つめた。

そこにはほとんどヘアがない。理由はわかっている。ショーガールの衣装は余分な布をほとんど使わないからだ。しかし薄く伸びたヘアと女性らしい秘密の場所を目の前にしたウルフガングは、あまりのセクシーさに思わずうっとりと見入ってしまった。

「いかが?」

顔を上げると、カーリーが両肘をつき、けだるそうに見つめている。「最高だ」本命のお楽しみは後回しにして、爪先まで一気に舐め下ろそうと思っていた。しかし、ふと彼女を征服したいという潜在意識に駆られ、カーリーの脚を開いて間に入り込んだ。両手の親指で繊細な場所を開き、顔を近づける。

目はカーリーを見つめたまま、露わになった部分に舌を押しつけた。

カーリーは悲鳴をあげるようにウルフガングの名を呼び、彼の髪の中で指を組み合わせて頭を押しやった。「からかうのはやめて」あえぎながら言う。「冗談を言ってるんじゃないのよ、ウルフガング。入ってきてほしいの、今すぐに。これ以上からかったらただじゃすまないわ」

「わかった」ウルフガングは上体を起こすと笑いながら答えた。「いつ襲われるかと寝不足になるのはごめんだ」

突然カーリーが長い脚をウルフガングの下からさっと引き抜いた。ベッドの上で顔と顔を合わせて向かい合う。ウルフガングが彼女に手を伸ばしたとたん、カーリーは彼の下腹部をつかみ、目を見つめた。「入れて。今すぐに」カーリーは手に力をこめた。

「降参だ」ウルフガングはためらいもなく負けを認めた。しかしカーリーを腰の上にのせたとたん、動きを止めて悪態をついた。

「今度は何?」カーリーがじれったそうに尋ねた。「上がいいわけ? わかったわ。でも、お願いだから――」

「コンドームがない。こんなつもりじゃなかったから、持ってないんだ」もっと早く思い出していれば、こんな小さなことで、これほどの苦しみを味わうことはなかったんだ。

カーリーがにやりと笑った。「ご心配なく。ちゃんと用意してあるから。少し古いかもしれないけど、大丈夫よ」ウルフガングを乗り越えるようにベッドの上で体を伸ばし、ナイトスタンドの引き出しを開けた。

彼女の左足がウルフガングのふくらはぎをこすった。カーリーはうつぶせになって片腕を伸ばし、引き出しに手首まで突っ込んでいる。「こんな光景は見たことがない」ウルフガングはカーリーの滑らかなふくらはぎを手で撫で上げた。「すばらしいよ」

「ええ、わたしのお尻もあなたのと同じくらいいいでしょ」でこぼこしたコンドームの箱を取り出しながら、体を滑らせて安定させ、あお向けに戻ろうとした。

ウルフガングはカーリーの足首をつかんでベッドの中心へ引き戻し、彼女の後ろで膝立ちになった。「この光景も実にいい」そう言ってカーリーの脚の間に指を滑り込ませる。

「お願い」カーリーは四つんばいになると、つかんだ箱を振ってコンドームを取り出し、ウルフガングに向かって放った。「早くして」

コンドームを着け終えたウルフガングは、カーリーの背後に体を重ねた。下腹部を脚の間にあてがった瞬間、ため息がもれた。「ああ、なんて柔らかい。それに締まっている」

「もっと」カーリーは肘を倒して上半身を低くし、ウルフガングにヒップをすりつけた。先端がカーリーの体の中へ沈んでいく。「ほしいわ」恥ずかしがる様子はない。「とても気持ちいいの」

両手で彼女の官能的なお尻をつかみ、奥まで一気に侵入した。そしてもう一度、先端だけを残して引き抜く。

そしてもう一度、挿入。

カーリーがウルフガングの名を叫んだ。

胸いっぱいにパワーがみなぎってきた。リズムに乗って、彼女を見下ろす。カーリーは膝を大きく開き、お尻を高く上げて、彼の突きを受け入れた。長くてしなやかな彼女の背中のラインは下に向かって伸びている。肘から手首までをぴたりとマットレスにつけ、両手は頭上のキルトを握っていた。マットレスに押しつけられた胸が両脇にはみ出ているのが見える。お尻をつかむ手に力をこめると、奥歯を食いしばって彼女の中の膨れ上がった組織の引力に抗《あらが》いながら引き抜く。そしてまた突く。カーリーもお尻を押しつけてきた。

カーリーの喉からもれる旋律的なうめき声と、少しずつ激しさを増すふたりの体がリズムよくぶつかり合う音に合わせ、ウルフガングは腰を動かした。彼女のクライマックスが近い。だが、今にものぼりつめそうなのは自分も同じだ。

「ぼくのために、達してほしい。いいだろう？　興奮して、火がついて、たがのはずれたきみは最高だ。きみに感じてほしい。ぼくも感じたいんだ。甘くて、かわいいきみの――ああ、カーリー！」ウルフガングを包む彼女の筋肉が痙攣《けいれん》を始め、彼の脳がショートした。カーリーの中が熱くて湿った指のようにウルフガングを締めつける。もう一度腰を引いて抜くと、思いきり挿入した。彼女に腰を押しつけ、いっぱいまで満たす。彼の先端がついに爆発した。歯を食いしばったまま彼女の名を呼び、ウルフガングも絶頂に達した。

二度。

三度。

疲れ果て、何も考えられない。呆然《ぼうぜん》としたまま、ウルフガングは倒木のようにカーリーの上にのしかかった。

16

「今夜はなかなか進んだと思わない?」生物学の書棚に参考書の山を戻しながら、ニクラウスが言った。目の端でナタリーをじっと見る。

「ほんと!」最後の本を棚に戻したナタリーが、顔を輝かせてニクラウスのほうを向いた。「すばらしい発表になると思う!」

ナタリーは本を入れていた袋を片づけながら、その日の成果をうれしそうに語った。ふたりの会話は、近代的な図書館の一階に下り、エントランスのドアを通って淡い色の石が敷かれた広場に到達するまで続いた。ニクラウスはふと、自分がナタリーとの話に自然に引き込まれていることに気がついた。彼女といるときは、何かしゃれたことを言おうと必死に頭を働かせる必要がない。そんな気楽さが心地よかった。

しかし、車に着いたとたん、急にナタリーが黙り込み、屋根越しにじっとニクラウスを見つめてきた。ナタリーを見つめ返しながら喉に引っかかったかたまりをのみ込み、最悪の事態に備えて気構える。きっとぼくをさっさと家の前で降ろして、友達に会いに行きたいのだろう。

ナタリーが咳払《せきばら》いした。「家へ送る前に〈バーガー・キング〉に寄っていってもかまわない？　わたし、飢え死にしそうなの。家に帰ってもろくな食事がないのよ。両親が自然食にかぶれてて」

自分がすぐにお払い箱にされるわけではないことを知り、ニクラウスはほっとした。

「いいよ。そうしよう」

ふたりは車に乗り込み、駐車場から出た。「本当のことを言うとね」左折してウエスト・サハラ通りに入ると、ナタリーが言った。「あなたのおじさんが中華料理を勧めてくれたとき、危うく飛びつくところだったの」

「なんだ。それなら食べればよかったのに」

「ひと口食べたら最後、そのまま止まらなくなって、全部平らげてしまいそうだったもの」ナタリーはニクラウスに向かって微笑《ほほえ》んだ。「うまく言えないんだけど」

車がハンバーガー・ショップの駐車場に入った。車を降り、店内に向かう。「へえ」注文した料理を見てニクラウスが言った。「本当に飢え死にしかけてたんだ。フレンチフライとオニオンリングまで食べられるの？」

「ニクラウスだって同じでしょ」テーブルの間を抜け、空いているブースに向かう途中、トレイにたっぷりとのった料理に向かって顎をしゃくりながら、ナタリーが言った。「少なくとも、わたしはハンバーガーは一個だけよ」

「ぼくは成長期なんだ。エネルギーを補給しないと」ブースに滑り込み、ナタリーがトレイをテーブルに置くのをじっと見つめた。「中華はふた口しか食べてないし、一時間も前に消費しちゃったよ。きみだって玄米のように栄養があって満足感の得られるものを食べてきたんだろう?」

「あんなに料理が揃《そろ》ってたのに、どうしてふた口しか食べなかったの?」

「もっと早く食べる予定だったんだけど、カーリーが来るのが少し遅くなったんだ」ニクラウスはひとつ目のハンバーガーの包み紙をめくりながらさっそくかじりつき、満足げにうなった。「うん、これは旨《うま》い。誘ってくれてありがとう、ナタリー」

「どういたしまして。本当においしいでしょ?」ハンバーガーの包み紙に絞り出したケチャップにフライドポテトを浸し、ナタリーはニクラウスをじっと見つめた。「カーリーって」気楽な口調で尋ねた。「ショーガール?」

「よくわかったね。ひょっとして女の勘ってやつ?　ぱっと閃《ひらめ》いた、みたいな」

「それは便利でいいわよね」ナタリーの頬がピンク色に染まった。「でも、違うの。あなたがケヴ・フィッツパトリックとデイヴィッド・オーエンに〈アヴェンチュラト〉のショーガールと食事をするって言ってたのを聞いちゃったの。だから、あなたのおじさんが今夜紹介してくれたときに、この人に違いないって思ったの。いかにもショーガールって感じだったから」

「ああ、セクシーだもんね」

ナタリーはポテトを口に放《ほう》り込み、もう一度紙にケチャップを注《つ》ぎ足すと、上目遣いにニクラウスを見上げた。「あの人、あなたのガールフレンド?」

ニクラウスは危うくコーラをテーブルに向かって吹き出すところだった。コップを慎重にテーブルに置き、ペーパーナプキンで口を拭《ぬぐ》う。「まさか。ただの友達だよ。むしろ、ウルフおじさんとくっついてくれるといいなと思ってるんだ。おじさんがずっとラスベガスにいてくれるようにね」ナタリーが訝《いぶか》しげな表情を浮かべた。ニクラウスは肩をすくめた。「数カ月ごとに引っ越すのには、うんざりなんだ」もちろん、ウルフガングが引っ越しても、ニクラウスがラスベガスに残れば、どうということはない。だが、今はそんなことまで話す必要はないだろう。「それより、どうして彼女がぼくのガールフレンドだなんて思ったの?」

今度はナタリーが肩をすくめた。「さあ、どうしてかしら。あなたが友達に話してるのを聞いてそう思ったのかも。なんていうか、彼女が大好きって感じだったから」

「大好きだよ。でも、それはいつもごちそうしてくれるし、ぼくを子供扱いしないからさ。それにいろんな場所で拾ってきたペットを飼っててね。猫が二匹で、そのうちの一匹は三本足なんだ。それからなんとも個性的な犬が二匹。一匹はバスターっていって、すごく変な顔をしてる。もう一匹はルーファスっていって……」ふと思い出して黙り込んだ。「いや、今は、一匹だった。ルーファスは今日、ある子供にあげたって」

「犬をあげちゃったの?」

信じられないと言わんばかりのナタリーの口調にニクラウスはどこかほっとした。ルーファスを手放すなんて信じられない、という自分の意見に、彼女も賛成してくれているのは明らかだ。

それでも自分以外の人間からカーリーを悪く言われたくはない。「そうなんだ。でも、その子、癌《がん》にかかってね。数カ月入院してようやく今日家に帰れたんだって」ニクラウスはペットセラピー・プログラムについて自分の知っていることを話した。「食事に来るのが遅れた理由はそれだったんだよ。ルーファスがいなくなって寂しくて泣いてて、食事のことを忘れてたらしい。ウルフおじさんが迎えに行って連れてきたんだ」ニクラウスは首を振った。「でも、カーリーの話はよそう。きみのことが知りたい。親が自然食にかぶれてるって言ったよね。詳しく聞かせてよ」

ナタリーは顔をしかめた。「話してもしかたないわ。本当よ。それより、あなたの引っ越しの話をしましょう」「これまで何箇所ぐらい回ったの？」

ニクラウスは肩をひねった。「さあ。八歳のときには、もうわからなくなってたから」

「じゃあ、覚えてる場所だけでも教えて」

ニクラウスはポテトをつまみ、コーラを飲みながら、考えた。「ネブラスカ、オクラホマ、アラスカ、ハワイ、アイオワ以外は全部住んだことがあるかな。そう、フロリダも行ったことはないよ。それからベルギーに三カ月いて――」

「おじさんと一緒に？」ナタリーは手のひらに顎をのせ、世界を駆け巡るロックスターを見るような目つきでニクラウスを見つめた。

「ううん。母親と一緒だった。ウルフおじさんと暮らすのは、これが初めてなんだ」

「ウルフってかっこいい名前ね。ビルおじさんなら、わたしにもいるけど」

「本当はウルフガングっていうんだ。ぼくの母親はカタリナ」ニクラウスはきれいなドイツ語で発音した。

「それであなたはニコラスじゃなくて、ニクラウスなのね。ここらへんでよくあるブランドンやピーターっていう名前より、ずっとエキゾチックだわ」

　ニクラウスはどうでもいいとばかりに肩をすくめた。「おばあちゃんがドイツのバイエルンの出身なんだ。だから母親もそれにならってドイツ語の名前をつけただけさ」ぞんざいな口調で言った。しかし、心の中ではハイファイブをしていた。名前ならいくらでもあるのに、彼女はピーターって言ったぞ。あのアメフト部のくそったれラッシュマンの名前よりもいいって言ってくれたんだ。

　ナタリーは興味深げな明るい瞳でニクラウスを見つめた。「どこかほかの国にも行った？　それともベルギーだけ？」

「アムステルダムに数カ月いたかな。おじいちゃんがあちこちの大使館で働いてきたから。世界一の変わり者の母親のおかげで、おじいちゃんやおばあちゃんと一緒に、サンティアゴやボツワナ、ラトヴィアでも暮らしたよ。今は、ふたりはボリビアに住んでる。ぼくは暮らしたことはないけど、去年のクリスマスはボリビアで過ごしたんだ」

「すごい！　うらやましいわ。わたしは、どこにも行ったことがないの。生まれてからずっと、サウスダコタ州のアームピットで暮らしてたんだけど、気候がよくてゴルフができるからってパパがこの町へ引っ越すことを決めたの。あなたのママは変わり者かもしれないけど、少なくとも普通のものを食べさせてくれるでしょ。うちの親ときたら、とにかく若さを保てるライフスタイルを送ることしか頭にないの。あなたの家族は世界を見てきているし、国を代表する立派な仕事に就いてるわけでしょ」

「でも、大使とかそういうのじゃないんだ」ニクラウスは正直に打ち明けた。「おじいちゃんはただの補給管理係だから」

「それにしても、すごいわよ。サンティアゴでしょ？　地理は得意じゃないから、南アメリカか中央アメリカのどこか、ということくらいしかわからないけど。でも、なんだが熱帯にありそうな地名よね」

「チリの首都さ。南アメリカの西海岸沿いにあるんだ」それまで自分の放浪生活を、今のナタリーのように他人に興味を持たれるようなライフスタイルだなんて考えたことはなかった。根無し草のように引っ越しを繰り返す寂しさをただ嫌っていた。〝心配しなくていいのよ、きっとなんとかなるから〟と言って無関心に肩をすくめる母親の経済的観念のなさが許せなかった。

それなのに、今まで出会った中で最高にかわいい女の子が、自分の経験に興味を持ってくれているなんて。

ふたつ目のハンバーガーに手を伸ばしながら、ニクラウスはナタリーをじっと観察した。

ひょっとして、彼女はぼくのことが好きなんだろうか。本当にそうなのか、確かめてみようかな。せめて、くそったれ野郎との関係についてずばりと尋ねてみようか。ふたりは付き合ってるんだろうか。もし付き合っていないとしたら、ぼくがナタリーと……。

ニクラウスははっとして空想にふけるのをやめ、現実に立ち返った。

付き合ったからってどうなるというんだ？　彼女は、世界中で暮らしたぼくの経験に興味があるだけなのかもしれないじゃないか。ひょっとしたらぼくのことをシルヴァラード・ハイスクールきってのクールガイだと思っているのかもしれない。もちろん、それはそれでうれしいに決まってる。でも、それだけのことだ。

だいたい彼女にキスをするチャンスもないまま、別の州の別の学校に変わらなくてはならなくなるかもしれない。それどころか、彼女に好かれていることがわかって、自分の望みどおり彼女をものにしたとたんに、アフリカのティンブクトゥに行かされるなんてことになったら、目も当てられない。

ニクラウスは急に気分が沈んだ。この学校で友達を作ってどうするつもりなんだろう。いいかげんに思い知ったはずじゃなかったのか。遅かれ早かれウルフおじさんはこの町を出て、ぼくはまた根無し草に逆戻りしてしまう。ずっと離れたどこかの町で、家族一緒に暮らしましょうとか言ってママが突然現れ、ぼくをここから連れ出そうとするかもしれない。どう考えても、今より状況が好転するとは思えない。むしろ自殺行為じゃないか。これまでもろくなことはなかったけど、少なくとも失って悲しい思いをするような意味のある関係を誰かと築いたことはなかった。このままでは、今までの何倍も辛《つら》い思いをすることになりかねない。

手遅れになる前に、きっちりとけじめをつけておくべきだ。

食べかけのハンバーガーを包み紙の中にぽんと投げ、ニクラウスはブースから滑り出た。

「もういい？」ストローをくわえたまま、ナタリーが驚いたように顔を上げた。トレイを持ち上げ、ニクラウスはドアに向かって顎をしゃくった。「今夜中にすませなくちゃいけない宿題が山ほどあるんだ。もう帰らないと」

シフトに入るためにホテルのロビーに向かう間も、清掃作業員は心に穴が開いたようで落ち着かなかった。先週、水曜日は愛《いと》しのカーリーの仕事がオフだということを知ったせいだ。つまり水曜日の今夜は、カーリーに会えるという望みすら持てない。いらいらするのももっともだった。もう四十八時間も彼女の姿を見ていない。

そろそろカーリーの自宅の場所を突き止める必要がありそうだ。そうすれば、カーリーに会えず、辛い一日を送ることもなくなるだろう。そして正式に彼女と付き合うことができた暁には……そう、彼女に仕事をやめるように言えばいい。仕事についてあれこれ言うつもりはない。ただ、自分が彼女を求めているときに、すぐに手の届く場所にいてほしいだけだ。

彼女のことについて気軽に相談できる親友がほしいと思った時期もある。ロッカールームでガールフレンドの話をしている同僚たちのように彼女のことを話せたら、どんなに楽しいことだろう。ただ残念なことに、自分にはそういうことを分かち合える相手がいない。ドクター・アッシャーにならば話すことはできるが、いやがらせだとか、非現実的な目標といった精神科的な表現を振り回しはじめるだけだ。

実にくだらない。自分は誰にもいやがらせなどしていないじゃないか。それに、好きな女性に自分を好きになってほしいと思うことのどこが非現実的だというんだ?

17

ウルフガングはすばらしい夢を見ていた。自分にぴったりと寄り添うかぐわしい女性の夢。これまでの人生で経験したことのないほどの満足感と心地よさを感じる。均斉のとれたお尻が自分の膝の上にすっぽりと収まり、温かな背中が自分の胸にぴったりと押しつけられている。腕はしっかりと女性を抱きしめていた。おそるおそる手を上げ、指にこすれる彼女の豊満な胸を包み込む。硬いようで柔らかいその胸を、手のひらと指で我がもののように握った。喉の奥から満足げなうなり声があがる。

自分の声を耳にしたとたん、夢でないことに気づき、無理やり目をこじ開けた。いったいどういうことだ？　頭の中が混乱している。すぐにわかったのは、真っ暗な部屋の中にいることと、体の締まった柔らかな肌の女性と一緒にベッドにいることだけだ。

そのとき、頭の中にかかっていたもやが晴れ、すべてを思い出した。カーリーが泣いていたこと。夕食。そして、我を忘れて没頭した激しいセックス。体中の骨が抜き取られたかのように力が入らないのも無理はない。そもそも、骨など必要だろうか。血液さえ流れている限り、何も問題はない。カーリーが動いてくれる。彼女の体は信じられないほど柔らかい。どんな格好にも耐えられる。

このけだるい、まったりした気分を損なうことなく彼女を起こすにはどうすればいいのだろう。しみじみと考え込んでいたウルフガングの脳裏に、ふとニクラウスの姿が浮かんだ――かわいいパートナーを連れて大慌てで部屋を飛び出していった姿が。「しまった!」カーリーを放し、ベッドの脇《わき》へ起き上がる。

「どうしたの?」ウルフガングの背後から、寝起きのハスキーな声が聞こえた。聞き取れるかどうかというほどのつぶやき声だ。カーリーは咳払《せきばら》いをした。「ウルフ?」

「今、何時だ? ちくしょう、時間がわからない」部屋が真っ暗なせいで、ステンレス製のタンクウオッチの文字盤がまったく読めない。真夜中から、夜明け前の間であることはたしかだ。つまりニクラウスをひと晩中、隣の部屋でひとりにしておいたことになる。

寝具のこすれる音がして、カーリーの声がした。さっきよりははっきり聞き取れる。「少し落ち着いたら? わたしの目覚まし時計では九時半よ。この暗さを考えると、午後九時半ってことね。一時間くらい眠ってしまっただけ」

ウルフガングの肩から力が抜けた。「そうか、それならよかった。安心した」だが、甘いムードは台無しになってしまった。「明かりはどこだ?」

「ナイトスタンドのランプをつけて」

ランプをさがし、明かりをつける。それからカーリーに向き直った。

カーリーは片肘をついて体を起こしていた。シーツを胸まで引き上げている。髪は頭の片側は平らに、もう片側は立ったままだ。目の下でマスカラがにじみ、唇はいくらか腫《は》れている。

できるものなら彼女を組み敷いて、眠りに落ちる前の続きを始めたい。欲望の力で筋肉が引きつるのを感じつつ、ウルフガングはきっぱりと言った。「こんなことは、二度とないと思ってほしい」彼は長い間、女性には何も求めず、気持ちに距離を置くようにしてきた。

一瞬カーリーの表情が変わったが、意味を読み取る間もなく消えてしまった。ウルフガングと目を合わせたときには、彼女のブルーの目は冷静で、落ち着いていた。カーリーが首を傾けた。「わかったわ」

わかった？　それだけなのか？　彼女が騒ぎ立てないことをありがたく思うはずだった。しかし、なぜか苛立《いらだ》つ。「ぼくには人生の計画がある」カーリーが反論したかのような口ぶりでウルフガングは言った。「だが、これは」人差し指を自分とカーリーに向ける。「予定外だ」

「ええ、それは前にも聞いた」カーリーは自分が一糸まとわぬ姿であるのもかまわず、ウルフガングとは反対のほうからベッドを下り、床からショーツを拾い上げた。両脇のひもを結ぶと、ウルフガングに向き直り、訝《いぶか》しげに眉を上げる。「その計画とやらを聞かせてもらえない？」薄いショーツに足を通し、腰まで引き上げた。

引き締まった小さなお尻、豊満でトップの高い胸、乱れた髪、赤くぷっくりと膨れた唇

——そんなカーリーを見て、ウルフガングは奥歯を噛《か》みしめ、大声でわめきたい気分になった。「いつかは、こんなけばけばしいラスベガスを出て、遠く離れた大企業の保安部のトップになるつもりだ」ウルフガングは躊躇《ちゅうちょ》したが、どうにか誘惑を払いのけ、彼女の目を見つめて言い足した。「そして目的の地位を得た暁には、主婦の鑑《かがみ》になれる女性を見つけて結婚する」

「それはいいこと」カーリーはきょろきょろと何かをさがしながら言った。「うまく見つかることを祈るわ。そして薄いトップを見つけて肩をすくめ、頭からかぶった。「でも、わたしはわたしよ。わたしの人生の目標は、なんて、とてもわたしには務まらない。でも、わたしはわたしよ。わたしの人生の目標は、とにかく結婚をしないことなの」

「なぜだ？」ウルフガングは心から驚いた。彼女の態度にますます苛立ちがつのる。「女はみな結婚したがるのではないのか？」

「勘弁してよ」カーリーが顔をしかめた。声以上に彼女の気持ちを表している。「貧しくて働き者の女性から、自由を奪う男なんてどうしようもないわ。何もしない生活なんてありえない。女性はみな、なんらかの方法で人生の代償を払うものよ。結婚がその見返りだと考えている女性には、それはそれでいいでしょうけど。わたしはどこかの男の象牙《ぞうげ》の塔でお姫さまをするつもりはないの。むしろ、たとえそれがどんなに小さくても、一国一城の主《あるじ》でいたいの。それが、請求書の支払いに追われる生活だとしても、自分のことは自分で決めたい」カーリーはウルフガングを恨む様子もなく、ただ見つめた。「そういうわけだから、今夜のことはわたしがあなたと寝ることを選んだ結果なの。すばらしいセックスだったし、とってもよかったわ。でも、きっとあなたの言うとおりね。率直に言って、あなたとわたしはまったく別世界の人間だわ。一時的な情事にふけって、お互いの性欲を満たして、それでおしまい。特別な感情を抱くこともないし、もうセックスもしない。そういうことでしょ？」

言い返したい気持ちを噛み殺し、ウルフガングは小さくうなずいた。「そういうことだ」

カーリーは、心を決めるように大きくうなずいた。「気が変わらないうちに、切り上げたほうがいいわね」ベッドの反対側へ回り、マットレスの端に座っているウルフガングの前に立つと、身をかがめて彼の唇に軽くキスをした。体を起こすと、彼女の薄いトップが胸にこすれて小さな音をたてた。「最高の夜をありがとう」小声でささやき、くるりときびすを返してバスルームへ向かう。ドアの前で立ち止まり、ウルフガングを振り返った。「出ていくときに、玄関のドアをロックしていってくれないかしら」

カーリーはバスルームのドアを閉め、中から鍵《かぎ》をかけた。ウルフガングはしばしその場で呆然《ぼうぜん》としていた。本当にこれでよかったのだろうか。致命的な落とし穴にはまることなく、計画どおり順調に将来に向かって突き進むことが。

あるいは、少々回り道をしてでも、もっと面白い道を行くこともできるのではないのか？

いや、そんなことはない。ウルフガングはさっと立ち上がり、ズボンをさがした。ベッドの足もとにあるのを見つけ、すばやく身につける。もちろん、道をはずすつもりはない。もう何年も前に決めたことだ。それ以来、徐々にではあるが、目標に近づいている。十六歳のときからの努力のたまものを、一時の快楽のためにどうして放棄できようか。

カーリーがかけていたシーツの下からシャツを引っ張り出して羽織ったが、ボタンはかけないでおいた。シャツのすそがからまっていたので、腕を後ろへ回してほどく。柔らかな生地でできた形のあるものが手に触れた。引っ張ってみると、ズボンの尻ポケットに押し込んだ細いストライプの入ったサテン地のブラジャーだった。ワイヤーカップ式で、真《しん》鍮《ちゅう》の留め金がついたストラップがちらちら光る。彼女をドアに押しつけたときの光景、ベッドの上で愛し合ったさまがストロボを浴びたように次から次へとウルフガングの脳裏をよぎった。

しかし、すぐにかぶりを振って記憶を振り捨てた。ブラジャーを丁寧に伸ばすと、近くの洋服ダンスの上に置く。寝室を出て、玄関へ向かった。

最初で最後の後腐れのない関係――ふたりにとっては、これが最良の解決策なのだ。

18

翌朝いちばんに、カーリーはトリーナの部屋へ向かった。部屋の前に着くなり、急いでドアをノックする。トリーナに会うことだけを考えていたせいか、ドアを開けたのがジャックスとわかったとたん、驚いて目をぱちぱちさせた。

「やあ、おはよう」後ろへ下がって彼女を中へ招き入れながら、ジャックスが言った。

「まさかきみが立ってるとは思わなかったよ」横目でカーリーを見ながら、苦笑いした。

「ノックのしかたを知っていたとは意外だ」

「そうやって言ってなさい、ジャックス」ジャックスの横をさっさと通り抜け、狭い玄関口から奥へと進む。「あなたのようなトーナメントで勝ち続けるプロは、細かなところにまで気がきくものだと思ってたのに、そうでもないようね。だって、まだ気づいていないんだもの。わたしはね、あなたが食器棚の上でわたしの親友におおいかぶさっているのを見たときから、黙って部屋に入るのはやめたの。とてもいい勉強になったわよ。どうもありがとう」カーリーはまっすぐに居間へ向かったが、トリーナはいない。くるりと後ろを振り返り、のんびりとあとをついてきた大男に向き直った。「トリーナはまだベッドの中だなんて言わないでね」

「カーリーったら」短い廊下の奥からトリーナの声がした。「とっくに起きてるわよ。何時間も前からね」

「あるいは、十五分前ってとこかな」ジャックスがつぶやいた。

「聞こえたわよ、ジャックス。カーリー、こっちに来て」

カーリーは廊下を進んで寝室の戸口で足を止め、クロゼットの中で四つんばいになっているトリーナを見つめた。いや、正確に言えば、リーバイスをはいたふくらはぎと裸足《はだし》の足だ。その部分しか見えなかったからである。クロゼットに頭を突っ込んだままのトリーナを見て、カーリーが尋ねた。「何をしているの?」

「サンダルの片割れをさがしてるの」トリーナはスライド式のドアからばらの花のついた革のトング・サンダルを突き出した。「ここの中のどこかにあるはずなの。出てきてくれないと、出かけられないわ」

「さがすのはあとにしなさいよ。話があるの」

「おやおや」クロゼットの中の物音がぴたりとやんだ。「いつになく真剣な口調ね」トリーナが後ずさりしてクロゼットから出てきた。髪のカールが蛍光灯を反射して淡い赤色の光を放っている。「何があったの?」

だが、いざとなると、何から話していいものか困ってしまった。「その……昨日は大変な一日だったのよ」

「大変って？」

「まずはね、イアゴ・ヘルナンデスがようやく退院できることになったの。それでベビーたちを連れて見送りに行ったのよ。それで、まあいろいろとあって……」カーリーは咳払《せきばら》いした。「……ルーファスをイアゴにあげたの」

「まあ」トリーナはさっと立ち上がって部屋を横切り、カーリーをベッドのところに連れていった。ベッドの端にカーリーを座らせて自分も腰を下ろすと、じっと彼女を見つめた。

「大丈夫？」

カーリーは改めて自分の心をのぞき込んでみた。昨夜に比べると、今朝は少なくともルーファスがいないことにずいぶん慣れたような気がする。「ええ、まあ。そのうちにはね。正しいことをしたんだもの」正直に言えば、あまり自信はない。それでもどうにか元気を振り絞り、ルーファスをイアゴに譲ることになった経緯を説明した。

「それでも」カーリーが話し終えるとトリーナが言った。「あなた、ルーファスをすごく大事にしてたもの。その子とルーファスがどれほど気が合うとはいえ、ルーファスを譲るなんてさぞかし辛《つら》かったと思うわ」

「ものすごく辛かった。午後になって家に帰ってきたときには、気分はどん底だったわ。それでウルフガングが呼びに来るまで、ニクラウスに夕食に招待されてたことをすっかり忘れてたの。実は、これもあなたに話したかったことなのよ。彼、わたしが招待されていたことさえ知らなかったらしいの。でも、わたしがあまりにも塞《ふさ》ぎ込んでるのを見て、びっくりするくらい優しく接してくれたのよ。ニクラウスったら、デリバリーの料理の代金を彼に払わせて、料理を少しつまんだだけでかわいい同級生と図書館へ出かけちゃうから、わたしも部屋に戻ろうとしたの」

「ワオ」トリーナはカーリーを見つめた。「ふたりとも恐ろしいくらい、おとならしい振る舞いじゃない」

「そうなのよ。でも、それだけじゃないの。食べずに帰ろうとするわたしを、ウルフガングが引き留めたの。そのうえ、すごくいい雰囲気で食事ができたのよ。彼、ユーモアのセンスがあるのよ、トリーナ。想像もつかなかったわ。食事のあとは、部屋まで送ってくれたうえに、ルーファスのことを褒めてくれたの。それから、キスをされて、気がつくとセックスしてたの。それがあまりにも激しくて、終わったとたんにくたびれ果ててふたりとも眠っちゃって――」

「ちょっと、今、なんて？　ウルフガング・ジョーンズとセックスしたの？」

「ええ」カーリーは昨夜のことを思い出したようににっこりと笑った。「激しくて、焦げつきそうなのをね」

「驚いたわ」トリーナはしばらくカーリーを見つめたあと、口の片端を上げて微笑《ほほえ》んだ。「ということは、カーリー・ヤコブセンの日照り続きの日々はついに終わったのね。よかったじゃない」

「最高だったわ。彼が目を覚まして、こんなことは二度としない、ぼくの計画にはそぐわないからだ、なんて大慌てで言いだすまではね」カーリーはトリーナに向き直った。「わたしは、彼の人生計画にはそぐわないんですって」

「待ってちょうだい」トリーナが憤然として言った。「いったい何さまのつもり？　あなたが彼の計画にそぐわないほど壮大な秘密の計画があるなら、どうしてあなたに手を出したりしたの？」

「いい質問ね。ただ、彼の人生計画については聞かせてもらったから、もう秘密ではないんだけど」カーリーはトリーナに、ラスベガスから出てどこかの大企業で保安部のトップに立ちたいというウルフガングの願望について語った。

「なるほど。たしかに、ラスベガスがすべてではないわ。でも、いつかラスベガスを離れるから二度とセックスはできない、ということにはならないんじゃない？」

「わたしに永遠の関係を求められたら困るって思ってるのよ」望みどおりの職を得た暁には、主婦の鑑《かがみ》になれる女性をさがすというウルフガングの計画についても、簡単に説明した。

「主婦の鑑？」トリーナがカーリーを見つめる。「それはまた、ずいぶん大きく選択を誤ったものね」

カーリーは、そうなのよ、とばかりに鼻を鳴らした。「だから、幸運を祈るわと言って、とっとと部屋から追い出したの。まあ、言わば、はずみみたいなものだし、砂漠の奥深くに穴を掘ったぐらい意味のないことだから、軽い罰ですませておいてあげたのよ。たしかにセックスは最高だったわよ。けど、楽しむだけ楽しんでおきながら、終わったらそっぽを向いて、〝セックスはいい、だけど将来の計画にはそぐわない〟なんて言うような男は絶対に許さない」

本心を言えば、心の奥深くに杭《くい》が打ち込まれたような気がしている。だが、それだけは認めたくはない。いったん認めてしまうと、〝期待はずれ〟だと言われた過去の記憶が蘇《よみがえ》り、また辛い思いをすることになる。せっかく二度と弱い自分には戻らないと決めたのに。傷ついたのは自尊心だけなんだから――カーリーは自分にそう言い聞かせると、とげとげしく言った。「わたしが銀食器を買い揃《そろ》えようとしてるとでも思ってるみたいでしょ」

今度はトリーナが鼻を鳴らした。しかし、彼女は怒ったように目を細めて言った。「ジャックスがいい人を知ってるわ。釘《くぎ》打ち銃を平気で振り回す男よ。その男に連絡しましょうか？」

自分の代わりに激しく憤ったトリーナを見て、カーリーの気持ちは明るくなった。小さな笑みを浮かべ、肩を寄せる。「ありがとう。でも、本当にウルフガングのことなんてどうでもいいの。ひと晩やふた晩限りの関係にするつもりはなかったけど、ゆうべのように燃え上がって自制を失うようでは、燃え尽きるのも時間の問題だとは思ってたの。だから、いいのよ。以前なら残念がったかもしれないけど、ほら、得やすいものは失いやすいって言うでしょ」

「それもそうね」

カーリーはにっこりと笑った。「とにかくこれからは、あの男とは距離を置くようにするわ。別の大陸に住んでいると思って」

「ニクラウスのことはどうするの？」

「あら、あの子は別よ」カーリーはそう即答した自分に驚いた。会ってまだ間もないのに、ニクラウスはもう彼女の心の中にしっかりと住みついているらしい。「計画好きな彼のおじさんがお忙しいときは、わたしが面倒見てあげないと」また心がちくりと痛んだ。カーリーはそれに別の理由をつけ、心の奥深くへとしまい込んだ。

しかし、X線のようにカーリーの心を読み取ったトリーナは、彼女をぎゅっと抱きしめた。「かわいそうなカーリー」優しく声をかける。「仕事までわたしたちと一緒に過ごしてもいいのよ」

トリーナの優しさはうれしかった。しかし、今日ばかりはトリーナとジャックスの仲よさを見せつけられたくはない。「いいえ、大丈夫よ。うれしいけど、必要なのは気分転換なの」いつもより長めにトリーナの抱擁を受け、体を起こす。「洗濯物もあるし、共有のランドリールームへ行って、こっそり乾かさなくちゃ。それからバスターを散歩に連れていこうと思って」

「どうして自分の乾燥機を使わないの？」

「ゆうべ、いきなり止まって動かなくなっちゃったのよ」

「まあ、なんてこと。本当に昨日はさんざんだったのね」

「でしょ」ただでさえとんでもない一日だったカーリーにとって、乾燥機の故障はまさにだめ押しだった。「マックが見てくれることになっているんだけど、早くても明日になるらしいの。ゆうべタオルをたっぷりと洗っちゃったのよね。壁に皿を投げつける代わりに」

「ここへ持ってらっしゃいよ」

「ありがとう。でもまだかなりストレスがたまったままだから、少し発散しないと。それでランドリールームの乾燥機で乾かしている間に、隣のトレーニングルームでウエイト・トレーニングでもしようかと思ったのよ。だけど、重ね重ねありがとう。いざというときにこうやって話を聞いてもらえるあなたがいなかったら、わたしはどうすればいいかわからないわ」立ち上がったとたん、赤いものがナイトスタンドの下からのぞいているのが目に入った。

「わたしの勘違いでなければ」よかった。これで惨めな自分の問題からトリーナの注意をそらすことができるわ。「それ、さがしていたサンダルの片割れじゃないかしら」


四十五分後、設備の整ったトレーニングルームに身を落ち着けたカーリーは、ようやく自分らしさを取り戻した気がした。最初の三十分はマシンを次から次へと移動し、鏡で自分のフォームを確認しながらワークアウトを進めた。奥にある小さなランドリールームでタオルを乾かしている、家庭的という言葉につきものの機器に対する激しい憤りを、汗にして流す。そのとき背後のドアが突然開いた。スクワットの最終ラップに入っていたカーリーは、入ってきた人物を確かめようともせずカウントを続けた。

だが、いつもとは違い、入ってきた人物がウエイトを選ぶ音がしない。それどころか不自然な沈黙が漂い、カーリーの首筋に寒気が走った。立ち上がり、ゆっくりと目を上げて目の前の鏡に映る自分の背後をのぞき込んだ。

ウルフガングが見つめていた。カーリーの心臓が、二度とまともに鼓動しないのではないかと思えるほどきゅっと縮んだ。戸口に立つウルフガングを目にしたとたん、一生懸命に無視しようとしてきた心の痛みがものすごい勢いで彼女をのみ込む。

カーリーはさっと自分に視線を引き戻し、必要なセット数をやり終えたにもかかわらずスクワットを再開した。わたしは逃げないわ。計画大好き人間のウルフガング・ジョーンズに、わたしが傷ついたことを悟らせるものですか。

それに……。

腹を立ててはだめ。対等にいかなくちゃ。カーリーは目を細めてウルフガングを見つめた。こういうどうしようもない男は、自分も同じ目に遭わないと相手の気持ちがわからないのよ。わたしがその役を買って出てあげようじゃないの。さっと立ち上がるとバーをラックのホルダーにかけ、そこから離れた。

「あら、ウルフガング」上に着ていたTシャツのへりをつかんで、冷ややかに言った。頭からさっと脱いで顔の汗を拭《ぬぐ》い、ウエイトプレートを脱着するバーの端にかける。ワークアウトでほてった肌がエアコンの冷たい風に急速に冷やされた。汗で濡《ぬ》れたオレンジ色のスポーツブラの薄い素材に隠れた胸の先端が、寒さで硬くなる。「そんなに、わたしから離れられない?」

ウルフガングの視線が一瞬カーリーの胸に引き寄せられたが、すぐに顔を見上げた。彼女に向かって顔を歪《ゆが》める。「きみを追いかけているつもりはない。ここにいることさえ知らなかった」

「ああ、そう。それなら行動パターンが似てるのね。さあ、どうぞ。今日はワークアウトにぴったりのお天気よ」

ウルフガングは小さくうなずいただけだった。そうよ、そうやって以前のように素っ気なくしてくれないと、張り合いがないわ。今のわたしと彼の関係はまさに一触即発状態、きわめて不安定な雰囲気が漂っている。愛憎の狭間《はざま》で揺らめいているようなもの。相性がいいのか悪いのかもよくわからない。まあいいわ。肌が合わないのだと断定できないのなら、いっそのことそれを利用してしまえばいい。昨夜、彼はあんなふうに言ったけど、わたしが彼に抵抗できないように、彼もわたしには抵抗できないはずよ。

カーリーはバーを肩の高さのホルダーにかけたまま、左足を上げて踵《かかと》をバーに引っかけた。上半身をかがめ、膝の外側からふくらはぎ、足首へと両手を滑らせていくと、最後に両手で足を軽くつかみ、上半身を太ももに押しつける。ストレッチは気持ちよく、ウルフガングのことは一瞬頭から消えた。しかし、すぐに彼が動くのを目の端で捉《とら》え、再び現実に立ち返る。

ウルフガングは少し離れたマシンにまたがって座り、腕のトレーニングを開始した。しかし、目はカーリーから離れない。

その調子よ。彼を徹底的に刺激しておいて、さっさと立ち去るの。首尾よくいけば、きっと彼、数日は下腹部がうずいてまっすぐ歩くこともできなくなるでしょうね。それだからってわたしの傷ついた心が完全に癒《いや》されるわけじゃないけど――待って、心が傷つけられたわけじゃない。それだけは認めるものですか。傷つけられたのは……そう、わたしの自尊心。とにかく、あの男に躊躇《ちゅうちょ》なく踏みつけにされた自尊心が少しは慰められると思う。仕返し――うん、なかなかいい響きだわ。

もう一方の脚も同じようにストレッチをすると、ウルフガングに向かい合った。右足でバランスをとり、膝を合わせてから、左足を後ろへ上げる。そして両手で足の甲をつかみ、踵がお尻につくまでぎゅっと引き上げた。肩が後ろへ引っ張られて胸が突き出す。単なる太もものストレッチがウルフガングにどんな影響を与えるかにはまったく気づかないふりをして、無表情に彼を見下ろした。

眉を寄せてつかんでいた足を放し、脚を替える。悔しいけど、彼は本当にすてきだわ。グレーの袖《そで》なしのTシャツにはき古したショートパンツというでたちを見ているだけで、体が溶けてしまいそう。体は引き締まっていて、セクシーで、どんな騒動にも臆《おく》することなく立ち向かっていきそうな勇壮さがある。ウルフガングはグリーンの瞳でじっとカーリーを見つめたまま、太ももを大きく広げ、長くて固い深層筋に右肘を当てて、上半身を前に倒す。腕を伸ばして重いウエイトを持つとゆっくりと胸に近づけ、また床に向かって下ろしていく。肌に浮かんだ汗が光りはじめた。

ふいに、あまりにくだらない計画がカーリーの脳裏をよぎった。ちょっと、待って。いったい何を考えているの？　諸刃《もろは》の剣を振り回すくらい愚かよ。たしかに彼に半永久的なダメージを加えられるだろうけど、自分だってぼろぼろになってしまうかもしれない。そろそろ負けを認めて、わずかな威厳が残っているうちにここを立ち去るべきだわ。

足を下ろし、両手と両脚を震わせると、ウルフガングに背を向けて軽いヨガのストレッチを始めた。特に挑発的な動作はなく、膝の後ろ側の腱《けん》を伸ばすだけのストレッチで、ワークアウトを締めくくる運動だ。

しかしウルフガングにとっては、最後の一撃だった。十キロのダンベルを床に置くと、さっと立ち上がった。「もうたくさんだ！」苛立《いらだ》ちがつのり、我を忘れて怒鳴った。トレーニングルームに入って彼女を目にした瞬間から、今にも暴れだそうとするジョーンズ家の野性の血を懸命に抑えてきた。だが、もうこれ以上我慢できない。

自分に向き直ったときのカーリーの表情を目にしたとたん、これまで綿密にコントロールしてきた感情は激しく揺さぶられ、とうとう限界を超えてしまった。海に飛び込むねずみのように、ウルフガングは躊躇することなく感情の荒波に自らを投げ出した。「そんな白々しい目で見るのはやめてくれ。自分が何をしているのか、わかっているはずだ。ぼくの目の前でその引き締まったヒップを見せびらかすとは」

カーリーの表情に燃え立つ怒りのようなものがよぎった。しかしたちまち冷ややかな目つきに取って代わる。その冷たさにウルフガングは動けなくなった。「あなたが言ったのよ。わたしの引き締まったヒップとは金輪際、縁を切るって」

「前から決めていたことだからだ！」縁を切りたくて切ったわけじゃない――それだけはたしかだ。そう思ったとたん、さらに苛立ちが増した。

「なんとでも言えばいいわ。あなたの計画なんてどうでもいいもの」カーリーは憤然として足を踏み出し、顔を突きつけた。「あなたにとって、わたしは一夜限りの女で、長く付き合っていけるような女ではないんでしょ。そもそも、わたしがあなたと結婚したがるとでも思ってるの？」カーリーは足を引っ込めると、彼と同じ空気を吸うのもごめんと言わんばかりの表情を浮かべてくるりと後ろを向いた。そして長い脚をきかせてすたすたとトレーニングルームの奥へ向かって歩きはじめた。

ウルフガングはすぐに彼女のあとを追った。ぼくがそんなことを言ったか？　言ったかもしれないが、そんな意味で言ったわけじゃない。パンクロッカー風の髪型やショーガールらしいスリムなボディ、思いついたことをそのまま口にする率直さが、将来の結婚相手として思い描いていた女性のタイプからはかけ離れていると言っただけだ。きみがよくないと言っているわけじゃない、きみは、ぼくの野望に進んでついてきてくれるような女性じゃないと言いたかっただけだ――そう言おうと口を開いた。しかし、出てきたのは、自分でも予想だにしなかった言葉だった。「どうして、ぼくと結婚しようと思わないんだ？」

「あら、昨日はわたし、ひとりごとを言っていたのかしら」カーリーはウルフガングのほうを見ようともせずにぴしゃりと言った。「わたしは、誰にも縛られたくないの。そう言ったはずよ。相手が、くだらない計画にそぐわないものをすべて人生から排除しようとするけちな男だったらなおさらよ」カーリーは奥にある狭いランドリールームに入っていき、乾燥機からタオルを取り出してバスケットに放《ほう》り込んだ。

追いついたウルフガングはカーリーの腕をつかみ、自分のほうを振り向かせた。「けちとは失礼じゃないか。その計画があったおかげで、いまいましいエリート主義の大使館から大使館へ父親に連れ回されている間もなんとかやっていたんだ。ぼくが一生をかけて目指してきた目標だぞ」

「あら、すばらしいこと」カーリーは腕をひねったが、びくりともしない。ウルフガングに向かって鼻を突き上げながら、淡々と言った。「それにしたって、冷血で卑劣なことには変わりはないわ」

「どこが冷血で、卑劣なんだ？　きみのカオス理論的人生のほうがまだましだとでも？　そんな行き当たりばったりで、順調に人生が送れるとでも思っているのか？」

「わたしのことを心配してくれているの？　それは、どうも。でも、あなたと違って、わたしには友達やベビーたちがいるもの。そうそう、それに、わたしの体には、少しとはいえ熱い血が流れてるから、核の冬のような人間の下に敷かれたって凍え死ぬこともないわ」

ウルフガングの目の前にいるのは、激怒し、興奮したひとりの女性だった。「熱い血？ああカーリー、本当に熱い血というものを見せてやる！」本能に突き動かされるままに、ウルフガングは彼女の短いブロンドの髪に指を入れ、唇を重ねた。

ウルフガングの唇が触れたとたん、彼を挑発して捨てるというカーリーの不用意な計画は炎と消えた。彼の首に腕を回し、激しい要求に応《こた》えるべく口を開ける。彼の舌が押し入ってくると、うめき声がもれた。ウルフガングも胸の奥でうなるような声を出した。彼女の頭をつかむ長い指に力がこもる。

永遠かとも思われるほど時間がたち、ようやく彼が口を離した。ふたりは荒い息をしながら見つめ合った。

「ちくしょう」ウルフガングがしわがれた声でつぶやき、ランドリールームのドアを足で蹴《け》った。「きみがほしくてたまらない」カーリーのヒップをつかんで洗濯機の上に押し上げ、カーリーが脚を広げて作ってくれた膝の間の空間に入り込む。

カーリーは彼の腰に脚を回し、お尻の後ろで足首を組んで彼を引き寄せた。硬くなった彼の下腹部が、彼女の太ももの間のいちばん高いところに当たり、ふたりは同時に息を吸い込んだ。それを合図にするかのように、ウルフガングは彼女のスポーツブラを脇《わき》の下まで押し上げ、首を曲げて硬く締まった胸の先を口に含む一方で、スパンデックスのショートパンツとショーツを剥《は》がす。そして自分もショートパンツを脱ぎ、温かな彼女の中へ一気に侵入した。ウルフガングは彼女の体内でさらにこわばり、カーリーは体をのけぞらせて熱い吐息をついた。

五分後、指先を彼のウエストに食い込ませて体を安定させ、カーリーは再びのぼりつめるとうめき声をもらした。しばらくすると、今度はウルフガングがうなり声をあげて絶頂に駆け上がる。やがて彼女のヒップをしっかりと握っていた手を離し、洗濯機にのっている彼女のヒップの両側に手をついて、額と額を合わせた。

力が抜けたのもつかの間、ウルフガングがいきなり体をこわばらせた。「しまった」

カーリーの心が一気になえた。また人生計画云々《うんぬん》なんて話を持ち出したら、今度こそただではすませないわよ。「どうしたの?」覚悟を決めて尋ねた。

「コンドームを忘れた」彼女の中から抜け出し、ショートパンツを上げた。「なんてことだ。すまない、カーリー、だが――」

「まずいわ」カーリーは頭の中で逆算しながら、洗濯機の上で体勢を整えた。「いいえ、大丈夫よ。大丈夫だと思う」

ウルフガングはカーリーを見下ろした。彼女は力強く突き出た鼻の上にある形のいい眉を寄せながら、スポーツブラを苦労して引き下ろし、捨てられた下着に手を伸ばしている。

「だが、もし――」

「そのときは、そのときよ。でも、わたしの生理周期はスイス製の時計と同じくらい正確なの。だから、大丈夫。的ははずれてるわ」

「よかった」ウルフガングはじっとカーリーを見つめてから言った。「もう二度としないと約束する」

カーリーは平静を保っていたが、胃の奥が痛み、胸がつかえた。「何をしないの？　避妊具なしでセックスすること？　それとも、もう二度とセックスはしないという意味かしら」

ウルフガングは皮肉めいた笑い声をあげた。「ぼくがきみと距離を置くことができないことは、今、実証したはずじゃないか」

「そうだったわね。ほんと、情けないいんだから」カーリーは答えた。胸のつかえがゆっくりとほぐれていく。「少しはわたしを見習うことね。距離を置くのはわたしのほうが得意よ」

ウルフガングは口端を歪めて笑みを浮かべた。「だから、これからは避妊をせずに愛し合うのはなしにする、という意味だ。それでいいかい？　ぼくはニックの親代わりをするだけで精いっぱいなんだ」

「わかった」カーリーはしばらくウルフガングを見つめたあと、咳払いした。「これだけは言っておくわ」ショーツを着け、洗濯機から下りてショートパンツを引き上げながら言う。「結婚をせまられたらどうしようなんて心配は不要よ。母が財産目当てに再婚を繰り返すのを見て育ったせいで、結婚だけはごめんなの。自分のことは自分で責任をとると言ったでしょ。あれは本心だから」

「つまり、どういうことなんだ？　当面は恋人同士でいようということなのか？」

「ええ。わたしはラスベガスが大好き。でも、あなたは嫌っている。あなたには将来に向けた計画があって、そこにはわたしは含まれていない。わたしにとってはちょうどいいの。興味はあっても、長くは付き合えないから」カーリーは彼の胸に右手を置き、指先に当たる固い筋肉と滑らかな肌の感触に笑みを浮かべた。「でも、相性はすごくいいと思うのよ。だから、お互いに燃え尽きるまで燃やし合ったらどうかしら。そして、いつか本当に燃え尽きてしまったり、あるいはあなたが希望どおりの仕事に就く機会に恵まれたりしたときには、おとならしくさよならするの。恨みっこなし、後悔もしない、ということで」カーリーはウルフガングの喉のくぼみに軽くキスをし、彼の目を見上げた。「どう？」

ウルフガングは無表情なままカーリーを見下ろした。何か言いたげに口を開けたが、そのまま閉じた。もう一度口を開け、閉じる。

しばらくしてようやくうなずいた。「いいだろう」

「よかった」ウルフガングが同意してくれたことに心からほっとした。同時に、一方的に約束を取りつけた埋め合わせをしなければいけない気になり、ことさら冷静な口調で言い足した。「それじゃあ、いくつかルールを決めましょうよ」

ウルフガングは無表情なまま、カーリーの言うことを聞いていた。彼が付け足したいルールはたったひとつしかない。「ここで起こることは、ここだけのことにする」冷ややかに言う。「セックスライフと仕事は混同しない」

もちろん、そうでしょうとも。カーリーは苦々しく思った。何ものも彼の大切な仕事を邪魔することはできないというわけね。

カーリーははっとした。彼はわたしに何かを押しつけてきているわけじゃない。そもそも仕事と私生活を切り離そうとしたのは、わたし自身だわ。それに、わたしだって、ふたりの関係をカジノにまで広げたいと思っているわけじゃないのだから。「わかったわ。決まりね」

ウルフガングはしばらくカーリーを見つめたあと、しっかりとうなずいた。「ああ」抑揚をつけずに言う。「決まりだ」身をかがめ、大きな両手で彼女の顔を支えると、合意の口づけをした。だが、一瞬のこととはいえ、それはすべてのルールを忘れさせるような情熱的なキスだった。

19

嘘《うそ》だろ？　あのロボット人間が口笛を吹いてるぞ。ニクラウスは、キッチンでチーズサンドを焼いているウルフガングの背中をじっと見つめた。いったい、どんな楽しいことがあったんだろう？

ニクラウスの心を読み取ったかのように、ウルフガングが肩越しに振り返った。「荷物をどけてくれ」夕食後、図書館に持っていくものを選《え》り分けるために、ニクラウスがカウンターに広げたノートや教科書のことだ。ウルフガングはサンドイッチの下にへらを差し込んで焼け具合を確かめると、フライパンから皿に移し替えた。「自分で言うのもなんだが、完璧《かんぺき》な出来映えだ。牛乳を飲むか？」

「うん、なんでもいいよ」広げたものをすべてしまい直し、バッグを脇《わき》へよける。

ウルフガングはニクラウスの前に皿を置くと、冷蔵庫から浅いボウルを取り出して、ふたりの皿の間に並べた。「見ろ。りんごだぞ！」後ろに向き直って自分の皿と牛乳のコップをつかむ。

「へえ、やるじゃん」ニクラウスはりんごをひと切れつまみ、かぶりついた。

「だろう？　すごいと思わないか？」ウルフガングはカウンターの端を回ってくると、スツールに腰かけた。サンドイッチをつかみ、ニクラウスを横目で見やる。「おまえにもっとフルーツや野菜を食べさせたほうがいいって、カーリーに言われたんだ」そう言ってサンドイッチにかぶりついた。

雷雲がかかっていたニクラウスの頭の中に、ひと筋の光が差し込んだ。ひょっとして、ウルフおじさんとカーリーをくっつけるというぼくの作戦が、順調に進んでるのかな。このままいけば、ぼくの望みどおりの展開になるかもしれないぞ。

まあ何が起きても不思議ではないけど、でもやっぱりありえない気もする。せっかく期待しても期待はずれに終わったらがっかりだ。ニクラウスは期待の気持ちを心の奥へしまい込んだ。

「それで、また今夜もナタリーと図書館に行くのか？」スツールから半分立ち上がり、カウンターの下の棚にあるナプキンに手を伸ばしながら、ウルフガングが尋ねた。スツールに座り直し、ニクラウスにナプキンを手渡す。

「まあね」

「課題は進んでるのか？」

ニクラウスは肩をすくめ、食べる速度を上げた。「もうすぐ終わる」

ウルフガングがニクラウスをじっと見ている。生返事ばかりするなって小言を言われるんだろうか。ニクラウスは身構えた。しかし予想ははずれた。「何時に帰ってくる？」

心の中ではちゃんと質問に答えたいと思っていた。しかし、ついかっとなってしまう。

「さあ。今日は金曜日だからね。でも、門限までには帰ってくるよ」

冷ややかな目で見られ、ニクラウスはスツールに腰かけたまま、もぞもぞと体を動かした。しかしウルフガングは何も言わずにサンドイッチを食べはじめた。しばらくの間、ふたりは黙々と食べ続けた。

ウルフガングがナプキンで口を拭《ふ》いた。「ナタリーはとてもいい子みたいだな」

何が言いたいんだ？　ニクラウスはうなった。

「それに、かわいい」

ニクラウスはいらいらしはじめたが、サンドイッチを平らげることに注意を注ぎ続ける。

「彼女、ボーイフレンドはいるのか？」

話題なら、ほかにいくらでもあるじゃないか。「知らない」

「金曜の夜におまえと勉強してくれるんだぞ。言いたいことはわかるだろう？」ウルフガングはニクラウスに向き直って眉を上げた。「おまえたちふたりは――」

「話題ならほかにもあるじゃないか」ナプキンを投げ捨て、ニクラウスはカウンターから立ち上がった。「おじさんは、ラスベガスのゴシップ・コラムニストか何かなの？　じゃあ、とっておきのスクープを教えてあげるよ。ノートとペンの用意はできてる？　書き留めておいたほうがいいかもしれないからね。ナタリーはチアリーダーをやってて、八時半までにスタジアムへ行かなくちゃいけない。だから、今日は早く会うことになった。課題をするためにね。ボーイフレンドのことは知らない。フットボールの試合のあとの計画も。だけど、そんなこと、おじさんが知ってどうするわけ？　ぼくの課題の進み具合やナタリーのボーイフレンドのことがおじさんとどういう関係があるの？」

ウルフガングはニクラウスに向き直った。「いいか、ニク――」

「もう行くから」ウルフガングのとまどった表情を気にしないようにしながら、カウンターの端のバッグをつかみ、ドアへ向かう。「バスの時間があるんだ。誰かさんが車を貸してくれないから」

ウルフガングはニクラウスについて玄関口まで出てきた。「乗せていってやってもいいぞ。どうせ仕事に行く」

「ぼくのことにかまわないでくれる？　自分の世話くらい自分でできるんだ」腹の立つ理由が自分でもよくわからないまま、ドアを開けて飛び出す。ウルフガングの鼻先でばたんと扉を閉めたことに、妙な満足感を覚えた。

なかなか怒りは収まらなかった。しかし図書館の階段を上がり、ニクラウスが近づいていくのに気づいたときのナタリーの笑顔を見たとたん、心が晴れた。

ふとウルフおじさんの言葉を思い返し、さらに気持ちが軽くなる。今日は金曜日だ。しかも、このあとはアメフト部の試合が控えている。くそったれラッシュマンの気分を盛り上げるためにナタリーがあいつとデートしたっておかしくはない。それなのに、彼女はぼくと図書館にいるんだぞ。しかし、すぐに自分を叱咤《しった》した。仮に奇跡が起こって、彼女がラッシュマンよりぼくのことを気に入ってくれたとしても、それがなんだというんだ？　彼女と親しくなりすぎてはいけない理由は、水曜日と何も変わってはいない。辛《つら》い思いをすることがわかっていながら、わざわざそこへ向かっていくばかがどこにいる？

ママが何度も同じことをするのをさんざん見てきたじゃないか。ぼくは絶対にいやだ。いや、いいじゃないか。ぼくはママと違って分別がある。ママよりも冷静だ。ナタリー・フレモントとの付き合い方はちゃんと心得ている。あくまでも、お互いに生物クラスのパートナーとして付き合っているだけだ。

そう、単なるクラスメートとして。

ナタリーがワイン色と白のチアリーダーの衣装を身につけているのを見てニクラウスはほっとした。チアリーダーの格好をしていてくれる限り、彼女とぼくの立ち位置の違いを否《いや》が応でも意識せざるをえない。〝わたしはエリート集団のひとり、あなたは違う〟とそう言っているようなものだから。

そうだとも。肝心なのは課題を終わらせること。今はそれだけに集中するんだ。勉強に専念して、すばらしいレポートに仕上げ、いい成績を取って、少しでも奨学金に近づかないと。彼女に対して個人的な感情を抱いている場合じゃないんだ。絶対にだめだ。遊んでなどいられない。勉強に集中しろ。

テーブルに歩み寄り、バッグを床の上に置くと、ナタリーの向かい側の椅子にどすんと腰を下ろした。「それで、くそったれラッシュマンとはどうなってるんだよ？」

ナタリーは驚いたように茶色い目を見開いた。「え？」

しまった。まさか、声に出して言ってしまうとは。「ごめん。まずいことを言っちゃったみたいだ。あいつ、きみのボーイフレンドなんだろ？　その、ピーターのことだけど。今、言ったことは忘れてくれないか。ぼくにはなんの関係も――」

「ボーイフレンドじゃないわ」

慌てて前言を撤回しようとしていたニクラウスは、はっとしてテーブル越しにナタリーを見つめた。なんてかわいいんだろう。頬を染め、目を大きく開けて自分を見ている。

「違う？」

「ええ、違うわ。それに彼、たしかに悪いところも多いけど、あれは彼なりの支配のしかただと思うの」

「支配って、何を？　一緒につるんでる連中？」

ナタリーはにっこりと微笑《ほほえ》んだ。「何もかもよ。一度、彼のお父さんに会ってみるといいわ。チアリーディングの練習に遅刻したときに、練習場の観客席でピーターがひどい叱《しか》られ方をしているのを見たことがあるの。正直言って、彼がかわいそうだと思ったわ。父親からあんなふうに呼ばれたら、誰も耐えられないと思う」

「あんなふうって？」

ナタリーの答えを聞いたニクラウスは思わずたじろいだ。「たしかに、それはひどいよ。ラッシュマンは嫌いだけど、父親にそんな扱われ方をしたら辛いだろうな」

「そうなの。だから、わたしは彼のことを大目に見てあげてるの。でも、ボーイフレンドとかそういうのじゃないわ。今は誰とも付き合ってないから」

そうなんだ。よかった。しかし、すぐに思い出した。彼女にボーイフレンドがいようがいまいが、ぼくにはどうでもいいことじゃないか。いったい、何をくだらないことをやっているんだろう。顔をしかめて身をかがめ、バッグの中から資料を取り出した。それをテーブルに並べ、明るい口調で言う。「それで、水曜日はどこまでいったんだっけ?」

ナタリーはしばらく呆気《あっけ》にとられていたが、やがて肩をすくめて、本に手を伸ばした。

課題に取り組みはじめて、たっぷり四十五分がたったころ、ナタリーが急にテーブルの下で脚を伸ばし、スニーカーの爪先でニクラウスをつついた。「ねえ、今、思い出したんだけど、もうすぐあなたにとって初めての試合があるのよね」

「うん。月曜の午後だよ」

「心の準備はできてる?」

「ああ、ものすごく楽しみにしてるよ。準備は万端さ」ニクラウスはふと考え込み、今度はそれまで以上に熱のこもった口調で続けた。「いや、万端なんてものじゃないね。相手チームなんか、こてんぱんにやってやるさ」ペンを置くと、ナタリーから足を離してテーブルの下で伸ばし、腕を組んだ。この一時間で、初めてナタリーをじっくりと見つめる。

「そう言われて、ぼくも思い出した。チアリーダーとサッカー部って、どうなってるんだ?　どうしてサッカー部の試合にチアリーダーは応援に来てくれないのさ?」

「さあ、知らないわ。わたしも入ってまだ一年目なの。でも聞くところによると、チアリーダーはアメフト部とバスケ部の試合しか行かないんですって」

「ぼくもそう聞いた。でも、変だと思わない？　シルヴァラード・ハイスクールのサッカー部は州大会で四年連続で優勝してるんだ。四年だよ。アメフト部やバスケ部はどうなんだ？　バスケ部が練習してるところなんて見たこともないし、アメフト部だって今シーズンの成績ときたら、まだ二勝七敗じゃないか」

「わたしだって、不公平だと思うわ、ニック。ただ、現状はそうなんだって言ってるだけよ」話題を変えようとして、ナタリーは続けた。「おじさんは試合に来てくれるの？　あなたのプレーを見たら、絶対に喜ぶわよ」

ナイフが突き刺さったように心が痛んだ。ニクラウスはなんとか肩をすくめてみせ、気軽な口ぶりで答えた。「いや、おじさんはたぶん仕事があるんじゃないかな」

「まあ、それは残念ね」

「うん」試合のことをウルフガングに言っていないことは黙っておいた。以前はコーチにスケジュールをもらうたびに冷蔵庫に貼《は》ったものだった。しかし、やがてそれが単なるエネルギーの無駄遣いにすぎないことに気づいた。母のカタリナは、ニクラウスのサッカーの試合に少しも興味を示してくれなかったからだ。

ウルフおじさんだってどうせ同じだ。

それなら、どうしてわざわざ落ち込む原因を作る必要がある？　期待して裏切られるくらいなら、最初から期待なんてしないほうがずっといい。

ニクラウスはナタリーの注意を生物の課題に引き戻した。そのあとは、ありがたいことに二度と個人的な話題に戻ることなく勉強に打ち込めた。

しかし、勉強を終え、図書館の出入り口までやってくると、ナタリーが振り向いた。茶色い大きな目を見開いて言う。「スタジアムまで一緒に乗っていかない?」

「いや、その、ありがとう。でも、ぼくは試合には行かないから」

「そう。わかったわ。あなたには関係ないものね。ただ、なんていうか、わたしがチアリーディングをしているところを見たいかな、とか思って。けっこう上手なのよ」

「ああ、もちろん、すばらしいと思うよ。ぜひ見てみたい。でも、約束があるんだ。仲間たちと」真っ赤な嘘だった。ニクラウスはナタリーと同じように、サッカー部の仲間たちともできるだけ距離を置いて付き合うようにしていた。ただ、ナタリーには、金曜日の夜だというのに宿題をするほかになんの予定もない負け犬のように思われたくない。

「それなら、どこかで降ろしてあげる」

彼女の申し出を断ることはできない。そこでダウンタウンの〈フレモント・ストリート・エクスペリエンス〉の前で車から降りると、車が去っていくのを見届けてから家へ帰るバスをさがした。

ちくしょう、ずいぶん長い夜になっちゃったな。

一時間後、ニクラウスは足を引きずるようにコンドミニアムに戻った。テレビの前に座り込んで、金曜日に自宅にいる負け犬用のくだらない番組を見ていると、いきなりドアベルが鳴った。その日の運のなさを考えたら、どうせ宗教の勧誘か何かに違いない。ニクラウスは無視を決め込んだ。しかし、またドアベルが鳴った。

さらに、もう一度。

「しつこいなあ」テレビの音を消して立ち上がり、玄関に向かう。体勢を整え、一気にドアを開けた。見てろよ、ひと言文句を言ってやる。

だが、立っていたのは、宗教の勧誘でもなんでもなかった。パディとジョシュ、デイヴィッドだ。

「よう。なんだ、いるんじゃないか」パディが言った。三人が玄関口にいっせいに入ってきたので、ニクラウスは後ろへ下がるよりしかたがない。三人が通り過ぎたとたん、ペパロニとホットトマトソースの匂《にお》いがした。「あきらめるとこだったよ。最近、ちっともおまえが捕まらないんだもんな、ニック」

「そうか?」ニクラウスは肩をすくめた。「生物の上級クラスの課題に忙しくてね」

パディがくるりと振り向き、彼を見つめた。「おまえが成績を上げるのに必死なのは知ってるけどさ。でも、金曜日の夜まで勉強することはないだろう?」

「わかってるよ。惨めなものさ。でもしかたないじゃないか。一緒に過ごす相手がいない人間だっているんだ」ぼくは、自分からそれを望んでいるんじゃないか。そうだろ?

「何言ってんだよ。おまえにはぼくたちがいるだろ?　ピザを持ってきたんだ。一緒に食おうぜ。ビールも手に入れようとしたんだけど、だめだった」

三人は遠慮することなく奥へ入っていった。ニクラウスはしかたなくドアを閉め、あとを追った。だが、一歩進むごとに気持ちが軽くなっていく。本心では、三人が来てくれたことをうれしく思っているのだ。共通の趣味を持った友達を作ったあとでまたひとりぼっちになれば、想像以上に辛い思いをすることはわかっている。でも、それがどうだと言うんだ？　どこかへ引っ越すことになれば、どのみち悲しい思いをするんだ。それなら今のうちに友達と楽しんでおいたほうがましってものじゃないか。

ニクラウスが居間に入ると、ジョシュはすでにキッチンに入り込み、冷蔵庫に頭を突っ込んでいた。「おい、ビールがあるぞ！　少し頂戴《ちょうだい》したら、おまえのおじさんにばれるかな？」

「ばかだなあ、ニックのおじさんはラスベガス・ストリップにある中でも最大級のカジノで警備員をしてるんだぞ」デイヴィッドが言った。さっそくピザの箱を開けて、ひと切れ取り出す。「それでもばれないと思うか？」

「在庫表を作ってありそうだな」ジョシュが沈んだ声で返事をした。が、すぐに声をあげた。「やった、コーラがあった」缶を四本取り出した。

ニクラウスがペーパータオルを用意し、四人はピザの箱をダイニングテーブルに持っていってテーブルの真ん中に置いた。椅子を引き出して腰かけ、ペーパータオルを破って皿代わりにし、コーラの缶を回してさっそく食べはじめた。

ニクラウスがふた切れ目にかぶりついていると、パディが言った。「それで、生物の課題はもう終わったのか？」

「まだだよ。あといくつか調べものをしてから、まとめに入る。今日中に調べものを終わらせるつもりだったんだけど、ナタリーが試合に行かなくちゃいけなくて、早めに切り上げたんだ」

デイヴィッドは口に持っていったピザを下ろし、ニクラウスを見つめた。「ナタリー・フレモントか？」

「あ、ああ、そうだけど」ピザを噛《か》みちぎったが、チーズが切れずに糸になって伸びている。それを指に引っかけ、口の中に押し込んだ。

「ナタリー・フレモントと組んでるのか？」

「そうだよ」

「彼女、いいよな」ジョシュが言った。「くそったれラッシュマンにはもったいなさすぎる」

「違うよ。いや、もしあいつと付き合ってれば、たしかにもったいないけど、違う、って本人が言ってた。今は誰とも付き合ってないってさ」

三人がいっせいにニクラウスを見つめた。「本当か？」デイヴィッドが感心したように言った。

「彼女がそう言ったのか？」パディが尋ねた。「おまえに？」

「ああ」赤毛のパディに凝視され、ニクラウスはもぞもぞと体を動かした。「ぼくの顔に何かついてるか?」

「おい、彼女のような女の子なら自分が興味ある相手にしか言わないせりふだぜ。〝今は誰とも付き合ってない〟なんてさ」

「彼女、おまえに惚《ほ》れてるんだぞ」ジョシュが言った。

「間違いない」デイヴィッドがうなずいた。

ニクラウスは苦笑いし、ピザに手を伸ばした。ナタリーに好かれてるかどうかなんてどうでもいい、どうせこれ以上親しくなるつもりはないんだ——そう思ったものの、三人には黙っておいた。男同士の付き合いと、女の子との付き合いはまったく別のことだ。

惚れられてる、か。まあ、まんざらでもないな。毎日起こるようなことでもないし。

そのとき、ジョシュが何か面白いことを言ったらしい。ひとりでに笑いが込み上げてきたニクラウスは、タイミングよく三人と一緒に笑ってごまかした。

仲間たちに向かって笑いかける。

考えてみれば、ナタリーに嘘をつかなくてもすんだんだ。彼女に話したとおり、こうして仲間と楽しくやってるんだから。

20

「ウルフ、待ってくれ！」

振り返ると、ダン・マカスターがカジノを通ってこちらへ歩いてくるのが見えた。上司が追いつくのを待ちながら、悪態をつきそうになるのをこらえる。今夜は勤務時間が長く感じたせいもあり、一刻も早く自宅に帰りたかった。

だが、どうやらその願いはかなえられそうにない。あきらめて、愚痴を言わずに気持ちを切り替えることにした。

ダンがフロアを埋めるギャンブラーの間を縫って近づいてきた。ウルフガングに追いつくと、スロットやポーカーマシンの騒音に声がかき消されないよう彼の耳に口を寄せた。「コーヒーを一杯おごらせてくれ」そう言うと、返事も待たずにウルフガングが向かっていたのとは別の方向に彼を導いた。「聞かせたい話がある」

数分後、ふたりはオープンエアのコーヒーショップの小さなテーブルに向かっていた。目の前のカップで、香りのいいコーヒーが湯気を立てている。「あの泥酔客の件はうまくやってくれた」カップを口につけながら、ダンが言った。

ウルフガングは首を横に振った。「最初は、とても手に負えないんじゃないかと思いましたよ。でもなんとか事態を収拾でき、傷も最小限に抑えましたが」ウルフガングの言葉どおり、彼の手には乱闘の際につけられた爪痕《つめあと》がついていた。だが、わざわざダンの注意を引くつもりはない。その代わりに肩をすくめた。「これからは、できれば泥酔した女性客より、喧嘩《けんか》っ早い男性客を担当させてください」

「たしかに、女は、髪の毛を根元から引き抜いて、頭の皮を剥《は》がそうとするからな。しかも最も痛い方法で、だ。あの客にもさぞかし痛い思いをさせられたんじゃないのか？」ダンがウルフガングの手の甲にある生々しい引っかき傷に気がついた。「なんてことだ。ずいぶんひどくやられたものだな。救護室へ行って、消毒をしてもらったほうがいい。コントロールセンターのモニターでも、爪の長さは数センチくらいあるように見えたぞ。ああいう爪の下にはいったいどんな雑菌が繁殖しているかわかったもんじゃない」

「それはどうも。貴重な意見に感謝します」今夜は腹立たしいことの連続だった。酔っ払った女性客との対決は、その最終章にすぎない。始まりは、仕事に出かける前のニクラウスのあの態度だ。いったい何をあんなに怒っていたのか。あたりさわりのないことを尋ねただけなのに、あんな言い方をされるとは。

しかし、そんな不安を追いやり、ダンの話を聞くことに集中した。ニクラウスの扱いについて考えはじめたら、ますます上司の話が聞けなくなる。ましてや、今夜の勤務は終わっているんだ。早く家に帰って、このいらいらをカーリーの腕の中で燃焼し尽くしたい。

ウルフガングはテーブル越しにダンを見つめた。「それで、お話というのは?」

ダンは笑った。「やれやれ、ウルフガング。おまえは、人のくだらない無駄話を徹底的に排除しないと気がすまないらしいな」笑みを浮かべたまま、ダンは首を横に振った。「まあ、おまえのそういう人との接し方も、話のうちのひとつなんだが」

なるほど。また、ぼくの警備のしかたに不満を持った客から苦情があったわけか。ウルフガングは、カジノでの勤務態度に苦言が呈されることを覚悟して身構えた。

しかし、ダンは何かに賛成するかのようにうなずいた。「先日のわたしの言葉をきちんと心に留めてくれているようじゃないか。この数週間で、きみの態度はかなり進歩したぞ。きみの接しやすさについては、かなり好ましい評価をいくつか耳にしている」

腹の中で固く巻かれていたばねが急にゆるんだ。「本当ですか?」

「ああ。そこでだ、少し前にわたしが交わした興味深い会話についてきみに伝えたい」

ウルフガングはなかなか冷めないコーヒーに息を吹きかけ、テーブル越しに上司を見やった。

「古い友人から電話があったんだ。オスカー・フリーリングといって、クリーブランドの郊外にある〈OHSインダストリーズ〉という企業の保安部長をしている。今度、彼が引退することになってね。後釜《あとがま》になる人物を紹介してくれと頼まれた」ダンはウルフガングをまっすぐに見つめた。「そこで、きみの名を出したんだ」

「なんですって?」ウルフガングは椅子に座り直した。「本当ですか?」

「本当だとも。きみが保安部のトップに立ちたくてうずうずしているのはわかっている。だから、うってつけの話だと思ってね」

「なんと言ったらいいのか」自分でも驚いたことに、素直に心から喜ぶことができなかった。長い間願っていた夢が、いよいよ現実に変わろうとしているのに。疲れているせいかもしれない。そう考え、上司を見やった。「お心遣いに感謝します」

「きみが実力で勝ち取ったんだ。これは、冗談でも、お世辞でもないぞ。きみがいなくなると、寂しくなるな。わたしにとっても、きみは実に優秀な部下だったからね。率直に言えば、特にカジノを監視するきみの直観力を考えると、一企業の保安部長にするにはもったいない気もするが。それでもきみの野望は理解できるし、いい機会ではある」ダンは続けた。「いや、〝いい〟なんてものじゃない」

ウルフガングの頭の中に浮かびはじめたさまざまな質問を察知したかのように、ダンは肩をすくめて付け加えた。

「詳しいことはわたしにはわからない。企業名と所在地を聞いただけでね。だが、オスカーは二、三週間のうちにこっちに来てきみに会いたいと言っている。詳しいことは、そのときに訊《き》いてくれたまえ」コーヒーを飲み干すと、カップを置いて両手でテーブルを叩《たた》いた。「まあ、今日のところは家に帰って、休むことだ。疲れきった顔をしているぞ」

たしかにくたくただ。ダンに礼を言いながら、ウルフガングは思った。コーヒーには手をつけず、駐車場へ向かう。念願だった昇進話を持ちかけられたのに気分が晴れないのも、疲れているせいに違いない。そうでなければ筋が通らない。

道の真ん中で、踊りだしたっておかしくはないのだから。

運転しながら、家に着いたらまっすぐにベッドに向かうことを心に決めた。しっかり睡眠をとれば、明日の朝にはもっと明るい気持ちになれるはずだ。

どうやら彼の留守中、ニクラウスは友達を家に招いたらしい。テーブルに油のついたピザの箱と、汚れたペーパータオルが置きっぱなしになり、カウンターにはコーラの空き缶が並べられていたからである。取り散らかしたままの部屋と対照的に、ニクラウスの姿はどこにもない。それでも、ウルフガングの言いつけを守って、行き先を書いた紙が置いてあった。〝〈フレモント・ストリート・エクスペリエンス〉の〈ネオノポリス〉に行く〟とある。ウルフガングは苛立《いらだ》ちを振り払い、キッチンを片づけはじめた。

ふきんを湯でゆすいだとたん、引っかき傷のある手の甲が急に痛みだした。しかし奥歯を食いしばってカウンターとテーブルの上を拭《ふ》き、ふきんをシンクの隣に放《ほう》った。それから清潔な食器拭き用のタオルをつかむと、傷口にタオルを軽く当てて乾かす。これでよしとしておこう。疲労のあまり、今夜はこれ以上面倒なことをする気にはなれない。

寝室に入ったところで、カーリーが部屋に戻ってきたのが聞こえた。とたんに疲れが吹き飛んだ。それまで足を引きずるように歩いていたのに、急にエネルギーがみなぎってきた。

二分後には、ウルフガングはバスルームに飛び込み、歯を磨きはじめた。カーリーの玄関をノックしていた。

「開いてるわよ」

「どうぞ」温かな歓迎の声が聞こえた。「開いてるわよ」

ウルフガングはドアを開けて中に入り、まっすぐ居間に向かった。バスターがとことこと挨拶《あいさつ》に現れた。だが、猫たちがついてこない。不思議に思ってキッチンの入り口で足を止めると、二匹の猫はカーリーの足首にへばりついていた。

カーリーが振り向くやいなや、ウルフガングは厳しい口調で言った。「誰が来たのか確かめもせずに〝どうぞ〟とは何ごとだ。ちゃんと鍵《かぎ》をかけておくように言ったはずだぞ。そういえば言い忘れていたが、ここの鍵は役に立たない。明日、ぼくが頑丈な鍵に付け替えてやる」

「おはよう、ウルフガング《グッド・モロー》」カーリーは穏やかに言い、足もとにまとわりつく猫たちを上手によけながら、ウルフガングに近づいた。爪先立ちして、唇に軽くキスをする。

いつものように、カーリーが手の届く範囲内に入ったとたん、ウルフガングの本能が暴れはじめた。しかし、彼女はゆっくりと口を離して後ろへ下がり、猫たちにえさをやるために後ろを向いた。ウルフガングは一瞬考え込んでから、キスをする直前に交わした会話を思い出した。「グッド・モロー？」

「大学時代に読んだジョン・ダンの詩の一節よ。昔から大好きなの。〝グッド・モロー、わたしたちの目覚めた魂に朝の挨拶をしよう。見つめ合うふたりに、何も恐れるものはない〟」カーリーはにやりと笑い、猫用のボウルを手に取った。「すてきな詩でしょ？」

「大学を出ているのか？」

カーリーは腰を折り曲げたままウルフガングを見上げ、目を細めた。「今の言い方、気をつけたほうがいいわよ。偏見に満ちたせりふに取られかねないから」床にボウルを置いて、体を起こすと、ドッグフードに手を伸ばす。

「すまない。そんなつもりではなかった」ウルフガングは手で顎をこすった。「大学とダンサーという組み合わせがぴんとこなかっただけなんだ」

「オーケー、そういうことなら許してあげるわ」カーリーはバスターのボウルにドッグフードを空けた。バスターがすぐに勢いよく食べはじめると、頭の毛を手でくしゃくしゃといじった。「最初は教師になるつもりだったのよ。でも、教えるのは向いてないってわかったの」

二度と、彼女をみくびるのはよそう、とウルフガングは思った。ペットたちをよけながらカーリーに近づき、体をかがめて彼女に優しくキスをした。唇で軽く触る程度のキスだった。しばらくして顔を上げ、額にかかった彼女の柔らかな髪をそっと払った。「グッド・モロー、カーリー」

「本当のことを言うとね、あなたと恋人同士になるなんて、自分がどうかしてしまったんじゃないかって思ったの。でも、あなたはそんなわたしの気分を一気に吹き飛ばしてくれた。わたしはお返しに何をしたらいいのかしら」そう言うなりウルフガングの腕に飛び込み、脚を彼の腰に巻きつけながら首にしがみつく。「待って。いいことを思いついた」カーリーはウルフガングにキスを返した。まるで何日も彼を味わっていなくて、彼の味に飢えているかのようなキスだった。

次の瞬間、ふたりはそれぞれのズボンを足首まで下ろし、小さなダイニングテーブルの上に寝転がっていた。ウルフガングはしわくちゃになったスラックスのポケットを探りながら、緊急時用のコンドームを入れた財布をさがし、その間に、カーリーはキャミソールのストラップを下ろし、腕を抜いた。ウルフガングの手が一瞬止まった。彼女の美しい胸が紫色のレースからいきなり現れたからだ。

そのとき、いきなりカーリーがウルフガングを押しのけた。大きく広げた膝の間からはい出して、彼の前にしゃがみ込み、両手で手首をつかむ。「ちょっと!」首を曲げてじっと手をのぞき込んだ。「いったい、どうしたの?」

一瞬、なんのことかわからなかった。だが、カーリーの視線は手の甲の引っかき傷に注がれている。彼女の家にやってきてからすっかり忘れていた傷口が、とたんに痛みはじめた。ウルフガングは、カジノで泥酔した女性がスタッフに追い出されそうになり彼女が抵抗したこと、フロア・マネージャーがウルフガングを呼ぶと女性が激怒しはじめたことを、手短に説明した。「脚を振り回し大声をあげる彼女を無理やり抱き上げて、カジノの外へ連れ出すしかなかったんだ」

「なんて女かしら」カーリーはしなやかに立ち上がると、握ったままの手首を引っ張った。「来て」

下から見上げると、ボーイッシュなボクサーショーツと薄いレースのキャミソール姿でのしかかるように立っている彼女は、まるで戦いの乙女ワルキューレだ。脱ぎかけのキャミソールはくぼんだ腰に引っかかり、彼女の平らなお腹《なか》と締まったヒップをおおうように垂れ下がっている。しわくちゃになったキャミソールの上に、先端が柔らかなピンク色をした、美しいカーブを描いている青白い胸がそびえていた。

ウルフガングもスラックスを脱ぎ捨てて立ち上がった。後ろを向き、ズボンの尻ポケットから財布をつかむ。

「どこへ行く？」手を引かれたまま尋ねた。カーリーは短い廊下へと進んでいく。頼むから、寝室に行ってくれ。素っ裸なうえ、下腹部がこんなに張りつめた状態では、それ以外のことなど考えられない。実際、今スケート靴をはかされて彼女に体の別の部分を握られたら、特大サイズの引き回しおもちゃ《プルトーイ》のようにされるがままだ。

ふたりは寝室へと入っていった。しかし、カーリーが向かったのはベッドではなくバスルームだった。便座のふたを下ろすと、ウルフガングに向かって指さした。「座って」カーリーは指を離し、キャビネットをあさりはじめた。

ウルフガングはカーリーの言葉に素直に従った。「何をしている？」

「傷の手当をしないと」キャビネットから薬を取り出すと、シンクの隣にあるバニティケースの上に置いた。「傷の手当もせずに帰すなんて、カジノったらどういうつもりかしら。その傷の具合から考えると、その女、はげわしのような爪をしてたのね」カーリーはあきれたように首を振った。「人間に引っかかれた傷ってひどいのよ。しかも、その酔っ払いが本物のコインでマシン操作してたとしたら、恐ろしいぐらい手が汚れてたはずよ」

「いや、マシンは使ってなかった」ウルフガングは言った。傷の手当をしてくれようとするカーリーに妙に心が動かされる。「テーブルの進行係やほかのプレイヤーに言いたい放題言いだす前は、クラップスをしてたんだ」

「それでも、手当はしておかないと」カーリーは意識する様子もなくキャミソールを裏返して胸を隠した。しかし、ストラップはそのままだ。消毒薬の瓶を開け、キャップに注《つ》ぐ。「ひと晩で百人以上の人が触るようなものがきれいなはずはないわ」シンクの上でウルフガングの手をつかみ、引っかき傷の上に消毒薬をしたたらせた。ウルフガングがはっと息をのむと、同情するように顔をしかめる。「ごめん。痛かった?」傷を指で扇《あお》いだがすぐに乾く様子はない。すると今度は頭を下げて傷口に息を吹きかけた。

これは、まいった。カーリーの髪に指をくぐらせ、彼女の頭を引き上げた。頼むから、やめてくれ。まるで母親のような仕草に、腹の中がよじれる。カーリーが驚いたように青い目を向けた。ウルフガングは身をかがめて唇と唇を重ね合わせた。

カーリーは情熱的なキスを返してきたが、すぐに笑いながら体を引いた。「ちょっと待って!　まず、傷の手当をしないと」抗生物質の軟膏《なんこう》をつかみ、五センチ四方のガーゼに中身を絞り出す。髪から喉、そして肩へと下りていくウルフガングの手をよけながら、傷口にガーゼを当てた。「もう少し待ってくれる?」ウルフガングはキャミソールを引っ張った。今にも胸が露《あら》わになりそうだ。片手を彼の胸に置いて牽制《けんせい》し、キャミソールを引っ張ってきちんと胸を隠すと、横にあるカウンターに置かれたテープにもう一方の手を伸ばした。ロール状のテープをウルフガングに突き出す。「はい、これ。あなたも手伝って。テープを四枚ちぎってちょうだい」

カーリーの言葉を無視してウルフガングは彼女のキャミソールを二本の指で挟み、また下へ引っ張りはじめた。

カーリーは体をぐいっと引いた。「いいかげんにしてくれないと怒るわよ、ウルフガング」

「これを腰まで下げてほしいんだ」ウルフガングは一刻も早く、エロティックな雰囲気を取り戻したかった。彼女に世話を焼いてもらっていると、どうも落ち着かない。自分がやけに弱い人間になった気にさせられる。

ぼくは弱い人間ではない。弱い人間にはなるまいと、大昔に誓ったんだ。

「わたしのおっぱいが見たいの?」カーリーは親指をキャミソールのへりに引っかけると上へ持ち上げて胸を見せ、小さく震わせた。だが、ちらりと見せただけですぐにキャミソールで隠し、ウルフガングが力の抜けた手で握っているテープに向かって顎をしゃくった。「それを破ってくれたら、ちゃんと見せてあげるから」

ウルフガングはすぐにテープを四枚ちぎり、一枚ずつカーリーに手渡した。カーリーが貼《は》り終えるのを見届けると、すぐさま立ち上がり、彼女を腕に抱きかかえてベッドへと向かった。笑いこけるカーリーをベッドの上にぽんと下ろし、自分も横になった。「どれだけ我慢していたかわかるか?」

カーリーは鼻を鳴らして笑った。まるで、いつものことでしょ、と言わんばかりだ。

「上を脱げ」

「あら」カーリーはキャミソールをヒップのほうへ押し下げ、最後は足で蹴《け》って脱ぎ捨てた。「命令口調のあなたが大好きよ」

「せいぜい喜ばせてやる」ボクサーショーツを剥ぎ取りながら、ウルフガングは言った。

「ありとあらゆる命令を考えてあるんだ」くるりとあお向けになり、頭の後ろで腕を組む。

「楽しみだわ」しかし、カーリーはウルフガングの命令を待つことなく、彼の横にひざまずいた。手を伸ばし、ウルフガングの情熱のあかしを手で包む。張りつめているが表面はビロードのように滑らかだ。硬く熱いそれを、カーリーはぎゅっと握った。

「はっ!」肺から息をもらし、ウルフガングはベッドの上で体をそらした。それは、ますますカーリーの手に食い込む。

彼女は彼に向かって不敵な笑みを浮かべた。「あなたこそ、わたしの言いなりね、ジョーンズ」

ウルフガングの顔にむっとしたような表情がよぎったが、すぐに消え去った。カーリーの手に自分の手を重ね、激しく動かしてみせた。目と目が合い、ウルフガングはうなずいた。「そうらしいな。ぼくはついてるよ」

カーリーは崩れるようにウルフガングの上に体を重ねた。体がほてり、肌はしっとりと汗をかいている。満足感でいっぱいだ。「あなたと愛し合ったあとって、すごくリラックスした気分になれるわ」

「わかるよ」ウルフガングはカーリーのうなじを撫《な》でた。「特にきみの得意技は最高だ。いつか、体が一生麻痺《まひ》し続けるかもって、きみに警告されたよね。あのときはばかにしたかもしれないが、今なら信じられる」

カーリーは笑い、まだ自分の体の中にある彼の体の一部を揺すった。「まだ、やり残したことがありそう」ふとあることを思い出し、カーリーは言った。「でも、これはただのセックスじゃないわ。それ以上よ。そう思わない？」自分の下でウルフガングが体をこわばらせるのを感じ、彼の胸に両手を置いて顎をのせ、じっと目を見つめた。「何も、一生お付き合いしましょうって言ってるわけじゃないわ。ただ、わたしたちは、恋人であると同時に友達でもあるわけでしょ？　つまり、ほら、最近よく聞くキャッチフレーズがあるじゃない？　付き合って損のない友達？」

ウルフガングの力が抜けた。「ああ、ぼくたちは友達だ」にっこりと笑ってつぶやく。「付き合って損はない。いい言葉だ」

「よかった。それなら、明日、サバイバーズ・ピクニックに一緒に行かない？」

「いいとも」ウルフガングはしばらく黙り込んでから尋ねた。「サバイバーズ・ピクニック？」

「元癌《がん》患者の一年に一度の集まりなの。毎年――」

いきなり天地が逆転した。ウルフガングがカーリーをシーツの上に組み敷いたのだ。胸を手のひらで押さえたまま、ウルフガングを見上げた。彼のものは抜け出ていたが、腰から下はぴったりと重なりあっている。ウルフガングは眉間《みけん》にしわを寄せて、彼女を見下ろした。

「癌だったのか？」ウルフガングが尋ねた。手を上げて、まるで悪性腫瘍《しゅよう》のある場所を探り当てるかのように長い指でカーリーの体をなぞった。

「いいえ、違うわ。わたしじゃないの」ウルフガングが心の底から心配しているようだったので、カーリーは慌てて否定した。「ほら、前にペットセラピーの話をしたことを覚えてる？　癌を克服して退院した元患者さんたちが、わたしを誘ってくれるのよ」カーリーは熱い口調で語った。「毎年、このピクニックを楽しみにしているの。励みになるし、生きている喜びが感じられるわ。それになんといっても、病院で長期入院して退院した子供たちに会える年に一度のチャンスなのよ」

「それは楽しそうだ」ウルフガングはカーリーの髪を指先で撫でながら言った。

「そうなの。とにかく――」

突然体を起こしたウルフガングに驚いて、カーリーは黙り込んだ。「うわあ！　なんだ、これは？」ウルフガングは後ろに手を伸ばした。「猫なのか？」

「体を下げてみて。見せてちょうだい」ウルフガングが肘をついてカーリーの上にかがみ込んだ。肩越しにのぞき込んだカーリーはにやりと笑った。「トリポッドよ」ウルフガングの腰の上で体を丸めている猫を見ながら言う。「あなたのことが気に入ってるみたい」

ウルフガングはドイツ語で何かぶつぶつとつぶやいた。

「今、なんて言ったの？　相手に通じない外国語で話すのは失礼よ。知らないの？」カーリーはウルフガングをにらみつけた。「悪態をついたのかしら？」

「違うに決まっているじゃないか」ウルフガングは厳しい口調で言い返した。「今夜はよく眠れそうだ、って言っただけだ。きみの猫に好かれてるってわかったからね」

「ああ、いやみね」ウルフガングとの関係は、いつも二歩進んでは一歩後退する。カーリーも厳しい表情を浮かべて彼を見返した。「念のために言っておきますけど、明日のピクニックにはバスターを連れていくわよ。どう？　気が変わった？」

ウルフガングはブロンドの眉を寄せた。「気など変わるものか。ぼくはペットに慣れていないだけだ。特に、ぼくの裸の腰の上にのってくるような爪のあるペットは」

「あのね、ものごとは明るい面を見るべきものなのよ。素っ裸だからこそ、洋服にトリポッドの毛がつかなくてすむんじゃない」

トリポッドがごろごろと喉を鳴らしはじめた。

「そのとおりだ」ウルフガングはにやりと笑った。「それに、こいつは温かくて、柔らかくて、おしゃべりだ。きみにそっくりだな」

もう、なんて人。彼にユーモアのわからない堅苦しい男というレッテルを貼ろうとするたびに、なぜかいつも期待を裏切られてしまう。それに、かすかに笑うだけなのに、その笑みのなんて甘いことか。口の中に放り込まれたチョコレートのように溶けてしまいそう。

「主導権を握っているうちに、やめておくべきだったわね」カーリーはウルフガングの肩をつついた。「もう少しで、わたしを意のままにできたのに。その柔らかくて温かな手で」カーリーは冗談でも言っているかのように軽い口調で言った。

しかし、心の中では笑ってはいなかった。まるで見えない岩棚から足を踏みはずし、底なし沼へ落ちていくような気分だったからだ。

いったい、この人はどんな人間なの？　ますますわからなくなっていく。

21

「ハイ、バスター！　ハイ、カーリー！」

ウルフガングとカーリーが公園のピクニックエリアに足を踏み入れたとたん、あちこちから挨拶《あいさつ》の声や歓声があがった。大きさも、年齢も、人種もさまざまな子供たちがいっせいにカーリーとバスターのもとへ駆け寄るのをウルフガングは驚きの目で見つめた。しかし、カーリーと一緒にいたウルフガングも、当然いったんはその波の中に吸い込まれた。彼を押しのけるようにして子供たちはカーリーを囲んだ。みな、彼女の気を引こうとしたり、バスターをかまったりして大変な騒ぎだ。バスターはお尻を地面につけ、満足げに子供たちに頭を撫《な》でられたり、耳の後ろをかいてもらったりしている。自分の目の前にやってきた子供をじっと見つめ、口の横から舌を突き出して、大きな笑みらしきものを浮かべていた。カーリーも満面の笑みを浮かべ、ごく自然に、手の届くところまでやってきた子供たちをひとり残らず抱きしめたり、頭を撫でたりしている。

子供たちにとっては、そういう仕草に大きな意味があるのだろう。

「マーガリート、去年より三十センチくらい背が伸びたんじゃない？」カーリーはそう言って女の子に話しかけたあと、今度は十一歳くらいの男の子のほうを向く。「ジェーコブ！　まあ、驚いた。本当にジェーコブなの？　このすてきな髪ったら！」笑いながら、ブルネットのカールをくしゃくしゃにした。そして彼女を囲む子供たちをかき分けるようにウルフガングの腕をつかむと、彼を輪の中に引き入れた。カーリーはにっこりと笑いながら少年の髪をもう一度触り、ウルフガングが想像していたとおりに説明した。「去年、ここで会ったときは、ビリヤードのボールみたいにくりくりぼうずだったの」

カーリーはもう一度子供たちに向き直った。

「彼は、わたしの友達のウルフガングよ。みんな、少しだけ後ろに下がってくれる？　彼は甥《おい》っ子と住んでるから、みんなのような子供のことを知らないわけじゃないんだけど、こんなに大勢いるとびっくりしちゃうわ」子供たちがしかたなさそうにほんの五センチずつ後ろへ下がると、カーリーはウルフガングに子供たちをひとりずつ紹介し、名前やその子に関するエピソードを語って聞かせた。

しばらくしてようやく子供たちがバスターと一緒に遊びに行ってしまうころには、ウルフガングはカーリーの新たな側面を発見していた。ウルフガングを連れてあちらのグループからこちらのグループへと顔を出し、子供たちの両親や、引っ込み思案で子供たちの集団に近づけなかった子供にも積極的に話しかけている。そんな彼女を、ウルフガングは改めて尊敬の念を抱いて眺めた。たとえ自分のことをすっかり忘れ去られていたとしても、彼女が何十人という人々と話をしているのを遠くから見ているだけで、十分満足していただろう。ところが彼女は、彼も一緒についてくるように言い、必ず彼も会話の輪に引き込んだ。引き込まれたと言っても、会話の中心はカーリーに向けられていたので、ほとんど苦痛は感じない。ウルフガングは挨拶を交わす程度で、残りの会話はカーリーが中心だった。

いや、正しくはカーリー、もしくは彼女の話し相手の家族たちと言ったほうがいいだろう。彼らのおかげでウルフガングは気楽に付き合えたようなものだ。誰もがウルフガングの存在を認め、気軽に話しかけてくれたが、やはり彼らが会いたい、積もる話をしたいのはカーリーだからだった。何人かの親は、闘病中の子供たちや辛《つら》い思いをしていた若いころの自分たちを、彼女と彼女のペットたちがどれほど慰めてくれたかをウルフガングに語って聞かせてくれた。しかし、彼らの話を聞くまでもなく、彼らがどれほどカーリーに感謝し、どれほど彼女を慕っているかは、ウルフガングに十分伝わった。

それなのに、何も知らなかったとはいえ、ぼくは何度となく彼女を〝無責任だ〟と言って責め立てていた。

やがてピクニックが始まって一時間ほどがたった。ホットドッグをかじりながら楽しそうにしゃべっているカーリーを、突然ピクニックエリアの反対側から呼ぶ声がした。ふたりが到着してからカーリーは何度となく名前を呼ばれていたので、ウルフガングはさほど気に留めなかった。

しかし、カーリーは急に顔を上げ、声のするほうを振り返った。うれしそうだったカーリーの表情が一瞬陰ったのをウルフガングは見逃さなかった。するとカーリーは食べかけのホットドッグをウルフガングの手に押しつけて立ち上がり、声の主である女性のほうに向かって歩きはじめた。

　カーリーとその女性は、何も言わずにしばらく抱き合っていた。ようやく女性が体を引き、カーリーの肘の少し上をつかんで腕を伸ばし、彼女をじっくりと眺めた。ふたりが交わしている会話の内容は離れすぎていて聞き取れない。やがてふたりはもう一度抱擁を交わした。体を離すと、今度はカーリーが女性の耳元で何かをささやき、彼女の手を取って、ウルフガングのもとへ連れてきた。

　ウルフガングはいつの間にか頬張っていたカーリーの食べかけのホットドッグをごくりとのみ込み、手にマスタードがついていないかそっとチェックした。

「マリリン、ウルフガング・ジョーンズを紹介するわ。ウルフ、こちらはマリリン・ブラッドリーよ。四年前にペットセラピー・プログラムに参加して初めて会いに行ったのが、彼女の息子さんのデイヴィッドだったの」

　近くに子供の姿がないのに気づき、ウルフガングはカーリーを見やった。「その子も、ここへ着いたときにきみやバスターを囲んだ一団と一緒に走り回っているのかい？」

　カーリーが一瞬はっとした表情を浮かべた。しまった、まずいことを言ったらしい。するとマリリンが答えた。「いいえ、うちの子は、三年半前に亡くなったのよ」

「そうなんですか。それは、お気の毒に」ウルフガングはすまなそうにマリリンを見つめた。「勝手に決めつけるようなことを言って申し訳ありません。無神経でした」

「あら、どうか謝らないでちょうだい。サバイバーズ・ピクニックにいらしたんだもの。ここにいるのは、病気を克服した人たちの集まりだと思うのが当然ですわ。わたしは、カーリーの顔が見たくて、毎年、ここに寄らせていただくのよ」マリリンはカーリーの手を軽く叩《たた》いたが、ウルフガングから目を離さない。「彼女は毎週のようにラッグスとバスターを連れてきてくださってね。デイヴィッドがどれほど喜んでいたことか。辛くて悲しいだけのあの子の世界に、ラッグスやバスターが明るい光をもたらしてくれたんです。あの子たちがいなかったら、デイヴィッドの最後の数カ月がどれほどわびしいものだったことか」マリリンはウルフガングに歩み寄り、彼の腕に手を置いて、熱い口調で言った。「あなたの奥さまはすばらしい人よ。あなたもさぞかし鼻が高いことでしょう」

ぼくの奥さん？

「あら、わたしたち、結婚してないの」カーリーが言った。

「まあ、そうなの？」マリリンは、驚いてカーリーに向き直った。「わたしはてっきり——」

「いいえ、違うの」カーリーは、結婚なんてとんでもない、とばかりに笑い飛ばした。

「本当よ」

カーリーを妻と勘違いされたことには驚いたが、マリリンの思い違いをカーリーが慌てて否定したことにも無性に腹が立った。何もぼくが苛立《いらだ》つことはないじゃないか——ウルフガングは肩をすくめてそんな気持ちを振り払って言った。「でも、ぼくたちはとてもいい友達なんです。ええ、彼女のことは誇りに思っていますよ。子供たちにとって、とても大切な存在ですから」

「本当にそのとおり」マリリンはじっとウルフガングの顔を見つめてから、カーリーに向き直った。「さっき、ミスター・ジョーンズが、バスターがここにいるっておっしゃらなかったかしら？」

「ええ、どこかにいるわ。きっと子供たちにもみくちゃにされてるのね」

「帰る前に、バスターに会いに行ってもいい？」

「もちろんよ」カーリーはマリリンの肩に腕を回し、大はしゃぎする子供たちと一緒に駆け回るバスターの姿を最後に見かけた遊び場のほうへ向けた。ふと、ウルフガングを振り返った。なぜかわからないが、心臓が喉元で不規則なリズムを刻みはじめる。「あなたも来る？」

「ああ」ポケットに手を入れ、ウルフガングはカーリーのあとについて歩きはじめた。この位置が、すっかりこの日の午後の彼の定位置となっている。

そして、ウルフガングがそこにいてくれることが、カーリーはうれしかった。公園を横切りながら、カーリーは横目でウルフガングを見つめた。マリリンに彼女の夫と間違えられても、ウルフガングは逃げなかった。これはいい兆候かもしれない。むしろ、動揺したのはわたしのほうだ。マリリンの誤解の原因に心当たりがあったから。

わたしがいけなかったのよ。すっかり元気になった子供たちに会えたことや彼らの家族と喜びを分かち合えたことで、舞い上がってた。そのときにマリリンに再会したことで忘れていた思いが甦《よみがえ》り、ふたつの異なる感情がぶつかってしまった。そのせいよ、〝わたしのウルフに会ってちょうだい〟なんて言ってしまったのは。

いったいあの言葉はどこから出てきたのかしら。彼が自分のものだなんて、まったく思っていないのに。

それとも、実は、思ってるのかしら？

いいえ、違うわ。アドレナリンが出すぎてハイになってるだけよ。今日は、ウルフガングがそばにいてくれただけですごく心強かった。彼がいてくれたおかげで、激しい感情の波にのみ込まれることなく、冷静さを保っていられたようなものだもの。同時にそれは、ここ数日間で味わったすばらしいセックスとも関係があることはたしかだわ。

でも、それだけのこと。少し我を忘れてしまったみたいだけど、もう大丈夫。

バスターを見つけ、小さな仲間たちの一団から連れてこようとしていたカーリーは、ふいに公園を横切って自分のほうに向かってくるルーファスに気づいた。「まあ」いつの間にか心の中にぽっかりと開いていた暗くて小さな穴にさっと光が差し込むのを感じ、カーリーは笑った。「誰が走ってくるかと思ったら、ルーファスじゃない！」ルーファスはまるで弓から放たれた矢のように遊び場を一直線に駆け抜け、カーリーのほうへ向かってきた。ルーファスを迎えようと、カーリーは喜びの声をあげてしゃがみ込んだ。

だが、カーリーが命を救い、母親のように愛情を持って面倒を見ていた子犬は、彼女の脇《わき》をすり抜け、ウルフガングに飛びついた。

ウルフガングはぽかんとしてカーリーを見下ろした。それから後ろ足をぴょんぴょんさせながら彼の太ももを前足で叩き、いかにもうれしそうに上を見上げているルーファスに、注意を引き戻す。おもむろにルーファスをジーンズから引き離した。「この裏切り者め」淡々とした調子でつぶやいた。「あいかわらず頭の悪いやつだ」

カーリーは必死で気にしないようにした。そうよ、気にすることなんかないわ。こんなことで傷つくなんてばかげてるもの。すでにこの子に対するすべての権利をわたしは放棄しているのだから。ルーファスにとって、今はイアゴがご主人さまなのよ。つまり、このおばかな犬がわたしより先にウルフガングのところへ飛んでいったことなんて、どうでもいいじゃないの。中には女より男に強く反応する犬だっているわ。そのことは誰よりもわたしがいちばんよく知ってるじゃない。

悔しさでどうにかなりそうな気持ちを振り払い、カーリーは何ごともなかったかのようにマリリンをバスターに引き合わせ、数分後、ようやくルーファスを追いかけるように到着したイアゴと彼の母親に向かってにっこりと微笑《ほほえ》んだ。今日は、ルーファスを譲ったあの日のように激しく落ち込むことはないわよ。だが、それほど心配はいらなかった。イアゴとルーファスが仲よく暮らしているのが見て取れたからだ。つまり、何もかもうまくいってるってことね。本当によかった。

それにしても、この急な疲労感は何かしら？

ウルフガングはカーリーの肩に手をかけ、頭を近づけた。「そろそろ行かないか？」カーリーのこめかみを顎で軽くこすり、それから同じ場所に今度は唇を押しつけた。もう大丈夫だよ、と言っているかのように。

ふいに胸がいっぱいになった。強い愛情を感じて涙があふれそうになり、カーリーは感謝の気持ちをこめてウルフガングを見上げた。「ええ、そろそろ行きましょうか」

みんなが引き留めようとしたが、ウルフガングは得意の冷ややかな笑みを向けた。礼儀正しいながらも、余計な干渉をいっさい拒否する笑みである。「そうしたいところなんですが、今夜はカーリーもぼくも仕事がありまして。おわかりいただけると思いますが」そう言うと、ウルフガングはどこか皮肉めいてはいるが、満面の笑みを浮かべた。「いや、それは無理というものかもしれません。ぼくはときどき、この世の人々がみなぼくたちと同じく変な時間に働いているわけではないことを忘れてしまうんです」

やがて、カーリーが人々との挨拶をひととおりすませると、ウルフガングは彼女をグループから頑として引き離した。公園を抜けて駐車場へ連れていき、自分のストリート・ロッドのフロントシートに座らせた。数分後、車は小さな音でラジオを流しつつ広い幹線道路を走っていた。バスターはカーリーの後ろで小窓から鼻を突き出していた。うれしそうに鼻を鳴らしながら、耳と舌で風を感じている。ほとんど言葉を交わすことはなかったもののの、カーリーとウルフガングはともに心地よい沈黙に浸っていた。

コンドミニアムまであと一キロ半というところで、ウルフガングは急にラスベガスのいたるところにあるショッピング・モールに車を入れた。考えごとをしていたカーリーはいきなりのことに驚いて彼を見つめた。「どこへ行くの?」

ウルフガングは小さなれんが造りのレストランの前に車を停《と》め、エンジンを切ってパーキングブレーキをかけた。左手首をハンドルにかけたまま、顔だけをカーリーに向ける。「きみにえさを与えようと思ってね。今日はホットドッグを半分かじっただけじゃないか」

「朝食にバナナを食べたわ」

「ああ、そうか。そういうことなら忘れてくれ。人間はせいぜい一日当たり五百キロカロリー摂取すれば間に合うもんな。ダンスやら何やらするのに、エネルギーなんて必要ないのに」ウルフガングはイグニッションに差したままのキーに手を伸ばした。

カーリーは笑って、彼の手を押しとどめた。「わかったわ、認める。おなかはぺこぺこよ。早めの夕食も悪くないわ」

数分後、ふたりはブースに腰かけていた。ウエートレスが注文を取り終えて去っていくのを見て、カーリーはシートに体を預けた。満足げにため息をつき、ウルフガングに向かって微笑む。

「すてきなお店ね」

ウルフガングは笑っていなかった。「謝らなければならない」いつものように単刀直入に言った。

カーリーは眉を上げた。「もちろん、謝ってもらわなければならないことはたくさんあるわよ。それで、今は何を謝りたいの？」

「きみのことを無責任だと言って傷つけたことだ。言いすぎだった。いや、とんでもない勘違いをしていた」

ふうん。優しいことを言ってくれるじゃない。悪い気はしないけど。顎を手で支え、ウルフガングのグリーンの真剣な目を見つめ、どこか悲しげににっこりと微笑んだ。「たしかに、ものすごく傷ついたわ」

ウルフガングは目を細めた。「ぼくをばかにしているな」

「まさか！　わたしがあなたをばかにすると思う？」

「しかたないさ。ぼくの態度がきみを怒らせたんだ。きみがどこか冷めているのはそのせいなのだろうし、面と向かって笑われてもしかたないと思っている。ただ、きみの心を傷つけたという点に関しては、疑問だ。ものすごくどころか、かすり傷ひとつないんじゃないのかな」

ウルフガングに、彼のくだらない計画に見合う女じゃないようなことを言われたときの気持ちを思い返し、すぐに払いのけた。「そうね、わたしの性格がもっと違ってたら、傷ついてたでしょうけど。まあ、今度は結論に飛びつく前によく考えることね」

ウルフガングはカーリーをしばらく見つめ、軽くうなずいた。「そうしよう」指の長い手をテーブル越しに伸ばし、彼女の腕に触れた。「マリリンの子供が亡くなったあとだが、すんなりとプログラムに戻れたのか？」

「あら、いい質問ね」実際、心から相手を思いやるような質問だった。カーリーは、両手と両腕を滑らかでひんやりした木製のテーブルに押しつけて身を乗り出した。「大変だったわよ。デイヴィッドの病状はかなり重かったから、訪問するたびに目に見えて悪くなっていたの。でも、たとえ三十分でもベビーたちに会えると、彼はすごく元気を出してくれたのよ。だから、がんばって通ったわ。あのころはまだバスターとラッグスだけだった。トリポッドやルーファスを見つける前だったから。でも、彼のベッドに飛び乗ったベビーたちを撫でたり、話しかけたりしてる間だけは、デイヴィッドはほとんど痛みを感じなかったみたい。病状の重い子供たちや病気が治る見込みのない子供たちは、たくさんのものを犠牲にして生きているの。普通の子供たちが当たり前にしているように、無邪気に遊ぶこともできないのよ。でも、わたしはそういう病気の子供たちを慰めてあげられる。猫や犬のふわふわの体に触らせてもいいし、隣に置くだけでもいいのよ。信じられないくらい効果があるの。もちろん、デイヴィッドのように死なれてしまうと、悲しいわ。でも、やめることはできない。だって悲しみより喜びのほうがずっと大きいんだもの」

「デイヴィッドのほかにも亡くなった子供はいた？」

「四人いたわ」カーリーはひとりひとりを鮮明に思い出すことができた。「マリア、エドガー、ジェイミー、それにトリッシュ。でも、ほら、今日病気を克服した子供たちに会ったでしょ。自分が少しでもあの子たちの役に立った、そのおかげで家に帰って普通の子供として毎日を過ごしているんだということを改めて知ったときの感動は、何ものにも代えられないの。それがあの子たちの願いなのよ。普通の子供になることが」

ウエートレスが料理を運んできたので、ふたりは会話を中断して食べることに集中した。料理を食べ終え、コーヒーが来るのを待っていたカーリーは、テーブル越しにウルフガングを見つめた。

「少し訊《き》いてもいい？」

「もちろんだ」

「ニクラウスから聞いたんだけど、あなたは子供のころ世界中の大使館で暮らしたそうね。ご両親は今もボリビアにいるんですって？　部外者が聞くと、すごく楽しそうで魅力的に感じる話なのに、先日トレーニングルームであなた、言ってたわよね。お父さんに振り回されて大使館をあちこち移動していたとかなんとか。正確には〝いまいましいエリート主義の大使館〟って言ってたわ。どういう意味なのか、聞かせてくれない？」

ウルフガングは心の中で悪態をついた。あの当時の話をするくらいなら、目に針を刺されたほうがましだ。だが、カーリーが他人に言いにくいことを打ち明けてくれたのに、ぼくが黙っているわけにはいかない。

それでも、ダンに人付き合いを身につけろと言われる前のことを思うと、ずっと話しやすい気がした。

「父が退役したとき、ぼくは今のニクラウスよりも年が一歳若かった」ゆっくりと話しはじめた。「父が除隊になるまでに、ぼくたちの一家はすでに三、四カ国の国と八つか九つの州を渡り歩いていた。だから、退役の日を心待ちにしていたんだ。父が退役すれば、町から町へ放浪することもなくなって、ひとつの場所で落ち着いて暮らせるようになる。ぼくは、永住の地がほしかったんだ」

ウエートトレスがコーヒーを運んできた。ウエートトレスが離れるのを待って、カーリーを、ウルフガングは見やった。手で顎を支え、そうね、わかるわ、とばかりにうなずいているように見える。

いや、そんなはずはない――ウルフガングは頭に浮かんだ印象を否定し、振り払った。

「だが、ひとつの場所に落ち着くどころか、父はヤンゴンの大使館の補給管理係として働くことになった」

「口を挟んで申し訳ないけど、地理には疎くて。ヤンゴンってどこにあるの？」

「ミャンマーだ」カーリーにはまだぴんとこないらしい。「東南アジアだよ」

「ああ」ようやくうなずいた。「つまり、放浪生活はそれからも続いたのね。それは大変だったでしょう。文句が言いたくなるのも無理はないわ」

ウルフガングは驚いたように彼女を見つめた。「本当にそう思うのか？」

「ええ。あなたほどじゃないけど、同じような経験があるもの。母が社会的地位を手に入れるために結婚と離婚を繰り返した、っていう話をしたでしょ？」ウルフガングがうなずくのを見て続ける。「母が再婚して社会的地位が上がるたびに、わたしも引っ越しさせられたの。前の結婚で入った家にまだ慣れてもいないうちにね。たしかに、引っ越すたびに家は大きくなったし、近所の環境もどんどんよくなっていったわ。それはもう立派なものよ。だから、わたしが今の部屋に長い間住んでいる理由がわかるでしょ?」

ウルフガングはカーリーを見てにやりと笑った。彼女には驚かされっぱなしだ。そのことがなぜか彼の心をくすぐった。

カーリーも笑い返した。「それで、エリート主義の大使館ってどういう意味なの?」

ウルフガングの笑みが消えた。「単なる言葉のあやだ」彼女があきらめてくれることを願いつつ、素っ気なく答える。

だが、やはり甘かった。カーリーは彼をにらみつけた。「ウルフガング」

「いいか、もう大昔のことだ。どこの世界にも階級だとか社会的区分というのがある。それは厳然たる事実だ。父がまだ軍隊にいたころ、近所に軍の幹部の子供がいたよ。だが、下士官の子供とは遊ぼうとしなかった」

「それで、今でもあなたは当時のいやな思い出を引きずって生きているわけね」カーリーは、ブルーの大きな目をしっかりと開けて、さあ、すべて白状しなさいとばかりに彼を見つめている。ウルフガングはあきらめのため息をついた。

「まあ、そういうことかな。だから、当時からそれなりの覚悟は決めていたんだ」理不尽さに反発したこともある。だが、けっきょくは自分の無力さを思い知らされた。あのときの悔しさは思い出したくもない。ウルフガングは無関心を装って肩を回した。「それでもヤンゴンに着任した当初は事情が違っていた。ずっと風当たりがよかったんだ。親が大使館で働いている同年代の子供はそうはいなかったし、言葉の壁があって大使館の外で地元の子供たちと友達になるのは不可能だったから、結束力があったのかな。ぼくより早くからいたやつらは当然お互いのことをよく知っていたわけだが、それでも仲よくしてくれたよ」まさにうれしい驚きだった――当時のことを振り返り、ウルフガングは黙り込んだ。特にマリアという名前の行政補佐官の娘と一緒だったときは、ホルモンが暴走して意識がもうろうとする中、時間があっという間に過ぎたものだ。

カーリーが手を伸ばし、ガーゼを貼《は》った彼の手に柔らかな指先で触れた。そのとき初めて、コーヒーカップを握る手に必要以上に力がこもっていることに気づいた。「でも、何かあってまた意識が変わったのよね。何があったの？」

「本当に知りたいか？」

カーリーは彼の目をじっとのぞき込んだ。「もちろん」

ウルフガングはしばらく考え込み、息を吐き出した。「着任して二カ月ぐらいたったころだろうか。滞在中の高官を招待するフォーマルなディナーパーティーがあったんだ。ぼくたち家族は、いわば雇われ職員だから、当然招待されなかった。そんなことはどうでもよかったんだが、ディナーパーティーなんて出席したことがなかったから、一度自分の目で見ておきたいと思ったんだ。それに、小銭を稼ぐ絶好の機会だった。いつも小遣いが足りなくて困ってたからね。そこで、その晩だけ臨時でボーイとして働くことにしたんだ。

ぼくの仕事はオードブルのトレイをチェックしたり、着席形式の間はキッチンから給仕係のところへコース料理を運んだりすることと、予備のシルバーウエアやナプキンを取ってくることだった」

ひだ飾りのついた白いドレスに身を包むマリア、彼女の兄のケヴィン、名前は思い出せないが、オーダーメイドのフォーマルスーツを着ていたほかの子供たちの姿が脳裏をよぎる。「友達だと思っていた子供たちは、みなゲストとしてパーティーに出席していた。彼らと視線を合わせようとしたんだ。お偉方の両親に隠れてこっそりとしかめっ面でもしてくれるんじゃないかと思ってね。でも、あいつらはぼくのほうを見ようともしなかった」

カーリーはウルフガングの指を軽く叩いた。「親の前で場の雰囲気を壊すようなことはしたくなかったんじゃない？」

「ああ、そうかもしれない。でも、その代わりにフォークやナイフをぽんぽん落としたよ。それに水の入ったコップを倒したり、どういうわけか膝の上のナプキンをなくしてくれたりもしたな」

カーリーは椅子に座り直した。「つまり、わざとあなたを忙しくさせていたということ？」憤然とした口調で尋ねた。

「パーティーが終わるまでずっとさ。わざとぼくの仕事を増やして、横目でぼくの反応を見るんだ。悔しかったから、知らん顔をしてたがね。次の日、文句を言ったよ。でも、あいつらは逆に〝おとなになれよ、一種の仲間入りの儀式みたいなものさ〟と言い返してきたんだ。そのあとは、いつもどおりの付き合いに戻った。もちろん、以前ほど心を開く気にはなれなかった」

「それで、けっきょくそれは単なる儀式ですんだの？」

ウルフガングは短く笑った。「どう思う？」

「そうは思えないけど」

「正解。次のパーティーでも同じだった」ウルフガングは顔がこわばるのがわかったが、どうしようもない。「彼らとの友情はそれまでだったよ」自分を見つめるカーリーに向かって、言い訳するように言った。「きみの考えはわかっている。そこの大使館員の子供の派閥意識が強かっただけじゃないか――そうだろう？」

「そんなつもりは――」

「でも、どこの大使館へ行っても状況は同じだった。階級差別入門講座みたいなものがあって、大使館員の子供が通う寄宿学校で教えているんじゃないのかとでも思えるほどだ。通用口の扉の奥から出てくる下働きの子供は、しょせんひまつぶしの相手でしかない。公の場で話をするにはふさわしくない相手なんだ。ぼくもできる限りうまくやっていこうとした。だが、そのあとも何度か悔しい思いをさせられて、けっきょく付き合うのをやめた」どれほど寂しかったことか。決して社交的なタイプではなかったが、孤独ということがどれほど辛いものか、まったくわかっていなかった。同時に、その気にさえなれば、いくらでも状況は変えられることもまったく気づいていなかった。父はいつものように自分のことで忙しく、妹はすでに好き勝手に振る舞うようになっていた。自分に対する母の愛を疑うことはなかったが、母にとっては夫のリックが最優先だった。ウルフガングのポジションはしょせん父からずっと離れた二番目あるいは三番目にすぎず、そして決して変わることはない。だから嘆いてもしかたがないと感じていた。

やがて、いつの間にかそんなことにも慣れていき、気がつくとひとりでいるのも悪くないと思うようになっていた。むしろ、ひとりのほうがいいじゃないか。相手に心を開いてもらえないからといって、悩む必要もなくなるのだから。

カーリーはウルフガングの手首を指で撫でた。「かわいそうに」そっとつぶやいた。「それはさぞかし、辛かったでしょうね」

冗談じゃない。彼女の同情なんてほしくない。ウルフガングは、どうってことないとばかりに肩をすくめた。今は何も辛いことなどないんだ。それだけは伝えなければ。「もうずっと昔の話だ。ああいう経験をしたおかげで、人生の目標を定めることができたんだ」

カーリーは手を引き、背もたれにもたれた。「それがあなたの人生計画？」

「ああ」今までカーリーに触れられていた場所が急に冷たくなった気がしたが、ウルフガングは気づかないふりをした。

「つまり通用口の表側の人間になるってことなのね」

カーリーの言葉はどこか非難めいている。ウルフガングは腹を据えた。「そう、そういうことだ」

「でも、その目標はすでに果たしているんじゃないの？　それなのに、あまり幸せそうに見えないのはなぜ？」

「まったく、きみは母にそっくりだ」ウルフガングはウエートレスをさがした。見つけたウエートレスを呼び、会計を頼んだ。それからカーリーに向き直り、冷ややかに言う。「ぼくは幸せだ。残りの計画が達成できれば、もっと幸せになれる」

カーリーは、まいった、とばかりに手を上げた。「オーケー、早く幸せになれるといいわね」彼女の声にいやみはなく、表情も思いやりにあふれている。

ウルフガングの警戒心は消えたが、居心地の悪さは残っていた。

彼女を失望させたのではないだろうか——そんな印象が拭《ぬぐ》えなかった。そしてどういうわけか、いやな気分だった。

22

「ウルフガングとの関係をやり直すことにしたわ」その夜、その日の最後のショーが終わり、カーリーは楽屋でトリーナに言った。ドーランを落とすための粘り気のあるクレンジングオイルを塗り終わり、拭《ふ》き取り用のコットンボールに手を伸ばす。「彼、あそこで荷物が持ち上げられそうなほどすごいの」

「そんなことだと思った」鏡に顔を近づけてつけまつげを剥《は》がしながら、トリーナは答えた。カーリーをちらりと見やり、普段着に着替えながらおしゃべりに興じている仲間のダンサーの声に隠れるように、顔をしかめて付け加える。「〝あそこで荷物が持ち上げられる〟ことについて言ったんじゃないわよ。そういうことはあまり深く考えたくないから。そうじゃなくて、関係を戻すってこと。水曜日の夜に〝自分の計画に見合わない〟とまで言われてもあなたが彼と一緒にいることが不思議でしかたなかったの」ブルネットのウィッグの下で髪を押さえつけているスカルキャップを剥がし、ぺちゃんこになった髪に指先を入れて頭を思いきりこする。頭皮に張りついていた赤いカールが立ち上がり、ふんわりと広がった。「それで、そのどうしようもない男は、今度は何をしてくれそう？」

「ちょっと！」カーリーはトリーナにくるりと向き直った。「彼はどうしようもなくなんかないわよ。ジャックスが自分の正体を偽ってたことがわかったときに、もしわたしが彼を〝どうしようもない男〟なんて呼んでたら、あなたどう思う？」

「〝ろくでなし〟とか、〝去勢してあげる〟とか言う代わりに、ってこと？」

「あら。そうね」カーリーはドーランのついたコットンボールをごみ箱に投げ入れ、トリーナに向かって愛想笑いした。「そういえば、そんなふうに言ったかも」

「ええ、言ったわよ。でも、ごめん。謝るわ。ジャックスの計画を知ったときは、彼がどんなふうに呼ばれようと全然かまわないと思ったけど、やっぱり人にそんな言われ方されたら面白くないもの」

「考えてみたら、比べるほうが変ね」カーリーが言った。「あなたはもう彼に恋してたんだから。わたしとは事情が違う」

トリーナは訝《いぶか》しげに見つめた。「本当にウルフガングのことを時代遅れの肉欲のかたまりとしか見ていないの？」

「あら、彼のことは好きよ」

「なるほど」トリーナはまじまじとカーリーを見つめた。「その言葉、信じていいのかしら？」

「もちろん。彼、ときどきびっくりするくらい優しいかと思えば、以前のようにめちゃくちゃ頑固なこともあるわ。でも、今はいい友達なの。ただ、気分屋でもあるのよね。セックスが世界一よくても、あれではちょっと、って感じ」今日の午後見せてくれた彼の温かくて冷たい態度が、それをよく物語っているわ……。しかし、すぐに手を振って付け加えた。「でも、彼と別れるとか、そういうつもりじゃないのよ。ただ、少しだけ後ろに下がって、自分のしていることをじっくり見つめ直したほうがいいのかしら、と思ってるの」

「ねえ、あなたたち」イヴが近づいてきたので、ふたりの小声での会話はそこで終わった。

「一杯付き合ってくれない？」

「いいわよ」カーリーが即答した。トリーナに向き直る。「あなたもどう？　三十分ぐらい帰るのが遅れたって、ジャックスは死んだりしないと思うけど」

「まあ、なんとかやってくれると思うわ」トリーナは口紅を塗り、鏡に全身を映して確認してから肩をすくめた。「うん、まあまあね」バッグを手にする。「電話で居場所だけ伝えておく。そうしたら、行きましょう」

ミシェルも参加することになり、トリーナが電話を終えるのを待って四人は出入り口へ向かった。

賑《にぎ》やかにおしゃべりをしながら、カジノの中心にある、ダンサーたちのお気に入りでもあるオープンエアの小さなバーに近づいた。そのとき、カーリーの胸の奥で何か温かいものが震えた。華やかで広々としたカジノを見渡すと十ドル用ルーレットのそばにウルフガングが立っている。彼は男に話しかけられているのにもかかわらず後ろを振り向き、穴が開きそうなほどカーリーをじっと見つめてきた。離れているにもかかわらず、彼の熱い視線がカーリーを貫く。カーリーは驚いて足を止め、彼を見返した。胸が激しく鼓動する。

「やあねえ」ミシェルが言った。「ふたりのせいでマシュマロが焼けそう。こんなに大きな焚《た》き火があると知ってたら、それなりの準備をしてきたのに」

「ほんと」イヴがうなずいた。「串《くし》がなければ、ソーセージやマシュマロは焼けないものね」

「やり直すのもいいけど、ほどほどにしてほしいわ」トリーナがつぶやいた。

仲間の声が脳裏をかすめ、カーリーはウルフガングから視線を引き戻して三人を見つめた。「え？　何か言った？」

「気にしないで。ひとりごとだから」

「あら、そう」カーリーはミシェルの答えをそのまま受け取り、再び自分を見つめるウルフガングを見やった。挨拶《あいさつ》してきたほうがいいかしら。

「これって、かなり本気モードじゃない？」イヴが言う。「こんなの見せつけられちゃうなんて」

「ええ、わたしもそう思ったわ」トリーナがうなずいた。

カーリーの耳に、仲間の笑い声がかすかに聞こえてきた。

カジノにいた清掃作業員の男は、思わずその場に立ち尽くした。彼女が自分を見ている！　いつかこの日が来ると思っていた——カーリーがまっすぐに自分を見てくれる日が。

ついにその日がやってきたのだ。

ああ、彼女の瞳はなんとセクシーで愛にあふれていることか。これまでの目覚めている間の一分一秒はすべて、この瞬間のために向かって進んできたような気がする。この瞬間に向かって進み続けた自分の人生は、ついに最終目的に向かって照準を合わせ、いよいよ完結しようとしているのだ。男は直立し、制服の胸に沿って自分の手をはわせた。しまった。まだ清掃作業員の制服のままじゃないか。

失望感がじりじりと押し寄せてきたが、頑として振り払った。自分が何を着ていようと、カーリーにはどうでもいいはずだ。あんな熱い視線で見ていてくれるのだから、彼の着ているものなど気にするはずがない。それが初対面のときの上品な街着だろうと、ただ今仕事中と世間に言いふらしているような制服だろうと。

彼女は最高だ。美しくて、頭がよくて、セクシーで、それに目が肥えている。自分はハンサムには違いないが、世の中の女がみな彼の衣服と彼そのものとを分けて考えるわけではない。

彼女はまさしく自分にふさわしい女だ。

誰かに押され、男はしかたなく道を開けた。そしてもう一度顔を上げた。カーリーの視線は当然自分についてきているものと期待して。

だが、彼女は自分を見ていなかった。

目つきは変わっていない。今でもまだ、〝あなたはわたしのたったひとりの男〟という熱い視線を送り続けている――つい今しがたまで自分がいた場所に向かって。男の絶対的自信は徐々に姿を消していった。彼女の視線を追って振り返る。

なんてことだ。やり手のたいしたやつと自分なりに評価していた、ブロンドの背の高い警備員が、さらに扇情的な視線を彼女に送っている！

男の背中を怒りの炎が駆け上がった。その勢いでカーリーを振り返った。売女《ばいた》め！ こんなことは絶対に受け入れられないぞ。受け入れられるものか！ 彼女は自分を裏切った。自分という男がありながら、なんというありさまだろう。公衆の面前で盛りのついた猫のようなふしだらなまねをし、彼女に心を捧《ささ》げた自分を笑いものにするとは。

彼女に罰を与えなければ。ふしだらな彼女に見合った罰を与えるのにふさわしいのは、残酷な裏切られ方をしたこの自分以外にはない。

23

こんなはずではなかった。ウルフガングは髪に指を差し入れ、目の前の部屋のドアを見つめた。今、やるべきことは山ほどある。〈OHS〉の保安部長であるダンの友人は、いつラスベガスを訪れてもおかしくはない。彼との面接に備えて、自分の考えをまとめておくのは、そのうちの最たるものだ。それならば、なぜ、取りかかろうとしない？　へたなドラッグよりも依存性が高いカーリーのせいだ。そのせいで、どうしても彼女を放《ほう》っておけない。

それじたいは別に問題ではない。ふたりはともに、恋人としての関係を持つことに同意したのだから。どうしても引っかかるのは、昨夜の出来事のことだ。もう少し気を引きしめていれば、あんなふうに恥をさらすことはなかったと、果たして断言できるだろうか。ブラックジャック・テーブルに隔てられていたにもかかわらず、磁石のように否応《いやおう》なく彼女の姿に視線が引きつけられてしまうとは。もし心の中で命じていたように彼女がぼくのところへ来ていたら、ぼくたちは公衆の面前で堂々と抱き合っていたかもしれない。

彼女にまとわりついている場合じゃない。ニクラウスを友人の家へ送っていき、迎えに行く時間まで仕事場で残っている仕事を片づける――そう決めてからまだ一時間もたっていない。甥《おい》っ子を必要以上にひとりきりにさせないようにするために費やした時間や、カーリーと過ごすために作り出した数分、ときには何時間という時間のせいで、書きかけの報告書があっという間に増えてしまっていた。

それなのに、今ぼくはカジノへ向かおうとしているか？ たまった仕事を少しでも片づけようと本気で思っているか？ 答えはノーだ。自分は今、計画を進めるよりも彼女と一緒に過ごしたいばかりに、恋に悩む愚か者のようになってカーリーの部屋のドアの前に立ちすくんでいる。いったい何をしているんだろう。

まあいい。ここへ来たことは間違いだった。でも、間違うのはここまでだ。そろそろ自分にとっての優先事項を先に進めなければ。ぼくの最優先事項とは、数時間の空き時間を利用して報告書を書き上げるために仕事場に向かうことだ。今すべきはそれじゃないか。

肩を怒らせ、ウルフガングは後ろへ足を引いた。

だが、はかなくも決意は崩れた。気がつくと腕を伸ばし、ドアをノックしていた。

「しまった！」ドアの向こう側で犬のけたたましい吠《ほ》え声が響き、ウルフガングのつぶやきはかき消された。だが、ぼくはいったい何を考えているんだ？ 自慢の自制心はどこへ行ってしまったんだ？

ウルフガングはゆっくり深呼吸した。いいだろう。どのみちカーリーに新しい仕事の話をしなければならない。そうだとも。ぼくがここを立ち去らなかったのは、それが理由だ。

そのときドアが開いた。カーリーを見下ろしたとたん、それまで考えていたことはすべてどこかへ飛んでいった。

カーリーはほんの一瞬、ドアノブに手をかけてウルフガングを見つめた。それから指を滑らせて手を離し、オレンジのカプリパンツの尻ポケットに手を入れて、優しく言った。

「ハイ」

ウルフガングも同じ言葉を返した。バスターが彼女の脇《わき》を通り抜け、彼に挨拶《あいさつ》をしに来た。首を後ろへそらしてウルフガングを下から見上げると、彼の脚にもたれかかる。ウルフガングはカーリーを見つめたまま腰を曲げ、バスターの耳の後ろをかいた。明るい色のパンツに白いタンクトップ、裸足《はだし》というでたちのカーリーは、カジュアルでリラックスして見える。そのとたん、全身の緊張がほぐれ、ウルフガングの気分も軽くなった。

今、新しい仕事の話を切り出すのは、あまりにも唐突すぎる。だいたい、まだ決まったわけじゃない。まだ受けてもいない話を急いでする理由があるのか？　実際にオスカー・フリーリングに会ってからでも遅くはないだろう。

どういうわけか元気が出てきた。ウルフガングは体を起こし、手を伸ばして親指で彼女の頬骨を撫《な》でた。「今日のきみはとてもかわいいよ」

「そう？」口の片端を上げて笑みを浮かべ、カーリーは後ずさりした。「女はそういう褒め言葉が大好きなのよ。さあ、入って。もっと聞かせてほしいわ」

ウルフガングはカーリーのあとについて居間に足を踏み入れた。新聞の日曜版がフローリングや椅子の上に散らばり、コーヒーテーブルには汚れた皿がのっている。「取り込み中だったのか?」ウルフガングは素っ気なく尋ねた。「爆弾でも撃ち込まれて瓦礫《がれき》をあさっていたとか?」

「いい線いってるじゃない、ウルフガング、でも違うわ。ベビーたちと遊んでいただけ。たまにはこういうこともしてあげないと、ストレスがたまるでしょ」カーリーはインド更紗《サラサ》をかけた椅子から新聞紙をどかし、ウルフガングに座るように手を振った。「今日の新聞はもう読んだ?」

「いや。ベッドから起き出してすぐにニックを友達の家へ送ったから。プール・パーティーとかがあるらしい」

カーリーはうなずいた。「ああ、そうだったわね。ケヴ・フィッツパトリックの家でしょ」椅子の上にのっていた新聞をウルフガングに手渡しながら、足で足置きを彼の前へ押しやった。「はい、どうぞ。足をのせて最新の情報を入手してちょうだい」カーリーはウルフガングの向かい側のソファに腰を下ろした。

「待ってくれ」ウルフガングは顔をしかめた。「ケヴって言わなかったか? 送っていったのはそんな名前の子供の家じゃないぞ」『レビュー・ジャーナル』の一面以外を下に置こうとして手を止め、カーリーを見つめた。いやな予感がした。「すばらしい。つまりぼくは一度も名前を聞いたことのない誰かの家へ彼を送り届けたということなのか」

「聞いたことはあるわよ。みんなはパディと呼んでるわ」

膝の上に新聞を落とし、親指と人差し指で額をこすりながら彼女を見つめる。「どうしてきみがそんなことを知っている？」

カーリーは肩をすくめた。「わたしは女よ。女はなんでも根ほり葉ほり訊《き》きたがるものなの。ひょっとして、ニックを送ったときに、ケヴのご両親に会ってないんじゃない？」

「ああ。家の前で降ろしただけだ」カーリーがあきれたように目をぐるりと回したのを見て、ウルフガングは慌てて言い足した。「おいおい、少なくともドアまでは送っていったぞ。袋小路の入り口で降ろすように言われると思ったが」

カーリーは、哀れむような笑みを浮かべた。「女ならまず、あちらの家庭の様子をうかがって、両親に会ってからでないとパーティーには参加させないわね」

「それは、きみがニックの母親に会ったことがないから言えるのさ」

カーリーは一瞬黙り込み、それからうなずいた。「そうね。会ったことはないわ。わたしが言ったのはあくまでも一般論よ。まあ、一般論が正しいとは限らないけど。コーヒー飲む？」

「ああ、もらうよ」新聞を拾い上げ、ばさばさとめくった。だが、目は彼女を追っていた。

カーリーはテーブルの上のカップと皿を片づけ、キッチンへ入っていく。

やがて、キッチンの奥に姿を消した。しばらく忙しそうにしていたが、再びウルフガングの視界の中に入ってきた。食器棚からマグカップを取り出している。ドアを閉じ、カウンターの向こうから身を乗り出してウルフガングを見つめた。「パーティーが終わったら迎えに行くの？」

「ああ」

「そう。じゃあ、家の中へ入って、ケヴのご家族に自己紹介するのよ」

「するに決まってるさ。ただ、ぼくはケヴにも、ニックが〝仲間〟と呼んでるグループの誰にも、一度も会ったことがないんだ。ぼくがいるときは遊びに来ないし、遊びに来たときはぼくがいない」

「みんな、いい子たちよ」カーリーは湯気の立つマグカップと、クリームチーズを塗ったベーグルののった小さな皿を運んできた。「どうぞ。あなたもまだ今朝から何も食べていないんでしょ？」

「ありがとう」最後に誰かに食べものを用意してもらったのはいつのことだろう。カーリーの気遣いに心がなごむ。ベーグルにかぶりつき、噛《か》みながら彼女を眺めた。やがて、のみ込んでから尋ねた。「知っているだろうけど、ニックの誕生日が近いんだ」

カーリーは皮肉めいた笑みを浮かべた。「そうね、一、二回は聞いたかも」

「実は、プレゼントに車を買ってやろうと思っている。一緒にさがしてくれないか？」カーリーは何も言わずに自分を見つめている。ウルフガングは落ち着かない様子で肩をすくめた。「なんだ？　あまりいいアイデアとは言えないか？」

「そうじゃないの。なんていうか……」カーリーは首を横に振った。「すごいわ。すばらしいプレゼントよ。大喜び間違いなし、ね」

「よかった」ウルフガングはにやりと笑った。「男なら自分の車がないとな」

カーリーはソファに座り直し、コーヒーテーブルにかけた足越しに彼をじっと見つめた。

「どんな車を買うつもり？　中古の高級車？」

「いや。いい車がいいな。新車という意味じゃない。ただ、学校へ乗っていっても恥ずかしくないようなのじゃないと。シルヴァラード・ハイスクールの生徒の半分は、ニクラウスの母親の年収以上もする車に乗っていると聞いた」そんな鼻持ちならない金持ち連中に、ぼくの甥っ子が見下されてたまるものか。少なくとも車のことでは。

「そうらしいわね。わたしも聞いたわ」

実はバルコニーでニクラウスがきみに話していたのを盗み聞きしたんだ、とは言うつもりはない。ニクラウスはウルフガングにはそういう話をいっさいしようとはしなかった。

「頑丈な車を買ってやりたいんだ。たっぷりと鋼鉄が使われたやつさ。ぼくのようなクラシックカーがいいかもしれない。気に入っているようだし、五〇年代初期のビュイックなんかいいと思わないか？　造りは米軍のシャーマン中戦車並みという評判だ」

「単なる思いつきじゃないみたいね」

「まあな。ただ、具体的な方向みたいなものが定まらないんだ。だから、何かいいアイデアがあればぜひ聞きたい」

カーリーは笑った。「ハニー、車のことはさっぱりだけど、色を選ぶのを手伝ってくれ、っていうなら、わたしに任せて《アイム・ユア・ガール》」

ユア・ガール――〝あなたの女〟という意味にもなる。必要以上に心が沸き立ち、急いで話題をもとに引き戻した。「きみが選ぶ色ならわかっている」ウルフガングは素っ気なく言った。「キャンディアップルレッドだろう?」

「わたしの趣味のよさを認めたほうがいいわよ」

ラッグスが椅子の肘掛けに飛び上がり、ウルフガングの腕に頭を押しつけてきた。ふさふさの体をこすりつけてくるりと回転し、彼の膝を見下ろすと、そっと前足を差し出す。しかし、新聞に足を下ろしたときのがさがさという大きな音に驚き、慌てて足を引っ込めた。文句を言いたげなラッグスの目を見ていたウルフガングは、自分でも気づかないうちに膝の上の新聞を片づけていた。膝の上の新聞がなくなるのを見るやいなや、ラッグスは堂々とそこに飛び下り、二度円を描いて座り込んだ。そしてすぐに喉を鳴らしはじめた。

ウルフガングはラッグスを見下ろした。「こいつは驚いた」とまどいの表情を浮かべてカーリーを見やる。「別に膝を空けてやるつもりなどなかったんだぞ。それなのに、新聞がいつの間にかなくなって、猫が当然のように座り込んでいる」

カーリーはにっこりと微笑《ほほえ》んだ。「すばらしき猫の世界へようこそ。猫ってね、やりたい放題にやってるか、テレパシー能力を試してるかのどちらかなの。自分の希望を伝えるのがすごく上手なのよ。だって十回に九回はちゃんとほしいものが手に入るんだもの」

膝の上の猫の温《ぬく》もりとかすかな振動にはどこかほっとさせられるものがある。ウルフガングはラッグスの柔らかな毛をおずおずと撫でてみた。喉を鳴らす音が股間《こかん》に響く。

「それで、明日のニックの初めての試合はどうやって都合をつけたの?」カーリーが尋ねた。「出勤を少し遅くした? それとも〝試合は五時までに終わるから仕事には間に合うはず〟って考えてる? わたしは残念ながら後者しか選べないけど、慎重を期するあなたのことだから、きっと前者でしょ? 違う?」

ウルフガングの腹の奥に氷のようなかたまりができ、ラッグスを撫でる手が止まった。

「サッカーの試合?」

「ええ」カーリーが見つめている。「聞いてないの?」

「ああ」

「あら、そう。ちなみに、わたしも一度聞いたきりだけど」

「ぼくは一度も聞いていない」たいしたことではないと思いつつ、ショックだった。

「ひょっとして……」カーリーはいったん口ごもり、改めてウルフガングを正面から見据えた。「あなたには興味がないことだと思ったのかしら?」

「興味ならある」ウルフガングは素っ気なく答えた。思わず猫の毛を握る手に力が入った。ラッグスは不快げな声をあげて床に飛び下りると、背中を丸め、お尻を舐《な》めはじめた。ラッグスに文句を言われてもしかたがないな。ぼくが悪かった。「ぼくは親代わりとしては落第者らしい。あいつは何も話してくれないんだ」

「ねえ、あの子はまだ十六歳なのよ」カーリーはソファから立ち上がり、テーブルをまたいでウルフガングの膝に座った。「自分を責める必要はないわ。ティーンエイジャーって、意外と親には何も話さないものよ。特に男の子の場合は、父親に対して競争心みたいなものを持ちたがるの。もちろん、あなたの場合はおじさんだけど。それとも、試合に負けてあなたをがっかりさせるのがいやなのかもしれないわ」

　ウルフガングの肩から少しだけ力が抜けた。「そうかもしれない。あいつの人生は、これまで失望の繰り返しだったろうから。妹がサッカーの試合に行くとは思えない。いや、カタリナがサッカーの応援に行ってたなんて聞いたらむしろ驚きだ」

　カーリーは座り心地のいい場所をさがすかのようにお尻を動かし、ウルフガングの首に腕を巻きつけた。「でも、あなたは違うでしょ？」

「ああ、ぼくは違う。試合は何時から？」

「三時よ」

「それならきみの言うとおりだ。ぼくはひとつ目の選択肢を選ぶよ。万が一のことを考えたいからね。ダンに電話をして、明日は少し遅れると伝えておく」

「もう」カーリーが膝の上で身をよじり、顎の下に唇を押しつけた。「そういうお堅いところがセクシーでたまらないわ」

　ウルフガングはにやりと微笑んだ。「堅いのが好きなのか？　堅いのが性格だけじゃなくてよかった」

　カーリーはヒップを揺らし、ウルフガングの張りつめた部分に体をこすりつけた。「そのようね」

ウルフガングはしばしカーリーを無言で見つめた。赤らんだ頬。揺らめくような瞳。膝の上で感じる彼女の熱と重み。やがて首を曲げ、キスをした。

もはや言葉は必要なかった。

心の中で安堵《あんど》の吐息をつきながら、カーリーはウルフガングに手を振り、ドアをしっかりと閉めた。帰ってくれてよかった。今にも頭がどうにかなりそうだもの。くるりと反転し、背中を固いドアパネルに押しつけ、ゆっくりとしゃがみながら冷たいタイルのフロアに座り込む。震える膝を抱きかかえた。「どうしよう。なんてことかしら」小声でつぶやいた。「わたしったら、いったいどうしちゃったの？」

わざわざ自らに問いかける必要はなかった。どうなったのかは、自分がいちばんよく知っている。

ああ、神さま。

わたしは恋に落ちてしまった。ウルフガングがラッグスを膝にのせて椅子でくつろいでいたときから、最後にうっとりするようなキスをされるまでのどこかの時点で。

カーリーはぎゅっと目を閉じた。

いいえ、まさか、そんなはずはないわ。ウルフガングと知り合ってからそんなに日がたっていないし、しかも嫌っていた時期のほうが長いのよ。それに、よく考えてごらんなさい。これまで一度も恋したことなんてなかった。恋心というものすら信じていなかったじゃない。少なくとも、わたしには当てはまらないと思ってた。それなのに、どうして恋になんか落ちるの？

あきらめて素直に認めちゃいなさいよ――頭の中ですまし顔の自分が言う。うなりながら膝頭に額をすりつけた。どれだけありえないと思っても、気に入らなくても、恋に落ちたことは事実なんだから。

最初にそう感じたのは、ニクラウスの誕生日プレゼントに車を買ってやりたいと熱く語る彼の話を聞いていたときだった。そして、明日ニクラウスの初めての試合があることを彼が知らず、試合の話さえ聞かされていなかったことを知ったときの彼の傷ついた表情は、まさにとどめとなった。出会った当初は、ロボットというミドルネームがあるのではないかと思えるほど冷たい人間だと思っていた。でも、日がたつにつれ、甥っ子の幸せを心から願う心の温かい人だということがわかってきた。ニクラウスのために彼がそれまでの生活を大きく改めたことも知っている。

オーケー、つまり、彼はたしかに愛するに値する人間だということは証明されたわけね。だから何？　いやよ、こんな思いはしたくない！　せっかく完璧《かんぺき》な計画を立てたのに、すべてが水の泡になってしまった。一時間前なら、自分の人生から立ち去ろうとする彼をなんのためらいもなく見送ることができた。後悔はしたかもしれない。けれども、思い出に浸るのは後回しにして、自分の人生を歩み続けていたことだろう。

でも、今となってはもう手遅れ。彼が本当に夢に向かって朝日の中に足を踏み出すことになったら、二度と立ち上がれないかもしれない。

時刻は午後五時五分前。ウルフガングはフィッツパトリック家の前に停車し、車を降りた。ニクラウスを送ってきたときにはほとんど気にしていなかったが、今回は付近をじっくり眺めながら、白い化粧しっくいを塗ったその家に向かって歩いていった。古い住宅地だが落ち着いた雰囲気があり、感じのいい家が並んでいる。どこも裕福そうだが、派手さはなかった。フィッツパトリックの家は平屋建てで、車二台分のガレージと小さな前庭がある。庭には果物の木が三本立っていた。穏やかな秋らしい、美しい紅葉を眺めながら、ウルフガングはドアベルを鳴らした。

玄関のドアを開けたのは、赤毛でずんぐりした四十代初めの男性だった。「やあ」親しげな笑みを浮かべた。「ニックのおじさんですね」

「ウルフガング・ジョーンズです」ウルフガングは手を差し出した。

男性は手を取り、力強く振った。「ジョー・フィッツパトリック、ケヴの父親です」ドアを大きく押し開けた。「さあ、どうぞ」

家の中に足を踏み入れ、辺りをさっと見回した。「すばらしいお宅ですね」優雅で、温かく、居心地のよさそうな家だ。ウルフガングが子供のころに夢見ていた家そのものだった。

「それはどうも。どうぞ、キッチンへお入りください。子供たちはまだウオーターポロのゲームの最中だから、ビールでも一杯やりましょう」

「申し訳ありませんが、クラブソーダかソフトドリンクをいただけませんか？」ウルフガングはジョーについて広々とした居間を通り、キッチンに向かった。「三十分もしたら、仕事に行かなければならないので」ガラスの引き戸を通して明かりが差し込んでいる。少年たちの叫び声や笑い声、それにタイル張りのパティオの奥にあるプールから水しぶきの上がる音が聞こえた。ニクラウスの姿に目を留めて、微笑む。いかにも楽しそうなニクラウスの笑みをウルフガングは初めて目にした。

ジョーは彼にクラブソーダの缶を手渡し、視線を追った。「すばらしい甥御さんをお持ちだ。実は、そのおかげであなたを心の底から憎まずにすんでいるんですよ」

ウルフガングはソーダを飲もうとしていた手を止め、缶を下げてジョーに向き直った。

「どういう意味ですか？」

「甥御さんは、あなたの車の話ばかりしているんですよ。かっこよくて、最高なんだ、とね。一方、ほかの子供たちはあなたの仕事にまさに尊敬の念を抱いていますよ。それから、おそらくは隣に住んでいるとわたしは踏んでいる、美しいショーガールの女性の話もうんざりするほど聞かされていましてね。実のところ、我々親連中がひどく年をとってつまらない人間に思えてしかたがない」

本当に嫌われているわけではないらしい。ウルフガングはほっとして、お返しにおどけた笑みを向けた。「仕事や隣のブロンド女性のことが憎まれる原因と聞いて安心しましたよ。どうか、驚かさないでください。すぐ人を怒らせるから気をつけるよう上司に言われていますが、さすがに出会って一分半で嫌われたことはありませんからね」

ジョーは背をそらして大笑いした。「大丈夫ですよ、ミスター・ジョーンズ。それにユーモアのセンスがあるようだから、その粋《いき》な着こなしも大目に見ましょう。普通ならば、傷害罪に侮辱罪も加わるところだ」

自分のピンストライプのスーツからジョーのくたびれたショートパンツとすその伸びきったTシャツのほうに目をやり、ウルフガングは肩をすくめた。「仕事着ですから。あなたは、お仕事は何を？」クラブソーダのプルトップを開けながら尋ねた。

「胸部外科医です」

よく冷えたソーダが喉につまった。手の甲で口を拭《ぬぐ》い、まじめな顔でうなずく。「なるほど、外科医に妬《ねた》まれるとは、一介の警備員とはいえ捨てたものじゃないな」ウルフガングは日当たりのいいキッチンを見回した。パーティーの進行中らしく取り散らかってはいるが、居心地のいい場所だ。それからプールで騒いでいる子供たちを見やり、再びジョーに視線を戻すと、眉を上げた。「今日は実にいい天気ですね。ゴルフ場に行ったほうがいいのでは？」

「妻に先を越されました」ジョーはにやりと笑った。「妻はゴルフが大好きでしてね。本当のことを言うと、わたしはスポーツは苦手なんです」いかめしい表情でウルフガングを見つめる。「ここだけの話ですよ」

「わかります。米国医師会から追放されるからでしょう」いつの間にかすっかり意気投合していることに、ふたりはともに驚くと同時に喜んでもいた。ウルフガングはジョーをさらに困らせようと口を開きかけた。そこへ子供たちがいっせいに部屋の中へ飛び込んできた。

全員合わせて十人はくだらないようだ。ひとりずつ紹介を受けたあと、ニクラウスから頻繁に名前を聞いていたパディ、ジョシュ、デイヴィッドの三人と話をした。うれしいことに〝みんな、いい子たちよ〟というカーリーの言葉は正しかった。三人ともすばらしい仲間のようだ。

ニクラウスはウルフガングの車を仲間に見せたがった。少年たちは車に乗ったり降りたり、車のまわりを一周したりと、たっぷり十分は車を眺めていた。やがて、ウルフガングは時計に目をやった。「ニック、急がせて申し訳ないが、そろそろ帰ろう。おまえを送って、仕事に行かなくてはならない」

「わかったよ」ニクラウスはまだパーティーモード全開の仲間たちを見やり、あきらめのため息をついた。「バッグを取ってくる」とぼとぼと家に向かって歩きはじめた。気を落としているのが傍目《はため》から見てもよくわかる。

「どうだろう」ジョーが言った。「もう少し、彼をいさせてやっては？　まだまだパーティーは続きそうだし、ニクラウスだけ帰すのもかわいそうだ。夕食をすませたら、わたしが家まで送ろう」

ニクラウスが笑みを浮かべて駆け戻ってきた。「やった！　ねえ、残ってもいい、おじさん？」

「宿題はないのか？」

「ドイツ語が少し。でもあんなの、寝ながらでもできる」

ウルフガングはにやりと笑って、ドイツ語で〝たしかにそのとおりだ〟とつぶやくとうなずいた。「それならいいだろう」

「やっほー！」ニクラウスはウルフガングに向かってハイファイブをすると、ジョーに向き直った。「ありがとうございます、ドクター・フィッツパトリック」そう言うと、仲間たちのところへ走っていった。

喜びのあまりめずらしく素直な甥っ子の姿に、心が温かくなった。ジョーに向き直り、礼を言った。「本当に、ありがとうございます。おかげでぼくの株も上がりました。それにしても、午後からずっと、活発なティーンエイジャーに家中を占拠されていては、さぞかし大変でしょう」

「何、好きでやっていることだから。特にニックはパディの仲間の中でもいちばん楽しんでいるんじゃないかな」

「あいつは今までいろいろと苦労してきましてね。ぼくの妹が親らしいことを何ひとつ彼にしてやらなかったものだから」

「でも、あなたはちゃんとやっている」

「ぼくが？」ウルフガングは照れ笑いした。「とんでもない。暗闇《くらやみ》を手探りで歩いているようなものですよ」

「親なんてみな、そういうものです。違うのは、我々の大半は少なくとも夜明けとともに子育てを開始したということぐらいだ。十代の子供たちを相手にするのは並大抵のことじゃない。でもあなたは、足もとを照らすためのマッチをさがして、甥っ子のためにあきらめないでがんばっている。なかなかできることじゃない」

ウルフガングはしばらくジョーをじっと見つめていたが、やがてゆっくりと笑みを浮かべた。そしてジョーの手を取った。「ありがとうございます。ニクラウスを預かって以来、こんなに励みになる言葉をかけていただいたことはありません。これで一週間がんばれそうですよ」

24

翌日の午後、ウルフガングはカーリーとともにサッカー場を訪れた。照りつける太陽の下では、サングラスもあまり役に立たない。サッカー選手の一団が明るい金色の光の中でうろついているのはわかるが、それがニクラウスのチームか相手のチームかまでは区別がつかなかった。しかし、観客席に近づくにつれ、ワイン色のパンツと、お揃《そろ》いのストライプ入りVネックにラグラン袖《そで》の白いジャージ、白いストライプ入りのワイン色のソックスがはっきりと見えてきた。シルヴァラードのユニフォームだ。ニクラウスはすぐに見つかった。足と膝でリフティングをしながら、パディ、デイヴィッドと一緒に笑っている。ゴールキーパーである彼のユニフォームは、ほかのチームメンバーとは配色が異なっていて、ジャージの上にメッシュのビブスを着けていた。

「よかった。席を取ってくれているわ」カーリーの言葉に、ウルフガングは注意を引き戻された。見上げると、トリーナ、ジャックス、エレン、それにマックが観客席の最上段を陣取っていた。

「みんなで来てくれるとは思わなかったよ」

「ニックの初めての試合よ。なんとしても応援しなくちゃ、ってことになったの」カーリーは観客席の北端にある狭い階段を上りはじめた。彼女の後ろをついていきながら、メトロノームのようにリズミカルに揺れる彼女のヒップを堪能《たんのう》する。

ふたりが近づくと、カーリーの友人たちはみな立ち上がった。トリーナが、階段からいちばん離れた場所に座るエレンのさらに奥の空席を指さした。「あそこを取っておいたわ」

「なるほど、わたしたちが座りやすいようにずれてくれるのではなく、あそこまであなたたちの上を歩いていけってことね」カーリーが言った。

「そうよ。この席を全部試しに座ってみたの。そしたらここがいちばんよく見えるという結論に達したわけ」トリーナは口の片端を上げてにやりと笑った。「プレミアムシートに座りたければもっと早く来なくちゃ」

不満の声をあげながら、カーリーはトリーナの前を進みはじめた。

ウルフガングも彼女のあとに続いた。しかし、腕をトリーナの冷たい手につかまれ、足を止めた。指を曲げて合図をされたので、ウルフガングは彼女に首を近づけた。

「カーリーを傷つけたら」彼をまっすぐに見つめ、低い声で脅すように言う。「生き地獄を味わわせてあげるから」

ウルフガングは驚いて目を見開いたが、すぐに短くうなずき先へ進んだ。いったいどういう意味なんだろう？　しかし、すぐに肩をすくめた。気にすることはないさ。背中に当たる太陽の光は心地よく、甥《おい》っ子は今年初めての試合に臨むところだし、恋人である背の高いブロンド女性が今まさに後ろを振り返り、自分に満面の笑みを投げかけてくれている。どうでもいいことはあとでゆっくり考えよう。

だが、この問題を後回しにしたがっているのはウルフガングだけらしい。ジャックスの前を通りかかった瞬間、彼がつぶやいた。「カーリーはすばらしい女性なんだ。だから、もし彼女を泣かせたら――」

「生き地獄を味わわせてやる」同じ低い声で遮る。「もう聞いた」

「そんなのはまだ序の口だぞ。ぼくは一歩下がってあとは女性陣の好きにさせておくつもりだからな」ジャックスはにやりと笑った。「間違いなく、ぼくたちにはとても想像のつかないひどい目に遭うぞ」

まったく、なんてことだ。このふたりはぼくの午後の楽しみを奪い取るつもりらしい。だが、ここで悔しい顔を見せるわけにはいかない。ウルフガングは肩をすくめ、うんざりした口調でつぶやいた。「とんでもないやつらだ」そしてジャックスの目をまっすぐに見た。「安心しろ、ジャックス。ぼくはサッカーの試合を見に来ただけだ。少なくとも今日は彼女を泣かせることはない」

マックの前に差しかかったときには、すっかり開き直っていた。彼が口を開きかけたのを見て、小声で言った。

「わかってますよ。彼女を傷つけたら、ぼくは死ぬんですね」いよいよエレンだ。ウルフガングは気を引きしめた。彼女に批判されるのは何より辛《つら》い。カーリーの友人たちの中で、エレンのことはいちばん気に入っているからだった。

しかし、エレンは目の前を通り過ぎるウルフガングの腕を軽く叩《たた》き、優しい笑みを浮かべた。「お母さまはお元気？　まだケーキを焼いていらっしゃる？　あなたのお母さまにはかなわないと思うけど、今日もクッキーを焼いてきたの。先日褒めてくださったでしょ」

ウルフガングは足を止め、エレンを見つめた。そして何も考えずにエレンの腰に腕を回して背中を支え、唇にそっとキスをした。

エレンの体を起こして腕を引く。エレンはあっけに取られた様子で目を大きく開き、口をすぼめたまま、頬をほんのり赤くして彼を見つめた。「おや、まあ」口ごもっている。

「お、驚いたわ」

「温かいお心遣いに感謝します」不機嫌そうにしているマックと大声で笑うカーリーを無視してウルフガングは言った。「この気持ちはとても言葉では言い表せません」エレンの肘をつかんでベンチに座らせ、自分も彼女の隣に腰を下ろした。

カーリーが前かがみになりエレン以外の三人を見やった。「あなたたちの歓迎がよほど冷たかったのね」

「おい、おれを見るなよ」マックは言い放った。「何も言ってないぞ」しかし、カーリーと目を合わせようとしない。

「ぼくたちはきみのことを心配しているんだ、カーリー」ジャックスが言った。

「なるほど。ずいぶんな皮肉よねえ」ジャックスをにらみつけながらカーリーは冷ややかに言った。「ウルフは自分の正体と目的を隠したりはしてないわ、ジャックス。お願いだから、わたしのことは放《ほう》っておいてちょうだい。それから、あなた」トリーナにも厳しい目を向けた。「わたしの親友でしょ？　内緒で打ち明けた秘密をみんなにばらすなんて、どういうつもり？　ジャックスがあなたを傷つけたときに去勢してあげようかとは言ったかもしれないけど、あなたが彼に遊ばれたことをみんなに言いふらしたりはしなかったわよ。心配してくれるのはうれしいけど、もう少し気を遣ってくれてもいいんじゃない？」

いったいなんの話なんだ？　ウルフガングが今のカーリーの言葉の意味を考えていると、トリーナが反論した。

「話したのはジャックスだけよ！」トリーナはジャックスに向き直った。「あなたがマックに話したの？」

だが、ジャックスはカーリーのある言葉に気を取られ、ほかの話は耳に入っていない。「去勢する？　冗談じゃない」驚いたように慌てて体をかがめている。

そこでマックが引き継いだ。「まあまあ、スイートハート」トリーナに向かって言う。「ジャックスを責めるな。カーリーのことが心配だっただけさ」

「自分へのプレッシャーを軽減するために、ウルフガングにも痛い思いを味わわせるつもりだったのよね、ジャックス」トリーナはつぶやき、体を乗り出してウルフガングを見やった。「誤解だったなら謝るわ。それはともかく、本当にカーリーを傷つけたら、わたしが去勢してあげるから」

「もう、勘弁してよ」カーリーがつぶやいたとたん、前の列に座っていた高校生がぷっと吹き出した。

トリーナは肩をすくめた。「あら、あなたと同じことを提案しただけよ」

「ねえ」急にエレンが口を挟んだ。ウルフガングをよけるようにカーリーを見つめている。「みんながなんて言おうとわたしは気にしないわ。わたしなら、自分の信じた人を捕まえて放さないわよ。あんなキスをしてくれる人なら、闘いがいがあるっていうものよ」

ウルフガングは大笑いし、腕で肩を軽く押しやりながら、エレンに寄りかかった。エレンは手を伸ばし、ウルフガングの手を軽く叩いた。

いよいよ両チームの選手がフィールドに現れ、それぞれのポジションについた。ウルフガングはゴールを選ぶためにコインをトスする審判をじっと見つめた。相手チームが勝って北側のゴールを選んだ。ニクラウスは南側のゴールへ向かって走っていく。ゴールキーパーがポジションにつくと、シルヴァラード・チームのキックオフで試合が始まった。

ニクラウスの友達でセンターフォワードのパディが、北のゴールへ向かってボールを進めていく。やがてペナルティエリアまで近づいたところでウイングの選手にパスしようとした。だが、そのとき相手チームのストライカーにインターセプトされ、ボールは敵のフォワードに渡った。フォワードは走りながら、ゴールに向かってロングシュートを蹴《け》り上げた。

ボールはニクラウスの頭上を通り過ぎるかに見えた。しかし、ニクラウスはまるで踵《かかと》に翼がついているかのように飛び上がり、両手でボールをつかんだ。ネットから二歩離れた場所にボールを落とすと、ペナルティエリアの外でドリブルし、味方のミッドフィルダーに向かって蹴り出す。

ウルフガングは両手を叩いて立ち上がった。「今の見たか?」隣で立って叫んでいるカーリーに向かって笑いかけた。彼女だけではなかった。列に座っていた全員が立ち上がり声援を送っていた。ウルフガングは少し前の出来事など忘れ、全員に向かって笑いかけた。観客席を陣取る選手たちの両親や友人もみな、同じように歓声をあげている。ウルフガングは前に座っている少年をつついた。少年が振り向いた。「あいつ、ぼくの甥っ子なんだぞ」ウルフガングはそう少年に言った。ふと下を見ると、観客席とタッチラインの間の芝生の上で、ニクラウスの友達のナタリーを含む四人のチアリーダーたちが、ヒップやポンポンを振ったり、ハイキックをしたりして応援を始めていた。

三対〇とシルヴァラードの三点リードで前半が終了した。叫び続けてすでに声がかれていたウルフガングは、みんなを代表して飲みものを買ってくることにした。階段を下り、十メートルほど先の小さな売店を目指して歩いていく。肩に当たる秋の日差しが気持ちいい。かつてラスベガスにやってきたときは、町に着いたとたんに出ていく計画を立てていた。しかし、もしオハイオに行くことになったら――いや、オハイオに行くときには――きっとこの太陽を恋しく思うことだろう。

驚いたことに、ジョー・フィッツパトリックが売り子として売店に立っていた。ジョーはウルフガングの前の女性にホットドッグとコーラを渡した。「ありがとう、メアリー」そう言うと、ウルフガングのほうを向いた。「やあ、どうも、いらっしゃい」照れ笑いを浮かべながら言う。「久しぶり」

ウルフガングもにやりと笑い返した。「こんな形で再会するとは意外でした」

ジョーは肩をすくめた。「しかたないんだ。我らがサッカー部の後援会長が実に商売上手でね。気がつくと、ワンシーズンに数回はこうして売り子をやっているんだよ。さて、何にするかね？」

「コーラを三本と、ダイエットコーラを一本、それにセブンアップとルートビアを」

「ずいぶん喉が渇いているらしい」

ポケットから財布を出しながら、笑みを浮かべた。「喉はからからだが、ぼくが飲むのはルートビアだけですよ。あとは友達のです」〝友達〟という言葉が自分の口から出るのは妙な感じだ。しかし、今日ニクラウスの応援に来てくれた人たちは、まさに友達のような気がする。

「その友人たちの中にジョーガールはいるのかい？」

ウルフガングは指を二本立てた。

「おっと、いかん、心臓がどきどきしはじめたぞ」顔を輝かせながら、ジョーはビニールバッグをつかんでよく冷えた六本の缶を入れると、カウンター越しにウルフガングに手渡した。「来年は、後援会にぜひ手を貸してくれたまえ。ほとんどが母親連中ばかりでね。ぜひ男性にも参加してもらいたい」にやりと笑う。「ほかのことはともかく、ぜひ男同士じっくり話がしたい」

「あるいは、けなし合ったり、悪態をつき合ったり、ですか？　いいですねえ。男同士の昔ながらの伝統だ」

「それに楽しいひまつぶしの方法でもある」

「でも……どうやら食べるものは出てこなさそうだ」

ジョーが笑った。ウルフガングも笑みを返した。とてもくつろいだ気分だった。後援会のことなどそのときまで考えもしなかったが、もし後援会に入らなければいけなくなったとしても、ドクター・フィッツパトリックがいる限り楽しく仕事がこなせるに違いない。しかし、はっと気づいた。無理に決まっているじゃないか。来年は別の土地に移っているのだから。なんらかの理由でオハイオでの仕事を受けなかったとしても、近い将来、別の場所での仕事を受けているはずだ。どちらにしろ、その時期はせまっている。

釣り銭を受け取りながら、ジョーに別れを告げ、歩きはじめた。だが、ウルフガングの顔から笑みは消えていった。

ニクラウスは興奮していた。前半の好調さはもちろんのことながら、単純に再び闘志を燃やして戦えることの喜びを感じてもいた。腕で額の汗を拭《ぬぐ》って、髪を指ですく。でも、あまりみっともない姿になっていないといいんだけど。こっそり脇《わき》の臭《にお》いを嗅《か》ぎ、にやりと笑った。よかった。汗だくだけど、デオドラント剤はまだ効いている。膝当てと肘当てを剥《は》がし、脇に挟む。そして、肩を回して、大きく息を吐き出し、フィールドをすたすたと歩きはじめた。

ナタリーのもとへ向かってまっすぐに。

ついついゆるみがちの口元を引きしめ、ウルフガングが一、二度見せた唇をねじるような笑みを浮かべた。ピエロみたいなばか笑いよりもこのほうがうんとクールに見えるはずだからな。

それにしても笑わずにはいられない。何しろ、彼女がチアリーダーの仲間数人を引き連れて、ぼくの試合の応援に来てくれたんだ。実際、今でも信じられない気持ちだった。あのかけ声が聞こえて思わず振り返り、彼女たちがサイドラインで踊っているのが目に入った瞬間の驚きときたら、とても言葉で表すことはできない。ボールがずっとハーフウェイラインの向こうにあってよかった。でなければ、何度ぼくの横をすり抜けていったことかわかったものじゃない。

どうにか自制心を取り戻し、あくまでもクールを装う。やがてナタリーの前で足を止めた。だが、とても〝よし、決まった〟という自信はなくなっていた。

「やあ」ワオ、なんて彼女はかわいいんだろう。茶色い瞳に真っ白な歯。滑らかな茶色の髪は太陽の光を浴び、かすかに赤みを帯びている。

「ハイ！」ナタリーは腕を伸ばし、ニクラウスに軽くハグをした。そしてさっと腕を離して、笑いながら後ろに下がった。「驚いた？」

「まあね」ニクラウスは彼女の友人たちを見やった。骨張った大柄の黒人少女はたぶんソンドラで、小柄のブロンドの少女はティファニーだろう。それからもう一度ナタリーに視線を戻す。「みんな、ありがとう。本当にうれしいよ」また口元がゆるみそうになった。

「応援に来てくれるなんて思ってもいなかったんだ――」

「大応援団だけじゃなくて、専用のチアリーダーまで押しかけてくるんだもんな」デイヴィッドが近づいてきた。ニクラウスにスポーツドリンクを渡すと、ソンドラのほうを向いた。「ハイ、デイヴィッドだ。応援に来てもらえてうれしいよ」

ソンドラは気のないそぶりで肩をすくめながらも、興味深げに彼を見つめた。「あまり期待しないほうがいいわよ。毎試合来るつもりじゃないんだから」

「そうなの？　なあんだ、それは残念――」

「大応援団？　なんのことだよ？」ニクラウスが尋ねた。

「おまえのファンさ」デイヴィッドが言った。目はソンドラを見つめたまま、細長くて骨張った手を観客席に向けて振った。「そこだよ」

ニクラウスは振り返り、観客席を見上げた。「うわ」

ニクラウスが見ているのに気づいたとたん、カーリーとトリーナが歓声をあげた。まるで彼が大スターであるかのように大騒ぎしている。ジャックスとマックとエレンは手を振ってくれた。うれしさと恥ずかしさで顔を赤らめ、ニクラウスは腕を上げて合図した。みんな、ここに来てくれた。たったひとりを除いて……。

「一生懸命に名前を呼んでくれてたのよ。聞こえなかった?」ナタリーが尋ねた。「あなたがゴールを止めたときなんて、もう大変だったんだから。あなたのおじさんも――」

「ニック」

ニクラウスはゆっくりと振り向いた。そこには、片手に売店の袋を持ったウルフガングが、太陽の光を浴びて立っていた。彼は、ニクラウスがまねしようとしていたかすかな笑みを浮かべている。ふと、その笑みを自分が気に入っている理由がわかった気がした。クールに見えるからというだけじゃない。小さくても、気持ちのこもった笑みだからなんだ。

「おばあちゃんから話は聞いていたが、あれほど上手だとはこの目で見るまで信じられなかったよ」ウルフガングが手を差し出した。しかし、ニクラウスの肩に触れる前にさっと下ろした。「すばらしいプレーだったぞ」

くそっ、なんだよ。体の奥から激しい感情が込み上げてきた。自尊心で胸が張り裂けそうなのか、それとも泣きだしてしまいそうなのか、自分でもよくわからない。ゲータレードの栓を開け、ボトルの半分まで一気に飲み下す。気持ちのコントロールがついたころにようやくボトルを下ろした。「ありがとう」

ウルフガングはニクラウスの言葉を受け流した。「おまえの才能には恐れ入ったよ」そしてナタリーに向かってうなずいた。「ミス・フレモントだね。また会えてうれしいよ。

きみのチアリーディングぶりも楽しませてもらった」

ナタリーはにこやかに微笑《ほほえ》んだ。「ありがとうございます。今までサッカーの試合は応援したことがないんです。だからニクラウスをあっと言わせたくて」

「あっと驚いて、大喜びしたのは間違いないな」ナタリーとニクラウスを交互に見やって咳払《せきばら》いし、手にしている袋を持ち上げた。「さて、みんながぶつぶつ言いだす前に、こいつを届けないと」苦笑いを浮かべる。「いや、もっとぶつぶつ言いはじめる前に、と言ったほうがいいかな。カーリーとトリーナがあんなに声を張り上げるところは、今日初めて見たよ。おまえのおかげであのふたり、ばかみたいに張りきってるぞ」そう言ってくるりときびすを返すと、観客の間を縫うように観客席を上っていった。

「あなたのおじさんも一緒よ。あなたのおかげですごく楽しそう」ナタリーが言った。「誰よりも大きな声を出していたもの」

しばらくするとコーチがメンバーに集合をかけた。やがてハーフタイムが終了し、ニクラウスは満ち足りた気分で北側のゴールラインへ向かった。なんてすばらしい日だろう！そしてそれを象徴するかのように後半も相手チームに点を取られることなく、最終的に七対〇の大差で勝ちを収めた。

試合終了後、それぞれの健闘を讃《たた》えて相手チームとひとりずつハイファイブをしているところへ、ウルフガングとパディの父のジョーがやってきた。

「ピザを食べに行きたいやつはいるか？」ジョーが尋ねた。「ウルフとわたしのおごりだぞ」

ウルフガングは女の子たちに向かって顎をしゃくった。「もちろん、チアリーダー諸君も大歓迎だ」

ピザ・パーティーの提案に全員が歓声をあげた。ニクラウスはにやりと笑った。そうでもしなければ、ばかみたいに笑いだすところだ。一度も家族で試合後のピザ・パーティーに参加などしたことのないニクラウスは、うれしくてしかたがなかった。そこへカーリーとトリーナがやってきて、〝マックのデジタルカメラで写真を撮ってもらうから、一緒にポーズをとって〟とニクラウスに言い張った。自分たちが終わると、今度はニクラウスとウルフガング、ニクラウスとナタリー、そしてチアリーダーとチーム全員の集合写真を撮るようにマックに言ってくれた。さらに今度はカーリーとトリーナがカメラを交代で持ち、ニクラウスとマックとエレン、ニクラウスとジャックスの写真を撮ることになった。しかし、慣れないカメラに悪戦苦闘し、指やカメラのストラップが写っていると言っては、互いに文句を言いはじめる始末だ。一方はカメラを操作し、もう一方がサイドラインからあれこれ口を出すショーガールふたりのどたばたぶりは、その場にいる全員の笑みを誘った。フィールドで大騒ぎをするふたりを恥ずかしく思ってもおかしくないにもかかわらず、ニクラウスはすごく誇らしい気持ちになっていた。

そのうえ、チームメイトは、ニクラウスが本物のショーガールと知り合いであることが不思議だとも思っていないし、そのうちのふたりはわざわざ彼との友情を公言してくれてもいる。今さら何を恥ずかしがる必要があるだろう。

しばらくして全員が目的のピザ屋に向かって出発した。店内では、自然と年代別に席が分かれた。コーラのピッチャーがチームのテーブルを次々と回っていく。やがて選手たちがその日の試合を振り返って大騒ぎをしたり、チアリーダーたちにいいところを見せようとしたりするにつれ、貸しきりの小部屋の音量はどんどん高くなっていった。

最初のピザが出てきたところで、部屋の中は一時的に静かになった。音量がもとに戻る前に、カーリーとトリーナがニクラウスのところへやってきた。

「ニック」カーリーが言った。「申し訳ないけど、わたしたち、最初のステージに間に合うようもう行かなくちゃ。着替えとメイクをしなくちゃいけないのよ。保安部のお偉い方と違って、ダンサーに遅刻は許されないの」

「それでは、その保安部の偉い人物からふたりに敬意を払おう」隣のテーブルからウルフガングが言った。

「いいえ、けっこうよ」カーリーは素っ気なく手を振って答えた。

トリーナはふたりを無視してニクラウスに話しかけた。「今日はすばらしい試合だったわよ。もちろん、ここにいるみんなもね」トリーナはほかのチームメイトやチアリーダーにも賞賛の言葉を贈った。

「ほんと、あんたたち、最高だったわ」カーリーも言った。そしてふたりでニクラウスの両頬にそれぞれキスをしてくれた。「じゃあ、お先に」

同じ側に座っているチームメイトたちがみな後ろを振り返ってふたりを見送った。ニクラウスは笑いが止まらない。

「あの赤毛の女の人、きみのおじさんがもうひとりの女の人を傷つけたら去勢してやる、とか言ってたぞ」少し離れた席の少年が言った。

誰だろうと、ニクラウスは身を乗り出した。ジミー・キャズウェルの弟だ。「なんだって？」

「試合の前だったかな。クッキーを持ってきた女の人以外の全員が、きみのおじさんに文句を言ったんだ。そしたらあのブロンドの女の人が、わたしたちのことに口を出さないで、ってみんなに言い返してた。それで、赤毛の女の人がおじさんに謝ったんだけど、もしブロンドの女の人を傷つけたら、去勢してやるとも言ってたんだ。そのブロンドの女の人も、赤毛の女の人がボーイフレンドに裏切られたら去勢してあげるって言ったんだってさ。聞いてたら恐ろしくなったよ」

つまり、ウルフおじさんとカーリーは付き合っているってこと？　ニクラウスはおとなたちのテーブルを振り返った。ウルフガングは、ジョーの話を聞いて笑っている。

最高だ！　もう一度自分のテーブルに向き直り、心の中でもみ手をした。これで、おじさんも自分の夢の仕事をつかもうと慌てることはなくなるぞ。

しばらくして、ジャックス、マック、エレンの三人がニクラウスのテーブルへやってきて別れを告げ、帰っていった。さらに二十分ほどすると、ウルフガングがやってきた。

「ぼくも帰って仕事に行かないと。家まで送ったほうがいいか、それとも――」

「わたしが送ります、ミスター・ジョーンズ」ナタリーが言った。

ウルフガングは振り向いて彼女を見つめた。「ウルフと呼んでくれればいい。そうか、ありがとう。気をつけて運転するんだよ」再びニクラウスに視線を戻す。「宿題がすませられる時間には戻れよ」そう言って、立ち上がった。そしてニクラウスの肩に手をのせ、軽く握った。「今日は、よくがんばったな」ウルフガングはジョーと一緒に支払いをするためにその場を離れた。

「あなたのまわりってすてきな人ばかりね」ナタリーはため息をついた。「わたしの家族がここにいたら、ピザとかお砂糖や人工甘味料の入ったソフトドリンクがどれほど体に悪いか、延々とまくし立てて、場をしらけさせちゃうわ。それに母はきっと自然食の食べものをプラスチック容器に入れて持ってきて、それをわたしに食べさせようとするわよ。ティファニー、ピザを取ってくれる？」ニクラウスがあきれたように鼻を鳴らすと、ナタリーは肘で彼の脇を突いた。「よくも笑ったわね。でも、食べられるときに食べておきたいんだもん」

しばらくしてパーティーがお開きになり、ナタリーとニクラウスは歩いて彼女の車へ向かった。ふたりはニクラウスの家に着くまで話し続けた。

コンドミニアムに到着すると、ニクラウスは座ったままナタリーのほうを向いた。このまま別れるのは惜しい。しかし、ひとつのことしか頭にないと思われるのがいやでなんとなく言いだせずにいた。

　たとえそれが現実になりつつあるとしても、彼女にそう思われたくはない。「少し、プールサイドで話さない？　それとも、宿題がたっぷりと残ってる？」

「いいえ、宿題ならもうすませたわ。プールサイドでおしゃべりっていうのもいいわね」

　プールの端に腰かけ、ふたりは水に足をつけていろいろな話をした。「どこの大学に行きたいの？」ニクラウスはずばりと尋ねた。大学に行くつもりかどうかは訊《き》かなかった。訊かなくても行くつもりに決まっている。

「バークレーを考えているの。でも、どんな奨学金がもらえるかによるわ」

「そうか、ぼくもなんだ。専攻は何にするの？」

「さあ、まだわからない。何をしたい、って目標がある子がうらやましいわ。ソンドラがいい例よ。彼女、十二歳のころから医者になるって言ってたの。でも、わたしは何がしたいのか、自分でもまだわからない。あなたはどう？　何になりたい？」

「金持ち」

「それだけ？」ナタリーは信じられないとばかりに笑った。「お金持ちならなんでもいいの？　それって、少し……簡単すぎじゃない？」

「一度もお金の心配なんかする必要がなかった人間ならそうかもしれない」ニクラウスは冷ややかに言い、肩をすくめた。「でも、ぼくはある。小銭を必死にかき集めるような一生を送るのはいやなんだ。だから、一般教養的な科目を専攻するつもりはない。何を選ぶにしろ、仕事に結びつくものじゃないと」水の中で、自分の足首をナタリーの足首にからめた。「もちろん、楽しみながら勉強ができる科目がいいとは思ってる。でも、きみと同じで、まだ何にするかは決めてないんだ」

午後十時四十五分になると、ナタリーはしぶしぶ立ち上がった。「門限が十一時なの」

ニクラウスは彼女を車まで送っていった。運転席の前で躊躇《ちゅうちょ》したものの、深く息を吸って首を低くし、彼女にキスをした。

ナタリーの唇は柔らかくて温かかった。ナタリーはニクラウスに体を寄せ、彼の首に腕を巻きつけた。ニクラウスはうめき声をあげ、めまいがするまでキスを続けた。

しばらくして、しかたなく顔を上げ、後ろへ下がった。「また、明日会おう」

「ええ」ナタリーはドアを開けて運転席に滑り込み、彼を見上げて微笑んだ。「明日ね」

ナタリーの車が走りだした。ヘッドライトが見えなくなるまで、ニクラウスは瞬《まばた》きもせずに見つめた。それから、満面の笑みを浮かべ、コンドミニアムに向き直った。

迷うまでもない。今日はこれまでの人生で最良の日だ。

25

「ウルフガングに対するあの態度はいったいなんのまね?」幕間《まくあい》で楽屋に戻ると、カーリーがトリーナに詰問した。その間も、ウィッグをはずし、衣装を脱ぎ捨てる手は止めていない。衣装係が横を通り、使い終わったウィッグを集めて次に使うのと交換していく。カーリーはトリーナにヘッドピースを手渡した。衣装用のインナーを着けるのに苦戦しているトリーナは顔も上げずに受け取った。カーリーは自分のヘッドピースを化粧台の隅に固定させてあるマネキンの頭にのせた。

やがて新しい衣装のボトムからツイストビーズをはずし終えたトリーナが体を起こし、カーリーを正面から見据えた。「彼があなたを傷つけたら、わたしが黙ってはいないから、って警告しただけ」そう言って剥《む》き出しの肩をすくめた。「まさか真剣に彼を非難することになるなんて思いもしなかったわ。本当よ」

「でも、そもそもなぜ彼に警告する必要があるの? いたいけな子供をバスから誘い出してもてあそぼうとする薄汚い性犯罪者でもあるまいし。彼との関係は、わたしが自分で決めたことよ。何もかも承知のうえで、自ら飛び込んだの」

「だけど、今回のあなたはいつもの〝セックスを楽しんだらさようなら〟というあなたとは違うわ。彼とはやっていけないだの、距離を置くだのってしつこく言ってるけど、会うとお互い目が離せないでいるじゃない。そのあげく、全身に瞬間接着剤を塗りたくったかのようにくっついてるんだから」

「ええ、わかってるわよ。自分でもうまく説明できないの。彼、ほんと付き合いにくい男だから、いやになればさっさと別れられると思ったのよ。でもね、トリーナ、何か違うの。こいつはこういう男だ、ああいう男なんだ、って見定めるたびに、その考えを根底から覆すようなことをしてくれるのよ」

「エレンに情熱的なキスをしたように、でしょ」トリーナは真剣な表情でうなずいたが、すぐにぷっと吹き出した。「いやだ、あのときのエレンの顔を見た？　さぞかしホットなキスだったに違いないわ。あの堂々とした態度には、正直言って、やられた、って感じ」

「そうそう、そのとおりなのよ。ああいう思いきったことをされるたびに、〝やられた〟って思うの。ただの取り決めが、いつの間にか本物の結びつきになってしまうのよ」カーリーは口端を上げて、苦笑いを浮かべた。「あと、個人的には、彼がどれほど上手にキスができるか、立証できたことになるわね」

トリーナはまじめな顔で言った。「あなたが傷つくのは見たくないわ」

「わたしだって見たくないわよ。でも、どうしてあんな言い方をしたの？　あれでいちかばちかの危険が回避できたわけじゃないのよ。それに、たとえ傷つかずにすんだとしても、退屈になったら意味がないじゃない」カーリーは羽根飾りのついたグリーンのヘッドピースを持ち上げて頭にのせ、身を乗り出して鏡でメイクをチェックした。「ウルフのいいところは、一緒にいて退屈しないことなのよ。男と女の関係って、絶好調のときでも一種の賭《かけ》のようなものだと思うの。でも、いつ痛い目に遭わされるかわからない一方で、予期してもいなかったすばらしい経験ができる可能性もあるのよ」左右の頬紅の濃さが少し違うようだ。カーリーは左頬にチークを塗り足し、化粧台の白い封筒の上にブラシを置いた。

そして夢を見ているようににっこりと微笑《ほほえ》んだ。

「なるほど、そういうことね」トリーナがゆっくりと言った。

カーリーはさっとトリーナに向き直った。トリーナはカーリーへアを頭の上でねじって手早くまとめながら、大きな目でカーリーを見つめている。トリーナが髪にピンを挿して固定するのを見ながら、カーリーは尋ねた。「何が?」

じっと見つめ返すだけのトリーナに向かって、カーリーは、ちょっと、と促す仕草をした。「今〝なるほど、そういうことね〟って言ったでしょ? どういう意味なの?」

「彼を愛したのね、ってこと」

「なんですって?」カーリーは笑い飛ばした。「そんなばかな……」否定の言葉が出てこない。しかたなく、こくりとうなずいた。「そうかも」胸を張り、トリーナを正面から見据えた。「そうだと思う」

そして、それが事実だとしたら、わたしは自分をとんでもない状況に追いやったことになる。

トリーナがヘッドピースを頭にのせた。「告白するつもり？」

「一分前よ！」ジュリー＝アンが叫んだ。

カーリーはトリーナの質問には答えず、たった今気づいた化粧台の封筒を見つめた。

「何これ？」メイクブラシの下から封筒を抜き出して裏返す。隙間《すきま》に指を入れてのりづけされた封を剥《は》がそうとしたとたん、トリーナがじれったそうに口を挟んだ。

「熱狂的なファンからのただのファンレターよ。ゆうべから置いてあったわ。急を要するわけでもなし、そんなものはそこに置いて、わたしの質問に答えて。ウルフガングに自分の気持ちを打ち明けるの？」

「いいえ」カーリーは封筒を化粧台に戻した。「あなた、どうかしてない？　今の時点では、まだ本当に彼を愛しているかどうか、よくわからないのよ。自分にもよくわからない気持ちをいきなりぶつけて、彼を困らせるようなことをするつもりはないわ」

「わたしは言うべきだと思う」

「あら、なんだか、言ってることが百八十度転換してるわよ。二時間前は彼の自尊心と歓《よろこ》びのもとを断ち切ってやるって脅してたくせに」

「三十秒！」

舞台の袖《そで》に向かいながら、カーリーはトリーナを見やった。「いったいどういう心境の変化？」

「彼に対するあなたの気持ちがわかったからよ」

「あらそう。でも、それはまだ考慮の余地あり、って言ったでしょ？　気持ちがはっきりするまでは告白なんてしないわ。わたしの問題だもの、自分の望みを優先するわ」カーリーは息を吐き出し、やるせなく肩をすくめた。「トリーナ、わたしは彼を束縛しないという約束に合意したうえで付き合っているの」そう言ってけたたましく笑った。「違うわね。合意したんじゃなくて、わたしがそう主張したんだわ。ルールを作ろう、って。だから今さらそれを撤回することはできない。撤回して交渉し直すなんて」

「わたしはそうは思わないわ」ダンサーの列に並びながら、トリーナは静かに言った。「これは、あなたの今後に影響する重要な問題よ。あなたが幸せになれるかどうかがかかっているの。経験者の言葉を信じて。あきらめるのは早いわ。最後の最後までがんばらなくちゃだめよ」

最後の十秒をカウントダウンしていたジュリー＝アンが一瞬黙り込み、今度は指を使って最後の五秒をカウントしはじめた。ゼロと同時に腕を突き出し、ステージを指さした。ダンサーたちは雑念をすべて振り払い、満面の笑みを浮かべてツーステップでステージライトの下へ飛び出した。

カーリーはいつも以上に気持ちをステップに集中させ、残りのナンバーをこなさなければならなかった。気がつくとすぐに気持ちが乱れ、旧式の映写用フィルムのようにひとつの思いが脳裏をぐるぐると駆け巡る。わたしがウルフガングを愛してしまった？　仮にそうだとして、細かいことを抜きにして考えた場合、自分はそれをどう思うのかしら。もし、束縛のない付き合いには合意していなくて、彼がより好条件の仕事への転職を望んでいることも知らなかったら、彼を愛していることを自分はどう感じただろう。やがて考え抜いた末に、ふたつの独立した結論に達した。

ひとつは、彼に対する自分の気持ちはどうやら真実味があること。もうひとつは、意外にもその事実を冷静に受け止めていることだった。

「それがいちばんおかしいところだわ」その日の一回目のショーが終わったところでカーリーはつぶやいた。これで、ステップを間違えはしないかひやひやすることなく、ゆっくり考えごとができる。

わたしは本当にウルフガングを愛してしまったの？

今日の彼はすてきだった。高校生同士のサッカーの試合を心から楽しんでいた。とても愉快で、ニクラウスの奮闘ぶりにはいじらしいほどめろめろだった。今日のニクラウスの活躍を心から誇りに思っていたのは当然だけど、たとえニクラウスが不調で結果がさんざんだったとしても、精いっぱいニクラウスを応援していただろうし、やはり誇らしげに自分がニクラウスのおじであることを臆《おく》することなく触れ回っていただろう。

たしかに、上昇志向の強い母親を長年見てきたせいで、わたしは一対一の男女関係を強く望んではいない。それに、ウルフガングにも正直に話したように、自分の面倒は自分で見ていきたい。男性に頼るのではなく。

それでも、ウルフガングとの毎日の生活も悪くはない気がする。

だからといって、結婚したいとか、そういうことではない。結婚という言葉に、はっとした。結婚だなんて、いきなり何を言ってるのかしら。ばかばかしい。本末転倒だわ。ウルフガングはわたしとの結婚を望んではいない。うんざりするほど退屈な中西部へ引っ越して、彼を決して悲しませることのない家庭的な女性と結婚したがってる。彼の望みは、〝ええ、ウルフガング、いいえ、ウルフガング……あなたの言うとおりでいいわ、ウルフガング〟としか言わない優しくて若い女性との結婚だもの。

カーリーはふんと鼻を鳴らした。わたしとは正反対のタイプだわ。だったら、なぜ、こんなことをくよくよ悩んでいるのかしら。もう、頭がどうかなりそう。気分を変えようと、ぐるりとまわりを見渡した。

トリーナはイヴ、ミシェル、ジェリリンの三人と、部屋の奥のジェリリンの化粧台で話に興じている。彼女たちの会話に加われば、無意味なことをあれこれ考え込むことはなくなるだろうが、今はそういう気分ではない。自分の化粧台に目を向けた。衣装は衣装係に返したし、化粧台はきれいに片づいている。気持ちを紛らわしてくれるものは何もない。スロットマシンで数ドル遊んでくることもできるが、やはり気が乗らなかった。

そのとき、ステージに上がる前に気づいた封筒が目に入った。これだとばかりに封筒をつかむ。三本のメイクブラシがばらばらの方向に転がった。メイクブラシを集めながら、考えた。トリーナの言うとおり、ショーを見て彼女の胸の形や脚の長さに目を奪われたというファンからのただのファンレターかもしれない。でも、それでもいいわ。気をまぎらわしてくれるなら。

メイクブラシをブラシ立てに戻し、封筒の隙間に親指を入れて封を開け、中のカードを取り出した。カードを開き、メッセージを読む。

読み終わると同時にカードを化粧台に置き、つぶやいた。

「どうしよう。まずいことになったわ」

「ウルフ！」挙動不審の客がいるというベルキャプテンの話を聞いているところへ、ベックがロビーを横切って歩いてきた。「ボスがさがしていたぞ」

「わかった。じゃあ、代わってくれないか？　今、ベルキャプテンのミラーに話を聞いているんだが、タクシーでやってきた客が、ものすごく重いスーツケースを持ってきたにもかかわらず、誰にも触らせようとしないらしい。そのせいで、客ともめたそうだ」

「お客さまがドアの内側に荷物を置かれたので、お部屋まで持っていってほしいということだと思ったんです」ベルキャプテンが説明した。「それで、台車にのせようと持ち上げたんですが、これがものすごく重くて。ところが、まともに持ち上げることもできないうちに、お客さまが取り上げるように持っていかれてしまったんです。ボスのデュヴァルに話したところ、彼も同じ意見でした。あのスーツケース、普通のお客さまのスーツケースとは比べものにならないくらい重たかったんです。それなのに、妙なことに誰にも触らせようとしないんです」

「ルームナンバーはわかるか？」ベックが尋ねた。あとは彼がうまくやってくれるだろう。ウルフガングは、ミラーに不審事項の報告をしてくれた礼を告げると、保安部のコントロールセンターへ向かった。

ダンは北側の壁を埋め尽くす監視モニターの前に立っていた。保安部が怪しいと判断する客のさまざまな態度について、頭の禿《は》げかかった体格のいい男性に説明している。ウルフガングはしばらく様子を見てから、ころ合いを計ってふたりに歩み寄った。

「失礼します。ベックからぼくをさがしていらっしゃると聞きましたが」

「そうなんだ。ウルフガング、オスカー・フリーリングを紹介したい。オスカー、彼がウルフガング・ジョーンズ、きみに話したうちの副部長だ」

この男が面接することになっていた例の〈ＯＨＳ〉の保安部長なのか。腹の奥がよじれ、鼓動が速くなった。しかし、長年この瞬間を待ちあぐねていたとはいえ、ウルフガングは決して動揺を表に出すことはなかった。プロらしい感じのいい笑みを浮かべ、手を差し出す。相手の差し出した手をつかみ、しっかりと握手をした。「お会いできて光栄です」

「わたしも、きみに会えてうれしいよ。きみのことはダンからいろいろと聞いている。もちろんいいことばかりだ」フリーリングはじっとウルフガングを見つめたあと、意を決したようにうなずいた。「コーヒーをおごらせてくれないか？　少し話がしたい」

「喜んで」ウルフガングはダンを見た。「お許しをいただけますか？」

「もちろんだ。ゆっくりしてくるといい」ダンは苦笑いを浮かべた。「ここならなんとかなる」

ウルフガングはフリーリングをホテル内のコーヒーショップに案内した。フリーリングがデニッシュとコーヒーをふたり分買った。しばらく世間話をしたあと、いよいよフリーリングは本題に入った。〈ＯＨＳ〉という会社の事業内容や保安部長の仕事の内容について詳しく説明した。

それは、まさしくウルフガングが求めていた仕事だった。〈アヴェンチュラト〉でほとんど休むことなく三年間働いてきた身にはやや退屈かもしれないが、最終的に責任者として任される仕事としては完璧《かんぺき》だ。

彼の心を読み取ったかのように、フリーリングはいきなり言った。「きみのこれまでの仕事ぶりや、問題解決に対する思考力のすばらしさは、ダンから詳しく聞いている。刺激的で張り合いのある大きなカジノでの職を捨ててまで、なぜ一企業の保安部長になりたいと思うのかね？」

さあ、ぼくにもわかりません。

ウルフガングは心の中でかぶりを振った。何を考えているんだ？　わかっているに決まってるじゃないか。「それは、自らトップに立ち、その企業の保安を預かる、責任ある地位に就きたいと思っているからです。それを目標としてもう何年も前から心の準備をしてきたんです」

答える必要はなかったのかもしれない。フリーリングはもう聞いていないようだった。ウルフガングの肩越しにぼんやりした表情で一点を見つめている。念のために振り返ってみたものの、そこに何があるのか、正確には誰がいるのか、ウルフガングには想像がついていた。

それでも一メートルほど離れた場所に立っているカーリーが目に入ったとたん、ウルフガングの鼓動が激しくなった。目が合ったが、カーリーの表情は変わらない。フリーリングとの話を聞かれたのだろうか。そう考えたとたん、なぜか罪の意識を感じ、心臓が倍の速度で動きはじめた。

だが、ウルフガングは心の動揺を簡単に表に出すような男ではない。椅子の上で座り直し、尋ねた。「何かご用でしょうか、ミズ・ヤコブセン？」

「お邪魔してごめんなさい、ミスター・ジョーンズ。あの、あるファンのことで困っていることがあって、十時のショーが始まる前にどなたかに相談できないかと思ったんです。ご都合が悪いようだったら、別の方にお願いしますけど」

カーリーが困っている？　その瞬間、ほかのことはすっかり頭の中から消え去った。

「何があったんです？」ウルフガングが尋ねた。気がつくとオスカー・フリーリングも、遠慮なく相談するようカーリーに促していた。

フリーリングが立ち上がり、カーリーのためにテーブルの椅子を引いた。「どうぞ、ここへお座りください。コーヒーを持ってきましょうか。それとも、おふたりで話せるようにぶらりとひと回りしてきたほうがいいですか?」

「いえ、どうぞ、ここにいらしてください。でもコーヒーはいただこうかしら」大柄な男がウエートレスを呼ぶのを見て、カーリーはウルフガングに向き直った。「ストーカーにつけ回されているみたいなの」

なんだと? ウルフガングの頭に血が上った。しかし、すぐに冷静さを取り戻し、プロらしい表情を浮かべた。胸のポケットから小さな手帳を取り出して白紙のページを開き、テーブルの上に置いてボールペンのペン先を出した。「どうしてストーカーだと?」

「数週間前に、匿名のファンから花束を受け取ったの」カーリーは楽屋の自分の化粧台に花束が置かれていたこと、一度だけでなく二度あったこと、そのせいでいやな予感がしたことを話した。

ウルフガングは必要に応じて詳しいことを質問しながら、メモを取った。

「でも、けっきょくそれきりだったわ。だから少し過剰反応だったのかも、って思ったのよ。ところが今夜、これが化粧台の上にあったの。それで、急に不安になって」カーリーはテーブル越しに封筒を差し出した。

ウルフガングは封筒を手に取り、中のカードを引き出した。裏返して、メーカーのロゴを確認する。町のドラッグストアやホテルのギフトショップなど、どこでも手に入る一般的なカードだ。もう一度表に返し、開いた。

「〝おまえがあの男に熱烈な視線を送っているのをこの目で見たぞ〟」ウルフガングは文面を読み上げた。「〝おれを怒らせたくなければ、すぐにあんなまねはやめろ〟」カードから目を上げる。「知り合いの単なるジョークということはないのですね？」

「ええ、こんなことをして喜ぶような知り合いはいないわ」

「たしかに、これは少し異常だ」ウルフガングも認めた。「この男は、あなたが誰を見ていたと思っているのだろう？　心当たりはありますか？」

カーリーは、決まってるでしょ、とばかりにウルフガングを見つめた。しまった、そうか。ウルフガングはしかたなく自分の質問に自分で答えた。「ぼく、か」

「そうよ。この封筒の上に、わたしの私物が置いてあったせいで、今夜初めて存在に気づいたの。でも、トリーナは昨日からあったって言ってたわ。だからおそらく、土曜日のカジノでのことを言っているんじゃないかと……」

あの晩はあまりにも熱い視線を交わしてしまった。もし彼女が近づいてきていたら、近くのゲーム・テーブルの上を即座に片づけ、その上へ彼女を組み敷いていたかもしれない。ウルフガングはフリーリングを見やった。だが、将来の雇用主がふたりの話から自分のプロ意識の欠落ぶりを感じ取っているのではないか、などと心配する間もなく、すでに長年の警備員としての勘と経験がフル回転を始めていた。

「まず、花屋に話を聞いてみよう」ウルフガングは硬い口調で言った。「花束の注文者がわかるかもしれない――」カーリーが首を横に振ったのを見て、ウルフガングは言葉を切った。「だめ？　なぜ？」

「もうすんでるの。自分で花屋に行って、話を聞いてみたのよ」

「いつ？　誰と話を？」

「あれは、そうねえ、二週間前ぐらいだったかしら。ミスター・ビーザーだったか、ミスター・ベルザーだったか忘れたけど、とにかく話を聞いてみたの。もっともリサという名前の若い女の子のほうがよっぽど協力的だったけど。とにかく結論から言うと、楽屋へ花束を届けた記録はなかったわ。リサの話では、現金払いなら売り上げの記録は残っていないけど、配達がされていれば、記録は残ってるはずだって」

「ただし、買った本人が自分で届けたにしても、どうやってダンサーの楽屋に入るの？」

「でも、たとえ自分で届ければ別、ということか」

「いい質問だ。ところで、最初に花束を受け取ってから、今夜カードを発見するまでの期間は、三週間と少しと考えて間違いないんだね」ウルフガングはメモ帳から目を上げた。カーリーがうなずくのを見て、続ける。「つまり、その人物の行動期間は一カ月に満たないということになる。仮に彼がただの観光客だとしても、わずか一カ月の間に、普通の人間はどこにあるのかさえ知りようがない楽屋の場所をさがし出して、花束やカードを届けるのには無理がある。そもそも楽屋に無断で侵入するようなまねはできないだろう。それに、このカードに書いてある出来事があったのはカジノで、しかも時間は……夜中だったんじゃないか？」

「ええ、それくらいね」

「これを出発点として利用すれば、この男が楽屋に入り込んだ時間は、早朝に絞ることができるのではないだろうか。その時間帯なら、人目につかずに自由に出入りができるはずだ」ウルフガングはメモ帳にいくつか走り書きをし、彼女を見上げた。「〈アヴェンチュラト〉に頻繁に出入りする地元の人間の可能性がないわけではない。だが、楽屋へ入り込んでいるということは、裏を返せば、楽屋に入ってもおかしくない人間だということになる。つまり、このホテルの従業員の可能性のほうが高い。しかも、夜間交代か深夜勤務の従業員だ」

ウルフガングはペンを置き、断言した。

「この件はぼくに任せてほしい、カー、いや、ミズ・ヤコブセン。だが、出発点をつかむことができただけで、どれくらいで解決できるかは今は言えない」ウルフガングは厳しい表情でカーリーを見つめた。これから言うことはぜひとも心して聞いてもらわなければならない。「その間、きみの身の安全のために、守ってほしいことがいくつかある。まず、男性とふたりでエレベーターには乗らないこと。車に出入りするときも、誰かと一緒に行動してほしい。特にホテルの駐車場は、早朝はほとんどひとけがなくなるから注意すること。常に友人のミズ・マコールと行動を共にするのがベストだろう。だが、万が一、彼女がオフの場合は――」

「コンドミニアムの隣人に乗せていってもらうわ」カーリーが遮った。「彼のシフトは、わたしとそれほど違わないの。団体行動は苦手な人だけど、背が高くて強いことはたしかだから」

そうだ、それがいい。思わず笑みがこぼれそうになったが、どうにか抑え込んだ。「それはうってつけの人物のようだ」腕時計を見ながら立ち上がり、同じく立ち上がったカーリーをじっと見つめた。ショーガールの衣装を身につけ、劇場用のメイクをほどこしたカーリーは、堂々と自信に満ちて見える。しかし、正体不明の男から不愉快な手紙を送りつけられ、さぞかし不安な思いでいるに違いない。「これからまた楽屋へ？」

「ええ」

「それでは、ぼくがお供しよう」ウルフガングは、ふたりのやりとりを静かに聞いていたフリーリングを振り返った。「申し訳ありませんが、お話はまた別の機会にしていただけますか？　さっそくこの件を調査したいので」

フリーリングも立ち上がった。「もちろんだ。さっそくかかるといい」きびきびと答え、カーリーに向き直った。「さぞかし、ご不安なことでしょう。だが、せっかくの機会だから、わたしも付き合わせてもらってもいいかな。ミスター・ジョーンズの問題解決の腕前をぜひ見せてもらいたいのでね」

カーリーはしばらくウルフガングを見つめ、それからフリーリングに視線を戻した。肩をすくめる。「もちろん、かまいませんわ。人数は多いほうが楽しいですから」

26

カーリーは落ち着かない気持ちで家に戻った。まずベビーたちにえさをやり、敷地内をひと回りしてバスターを軽く運動させ、それから猫たちの世話をした。それでも、ベッドに潜り込む気にはならない。グラスにワインを注《つ》ぎながらバルコニーに出た。モザイク模様の小さなテーブルの上にあるキャンドルに火を灯《とも》し、座り慣れた椅子に腰を下ろしてテーブルに足をかけた。二匹の猫が膝に飛び乗ると、バスターもやってきて膝頭に顎をかけた。

ようやく、少しずつ緊張がほぐれていく。

すっかり気持ちが休まったころ、隣の部屋のスライドドアが開く音がした。ウルフガングがバルコニーのしっくいの壁を乗り越え、小さなバルコニーを横切って、彼女の隣の椅子に腰を下ろした。

「まだ起きていると思った」彼女の隣に自分の足を並べながら、ウルフガングは優しく言った。トリポッドがカーリーの膝から下り、ウルフガングの膝の上に飛び乗った。ウルフガングはトリポッドの毛に手を埋《うず》めて撫《な》でながら、揺らめくキャンドルの明かりの中、カーリーを見つめた。「あの手紙のせいで眠れないのか？」

「ええ。保安部に戻ったあと、だれか怪しい人物でも浮かび上がった？」

「いや、まだだ。だが、技術担当者に、従業員記録を見て今回と同様の苦情を受けたことがないか、調べてもらっている。そのうちに何かわかるだろう」

まだよくわからないことをあれこれと質問して彼を悩ませることはない。カーリーは黙ってうなずき、ワインの入ったグラスを差し出した。

ワインではなくビールなら、というウルフガングのために、カーリーはビールを取りに行った。月明かりの下、ゆったりした雰囲気の中で、しばらく飲みものをすすった。

だが、やがてカーリーは落ち着かなくなった。やっぱりこれだけは訊《き》いておきたい。いたたまれない思いがつのり、気がつくと口に出していた。「ミスター・フリーリングは感じのよさそうな人ね。彼、ラスベガスではないどこかの地で保安部のトップに立つという、あなたが待ち望んでいた仕事の話を持ってきてくれたの？」

その言葉を口にしたとたん、カーリーは自分の舌を引きちぎりたい気分に駆られた。もう、何を言ってるの？　今夜のウルフガングの仕事ぶりに強い興味を示したフリーリングを見て妙な気はしたものの、絶対に追及しないって決めたはず。それなのに、自分の推測が正しいかどうかを確かめたくてしかたなくなり、訊かずにはいられなくなってしまった。

ウルフガングは、はっとしたようにビールを傾けた手を止めた。それからひと口すすり、ボトルを下げて、彼女に向き直った。キャンドルの明かりのせいで瞳は陰って見える。

「そうだ」

スタンガンを向けられたかのように、カーリーの心臓が飛び上がった。ショックであり、ひどく惨めな気持ちだった。だからといってなんと言えばいい？　ふたりの関係はわたしが自ら望んだものだ。ウルフガングが自分の計画どおりの道を歩みだしたからといって、わたしがあれこれ口を出すことはできない。「よかったじゃない、ウルフ。わたしもうれしいわ」

「うれしい？」ウルフガングはカーリーをじっと見つめた。「彼に認められたら、仕事を受けるべきだと思っているのか？」

何をばかなことを言ってるの？　そんなこと思うはずがないじゃない！　わたしと一緒にいてほしいのに。

でも、それを口に出すことはできない。お互いに期間限定の関係であることを承知のうえで付き合いはじめたのだ。たとえ予想以上に短い付き合いになってしまうとしても、文句を言わずにきっぱりと受け入れるべきよ。「あなたがラスベガス以外の土地に根を下ろしたいって強く望んでいるのなら……そうね。そうすべきだと思う」

ウルフガングはトリポッドを膝から下ろして立ち上がり、スラックスのポケットに両手を入れた。手すりにもたれてカーリーを見下ろす。「そうだな。そうかもしれない」

だが、納得いかない気持ちが表情に表れていたのかもしれない。ふいにウルフガングがしゃがみ込み、正面から彼女を抱きしめた。鼓動が激しくなる。するとウルフガングがカーリーを抱きかかえて立ち上がり、彼が座っていた椅子のほうに腰かけた。彼女の口から小さな悲鳴がもれた。

彼の太ももを脚で挟み込んでしがみつく。今にも彼の膝から滑り落ち、床にお尻がつきそうだ。カーリーは必死に脚を引き上げた。

ウルフガングはカーリーを抱く腕に力をこめ、背中を手で撫でた。「最終的には、受けることになると思う」そう言うと、真剣なまなざしで彼女を見つめた。「だが、その前にきみを困らせるやつをさがし出す。くだらないまねをやめさせるまで、ぼくはどこにも行かない。それだけは、約束する」

翌朝、ウルフガングは電話の音で目覚めた。まだ八時半だ。前夜ベッドに入ったのは三時過ぎだったが、今日、明日と休みが続くので朝はゆっくりと寝ているつもりだった。だが、そうはいかないらしい。よろよろと体を起こしてナイトスタンドをまさぐり、電話に腕を伸ばす。ボタンを押してわずらわしい呼び出し音を止めると、受話器を耳に当てた。「もしもし？」

「ウルフガングかね？　オスカー・フリーリングだが」

「ああ、はい」ベッドの上に起き上がり、無精ひげを手でこすって休止状態にある脳に刺激を与える。「なんでしょう？」

「寝ているところを起こしてしまったようだな。申し訳ない。だが、会社のほうに急用ができて、すぐ空港に向かわねばならんのだ。その前に伝えたくて電話させてもらった。ゆうべはきみに会えてよかったよ。仕事ぶりも見せてもらえた。できれば、わたしが退職する前に、〈ＯＨＳ〉の保安部長の職を正式にきみに譲りたいと思っている」

「え?」頭の中が真っ白になった。「あの……」

「突然だということは承知のうえだ。今すぐ返事をしてくれる必要はない。いろいろ訊きたいこともあるだろうし。だから、考えておいてくれたまえ。今週中にこちらから連絡させてもらう。それでいいかね?」

「わかりました。それはどうも。ぜひ、いや、その、考えておきます」いったい何を言っている? もっとまともな返事はできないのか? 懸命に脳を働かせ、できる限り威厳をこめて答えた。「ありがとうございます。じっくりと検討させていただきます」

「よかった。では、また連絡する」そう言うと、ウルフガングが〝お気をつけて〟とも言わないうちに電話を切った。

ヘッドボードにもたれ、息を吐き出した。中空の一点を見据え、頭の中をすっきりさせようとした。だが、どうしてもひとつのことしか浮かばない。とうとうこのときがやってきた。

なんてことだろう。ついに保安部長の地位をつかみ取ったんだぞ。

夢が実現すれば、さぞかし興奮するに違いない――いつもそう思っていた。

〝よかったじゃない、ウルフ〟カーリーの声が脳裏にこだました。〝わたしもうれしいわ〟

膝を立てて肘をつき、ずきずきと痛みはじめた眉間《みけん》に手を当てた。ウルフガングの長年の夢がかなおうとしている。カーリーはそれを祝ってくれた。彼女の好意の表れじゃないか。なのに、まるで股間《こかん》を蹴《け》り上げられたかのように感じるのはなぜだろう？

鼻ばしらを指で挟み、ため息をついた。自分が望んでいたものをすべて手に入れようとしているのはたしかだ。だが、今でもそれを望んでいるかどうか、自分でもよくわからないからかもしれない。カーリーと一緒にいると、かつてないほど幸せだからかもしれない。だが、この幸せがいつまで続くというのか？　自分の腹の中でわき起こっている矛盾した気持ちをカーリーがどう受け止めてくれるかは、まったく予想できない。ひょっとしたら、ウルフガングの転職を心から喜んでいてくれて、心から素直に彼を送り出したいと思っているのかもしれない。

マットレスに再び横になり、顔の上に枕《まくら》を置いて腕で押さえつけた。

いったい何を考えている？　保安部長の職には就きたい。ただ……。ラスベガスで暮らしはじめてもうすぐ三年になるが、その間ずっと、この町を出てもっと現実的な土地で暮らしたいと思っていた。だが、この数週間で自分の生活は百八十度変わった。カーリーのことを深く知るようになり、彼女のペットや過保護な友人たちとの付き合いも深まった。ニクラウスと暮らしはじめ、彼の決然とした意志や、運動能力のすばらしさに感心し、彼の新しい仲間たちにも会えた。そして、パディの父親、ジョーにも会った。彼とはすべて合わせてもほんの一時間程度しか話をしていないにもかかわらず、まるで旧知の友人のような気がしている。今や、ウルフガングは、自分のルーツが実はこの地にあるような気がしはじめていた。ラスベガスは単に派手できらびやかなだけの町ではなく、人生を謳歌《おうか》しているすてきな人々の暮らすすばらしい町であることに、ようやく気づいたのだ。

そして、頭の隅ではこんなふうにも考えるようになっていた——自分もこの地に根を下ろして暮らしていけるのではないだろうか。

大切にしてきた計画を無視して行動するものではないとしても、どうすればいいのか自分でもわからない。数日とはいえ、じっくり考える時間を持てるのは幸いだった。そうでなければ、長年抱いてきた信念と、数週間で変化してきた気持ちとの間で板挟みになり、どうかなってしまいそうだったからだ。

枕をかなぐり捨て、立ち上がった。家の中は静かだった。廊下に出て、コーヒーカップをさがすためにキッチンへ向かう。ありがたいことに、ニクラウスがいつも学校へ行く前に作っているコーヒーがまだポットに残っていた。ウルフガングはコーヒーを注いだカップを、電子レンジに入れた。タイマーが鳴り、温めたコーヒーを取り出そうと手を伸ばしたとたん、この朝二度目の電話が鳴った。カップをつかみ、熱々のコーヒーをすすりながら、カウンターの上の受話器に手を伸ばした。「ジョーンズですが」

「ミスター・ジョーンズ、保安部のフレッドです。お休みの日にすみませんが——」

「何かわかったか?」コンピューター技術者の声に何かを感じ、ウルフガングは相手の声を遮った。

「ええ。予備データで絞り込みました。可能性の高い人物がひとり、そのほかにやや可能性が落ちるとはいえ捨てきれない人物をふたり見つけ出しましたので、確認していただければと思いまして。これまでに集まった情報を読み上げましょうか？」

「いや、その三人を監視できるかどうか確認してくれ。すぐにそちらに向かう」休み中のウルフガングを引っ張り出すつもりはなかったと言い張るフレッドを無視して、ウルフガングは電話を切った。

車へ向かう途中で、ふとあることを思いついた。足を止め、自分の部屋のある棟を振り返る。どうしようか。そして首を横に振り、もう一度車庫のほうを向いた。数歩進み、再び足を止めた。

やがて悪態をつき、いらいらしたように息を吐き出すと、コンドミニアムへ大股で駆け戻った。そしてカーリーの部屋をノックした。

ドアを開けたカーリーは、ウルフガングがフリーリングの電話で起こされたときに負けないくらい、脳が働いていない様子だった。目の焦点が合わず、髪も乱れたままだ。パジャマ代わりの花柄の綿のボクサーショーツとオレンジ色のタンクトップに、頬にできた枕の跡を見つめ、ウルフガングはすまなそうに顔をしかめた。

「悪かった。時間のことを考えるべきだった」

「何か用なの、ウルフ？」大きなあくびをしながら、カーリーは眠そうなブルーの目で彼を見つめた。

「保安部の技術者がストーカーの容疑者を絞り出してくれた。これから、どんなやつらなのか、詳しいことを聞きに行こうと思っている。きみも一緒にどうかと思って」彼女を巻き込むことがプロ意識に反することなのか、それとも調査をはかどらせるための妙案なのかはわからない。しかし、フレッドが従業員ファイルの中から洗い出してくれた男たちの中に、カーリーに心当たりのある人物がいれば、時間の無駄を省くことができるだろう。それが無理でも、少なくとも調査の取っかかりにはなるはずだ。

その一方でやはり、保安部の一員として道をはずれたことをしようとしているのかもしれない、という気持ちも捨てきれなかった。本当の動機が彼女に関係するのかどうかも、もうわからなくなってきた。

幸いなことに、カーリーは言った。「ええ、ぜひ！」そしてウルフガングに思い直させる隙《すき》を与えることなく、彼の腕に飛び込んできた。さらに腰に脚を巻きつけ、胸と胸を合わせて、唇には熱烈なキス。だが、ウルフガングが彼女のヒップをつかんでしっかりと支えようとしたとたん、カーリーはさっと体を離し、正面に立ちはだかった。「ありがとう」すっかり目が覚めたようだ。「一分だけ待って。すぐに準備するから」

「できれば地味な格好にしてくれ。そういう服があればの話だが」奥へ入っていくカーリーに向かって言った。

「はいはい、ミスター・ジョーンズ。なんでも言うことを聞かせていただきます」

「なんだって？」ウルフガングは小指の先を耳に入れて小さく動かした。「もう一度、言ってくれないか？」

「あら、そうはいかないわよ」カーリーは笑いながら寝室へ消えた。

しばらく時間がかかるだろうと踏み、ウルフガングはベビーたちの相手をして時間をつぶすことにした。十分後、カーリーが居間に入ってきたとき、ウルフガングは彼女の赤いソファの前にしゃがみ込み、あお向けになったバスターのお腹《なか》を撫でていた。足もとでは、トリポッドが背中を脚にすりつけている。フローリングを歩く彼女の足音を聞きつけ、ウルフガングは顔を上げた。

思わず唖然《あぜん》とした。そして目の錯覚ではないかと、もう一度じっくりと眺めながら、立ち上がった。

カーリーはカーキ色のパンツをはき、デザイナーズブランドのブレザーを羽織っていた。ブレザーの中は白いTシャツのようだ。髪型もいつものスパイキーヘアではなく、軽く乱したようなカジュアルなものだ。真っ赤なペディキュアさえなければ、ウルフガングが理想としていた幼稚園の先生像に恐ろしいほど酷似していた。

やや非現実的とはいえ、実にいい傾向じゃないか。それなのに、どうしてこんなに面白くないのだろう？「こいつは驚いた」さりげなく言う。「見ごとな変身ぶりだな」

「あなたが、地味に、って言ったのよ」カーリーは自分の衣装を見下ろした。悲しげな表情と反抗的な表情が同時に浮かんだ。「女子青年連盟《ジュニア・リーグ》時代の名残なの。母が来たときのために取ってあるのよ」

「お母さんが来るたびに変身するのか?」

母に認めてもらいたいときだけはね、とカーリーは心の中で思った。だが、そんな小さい子供のような思いを捨てられないことを認めるつもりはない。もう三十歳を過ぎたのだ。そんな思いを引きずっているほうがおかしい。しかたなくただ肩をすくめ、何気なく言った。「まあね。これを着るか、さもなければわたしの欠点をあげつらう母の小言に耳を傾けるかの選択だから」

「なるほど。まあ、たしかに、とてもいいと思う」

笑いながらも、カーリーは皮肉を隠せなかった。「ええ、あなたなら気に入ってくれると思ったわ」

しかし、驚いたことに、ウルフガングは首を横に振った。「いや、本心を言うと、そうでもないかもしれない」

「冗談でしょ?」カーリーは今度は素直に面白がっている。「なら、まだ希望はあるわね、ウルフ。本当は、好みのくせに」カーリーはモデルのように彼の前でくるりと回ってみせた。「どこが気に入らないの?」

「まるできみらしくない」ウルフガングはカーリーの肩に腕を回し、玄関口へ向けた。

「だが、ストーカーをおびき寄せるにはうってつけだ。だから、我慢するよ」

「つまり、わたしは生け贄《にえ》なの?」ドアまでエスコートしてくれたウルフガングに向かって素っ気なく尋ねた。ウルフガングはラッグスを部屋の中へそっと足で押し戻し、興味津々といった様子のバスターの鼻先でドアを優しく閉めた。「役に立つと思ってくれてよかったわ」

ウルフガングはまじめな目つきで彼女を見下ろした。「ぼくがきみをどう思っているか知ったら、きみはさぞかし驚くだろうな」

どういう意味？　わたしに気があるってこと？　わたしのことを、魅力的だとでも思ってるの？　自分の望みにかなうとでも？　まさか、愛するに値する女性だと思っていると か？　ひょっとしたら、それ以上？　どれも捨てがたいわ。でも、わたしが本当に知りたいのは、万が一奇跡が起こって彼がわたしを愛してくれているとしたら、中西部のどこかの町での仕事を本当に引き受けるかどうかということ。

それにしても、そんなことが訊けないなんて、どうしてわたしはこんなに臆病《おくびょう》になってしまったのだろう。

ウルフガングの車で〈アヴェンチュラト〉に向かう間、カーリーは自分の思いもかけない臆病ぶりについてじっくりと考えた。だが、けっきょく解決策は浮かばないままホテルに到着し、保安部に足を踏み入れた。

ウルフガングはカーリーの肘をつかんだまま、まっすぐに部屋を横切り、黒髪に大きな耳をした若い男性のもとへ向かった。「フレッド、さっそく見せてくれ」フレッドは唖然としてふたりを見上げた。

カーリーは彼に笑いかけた。「せめて、頼むとか、申し訳ないがとかってつけてほしいわよね」トリーナと一緒にいかさま師を捕まえるのに協力した夜に会っていることを思い出して言う。「調子はどう、フレッド？　また会えてうれしいわ」

フレッドはごくりと唾《つば》をのみ込んだ。「おかげさまで、ミズ・ヤコブセン」

カーリーは親しげに答えた。「カーリーって呼んでちょうだい」

フレッドは顔も耳も真っ赤にして言った。「あ、ありがとうございます、カー――」

「いいかげんにしろ」ウルフガングが怒鳴った。「アイスクリームの試食会じゃないぞ」しかしすぐに冷静さを取り戻し、フレッドに向き直ると大げさなほど丁寧に言った。「申し訳ないが、さっそく見せてくれたまえ、フレッド」

フレッドはすぐにデスクの上にあったフォルダーに手を伸ばした。ウルフガングは近くにあった椅子を引き寄せ、カーリーを座らせて礼儀正しさを見せた。カーリーが腰を下ろしたあとも彼女のブレザーの肩を親指で撫でていた。が、すぐに後ろへ下がり、別の椅子を自分用に引き寄せた。

「電話でもお話ししましたが」フレッドは隣にある長テーブルの上を片づけ、フォルダーからファイルを三冊取り出して並べた。どれもごく薄いものだ。「最も怪しい人物がひとり、それから彼ほどじゃないものの、まったく除外はできない人物がふたりいました」最初のひとりを指し示した。「こいつがジェフ・エヴァンズです。いちばん怪しいと踏んでいます。見覚えはありませんか、ミスター・ジョーンズ？」

「名前に聞き覚えはある」ウルフガングは書類に手を伸ばした。「女性客数人とスパの女性従業員を追い回して保護観察処分になった、ケータリング部の男じゃないのか？」

「そのとおりですよ」

「そういえば……」ウルフガングは首を回してカーリーを眺めた。「やつが狙《ねら》った女性はみなブロンドだった」

カーリーはウルフガングが手にした書類を読もうとのぞき込んだ。しかし角度が悪くてよく見えない。しかたなくもう一度椅子に背を預けた。すると、ウルフガングが二、三枚重なった書類の一枚目を彼女に手渡した。カーリーの視線はすぐさま、右上に貼《は》られた写真に注がれた。

「見覚えがあるか？」

カーリーは写真をじっくりと見つめた。だが、けっきょく肩を落とし、首を振りながら、書類を返した。「いいえ、まったく見たことはないわ」

「きみがストーカーの姿を実際に見ているとは限らない。だが、その男がきみとなんらかの関係にあると信じ込んでいる以上、どこかで顔を合わせているはずだ」ウルフガングはフレッドに向き直った。「次は？」

フレッドが次の書類をウルフガングに手渡した。「これはあくまでも噂《うわさ》ですので、この男が本当に怪しいかどうかはわかりません。ただ、こいつに関する疑惑がミズ・ヤコブセンのケースにすごく似ているんです」

ウルフガングは書類に目を落とした。「ブライアン・ハイドというのか？」

「はい。清掃作業部で働いています。昨年、あるスイートルームの女性宿泊客から、セーターを取りに部屋に戻ったら、ハイドが自分の部屋のようにくつろいでいたという旨の苦情がありました。女性客はハイドがしつこくつきまとっていたと主張する一方、ハイドはバスタブの配水管を修理に来た保守管理部がさんざん汚して帰っていったバスルームを掃除するよう言われただけだと主張したんです。それで思い出したんですが、女性客の話では、ハイドはその女性客がまるで自分の恋人であるかのように話しかけてきて、女性客がハイドのことなど知らないし、ましてや付き合ってなどいるはずがないといくら言っても、まったく聞く耳を持たなかったんだそうです。ハイドは、その女性客の言っていることがわからないと言い張りました。保守管理部は、配水管の修理に行ったことは認めています。ハイドに対する苦情はそれが初めてでしたので、宿泊客には部屋代をいただかず、苦情のみ受け付けることで決着し、ハイドに対して措置を講じるということはありませんでした」

ウルフガングはもう一度、資料のいちばん上の書類をカーリーに手渡した。顔写真をじっくりと見てみたカーリーは、今度は何か引っかかるものを感じ、ウルフガングを見上げた。「この人、なんとなく見覚えがあるわ。でも、どこで見たのか思い出せない」

「写真を見ただけじゃわからないこともある。動きがないからな」ウルフガングは監視用モニターの壁を指さし、フレッドを見た。「監視カメラでこの男たちを確認できないか？」

「無理です。ハイドの出勤時間は三時ですし、エヴァンズはピッコラ・ルームでパーティー・ブランチのケータリングをリハーサルしています。あそこの厨房《ちゅうぼう》にはカメラが設置されていません。一時には終わると思いますが。サイクスは……」フレッドがウルフガングに最後の書類を渡した。「今日は休みをとっています」

「その男が怪しい理由は？」

「ふたりの女性の半径十五メートル以内に近づくことを禁止する命令を裁判所から受けています」

「それはかなり見込みがありそうだ」ウルフガングが言った。

「はい。ただ、この男の場合、訴えたのは元妻と元恋人なんです」

「つまり、本当に知っている女性だということか」

「そうです」

「よくそんなことがわかったな。警察に秘密の情報源でもあるのか？」

フレッドは笑った。「違いますよ。元妻が子供の養育費のために、やつの給料を差し押さえる訴えを起こしたんです。よほど腹を立てていたのか、いろいろと話してくれましてね。そのときの情報はすべてデータに記録されています」

「よくやったぞ、フレッド。大手柄だ。次は、この三人がカーリーを実際に見たときの反応を観察したい。サイクスはいちばん可能性が低いようだから、出勤したときでいいだろう。エヴァンズについては理由があるから、呼び出してホテルの保護観察処分に違反していないかどうかを聴取できる。さっそくここへ来るよう連絡しろ。それから、ハイドが出勤してきたらすぐに連絡をしてくれ。カーリーに引き合わせてみよう。ぼくの携帯電話の番号は知っているな。ふたりについて何かわかったら、すぐに連絡してくれ」

それからカーリーのほうへ向き直った。

「ぼくたちは、しばらくどこかで時間をつぶそう。そういえば、今朝は無理やり連れ出したんだったな。行こう。朝食をおごる」

27

「さてと、ちゃんとご要望どおりの格好をしてみせたわけだけど」スプリングバレー近郊のレストランで食後のコーヒーを待ちながら、カーリーが言った。ふいに、外の松の木の上に太陽が姿を現した。窓から日光が降り注ぎ、テーブルを明るく照らす。「急に暑くなってきちゃった」カーリーは薄いウールのブレザーを脱ぎ、立ち上がって椅子の背もたれにかけた。椅子に座り直すと、ブルーの瞳でウルフガングを見据え、中断した話を続けた。「ところで、どうしてわたしにPTAの会議に出席するような服装をさせたのか、もう一度聞かせてくれない？」

ウルフガングはブレザーを脱いだことで露《あら》わになった露出度の高い白のタンクトップを見つめた。「やっときみらしくなった。その下にブラは着けているのか？　いや、ノーブラだろう？」

カーリーは答えずに小さく肩をすくめ、彼に向かって眉を上げてみせた。

「やっぱりそうだ。お母さんが来たときもそうなのか？　外が地味な分、中はさぞかし派手なものを着ているんじゃないのか？」

「ええ、そうよ。気に入った？」

「もちろんだ」犬みたいに舌を突き出して喜んでいるのではないかと心配になるほど、ウルフガングは気に入っていた。頭を振って、妄想を振り落とし、話をもとに戻す。「で、なんの話だった？」

「どうしてこんな格好をさせたのか、って訊《き》いたの」

しかし、ウルフガングは聞いていなかった。「カーキ色のパンツの下は何をはいているる？」

「残念だけど、あなたと違って」カーリーは穏やかに答えた。「ちゃんと下着を着けてるわ。赤いレースのTバックよ。もちろん、ほとんど隠すところのないやつ」

「これはたまげたな」ウルフガングは息をのんだ。「それで、なんの話だったっけ？」

「こういう格好をさせた理由を訊いてるのよ」

「前にも同じことを訊かなかったか？」

「ええ、訊いたわ」カーリーの目が満足げに輝いた。彼女の笑顔を見たとたん、ウルフガングのエンジンがかかり、一気に高速回転を始めた。「でも、何度でも訊きたいの」

「なるほど、よくもからかってくれたな」遅ればせながらも元来の負けず嫌いが顔を出し、ウルフガングは背筋を伸ばした。同じ方法で仕返しをしてやろうか。互いの性格を考えると、彼女も自分と同じようにむきになるに違いない。待て、常に冷静さを失わないのがぼくの自負するところじゃないか。しかたがない、仕返しはやめておこう。

「ぼくがきみに地味な服を着るように言ったのは」ウルフガングは威厳を持って冷ややかに答えた。「フレッドにも言ったように、きみを見たときの三人の反応を確かめたいと思ったからだ。だが、何よりも不安なのは、きみの身の安全だ。ゆうべのカードの文面からして、それこそ子供のサッカーの試合にやってきた保守的な母親のような格好をさせれば、少しは男の気が休まるんじゃないかと思った。〝熱烈な視線〟だの〝おれを怒らせたくなければ〟だのと書いてくるということは、きみが女の色気を振りまいているのが気に入らないに違いない」

「もっと現実を直視しなさい、って言ってやりたいわ」

ウルフガングはうなずいた。「それは言うまでもないことだ」

「つまり、男を怒らせることなく注意だけを引く、というのがあなたの計画なわけね」

「そのとおり。危険を最低限に抑えながら最高の情報を引き出すことが我々の目標だ」

「もう」ウルフガングの目を見つめながら、色っぽく舌先を上唇に沿ってはわせた。「あなたのそういう口調が、どれほどわたしを熱くさせるかわかる？」

ウルフガングは顔をしかめた。「カーリー、これはまじめな話だぞ」

カーリーの色気はあっさりと消えた。「わかってる」ため息をつきながら、ハムとスクランブルエッグ、ハッシュドポテト、それにトーストの残りがのった皿を脇《わき》へよけ、テーブルに肘をついて身を乗り出した。「ごめんなさい。まじめな話だってことはわかってるの。ただ、いやらしい目つきで誰かに見られているのかと思うと、なんだか落ち着かなくて。そういうときに限って、ついふざけてしまうのよ。本当よ。母に訊いてくれてもいいわ」

ウルフガングは鼻を鳴らした。「こう言ってはなんだが、きみのお母さんはよほど厄介な人らしいな。髪の毛が燃えていても、コップ一杯の水も頼めないんじゃないか」

ウルフガングの言葉に、カーリーは彼女らしい、そして心から楽しげな笑い声をあげた。「会ったことがなくてもそう思うでしょ」カーリーは皮肉っぽい口調で言った。「でも、それってある意味ラッキーよ。だって、金持ちで顔のきく人でない限り、母は親しくしようとはしないもの」

コーヒーが運ばれると同時に、ウルフガングの携帯電話が鳴った。ポケットから電話を取り出し、発信先を確かめた。保安部からだ。ウルフガングはカーリーに断りを入れると電話を耳に当て、通話ボタンを押した。「ジョーンズだ」

「フレッドです。今、エヴァンズとの電話を切ったところです。面談の約束を取りつけました。ただ、時間が二十分後なんです」

「すぐに行く」ウルフガングはそのまま電話を切ろうとしたが、すぐに思い留《とど》まった。「ありがとう、フレッド。力になってくれてうれしいよ」電話をポケットに戻しながらウエートレスを呼び戻し、会計と、コーヒーのテイクアウトを頼んだ。テーブル越しに、カーリーを見やった。彼女もすでに立ち上がり、ブレザーに手を伸ばしている。「きみも準備万端のようだな」ウルフガングは優しく言った。「さあ、ショーの始まりだ」

一刻も早く解決させたいところだったが、面談が始まってから五分もたたないうちに、ケータリング部のエヴァンズは自分たちがさがしているストーカーではないとウルフガングは確信した。以前のエヴァンズの振る舞いを思い出すのには、さほど時間はかからなかった。前回対面したときのエヴァンズは、とにかく好戦的で偉そうな口をきく男だった。ところが告発者の正体を知る権利のあるエヴァンズに対し、ウルフガングがあくまでもあいまいに対応しているにもかかわらず、エヴァンズの口調は柔らかく、協力的だった。ウルフガングは、それを糸口として突破口を開けてみることにした。「気のせいかもしれないが、以前とは人が変わったようじゃないか」ウルフガングは淡々とした口調で尋ねた。「前回、ブロンド女性にやたらとちょっかいを出すきみの悪い癖について話し合ったときは、ずいぶん態度が横柄だったが」

「わかってます。その節は、すみませんでした。でも、アルコール《A》中毒更生会《A》に入ってから、神を信じられるようになったんですよ」

「ほう」

「本当なんです」エヴァンズは真剣な表情で椅子に腰かけたまま身を乗り出し、ウルフガングの冷笑的な瞳をじっと見つめた。「もう六カ月と二週間と四日間、一滴も酒は飲んでいません。ラスベガス・ストリップにあるビューティフル・サヴィアー教会の牧師さまに訊いてくださってもいいですよ。その間、毎週日曜日にちゃんと教会に通っている、ってことも」

ウルフガングはそっとベックに合図した。ベックがくずかごを蹴飛《けと》ばした。くずかごは音をたてて床を転がった。悪態をつきながら立ち上がり、くずかごを起こしに行く。床に散らばったごみを拾い上げようとかがんだところで、オフィスのドアが開き、カーリーが入ってきた。

カーリーはいったん立ち止まってオフィスを見回したあと、まっすぐにベックのデスクに向かった。ベックのデスクは、都合のいいことにウルフガングのデスクのすぐ近くにある。「ミスター・ジョーンズにお話がしたいんだけど」カーリーは柔らかな口調で言った。

「ごらんのとおり、彼は今、取り込み中でしてね」ベックが答えた。「ぼくじゃだめですか？」

「よければ待たせてもらうわ。ゆうべ受け取ったカードに関することなの。彼も関係するかもしれないと思って」

ウルフガングは鋭い目つきでエヴァンズの様子をうかがった。エヴァンズはカーリーのほうを見ているものの、特に彼女や彼女の相談内容に興味があるそぶりは見せず、すぐに注意を自分のことに引き戻した。片方の尻を上げて尻ポケットから財布を出し、中身を探っていたかと思うとくたびれたカードを引っ張り出した。エヴァンズはデスク越しにウルフガングに向かってそれを差し出した。名刺だった。地元のエンジニアリング会社のバグリーという人物のものと、さっき話していた教会のものだ。

「この上の名刺は、わたしのＡＡのスポンサーのもの、下は、さっき話した教会の牧師さんのです。どうか、電話して訊いてみてくださいよ。わたしは何もやっていません、ミスター・ジョーンズ。わたしは変わったんです。本当です。神に誓って言います」

「その言葉が事実であることを願うよ、ミスター・エヴァンズ。きみのためにも、心からそう思っている」ウルフガングは、ドアに向かって顎をしゃくりながら立ち上がった。

「わざわざ足を運ばせて申し訳なかった。協力に感謝する。もう仕事に戻っていいぞ」エヴァンズがドアを出るやいなや、ウルフガングはベックのデスクに歩み寄った。「どうだ？」

「白だな」

カーリーもうなずいた。「あの人、わたしのことなどまるで眼中になかったわ」

「ぼくもそう思った。だが、かえってよかったのかもしれない。考えたんだが、きみとぼく、それにストーカーが同じ部屋にいる状態は、やはりあまり賢明だとは思えない。ぼくたちが一緒にいるのが裏目に出て、保安部の人間では手に負えないような状況にやつを追いつめる可能性もある」カーリーの顔が緊張で引きつっている。ウルフガングは手を伸ばし、親指で彼女の滑らかな頬を撫《な》でた。「もう一度ここを出て気分転換するのはどうだい？」

陰っていたカーリーの瞳が明るさを取り戻した。「いいの？」

「もちろんだ。ハイドの勤務時間は三時からだとフレッドが言っていた。だから、少なくとも二時までは自由の身だ」ウルフガングは許される時間で彼女を楽しませるにはどうしたらいいか、頭を働かせた。「そうだ、動物保護センターへ行こう」

カーリーは満面の笑みを浮かべた。その笑顔に、ウルフガングは体の内側から温められた気がした。カーリーはウルフガングの胸に飛び込み、首に腕を回して力いっぱい抱きしめた。「ああ、ウルフったら」カーリーがささやくように言った。「愛してるわ」カーリーは体を離し、ハンドバッグを取るために後ろを向いた。

ウルフガングは呆然《ぼうぜん》として立っていた。落ち着け、今のは本心じゃない。そんなのはわかっているじゃないか。彼女は、ぼくの気遣いに感謝の気持ちを表しただけだ。ぼくが心臓をばくばくさせて突っ立っていなければならない理由は何もない。ぼくは彼女に日ごろのストレスを解消する機会を提供し、彼女はそれに感謝してくれている。それだけのことだ。ウルフガングは体を震わせた。

だが、その一方で、たった今、何かが変わったのを感じていた。彼女の無邪気な言葉に受けた影響の大きさを考えると、はっきりわかる。ぼくは自分自身を偽っていた。彼女に求めるのはセックスだけだと思い込んでいたんだ。だが、ふたりの関係がどこへ向かうかはまるで想像がつかない。どこかへ向かうのかどうか、ということも。

一方で、わかっていることもある。それは、フリーリングからの連絡があっても、〈OHS〉の仕事を引き受けるつもりはない、ということだ。

限られた時間内ならば、動物保護センターへ行っても問題はないとウルフガングは考えたに違いないわね、とカーリーは思った。たしかに、今の瞬間は、彼が正しかった。保護センターにいる動物たちはみな、今すぐ助けなければならない状況にあるわけではないし、彼女が自分のペットとして引き取る判断基準である、彼女の心を捉《とら》えて離さないような動物も見あたらないからだった。

だが、実はそれ以上にすばらしいことが起きた。あのウルフガング・ジョーンズが、ジャスパーという名の三歳のボクサー犬と恋に落ちているのを目撃したのだ。

カーリーがケージの横を通ったとき、ジャスパーは彼女をちらりと横目で見ただけだった。ところがウルフガングが現れたとたん、まるでウエストミンスター・ケンネル・クラブの品評会の決勝に残った犬のようにケージの正面にとことこ出てきた。そしてぺたんとお尻をつくと、白い靴下をはいたような前足をひょいと差し出したのである。

「やあ」ウルフガングはケージの前にしゃがみ込んだ。「ハンサムで、人なつっこい犬だな、おまえ」犬に右の甲を差し出して匂《にお》いを嗅《か》がせながら、金網に人差し指を入れ、犬の前足をそっと撫でた。

カーリーはウルフガングの肩越しにのぞき込み、犬を観察した。「すてきな子ね」筋肉質でがっちりとしていて、キャラメルブラウンの毛は滑らかでつやもある。眉から鼻まで顔は真っ黒だが、その真ん中に白い線が走っている。喉から胸、腹にかけてと、四本の足もやはり白い。

ジャスパーはカーリーのほうなど見向きもしなかった。ウルフガングをひたすら見つめている。そしてケージの前にしゃがみ込んだウルフガングも、澄んだグリーンの瞳を見開き、額にしわを寄せて愛《いと》おしそうに見つめていた。

ウルフガングはすっかり犬に夢中だった。犬を連れて帰りたいという彼の気持ちが、カーリーには手に取るようにわかった。

できれば、犬を引き取るよう勧めたかった。カーリーがひと押しすれば、ウルフガングは間違いなくその気になるだろう。すでに気持ちは大きく傾いているはずなのだから。しかし、そう言おうと口を開けたとたん、ふとあることを思い出し、再び閉じた。

言いそびれた言葉は、彼女の頭の中で耳をつんざくばかりに大きくこだましていた。だが、カーリーは動物の引き取りを勧めたい一方で、飼い主としての責任の重さも自覚しているため、犬を飼ったら、などという無責任なことは簡単には言えない。とりわけ彼は起きている時間の大半を費やすことになる新しい仕事に就くことが決まり、近々、引っ越すのだ。

その一方、犬がいることで、ニクラウスにとっては引っ越しの辛《つら》さがいくらか軽減されるのではないか、と思い込もうともしていた。だが、この犬がウルフガングと同じくらいニクラウスのことも気に入るとは限らない。おそらく問題はないと思う。ただ、万が一、犬がひとりの主人にしか仕えないタイプだったら、ニクラウスも犬も悲しい思いをするだけだ。

カーリーはそっとケージをあとにして、ほかの犬たちを眺めながら通路を進み、そのまま猫のエリアに入っていった。ウルフガングは、時間になるまでジャスパーの前を離れなかった。

〈アヴェンチュラト〉へ戻る車の中では、ふたりとも言葉少なだった。

どこか落ち着かず、いらいらしていたカーリーは、保安部のコントロールセンターへ入ったとたんにウルフガングが同僚に話しかけられたことにほっと胸を撫で下ろした。これでしばらくひとりきりでゆっくりと考えごとができる。警備員たちがカジノの状況を語り、ウルフガングの意見を求めているのを聞きながら、カーリーはできるだけ遠く離れた椅子に腰を下ろした。腕組みをしながら、靴で傷だらけになったリノリウムの床をむっつりと見つめた。

わたしはいったいどうしちゃったの？　ウルフガングが近いうちに夢だった新しい仕事を見つけてラスベガスを去っていくことを承知のうえで、付き合いだしたはず。それなのに、そのときが急速に近づきつつあることを思うたびに、不安でたまらなくなる。まるでスピンしながら底なし沼へ落ちていくような、そんな気分に陥っていく。

だめ、ここで断ち切らなければ。

だが、同じことがぐるぐると回転している頭を別のことに向けるには、気分転換が必要だ。カーリーは立ち上がり、もう一度ウルフガングに近づいて肩を叩《たた》いた。

「邪魔して申し訳ないけど、モールの売店で雑誌を買ってくるわ」ウルフガングが振り返るなり、カーリーは言った。

　ウルフガングは腕時計に目をやって、再びカーリーの顔を見つめた。カーリーの顔はまた緊張でこわばっている。動物保護センターへ行ったのは、間違いだったのかもしれない。ぼくとカーリーのどちらにとっても。

　ウルフガングは、意に背いてがらんとしたケージに残してきた犬のことを思い出した。しかしすぐに頭の隅に追いやり、目の前のことに気持ちを集中させた。「急いで行ってきてくれ。ハイドが勤務時間ぎりぎりにやってくるのか、それとも早めにやってくるのか、そこまではつかんでいない」

「あっという間に帰ってくるから、大丈夫」

　ウルフガングは不安を覚えたものの、カーリーが出ていくのを見て、同僚との話し合いに戻った。そしてフレッドに作動させるよう指示した監視カメラでカーリーの動きを追いながら、彼女を見守るためにモニターの前に腰を下ろした。カーリーはカジノの中へ入っていき、地下のショッピングモールへつながるエレベーターに向かっている。ウルフガングは、動物保護センターを出てからずっと気がかりだったことについて考えはじめた――なぜぼくは、あの犬を引き取ってこなかったのだろうか。

　あんなふうに動物に親近感を覚えたのは、ウルフガングにとって生まれて初めての経験だ。実際、その場で〝ジャスパーを引き取りたい〟とセンターの係員に言わなかったのが不思議なほどだった。たしかに、犬を引き取るとなれば、他人のことにはかまわないというそれまでのライフスタイルからは大きくそれることになる。だが、ニクラウスの保護者になることを受け入れた時点で、そんな生き方は捨てたも同然ではないか。それに犬を飼えば、ニクラウスが大喜びするだろう。ましてや、〈ＯＨＳ〉のオファーは断ると決めたのだ。引っ越しだとか、新しい仕事を始めることが、犬を飼えない理由にはならない。

それなら、なぜ思いきって引き取らなかったのだろう？

しょせん習慣のなせる業だったのかもしれない。もともと、衝動的に行動するタイプではないのだから。

だが、どこかすっきりとしなかった。よく考えてからどうこうするという問題じゃない。本当は、〈ＯＨＳ〉のオファーを断ることをカーリーにどう告げていいかわからないからなのだ。もし、ウルフガングがラスベガスに残ると聞いて彼女ががっかりしたら、どうしていいかわからない。それを認めるのがいやなのだ。ウルフガングがラスベガスにいる間だけの関係にしようと言いだしたのは、カーリーだから。そして、結婚を嫌っているのも。

具体的に結婚しようと考えているわけではない。ただ、このまま付き合いを続けていけば、いつか結婚を視野に入れはじめるだろう。そして、愚かにも彼女にそれを口にしてしまうかもしれない。そのとき、もし彼女に面と向かって大笑いされたら、ぼくはどうする？　そう考えた末、それを確かめるよりも、ジャスパーを置き去りにすることを選んだのではないのか。

町を出ないと告げたときの恋人の反応を見るのを恐れたばかりに、センターに置き去りにされ、安楽死の注射針と向き合うことになったジャスパーを思い、ウルフガングは深い後悔の念にさらされた。

カーリーがモールの売店に近づき、雑誌を選ぶのを、ウルフガングは顔をしかめながら見つめた。だめだ、つい感傷的になりすぎた。ジャスパーのケージに掲げられたカードには、土曜日までに引き取り手が見つからなければ安楽死させられることになっているとあった。まだ、結論を出すには二、三日の余裕があるじゃないか。何も、今日引き取らなかったからといって、すぐに安楽死させられるわけじゃない。

それでもまだくよくよと考えていたウルフガングの目に、カーリーが空のエレベーターに乗り込む姿が入ってきた。エレベーターのドアがゆっくりと閉まりはじめ、十二番モニターから彼女の姿が消えようとしたそのとき、ひとりの男がエレベーターに無理やり乗り込んだ。

「しまった！」ウルフガングは椅子から飛び上がった。「六号エレベーターの監視カメラを作動させろ！　急げ、フレッド！」すぐに映像が出ないと知ると、ウルフガングは怒鳴った。「ドアが閉じる直前に無理やり乗り込んだ男がいるんだ！」

その直後、エレベーターの内部映像がモニターに映し出された。ウルフガングとフレッドは同時に毒づいた。

しかし、次に話したのはフレッドのほうだった。「なんてことだ」ウルフガングを見つめた。「あれはハイドです」

28

背後でエレベーターのドアが滑らかに閉まった。ブライアン・ハイドは軽く息を吐き、勝ち誇ったような笑みを浮かべた。ついにカーリーとふたりきりになった。ふたりがともに、待ち望んでいた瞬間だ。

近ごろのふたりの関係は暗礁に乗り上げた状態だった。それが、ここにきてようやく順調に進みはじめた。やはりこうなる運命なのだ。出勤と同時にカジノのエレベーターに乗り込む彼女を見つけたのは、まったくの偶然だった。運命を感じた彼は、いちばん近くの階段を駆け下り、地下のショッピング・モールの通路へと下り立った。カーリーは売店で雑誌を買っていた。そしてほどなくして再びエレベーターに乗り込んだ。

もちろん、彼も。

「カジノ・フロアでいいですか？」カーリーは優しく尋ね、彼が返答する前にボタンを押した。エレベーターがゆっくりと上昇しはじめた。

だめだ！　一階分だけでなく、もっとふたりきりの時間が必要なんだ。心臓の動悸《どうき》を抑え、階数ボタンの並ぶパネルのほうににじり寄った。「ようやく、ゆっくりと話す時間ができたね。そう思わないか、ダーリン？」ハイドは、温かくてすべすべしたカーリーの腕をそっとかすめながら彼女の体越しに手を伸ばし、赤い緊急停止ボタンを押した。エレベーターが震えながら停止し、ハイドはカーリーに向き直った。

「ちょっと、何を――」

「静かに」カーリーはとてもいい匂《にお》いがした。ハイドは誇らしく思った――彼女は自分のものだ。さらに一歩近づく。「今日のきみは美しいよ」

カーリーの顔色が変わった。だが、あまりに一瞬のことだったので、錯覚だったのかもしれない。カーリーの気さくな言葉がそれを裏づけた。「ありがとう」

「いつもの服装よりも、ずっといい」

彼女のブルーの瞳がきらりと光った。だが、すぐに目を伏せたので、表情を読み取ることはできない。「どういう意味かしら？」

「いいかい、きみがショーガールだってことは知っている。だから露出度の高いものを着なければならないこともね。誤解しないでほしい。いつものきみも実にすばらしいよ。だが、今日の格好のほうが……」ハイドはカーリーの高級かつ保守的なブレザー、カーキパンツ、あか抜けない髪型を指し示した。「ぼくの未来の花嫁としてふさわしいな」

カーリーは頭を後ろに引き、嫌悪の表情を浮かべた。しかし、それもつかの間のことで、すぐに冷静さを取り戻した。

だが、ハイドは今度こそ見逃さなかった。骨の髄まで侮辱された気分になり、かっとなって足を踏み出した。さらに自分を裏切って別の男をうっとりと眺めていたカーリーの表情が頭をよぎり、怒りが増した。激しい憤りが心の奥からわき起こり、体中に一気に駆け巡った。ハイドはこぶしを握った。「ぼくが誰かも知らないと言うつもりか?」

なんてこと。よくも言ってくれたわね。もう我慢できない。ストーカーがエレベーターに滑り込んできてから、カーリーはうまく対応しているつもりだった。声はあげなかったし、表情もほとんど変えていない。どれほど腹が立っても、理性を失うことなく穏やかに受け答えしてきた。

とにかく、ひたすら落ち着いて、冷静に、対処してきたのだ。

だが〝ぼくの未来の花嫁としてふさわしい〟という言葉は、カーリーのガードの下をすり抜け、自制心のたがを思いきりはずした。カーリーは冷静さを保とうとしていたことなどすっかり忘れ、反射的に嫌悪感を露《あら》わにした。

それが大きな間違いだった。「もちろん、あなたのことは知ってるわよ、ブライアン」どうにか心を落ち着かせて答えた。男の両手から力が抜けたようだ。この男、頭がどうかしてる。とにかく落ち着かないと、とんでもないことになりかねない。ハイドにおかしなまねはさせられないわ。ウルフガングがわたしの居場所に気づいているかどうかもわからないし、急停止したエレベーターの様子を誰かが見に来てくれるのかどうかもわからないもの。

少なくとも今は、頼れるのは自分だけ。わたしがエレベーターに乗っていることをウルフガングが気づいていて、テレビで見るSWATチームのように保安部の警備員を総動員して救出してくれようとしているとしても、ここはしょせんエレベーターの中。縦横一メートル半、高さ二・七メートルの密閉された箱の中だ。

パネルと自分との間に立ちはだかる怒り狂った変質者に、怒りをぶつけられるのだけはごめんだわ。これまで生きてきて、一度も肉体的な暴力を受けたことのないカーリーにとって、蒸気を噴き上げているのではないかと思えるほど腹を立てている男性を見るのも不愉快だった。そして、何よりも恐ろしかったのは、ハイドの表情だった。

明らかに正気を失っている。

それでもカーリーはハイドを正面から見据えて言った。「わたしが足首をひねった晩にカジノで会ったわよね」思い出すのに多少時間がかかったものの、カーリーははっきりと思い出した。みっともなくも階段を転げ落ちたとき、まっすぐに手を差し伸べてきたあのハンサムな男だ。こざっぱりとした衣服にざっと目をやるうち、ホテル内やカジノで清掃作業員の制服を着た男を何度か目にしていることに気がついた。

「そのとおり」ハイドはまるでコーヒーショップでその日の出来事についておしゃべりをしているかのように、カーリーに笑いかけた。「それで、きみはどんな本を読んでいるのかな、ダーリン?」

いきなり話題が変わったので、カーリーは彼をぽかんと見つめた。「は?」

ハイドは、彼女が胸に抱えた雑誌に向かって顎をしゃくった。

「ああ、これね」カーリーはハイドに雑誌を見せた。「『ドッグ＆ケンネル』と『キャット・ファンシー』よ」オーケー、その調子。奇妙で恐ろしいけど、いい調子よ。このままハイドにしゃべらせておけば、ウルフガングの送り込んだ奇襲隊がシャフトを伝って天井の穴からエレベーターの中へ入ってくるための時間を稼ぐことができるかもしれない。もし、保安部に奇襲隊なんてものがなければ、きっと彼が来てくれるはず。カーリーはそう信じて疑わなかった。

ハイドは口端をよじって、侮蔑《ぶべつ》の表情を浮かべた。「動物は大嫌いだ」

大嫌い……？　なんてことを言うのかしら、この男。もう我慢できない。絶対に許さないわよ。腹の中は煮えくり返っていたが、カーリーはあいまいな口調で言った。「それは残念ね。わたしは大好きなの。うちにはラッグスとトリポッドという猫が二匹、それにバスターっていう犬が一匹いるの。少し前までは二匹だったんだけど、ルーファスっていう名前の子犬のほうを、イアゴっていう男の子に譲ったのよ。彼はね――」

「じゃあ、その三匹も誰かに譲るんだな」

そんなことになる前に、あんたを地獄へ突き落としてやるわよ、このくそったれ野郎。カーリーは口に出さないよう舌を噛《か》み、心の中でつぶやいた。ベビーたちに関する限り、悪口を言われて黙っていられるカーリーではないし、今も体中の細胞が〝なんとか言い返しなさい〟と叫んでいる。だが、彼女は愚か者ではない。頭のどうかした男の機嫌を損ねるようなことをするつもりはなかった。

それなのに、ハイドには彼女の考えていることがわかってしまったらしい。ハイドの顔が怒りで歪《ゆが》み、何かが動いたと思った瞬間、カーリーは手の甲で平手打ちを食らった。

頬が焼けつくように痛み、カーリーは何が起こったかわからないまま後ろの壁に寄りかかった。頬をぶたれたという事実に気づいたとたん、涙があふれた。その直後、激しい怒りがわき起こり、血管を通じて体中を巡りはじめた。冗談じゃないわよ！　こういう目にだけは遭わないように、あらゆる手を尽くしてきたのに、よくもぶったわね。

ハイドもカーリーに負けないほど驚いたらしい。後ろへ下がり、彼女を呆然《ぼうぜん》と見つめた。だが、すぐに気を取り直した。

「おまえがいけないんだぞ」ハイドは膝を軽く折り曲げ、こぶしを腰に当てて言い訳がましく言った。「好きで殴ったわけじゃない。暴力は好きじゃないんだ。おれはやたらと手を上げるような人間じゃない。おれだって心を痛めているんだ。おまえを叩《たた》かざるをえなかったおれの気持ちをわかってほしい」

ふだんのカーリーなら、かっとなったとたんに分別を失い、言わなくてもいいことまで言ってしまったことだろう。そのせいで、これまで何度、後悔してきたことか。だが今、彼女の心の中では、氷の炎が燃えたぎっていた。手を上げ、そっと頬に触れた。腫《は》れてきているのがわかる。もっとも傷や出血を気にして頬に触れたのではない。あくまでも冷静にハイドとの距離を確認しながら、彼の注意をそらすために手を上げただけだ。

「いいえ、残念だけど、それは少し違うんじゃないかしら」カーリーは声を震わせながら言った。わざとではない。ハイドにじっと手を見つめられているせいだ。「でも、これはあなたも痛いと思うわ」

そう言うと、思いきり股間《こかん》を蹴《け》り上げた。かつてないほど正確なハイキックが見ごとに決まった。

間の抜けた声をあげながら、ブライアン・ハイドは伐採された木のようにエレベーターの床に倒れ込んだ。

カーリーはハイドをまたぎ、パネルの緊急停止ボタンに手を伸ばした。手が震えるあまり、三度ボタンを押してようやく緊急停止を解除し、カジノ・フロアのボタンを押す。そして両手で股間を押さえてうずくまるハイドを注視したまま、できるだけ離れたところへ移動した。エレベーターは滑らかに上昇しはじめた。

人生で最も長く感じた一瞬だった。頭に浮かぶのはウルフガングのことばかり。もう少しだけ我慢すれば、彼が待っていてくれる。もし、待っていなくても、すぐに来てくれる。それだけはたしかだわ。そうすれば、もう大丈夫。

顎が震えたが、歯を食いしばった。過剰に放出されたアドレナリンのせいで、筋肉が引きつる。体が震えないよう、しっかりと腕を組んだ。泣くものですか。心にそう誓う。ぼろぼろになんかならないわ。

それに、同僚たちの目の前でウルフガングの胸に飛び込んで彼を困らすようなまねもしない。わたしたちが付き合うにあたって彼が唯一挙げた条件は、職場には私生活を持ち込まないことだったんだもの。でも、彼に会いたい。
今はとにかくウルフガングに会いたい。そうすれば怖いことなんかすべてなくなる。

周囲を行き交うギャンブラーやゲストを無視し、ウルフガングはカジノ・フロアのエレベーターホールで六号エレベーターの前をうろうろと歩き回った。イヤホンからは、フレッドの興奮した声がひっきりなしに流れてくる。フレッドにエレベーター内の様子を随時知らせるよう、命令してあるからだった。

だが、状況は予想以上に悪化していく。やり場のない怒りが、フレッドの詳細な報告を聞くウルフガングの胃を締めつけた。

「驚きましたよ、ミスター・ジョーンズ」フレッドが声をあげた。「どうやら彼女、ハイドの股間を思いきり蹴り上げたみたいです。やつは当分立ち上がれそうにありません」

「警察には連絡したか?」チャイムが鳴り、エレベーターの扉の上の明かりが点灯したのを見て、ウルフガングが言った。ただでさえ寿命が縮まりそうな思いをしているのだ。これ以上の危険を冒そうとするカーリーの様子など聞いている気分ではない。たとえ自分にはできないことであり、かつ彼女を魔の手から自由にする唯一の方法であるとしても。それにこれから先は警察の仕事だ。その意味では少し安心だった。彼女を平手打ちにするような男を相手に自分が冷静でいられるとは思えない。

「はい」フレッドがまじめな口調で答えた。「捜査員がそちらへ向かっています。それにベックも。ベックがハイドを確保して警察に引き渡してくれるでしょうから、ミスター・ジョーンズは、ミズ・ヤコブセンをお願いします」

「わかった」そのときエレベーターの扉が開いたので、ウルフガングは通信を切った。だがその瞬間、エレベーターに乗り込んでくる客たちがいっせいに押し寄せた。内部の様子を見る余裕もなく、ウルフガングはポケットから保安部のバッジを取り出し、自分を押しのけて乗り込もうとした四人の女性とふたりの男性に向かって、ここはしばらく使用禁止だと怒鳴りつけた。

そこへベックが現れた。ウルフガングは生まれて初めて、仕事を最優先にしなければならない自分の職務を呪《のろ》った。ベックと一緒にカーリーに気分を尋ねた。カーリーは大丈夫だと答えたものの、ふたりがハイドを引きずり出そうとしたとたん、ふたりの後ろに隠れるように身を寄せたことにウルフガングは気づいた。ハイドはふたりの手荒な扱いに、誤解だ、などとつぶやいている。

「誤解してるのは、そっちでしょ」カーリーは憤慨しながらつぶやいた。そしてウルフガングを見た。「できたらもう一度、蹴りを入れさせてもらえないかしら」

「残念だが、それは無理だ」ウルフガングはいかにも悔しそうに答えると、荒々しい声でベックに命じた。「ぼくが誘惑に駆られてこいつを八つ裂きにする前に、ここから連れていってくれ」

しばらくして、ようやくエレベーターホールでカーリーとふたりきりになった。カーリーが腕の中に身を寄せてこないので、ウルフガングは自分から彼女に近づいた。左頰は打撲を負っているのか、すでに色が変わっている。ウルフガングは迷うことなく手を伸ばし、指でそっと頰の具合を確かめた。「本当に大丈夫か?」

「ええ。助けなんて必要なかったわ」カーリーはげんこつで自分の胸を叩いた。「女を甘く見ると痛い目に遭うんだから」

カーリーの気取った態度に気を取られ、ウルフガングは彼女の目尻や口端がこわばっていることに気づかなかった。それればかりか、そんな態度がエレベーターから出てきた直後の彼女の様子と矛盾していることもわからなかった。彼はカーリーの言葉を額面どおり受け止め、眉間《みけん》にしわを寄せた。

ぼくは吐き気がするほど心配していたんだ。それなのに、ぼくに助けてほしいとはこれっぽっちも思わなかったというのか? すくみ上がるような不安が、熱い怒りに取って代わった。肩をつかまんばかりに腕を伸ばしたが、彼女に触れる前に両脇《りょうわき》に下ろす。優しく振る舞う自信がなかったし、彼女が自分を必要としていなかったとしても、男にひどい目に遭わされたことは事実だ。だが、口調を抑えることはできず、ウルフガングは声を荒らげた。「ばかなことを言うな! 頭のおかしい男と素手で戦うなど、まさに狂気の沙汰《さた》だ。いったい何を考えている?」

カーリーは唖然《あぜん》として彼を見つめた。しかし、すぐに口を結び、目を細めた。「わたしが考えていたのは、あの男にやられる前に脱出しなくちゃ、ってことだけよ」

「ぼくが助けに行くまでおとなしく待っていようとは思わなかったのか？」

カーリーはさっと背筋を伸ばした。「なんですって？」

「それだけじゃない」ウルフガングは苛立《いらだ》たしげに言った。「やつは拳銃《けんじゅう》やナイフを隠し持っていたかもしれないんだぞ。あるいは、きみのキックをかわしていたかもしれない。激怒して一発では気がすまなくなり、徹底的にきみを殴りつけていたかもしれないんだ。ぼくの助けが間に合わなかったらどうするんだ」

「あなたがわたしの居場所に気づいていたかどうかなんて、わたしにはわからなかったわ」

「きみの居場所なら、把握しているに決まっているじゃないか。ぼくは、きみをトラブルから救い出そうとしていたんだ」ひと言話すたびに、声のトーンが上がっていく。「それがぼくの仕事だ。何よりもぼくのことを信頼してくれている人だっているんだぞ」

カーリーはウルフガングに向かって鼻先を突き出した。青ざめていた頬がふいに赤らんだ。「わたしに怒鳴らないでちょうだい、ウルフガング・ジョーンズ！」

「怒鳴られて当然だ。きみのその態度ときたら、脳の代わりに綿のつまった向こう見ずなティーンエイジャーそのものじゃないか！」

口にした瞬間から、ウルフガングは激しい後悔の念に駆られた。そんなことを言うつもりじゃなかった。勢いで口にしてしまっただけで、決して本心ではない。それになんてひどい言い方なんだろう。それでも苛立ちは収まらず、前言を撤回することも、謝ることもしなかった。凍りついたような表情を浮かべ、さらに背筋を伸ばして彼をにらみつけるカーリーを、惨めな気持ちでただ見つめた。

「悪いけど」カーリーは冷ややかに答え、体をこわばらせたまま後ろへ下がった。「あなたを引き留めさせないでちょうだい。あなたほどの頭の切れる重要人物は、することがたくさんおありでしょうから。頭に綿のつまったわたしが迷惑をかけるわけにはいかないもの」

なんてことだ。彼女を傷つけてしまった。目を見ればわかる。自尊心が傷つけられたくらいで、こんな過剰反応をしてしまうとは、なんて愚かなんだ。ウルフガングは悔やむ気持ちを抑えきれず、足を踏み出した。彼女に自分の本心を伝えなければ。「カーリー、聞いてくれ――」

凍りついていたカーリーの威厳が粉々に砕けた。「いやよ、あなたこそ聞いてちょうだい。わたしは自分なりの最良の方法で、あの恐ろしい状況を脱したの。わたしのやり方があなたのご立派な基準とやらと合わなくても、わたしの知ったことじゃないわ、ウルフガング。さてと、よければそろそろ失礼させてもらうわ。今日はさんざんな一日だったから、もう家に帰りたいの。こんなばかばかしい騒動はもうたくさん」カーリーの凍《い》てつくような視線に、ウルフガングの足が止まった。「それに、これ以上あなたの顔は見たくない」

ウルフガングは激しい苛立ちを覚えたまま、その場に立ちすくんだ。こわばった唇の間から吐き出すように言った。「まだ、帰ってもらっては困る。警察の事情聴取があるはずだ。おそらく警察署に出向いて、ハイドに対する訴状を提出してもらうことになる」

「わかったわ」カーリーは冷ややかに言った。「でも、あなたには近くにいてほしくないの」

ウルフガングは胸の中に重いしこりのようなものができた気分だった。かろうじて残っている自尊心の力で、頭を上げていられるようなものだ。近くにいてほしくない？　それならそれでいい。ぼくは女性に媚《こび》を売るような男ではない。ウルフガングは、ぶっきらぼうに首を縦に振った。「いいだろう」

そして、カジノを横切り、保安部へ向かう彼女のあとをついていった。

29

こんなに楽しいことが続いたことは、今まで一度もなかった気がする、とニクラウスは思った。よくよく過去の記憶を掘り起こしても、生まれてからこれまでにすばらしいと感じた出来事は、そういくつもない。それだって、この数週間のことに比べたら、足もとにも及ばないだろう。本当に、生まれて初めて、ニクラウスは将来に対する希望の光を見つけ出した。もちろん盲信すべきでないことは承知のうえだ。希望を持つことがいかに危険かは、身をもって体験している。だけど、そんなのかまうものか。

男なら、ときにはがけっぷちに立たなくちゃいけないこともあるんだ。

ゆっくりと顔を上げながら、キスをしていた、頬を赤らめた少女の顔を見下ろした。

「きみの唇はすごく甘いよ」ぷっくりと腫《は》れたナタリーの唇の端から髪の束を払いのける。そしてめずらしく楽観的になったその勢いに乗り、思いきって安全圏外へ足を踏み出すことにした。「金曜日の夜、ぼくと遊びに行かないか?」

ナタリーは車の後部座席でさっと体を起こし、フロントガラス越しに広大な砂漠をじっと見つめたあと、もう一度ニクラウスに注意を引き戻した。「デートしよう、ってこと?

本物のデート？」

「ああ」あまりにせっかちだと思われたかな。それとも、あまりに……言葉の足りない男、だとか？　前夜からたっぷりとキスはしていたものの、ふたりはまだ正式に付き合おうという約束は交わしていなかった。

「うれしい。楽しみだわ」

ニクラウスはほっとした笑みを浮かべた。「ああ、ぼくも楽しみだよ」彼女は、なんてかわいいんだろう。「ウルフおじさんに言って、車を借りようと思ってるんだ。運転させてもらったことはないけど、できないわけじゃないからね。せっかくのデートなんだから……」

「無理なら、わたしの車があるじゃない」ナタリーは親しげに肩と肩をつけた。「もちろん、あなたのおじさんのストリート・ロッドのほうが、わたしの小さくて安全なセダンよりはずっとかっこいいけど」ナタリーは腕時計を見た。「まあ、いけない。家に帰らなくちゃ。ミセス・オーエンに、今夜はキャシーとケイティーのベビーシッターをするって言ってあるの。五時までには行かなくちゃならないのよ。まだ四時だけど、渋滞に引っかかって、遅刻の心配をするのはいやだから。でも、その前に……」ナタリーはニクラウスの首に腕を回して彼を引き寄せ、ゆっくりと味わうようなキスをした。

五分後、ふたりはフロントシートに戻り、町へ引き返した。

記録的な速さでニクラウスのコンドミニアムに到着した。最後の長いキスを交わし、ようやくニクラウスは体を離した。走り去っていくナタリーの車を見送りながら、考えた──今この瞬間に死んだとしたら、このにやけた顔を直すのに、葬儀屋でも三日はかかるだろうな。

しばらくして部屋に戻ったニクラウスは、まっすぐにキッチンへ向かい、おやつ代わりに、大きめに切ったローストビーフ、チーズ、ピクルス、トマトのサンドイッチを食べることにした。パンに材料をのせながら、今度の金曜日に交わすキスについてあれこれ想像を巡らせた。まだ胸とかに直接触ることはできないだろうな。サンドイッチを皿にのせ、カウンターの上に置く。でも、服の上からなら触れるかもしれないぞ。

いや、だめだ。やっぱりその場の状況に合わせたほうがいい。せっかくの雰囲気をぶち壊すのはいやだし。冷蔵庫から牛乳パックを取り出してカウンターまで運ぶと、スツールに腰かけた。ふと見ると、留守番電話の赤いランプが点滅している。サンドイッチをひと口噛《か》みちぎり、電話の横に置いてあるメモ帳と鉛筆を引き寄せて、再生ボタンを押した。

「よう」パディの声だ。「携帯電話がつながらなかったから、メッセージを残しておいた。でも、念のために、こっちにも入れておくよ。土曜日の夜だけど、〈センチュリー・サンコースト〉へ映画を見に行くか、それとも〈ネオポリス〉の〈クラウン十四〉へ行くつもりだ。〈クラウン十四〉なら、フードコートで自由参加のステージショーがあるから、デイヴィッドがずっと練習してきたラップを披露するって言ってる。まだ決まってないから、明日、学校で詳しいことを相談しよう。じゃあ」

「わかった」ニクラウスはつぶやき、ぱくりとサンドイッチをかじった。どうやら今週末は金曜も、土曜も予定がつまりそうだ。

ふたつ目のメッセージは、ウルフガングの歯医者から、歯のクリーニングの予約の確認だった。メッセージをメモ帳に書き残すと、牛乳をパックから直接飲む。

三つ目は聞いたことのない声だったが、ウルフガングへの電話だと気づき、〝オスカー・フリーリング、ＯＨＳ〟とメモ帳に書き込んだ。それから男性が電話番号を読み上げるのを待った。

「……クリーブランドは気に入ってもらえると思う。とりあえず、オファーの内容をつめられるのを楽しみにしている。できるだけ早く都合のいいときに電話をくれたまえ。番号は、二一六――」

ニクラウスの新たな希望が、地雷のように爆発した。引っ越すのだろうか？　ウルフおじさんは引っ越すつもりだろうか？

くそっ。手に持った食べかけのサンドイッチをぼんやりと見下ろした。すでに腹に入ったサンドイッチが鉛のように重く感じられる。

そんなに驚くようなことじゃないさ。腹に鉛がつまったような感じがするのは、人生がめちゃめちゃになりはじめた証拠にすぎないんだ。

まったく、今日はさんざんな一日だった。ウルフガングはコンドミニアムの階段を一段おきに駆け上がった。始まりはよかった。いわば希望に満ちていた。休みの日に仕事場へ行かなければならないにもかかわらず、とても気持ちのいい二十分を過ごすことができた。大好きな車を運転しながら、大好きな――いや、お気に入りの女性と一緒に過ごすことができたのだから。

カーリーの部屋の前で歩く速度を落とした。部屋は静まり返っていて、彼女がいるかどうかはわからない。喉の奥で自己嫌悪の声をあげながら、自分の部屋へ向かう。彼女はウルフガングよりも十五分早くホテルを出ている。もちろん自分の車はないが、ウルフガングを待つことなくタクシーを拾って帰ったに違いない。

警察に事情を話し、頬の診察を受け、さらに報告書を書き上げて彼女のサインをもらうまで、数時間もかかってしまった。ウルフガングのほうが早く仕事がすんだが、けっきょく最後まで彼女と一緒にいた。もちろんカーリーは彼のほうを見ようともしなければ、話しかけもしなかった。今のウルフガングは疲労と怒りで爆発寸前だ。とにかく冷たいビールとアスピリンを数錠のみ、真っ暗な部屋で静かに二十分は過ごす必要がありそうだった。

部屋の鍵《かぎ》を開けて中に入り、玄関口に置かれた半円形のテーブルの上の陶製の容器に鍵を入れて居間へ向かう。

「もう帰ってくるころだと思ったよ、ばか野郎！」

驚いて顔を上げながら、首の根元をマッサージしようとした手を止めて下へ下ろした。

「ニック？」

バルコニーからニクラウスが現れた。背後から明るい太陽の光が差しているので、黒っぽいシルエットにしか見えない。ニクラウスは長い脚ですたすたとウルフガングのほうへ近づいてきた。ようやくニクラウスのひどく怒った顔が見えたのもつかの間、いきなり両手で胸を突かれた。

「おい、何をする！」行き場を求めていた怒りがついにはけ口を見つけたかのように、ウルフガングはげんこつを後ろへ引いた。だが、すんでのところで相手がまだ高校生であることを思い出し、手を下ろしてズボンのポケットに突っ込んだ。

「ばか野郎！」ニクラウスがもう一度怒鳴った。「あんたなんか大嫌いだ！」

その言葉は、ウルフガングの胸にぐさりと突き刺さった。だが、ひるんでいる場合ではない。「ぼくも、今のおまえは好きじゃないな。なあ、喧嘩《けんか》は別の日にしないか？　今日は一日中、さんざんだったんだ」

「一日中、さんざんだった？　あんたが？　へえ、それはすごいや」ニクラウスは苦々しげに大声で空笑いを始めた。だが、ヒステリックなほど笑っていたかと思うといきなり笑うのをやめた。「あんたに〝さんざんな一日〟の意味がわかるものか」冷ややかに言う。

「どうやら、夢だった仕事の依頼が来たみたいじゃないか。どうせろくな仕事じゃないんじゃないの？」ウルフガングの返事を待たずにニクラウスはきっぱりと言った。「どちらにしても、そんな仕事、受けさせないよ」

「ぼくに指図をするつもりか？」

ニクラウスは一瞬、恐怖を覚えた。この家で同居してから初めて、真剣に怒っているおじの目を見たからだった。これまでにも母親の〝友人〟たちにたてついて、恐ろしい思いをいやというほどしてきた。だが、無謀にもニクラウスは顎を突き出した。「そうだよ」精いっぱいの力を振り絞って言った。「ぼくが許さない」

何か危険なものを感じさせる、ニクラウスの冷ややかなグリーンの目に見据えられ、ウルフガングは動けなくなった。「ぼくが何かをするのに、おまえに邪魔されるいわれはない」ウルフガングは怒鳴った。「ぼくはこれまで必死に働いてきた。自分の目標をかなえるために、どこかの生意気な小僧に〝許可〟をもらう必要なんかない」

「ぼくはどうなるんだよ？」ニクラウスも声をあげた。ちくしょう、こんな言い方、まるで迷子の子供みたいじゃないか。でも、実際、迷子のような気分であるのはたしかだ。捨てられ、無力で、怯《おび》えた子供。「ぼくの目標は？　あんたはさっさと行ってしまえばそれでいいさ。だけど、ひとりで残されるぼくはどうすればいい？」

ウルフガングは眉を寄せた。冷ややかな瞳がいっそう冷ややかさを増した。「本当にそう思っているのか？　驚いたな。ここで暮らして一カ月になるのに、まるでぼくのことをわかってないようだ」ウルフガングは首の後ろを指で押した。「今日は、本当にくたびれた。悪いが、これ以上おまえの相手はできない。だから一度しか言わない。よく聞いておけ。ぼくがどこかへ行くときは、おまえも一緒だ。おまえの家は、ぼくの家だ」

ニクラウスが引っ越してきたばかりのときなら、その言葉は彼の耳に心地よく響いたことだろう。しかし、それはあくまでも自分の居場所を見つける前の話だ。せっかく見つけた居場所からまた引き離されてしまう。あまりに不公平じゃないか。保護者としてのウルフガングに安心感を抱きはじめていたのに、とんでもない幻想だった。それならいっそ、置き去りにされるほうがどれほどいいだろう。「なるほどね。でも、いやだ。ぼくは行かない！」

「それは無理な相談だ」

行き場のない怒りと憤りが一気に爆発した。「大嫌いだ！　おじさんのせいで、何もかもぶち壊しだ！」ニクラウスはそう言い残すと、赤ん坊のように泣くのを見られる前に部屋を飛び出した。

「ニック！」ウルフガングが怒鳴った。「戻ってこい。話はまだ終わってないぞ！」

話なら終わった。もう終わったんだ。

涙で視界がぼやけていたせいか、ニクラウスは玄関口の小さなテーブルにぶつかり、上にのっていたものが落ちそうになった。瞬間的に浅い容器をつかんだが、中に入っていた鍵が飛び出し、床に落ちた。拾い上げてみると、ウルフガングのものだった。

ニクラウスは目をしばたたいて涙を抑えた。こんなことになった以上、車を貸してくれることはないだろう。

ちくしょう。ニクラウスは鍵をポケットに入れた。今日は何もかもが裏目に出た。せめて、あの車を運転していい思い出にしたっていいじゃないか。おじさんがいったいぼくに何をしてくれる？　ぼくをオハイオ州のど田舎へ追いやって、別の見知らぬ学校でまた一からやり直しをさせようとするだけだ。

けっきょく、そういうことになるんだ。


玄関のドアが閉まるのを聞いたとたん、ウルフガングは悪態をついた。まったくなんて一日なんだろう。近くの壁を殴りつけたい気分でこぶしを握りながらキッチンに入り、大きなグラスにたっぷりの水でアスピリンを三錠流し込んだ。部屋がやけに狭苦しく感じる。今にも息がつまりそうだ。舌打ちをしながら居間を横切り、バルコニーへ出た。温かなしっくいの手すりに両手を置き、腕を伸ばして頭を下げ、思いきり空気を吸い込む。

〝それは無理な相談だ！〟ニクラウスに向かって怒鳴りつけた言葉が脳裏から離れない。どうしてあんな言い方をしてしまったのだろう。ニクラウスに、オハイオへは行かない、仕事は受けないと言えばすんだものを、なぜあんなにむきになってしまったのだろう。ニクラウスを怒鳴りつけ、命令するばかりで、あいつの不安を取り除いてやろうともしなかった。その結果がこれだ。なんて愚かなまねをしたのだろう。あれでは……。

かつての自分の父親そのものじゃないか。

ぼくの気持ちなど考えず、あっちこっちへと引きずり回した、ぼくが忌み嫌っていたリック・ジョーンズそのものだ。自分の新しい仕事がウルフガングの人生にどんな影響を与えるかなど、まるで気にしていなかったリック。自分がやりたいことをやっている限り、家族も幸せだと信じて疑わなかった父親。

肘を手すりに置き、ずきずきと痛む頭を両手で抱えた。「なかなかやるじゃないか」今、この状態で唯一の救いは、どん底まで落ちてしまった以上、それ以上落ちようがないということだ。あとは上昇するだけ。

「ほんと、なかなかやるわね」バルコニーを分けるしっくいの壁の向こうから、カーリーのとげとげしい声が聞こえた。ぐったりと手すりに寄りかかっていたウルフガングは体を起こし、横を向いた。カーリーが見ている。

うち沈んだウルフガングの表情を目にしたとたん、彼女の頑《かたく》なな心が一瞬ひるんだ。しかし、すぐにまた冷ややかさを取り戻す。声なんかかけるんじゃなかった。黙って、部屋に入るべきだったのに。だが、この苛立《いらだ》たしい男を初めて見た日から、どうしても彼に背を向けることができない。しかも、どうあがいても自分が損な役割をすること、最後に傷つくのは自分だということをわかっていても、いっこうに状況は変わらなかった。

「盗み聞きか、カーリー？」

ウルフガングの冷ややかな声にカーリーは我に返った。あいまいな笑みを返す。「盗み聞きだなんて、失礼ね。あなたが傷ついた雄牛のように大声でうなるから聞こえたんじゃない」

「それはすばらしい」ウルフガングはつぶやきながら、カーリーのほうへ足を踏み出した。突き出した鼻の上で眉を寄せる。「この三時間半、ろくに話しかけようともしなかったじゃないか。それなのに、突然、こっちへ来たくなったのか？」

カーリーは肩をすくめた。「何を話すことがあったの？　あなたは、保安部のプロのお偉いさんとして忙しそうにしてたじゃない。わたしが口を挟む余地なんてなかったわ」

ウルフガングはさらに彼女に近づき、うんざりしたように首を横に振った。「いずれにしても、ぼくが悪いということなんだな」

「あら、そのお高く留まった態度が――」

「ああ、〝お偉いさん〟という点は否定するが、保安部のプロには徹してたよ。きみのせいでそうせざるをえなかった」

「なんですって？」自分に矛先を向けてきたウルフガングに腹を立て、カーリーはしっくいの壁に歩み寄った。ウエストの高さにあるわずか十センチ程度の幅の手すりが邪魔になり、向かい合って立つことはできない。

「〝女を甘く見ると痛い目に遭う〟きみがそう言ったんだ。忘れたのか？」ウルフガングは抑揚のない口調で言った。「助けなんて必要ない。そうはっきり言ったじゃないか」筋肉質の肩をぐいっと引っ張った。「ぼくは女性から自由を奪うつもりはない」

ちょっと、なんなのよ！　彼の顔を引っかいてやりたい！　ようやくエレベーターから出たとき、わたしはあんなにも彼を必要としていたのよ。それなのに、どうにか自分で自分の身を守ったわたしをあんなふうに怒鳴りつけてきた。そのうえ、わたしを徹底的な女性解放論者扱いするなんて。「わたしは、あなたの決めたルールに従っただけよ」カーリーはふたりの関係の限界を定めた日のことを思い出し、むきになって言った。「だから、それが気に入らないのなら、自分を責めたらどうなの？　仕事に私情を挟まないという条件を持ち出したのはあなたよ。忘れてたなら教えてあげる。あなたは〝セックスライフと仕事は混同しない〟と言ったの」

「ぼくももう一度言わせてもらう。ぼくにそうさせたのはきみだ！　きみがぼくたちの関係の基本ルールを定めようと言ったんだ。だから、そう提案しただけのことじゃないか」

「あなたが何を考えているのかなんて、わたしにわかると思う？」カーリーは手すりを叩《たた》いた。「あなたの言葉を額面どおりに受け取ったからって、わたしのせいにしないで！　仕事とプライベートを区別するって言ったのはあなたよ。わたしは、それに協力してあげただけ」

「そうか、それはうれしいよ」ウルフガングは空笑いした。だが、すぐに真顔になり、鼻と鼻が触れあう寸前まで頭を近づけた。「仕事場の誰も、きみとぼくの関係に気づいてないと思っているんだったら、よっぽどまわりが見えてないんだな」にべもなく言う。「少なくとも保安部のやつらは知っている。念のために言っておくと、きみに関することでは、ぼくは手を出さずにはいられないんだ。同僚の前で、警備員としてはふさわしくない態度できみに触れたことも、一度ならずある」

「まさか」カーリーは首を横に振った。「そんなことなかったわよ」

「あるとも。きみだってそうだ。たとえば、こんなふうに……」ウルフガングは彼女の頬を親指で撫《な》でた。「あれは保安部のオフィスだった。同じ場所できみはぼくに抱きついた。それに、カジノで見つめ合っただけで、ストーカーにまでぼくたちの関係がばれたじゃないか。つまり、とてもプライベートと仕事を切り離していたとは言えないってことだ」

カーリーが心の奥底に隠していた怒りや傷が一気にあふれ出した。「わたしをばか扱いしないでちょうだい！　わたしは、もう少しがんばれば、あなたが待っててくれている、そうしたらもう大丈夫、ってずっと自分に言い聞かせてた。でも、あなたの胸に飛び込んじゃいけない、だって仕事とプライベートを切り離そうって言われたから、そう思ってた。実際はうまくいってなかったかもしれないけど、そういうルールがあると思ってたのよ。その一方で、あなたはわたしを褒めてくれるとも思ってた。ハイドを自分で撃退できたんだもの。それがどう？」カーリーは苦々しく笑った。

「カーリー――」ウルフガングが手を伸ばしてきた。

カーリーはさっと後ずさりした。「いきなり怒鳴りつけられたのよ。狂気の沙汰《さた》だとか、脳の代わりに綿がつまってる愚か者だとか言って。ニックとやり合ってたのも聞こえたわ。あなた、彼にも同じ態度をとってたじゃない。あれでは嫌われて当然よ」

カーリーの言葉はウルフガングの全身に矢のように突き刺さった。ひどく傷ついた彼の表情を見て、カーリーは壁際に近づいた。

「違うの」指先が白くなるほど力をこめて、しっくいの手すりをつかんだ。「そういうつもりで言ったんじゃないわ。ニックはあなたを嫌ってなどいない。変な言い方をして悪かったわ。本当にごめんなさい。ニックはただ傷ついて、混乱してるだけよ。あなたが彼を大切に思ってることは、彼も知っているわ」カーリーが手を差し伸べたが、今度はウルフガングが後ずさりした。

「どうやって？　どうしてそんなことがわかる？　ぼくのすばらしい保護者ぶりからか？　そんなことはありえない。事実は心を傷つける。だが、嫌われているのは事実だ」

「事実なんかじゃない！　わたしが心を傷つけられたから、ついそんなふうに言い返してしまっただけよ」

ウルフガングは指を髪に差し入れて頭皮をつかみ、肘を空へ向けて、カーリーを見つめた。「どうしてこんなことになったんだろう。これまでなかったほど幸せだったのに、大切な人々にいきなり背を向けられることになるなんて、ぼくがいったい何をしたというんだ」

カーリーの心が痛み、胸にぽっかりと穴が開いた。それでも心臓は動き続けている。ふと自分が恥ずかしくなった。「ああ、ウルフ、わたしの言い方が悪かったわ。ごめんなさい。腹を立てていたせいで、あまりにひどいことを言ってしまったのよ」

ウルフガングは肩をすくめた。「いいんだ。ひどいことを言ったのは、ぼくも同じだ。脳の代わりに綿がつまってる、なんて、あれは本気で言ったんじゃない。今日のきみはよくやったと思う。ぼくが自分できみを助けられなかったのが悔しかっただけだ」

ウルフガングの疲れた声と、遠くを見るような目に不安を覚え、カーリーはバルコニーのしっくいの壁を乗り越えようとした。

ふたりの間の目に見えない壁を保とうとするかのように、ウルフガングは後ずさりした。どうしてこんなに不安で息もできないのか、カーリーにはわからなかった。信頼できない女だと言われたわけでもなければ、二度と家の敷居をまたぐなと言われたわけでもない。だが、彼は傷つき、疲れ果てた様子で、いつもの覇気がまったく感じられない。こんなウルフガングは見たことがない。腹を立てている彼の扱いなら心得ているが、いつになく無気力な彼の姿に、カーリーは心底不安を覚えた。

「なあ、このままではぼくは子犬を蹴飛《けと》ばしかねない。きみの犬好きはよくわかってるから、今のうちに部屋に戻ってくれ」

「やめて！　もうやめてちょうだい。座って――」

「部屋へ戻れ。きみはぼくによくしてくれているが、ぼくはきみを傷つけたことがわかっても素直に謝ることもできない男だ。自分勝手なんだ。きみはぼくにはもったいない女性だよ、カーリー。だから帰ってくれ。ここにいてもきみのためにはならない」

「それがあなたじゃない」お願い。お願いだから。あなたはあなただわ。

ウルフガングは自嘲《じちょう》的に小さく笑った。「言っただろう」携帯電話が鳴った。ウルフガングはポケットから電話を取り出した。「帰れ」そう繰り返すとカーリーに背を向け、通話ボタンを押して耳に当てた。「ジョーンズだ」

ウルフガングの言うとおりよ。帰ったほうがいい。わたしが愛するようには愛してくれない男に、いつまでもしがみつくつもりはない。だから、もう一度壁を乗り越えて、自分の人生を取り戻さなくちゃ。ウルフガングという名前の男のことなんか知らない、ましてや恋などするはずがない、というふりをして。

　いずれにしても、彼は近いうちにこの町を出ていくんだもの。カーリーはしっくいの壁に足をかけた。

「なんだって？」

　尋常ではないウルフガングの声に、カーリーは後ろを振り返った。

「どこですか？」ウルフガングは大股で彼女に歩み寄り、思いきり彼女の手首をつかんだ。しかし、注意は電話の会話に注がれている。「はい……そうですか、わかりました。すぐに行きます。それまでは、すべてお任せします」

　ウルフガングが電話を切った。カーリーの胸に不安が広がった。「どうしたの？　ニクラウスに何かあったの？　彼、大丈夫なの？」

「ああ、いや」ウルフガングは首を横に振った。「まだわからない」ウルフガングの顔から血の気が失《う》せている。「デザート・スプリングス病院からだ。ニックが交通事故に遭ったらしい」

30

「車の鍵《かぎ》がないぞ」玄関口のテーブルの下をのぞき込みながら、ウルフガングは自慢の冷静さを失いつつあることを感じた。「いったいどこへ行ったんだ？　この容器の中に入れておいたはずなのに！」

カーリーはウルフガングの肩に手をのせ、なだめるように言った。「スペアキーはないの？」

「そうか」ほっと息をつくと立ち上がった。「そうだ。スペアキーがあるじゃないか。取ってくる」ようやく最悪の事態以外のことを考えられたとばかりに、ウルフガングは寝室へスペアキーを取りに行った。

しばらくしてふたりは車庫の前にやってきた。ウルフガングが暗証番号を打ち込んだ。車庫の扉が上がっていく。しかし、カーリーの手をしっかりと握りながら、ウルフガングは空っぽの車庫を見て呆然《ぼうぜん》とした。「そういうことか」ようやく事情を察し、ため息をつく。引きつった顔でカーリーを見つめた。「どうりで車の鍵がなかったわけだ。ニックが乗っていったに違いない」

「来て」カーリーはウルフガングを駐車場の方角へ促した。「わたしの車で行きましょう。どちらにしても、今のあなたは運転しないほうがいいわ」

永遠に続くかのような時間が過ぎ、ようやく病院に到着した。だが、実際には十五分か二十分しかかかっていなかった。緊急救命室《ER》に着くやいなや、ウルフガングはカーリーを連れてすぐに受付カウンターに向かった。病院からの知らせを聞いて以来、カーリーは片時も彼のそばを離れることはなかった。彼女がいてくれるおかげで、ウルフガングは落ち着いていられるようなものだった。

ウルフガングは受付の女性に自分の名前を告げた。「ニクラウス・ジョーンズが交通事故に遭ってここへ運ばれたという連絡をもらったんです。容態はどうなんですか？」どうか、大丈夫だと言ってくれ。頼む。神よ。

「申し訳ありませんが、わたしからは申し上げられません、ミスター・ジョーンズ。今、ドクター・メリウエザーに連絡します。奥さまと椅子にかけて少しお待ちいただければ、ドクターがいらっしゃってお話が聞けるはずです」

ウルフガングは、ニクラウスの容態を教えてくれとなおも食い下がった。しかし、カーリーに手を握られ、椅子の並んだ待合い室に連れていかれた。椅子に座ってからも、カーリーの長く力強い指を握り続けた。もう一方の手は膝の上でこぶしを握り、大きく広げた脚の間からじっと床を見つめた。「もし、ニックに何かあったら、どうすればいい？」低い声でつぶやいた。「ああ、カーリー、どうすればいいんだ？　すべてぼくのせいだ」

「違うわ」カーリーはつないだ手をそっと撫《な》でた。「そんなことはない」

「きみはわかってない。ちゃんと言えばよかったんだ。チャンスがあったのに、黙ってたぼくが悪いんだ。仕事は――」

「ミスター・ジョーンズですか？　ジェニファー・メリウエザーです。甥御《おいご》さんの治療を担当しています」

疲れた表情を浮かべた四十代半ばの女性がウルフガングの前で立ち止まった。色白で、これといった特徴のない髪の色をしている。ウルフガングに続いて、カーリーも立ち上がった。「ニクラウスの容態は？　助かりますか？」

「今は安定していますが、できればもう少し詳しい検査をしたいと思っています」

「そうですか。わかりました」彼女は医者だ。医者が検査が必要だと言うなら、検査をしてくれてかまわない。それでも心配になったウルフガングは尋ねた。「でも、なぜ検査を？」

「いいニュースからお話しします。肉眼で見える傷はすべて縫合がすんでいます。病院に運ばれたとき、彼はショック状態にあったのですが、手当の結果、危機は脱しました。また頭にひどい裂傷があったのですが、実際には傷は浅く、すでに縫合して今はきれいになっています。心配なのは脾臓《ひぞう》の損傷ですが、血液検査、尿検査、直腸検査の結果、数値はすべて許容範囲内に収まっていました」

ドクター・メリウエザーが言葉を切り、息を吸い込んだので、ウルフガングはいても立ってもいられなくなった。「それで、悪いニュースというのは？」

「今のところ、特にありません。なければいいと思っています。ただ、彼は腹部の痛みをまったく訴えないのですが、触診をする限り、痛くないはずはないんです。痛みには鋭敏な場所ですから。ニクラウスは我慢強いお子さんですか？」

「ええ、そうです」カーリーが答え、ウルフガングもうなずいた。

「あらゆる点で、アスリートなんです」ウルフガングが言い足した。「だから我慢しているのかもしれません」

「とにかく、脾臓が破裂しているといけないので、念のためにCATスキャンをしたいと思います。腹部を強打したことが原因で内出血を起こすのは、子供にはよくあることなので」

ウルフガングは腹を氷の破片で切られるような気がした。ドクターに向かって短くうなずく。「先生にお任せします。ニクラウスに会えますか？」

「ええ。放射線の専門家が来るのに、まだ数分かかると思います。それまでお話ししてくださってけっこうです」ドクター・メリウエザーは数メートル離れたところに立っている女性を呼んだ。「メアリーが病室へ案内します。奥さまもご一緒にどうぞ」

カーリーを妻と間違われたのはこれで二度目だ。そしてそれを聞き流したのも二度目だった。たしかにふたりで手をつないでいれば、他人から見れば彼女も同じくらい心配しているように見えることだろう。必然的な論理であり、わざわざ訂正するほどのことではない。

もちろん、妻と思われていれば、カーリーも治療中のニクラウスに堂々と面会ができる。カーリーがそばにいてくれることで、どれだけ自分は慰められていることか。それにニクラウスの生死がかかわっている限り、彼女はぼくについてきてくれるだろう。そこで、ウルフガングはドクター・メリウエザーに感謝の意だけを伝え、握手した。

だが、メアリーについて病室へ向かいながら、ウルフガングは自分が誤解を解こうとしなかった本当の理由に気づいた。カーリーを〝奥さま〟と呼ばれたのがよかったのだ。いや、そうじゃない。〝よかった〟なんてものじゃない。うれしかったのだ。だが、それはあまりにも衝撃的ではないのか？　三カ月前は、おしゃべりで、だらしないショーガールとの結婚など夢にも思っていなかった。そんなことを話題にされても一笑に付していただろう。しかし、今は悪くないどころか、それが最もすばらしい選択肢のように思えている。カーリーは寛大で、何をするにも一生懸命で、そしてこれまで出会った中で最も面倒見のいい女性だ。だらしない？　たいしたことじゃない。ぼくだって掃除機ぐらい自分でかけられる。それにおしゃべり？　自分がいいと信じているものに対して感情的になりすぎる傾向はあるが、世の中の彼女以外の女性に〝あなたの言うとおり〟と言われるより、彼女と反対意見を闘わしているほうがいい。〝はい〟としか言わない覇気のない女性が自分の理想だなんて思っていたのが嘘《うそ》のようだ。カーリーのような女性と夫婦になれるなら、こんなにラッキーなことはないじゃないか。

それなのに、ぼくはぶち壊しにしてしまった。

ようやくメアリーはぴたりと閉まったドアの前で立ち止まった。こぶしでノックするとドアを開け、中をのぞき込んだ。「ご家族がいらしたわよ、ニクラウス」明るくそう言うと、さっと脇《わき》へよけ、ウルフガングとカーリーが入れるようドアを押さえた。

メアリーがドアを閉じたことにウルフガングはほとんど気がつかなかった。シンクの脇に立つ看護師がにっこり微笑《ほほえ》んで挨拶《あいさつ》したことにもほとんど気を留めなかった。ベッドの上で肘をつき、上半身を起こそうとしているニクラウスだけを見つめていた。ニクラウスの顔は、誰かがきれいに拭《ふ》いてくれたのだろうが、真っ白で、血の一滴もついていない。その代わり、髪には血がこびりつき、首から腕、Tシャツまで真っ赤に染まっている。ひと目見ただけで、ウルフガングは心臓が止まりそうになった。ショックを受けたのはカーリーも同じらしい。ウルフガングの血流が止まりそうなほど、めいっぱい手を握りしめている。ただ、顔は必死に平静を装っているようだ。これもウルフガングと一緒だった。とはいえ、血にまみれ、左のこめかみの上に縫った跡のあるニクラウスの姿に呆然とし、しばらくは動くことができなかった。

「見た目ほど重傷ではありませんから安心なさってください」看護師が優しく教えてくれた。「頭部の出血がひどかっただけですから」

ウルフガングが来たと聞いて、ニクラウスはほっとしていた。よかった、もうひとりぼっちじゃない。だが、体を起こしたとたんに、おじのいかめしく無表情な顔が目に入り、悟った。もうだめだ。それまで必死に抑えてきた感情の壁が、一気に崩れ落ちた。

「ごめんなさい、ウルフおじさん」ニクラウスは、自分の性急さがとんでもない事態を引き起こしたことを心から恥じていた。それでも、声の震えを抑えることはできなかった。

「ぼ、ぼくのこと、嫌いになったでしょ？　おじさんの車をめちゃめちゃにして――」

「車なんかどうでもいい」

「え？」きっと聞き間違えたんだ。ウルフガングはカーリーの手を放し、大股でベッドに歩み寄った。

ウルフガングは腕を伸ばし、ニクラウスの手を取った。両手でしっかりと包み込み、看護師が持ってきてくれたスツールに腰を下ろした。「車ならまた買えばいい」つっけんどんに言う。「でも、おまえの代わりはいない」

そんなふうに言われるとは思ってもいなかった。まさか、そんなふうに言ってくれるとは。ニクラウスの頬を涙がこぼれ落ちた。「どでかいトラックが、いきなり現れたんだ」ニクラウスは説明しようとした。あんなことを言っても、きっと大切なストリート・ロッドに何が起こったのか、ウルフガングは知りたいに違いない。「道路に車がいなくなったと思ったら、次の瞬間、真横から突っ込んできたんだよ」肘をついたニクラウスの体がぶるぶると震えはじめた。彼の体につないである機械のひとつから警告音が鳴りはじめた。

「横になれ」ウルフガングは言い、ニクラウスをベッドに寝かせた。「ゆっくりと深呼吸しろ。今は車のことは忘れるんだ、いいな？　車なんてどうでもいい。おまえの回復のほうが大事だ」後ろに手を伸ばし、カーリーを引っ張った。「ほら、おまえに会いに来てくれた人がもうひとりいるぞ」

カーリーは体をかがめてニクラウスの額にキスをした。ニクラウスは反射的に目を閉じた。その瞬間、消毒薬と血の臭《にお》いが、さわやかな女性の香りに置き代わった。カーリーが体を起こした。目を開けると、彼女がにっこりと微笑みながら見下ろしている。

「ハイ、ニック。無事でよかった。安心したわ」カーリーの笑顔が歪《ゆが》んだ。「ウルフも心からほっとしてるのよ。あなたがけがをしたと聞いたときの彼の動揺ぶりときたら、とても見られたものじゃなかったわ」

「本当に?」信じられなかった。ロボット人間が動揺するなんて。でも、そう聞いただけでなぜか心が安らいだ。ニクラウスは言われたとおりにゆっくりと何度か深呼吸した。やがて機械の警告音が徐々に収まっていった。深呼吸のせいなのか、それとも自分のことを心から心配してくれているおとなが隣にいるせいなのかはわからない。いずれにしろ五分前に比べると、ずっと気分はよくなった。

でも、やけに頬が冷たい。ニクラウスは空いた手で頬を拭《ぬぐ》った。涙とわずかな血でにじんだ指を見て、つぶやいた。「まいったな、涙が出てる」急に照れくさくなり、ウルフガングとカーリーを見上げた。「ぼくのこと、大きな赤ん坊だって思ってるんでしょ」

「いや」ウルフガングが言った。カーリーはニクラウスの目にかかった髪を払った。「出血が多かったのと、恐ろしい思いをしたせいで少し気が弱ってるんだろう。おまえのおかげで、今日はみんなが泣きたい気持ちにさせられたよ」

　そうだった。ぼくは世界でいちばんの車をめちゃめちゃにしただけでなく、自分もけがをして、怖い思いをして、ひとりぼっちになった。それに女性の医者に、お尻に指を突っ込まれたんだ。このままじゃ、恥が上乗せされる一方だ。「もう帰れる?」

「まだだめだ。おまえ、腹が痛むんじゃないのか?」

　不安が胸をよぎり、ニクラウスは首を横に振った。医者もぼくに痛いと言わせようとしていた。でも言わなかった。痛いと認めたらもっと痛くなるし、何か恐ろしいことになってたらいやだ。「ううん、大丈夫」大丈夫と言っていれば、大丈夫さ。

「ニック」

　ウルフガングに厳しい目で見つめられ、嘘がつけなくなった。「わかった。少し痛いような気はする。でもたいしたことはないよ」

「それを決めるのは医者だ。ドクター・メリウエザーは、脾臓に損傷がないかどうか検査したいと言っている」

「あるわけないよ」どうか、どこも悪くありませんように。

「たしかにおまえの言うとおりかもしれない」ウルフガングが言った。おじの真剣な表情を見ているだけで、ニクラウスは少し安心した。少なくともそれほど怖くはなくなった。温かな手をニクラウスの額に当て、隠しごとのないまじめなまなざしで見つめてくれているから、なおさらだ。「ただ、もし何かあった場合、できるだけ早く手当したほうがいい。

だから、ドクターに検査が必要だと言われたら、ちゃんと検査を受けろ。ぼくたちと違って、ドクターは八年間も医学の訓練を積んでいるんだ」

「でも――」

「でも、はなしだ。検査といったって痛いわけじゃないし、受けておいたほうが賢明だ。頭がいいおまえなら、わかるだろう?」

「わかったよ。じゃあ、検査が終わったらすぐに家へ連れて帰ってくれる?」今のニクラウスの願いは、ウルフガングと一緒に家へ帰ること、それだけだった。

「ドクターの許可が下りればな。それにどんなことがあっても、おまえが家に帰れるようになるまで、カーリーもぼくもどこへも行かない」ウルフガングはスツールをベッドに寄せ、ニクラウスの耳元に顔を近づけた。「それから、さっきのことだが」低い声で言う。

「ぼくが悪かった。ちゃんとおまえに言うべきだった。新しい仕事の話は――」

「LSD入り清涼飲料《クールエイド》のテストをするのは誰だい?」半袖《はんそで》の医療衣を着た、手首から二の腕までびっしりとタトゥーでおおわれている若い検査技師が病室に入ってきた。ベッドを挟んだウルフガングとカーリーの真向かいで立ち止まり、身をかがめてベッドの車輪のブレーキをはずす。検査技師は耳に大きな円盤形のピアスをしていて、その重みで耳たぶに十セント硬貨ほどの穴が開いていた。どれだけおしゃれなのか知らないが、とても快適そうには見えない。

体を起こした検査技師は仰々しい身振りで言った。「自己紹介しよう。おれはマイク。

本日、きみを異世界へお連れする案内役だ。心の準備はできたかな？」ニクラウスの頭側に回り、ベッドを押しはじめた。

体中がずきずきと痛みはじめたが、ドアに向かって動くベッドの上でニクラウスは首をひねり、おじを見つめた。「ぼくが戻ってきたとき、まだここにいてくれるよね？」

「もちろんだ」ウルフガングが答えた。その真剣なひと言で、またひとりぼっちになるのではないかというニクラウスの不安は、いくらか解消された。

ニクラウスは、息を吐き出した。「よかった。じゃあ、行ってくる」数分前まで、自分にとってこの数週間でウルフガングがどれほど大きな存在になっていたか、ニクラウスはまったく気づいていなかった。でも、今は違う。ウルフガングはニクラウスの世界そのものだった。ウルフガングは落ち着いていて、礼儀正しくて、いつもそこにいてくれる。そして必ず約束を守ってくれる。

ただ、そういう自分の気持ちをどう表現すればいいのかがわからないし、今日、自分が犯した過ち、すなわちウルフガングの車を盗んだうえに、めちゃくちゃにしてしまったことや、大嫌いだなどと心にもないことを言ってしまったことを、どう謝ればいいのかもわからない。だから気さくな検査技師にベッドを押されて廊下に出るまで、ウルフガングの目をじっと見つめ続けた。今でもラスベガスを離れるのはいやだ。でも、やっぱり……。

「オハイオでの生活も、それほどつまらなくはないと思うよ」ドアが閉まる寸前にニクラウスは言った。「少なくとも、おじさんと一緒なんだから」

ドアが閉まったとたん、ニクラウスはベッドに深く沈み込んだ。検査技師を見上げて言う。「さっさと終わらせちゃってくれよ。家に帰りたいんだ」

「なんてことだ。ああ、カーリー」

ぴたりと閉じたドアから目を離さないウルフガングを、カーリーはじっと見つめた。彼の顔に次々と浮かぶ、ショック、やるせない愛、そして希望の表情を見ているだけで、今にも自分の心が壊れそうだった。手に顔を埋《うず》めたウルフガングの背後に寄り添い、腕を伸ばして肩を撫でた。

「わかったでしょ？」硬くなった彼のうなじの筋肉をほぐすように親指で押しながら、優しく言った。「ニックはあなたのことが大好きなのよ」ニクラウスの言葉は、ふたりが近々ラスベガスを離れることを思い出させ、心にぐさりと突き刺さった。それでも、できるだけ痛みを無視するようにした。「保護者失格だなんて、二度とわたしの前で言わないで。わかった？」

看護師が治療器具の入った箱を持ち上げ、ドアに向かった。「カウンターの端にブザーがありますから、甥御さんが戻られたあと、何かありましたらいつでも呼んでくださいね」そう言うと、ドアの前で足を止め、ふたりを振り返った。「これはあくまでもわたしの意見ですが、世間には保護者失格の親がいくらでもいますよ。そういう人たちに比べれば、〝ウルフおじさん〟は親以上に保護者らしくていらっしゃるんじゃないかしら」看護師は部屋を出ていった。

「ほらね」カーリーが言った。「だから言ったでしょ」

ウルフガングはようやく気を取り直したらしい。両手を下ろし、胸を張って背筋を伸ばし、カーリーに向き直った。しかし、保護者らしさ云々《うんぬん》には触れず、明るく言った。「ぼくのストリート・ロッドがニックの言うとおりにめちゃめちゃになったのなら、車を二台さがす必要がありそうだ」

カーリーは目をしばたたいた。「まだ、ニックに車を買うつもり？」

「もちろんだ。二週間後には、あいつの誕生日が控えているからな」ウルフガングは眉を寄せ、カーリーを見上げた。「ぼくの気が変わったとでも思ったのか？」

「だって、こんなことになったのよ。普通は、車は買わないんじゃないかしら」

ウルフガングは鼻を鳴らした。「これまでニックは、普通の子供らしく過ごしてきたことがなかった。ご褒美に何かを買ってもらうなんて、ほとんどなかったんだ。ぼくの母を除くと、頼れるおとなは誰もいなかったからね。だから、あいつにも自分だけのものを与えてやりたい。たしかに今日はひどいことをした。でも、あいつは立派だ。これまでひとりぼっちだったことを考えたら、もっと褒められてしかるべきなんじゃないだろうか。だからぼくは、あいつに車をプレゼントする」ウルフガングは、きっぱりと言った。「それが変だと言うやつには、言わせておけばいい」

「ああ、ウルフ、愛してるわ」

ウルフガングの体が固まった。それはカーリーも同じだった。口に出して言うつもりじゃなかったのに。つい、口が滑って……。

カーリーは覚悟を決め、背筋を伸ばした。わたしは彼を愛してるわ。それなのに、他人には話せない一家の恥でもあるまいし、これ以上隠すのはいや。口に出して言えば、きっとすっきりするわ。

「ど、どうした？」ウルフガングはびっくりしたように言い、ゆっくりと立ち上がった。

「あなたを愛してるの」カーリーは落ち着いた声で告白した。「わかってる。最初に約束したものね。だから、この関係を変えてほしいなんて望まない。あなたがオハイオへ行くつもりだっていうのはわかってるの。ただ、あなたに――」

カーリーの言葉はウルフガングのキスで遮られた。熱く激しいキスに、カーリーは力なく彼に寄りかかった。しばらくしてウルフガングはようやく頭を上げた。

カーリーを見下ろして言った。「勘違いするな」

「なんですって？」今度はカーリーが驚く番だった。後ずさりしながら、唇を舐《な》める。まだ彼の味が残っていた。「どういう……」

「オハイオへは行かない。仕事の話は断る」ウルフガングは口端を小さく歪めて笑みを浮かべ、手を伸ばした。剥《む》き出しになったカーリーの腕を手のひらで撫で下ろす。

「いつ、決めたの？」

「今日、オフィスできみに〝愛してる〟って言われたときだ」ウルフガングはさらにカーリーに近づき、カーリーが自分の目をまっすぐにのぞき込めるよう膝を曲げた。「もっともあのときの言葉は、動物保護センターへ行こうというぼくの申し出に対する感謝の表れにすぎなかったと思う。それはわかっている。だが、そのひと言でラスベガスを離れることができなくなった」

カーリーの鼓動が速くなっていく。「つまり、わたしのために、残ってくれるの？」

ウルフガングは彼女の首筋にキスをした。「そうだ」耳に息を吹きかける。「きみと、ニックのためだ」

カーリーは首を傾けてウルフガングを見つめた。「でも……仕事を受けるつもりがなかったのなら、いったいニックと何を言い争っていたの？」

ウルフガングはため息をついた。「仕事を断ることを、あいつには言ってなかったんだ。すぐに言えばよかったんだが、家に着いてドアを開けるなり怒鳴りはじめるものだから、こっちもかっとなってしまった。だから、こうなったのは……」そう言って部屋全体を見回した。「本当はぼくの責任なんだ」

「いいえ、それは違うわ」カーリーは腰から上を起こして、ウルフガングの目をいつになく真剣なまなざしで見つめた。「これは、あくまでもニクラウスが起こしたことよ。だから、彼自身が責任をとるべきなの。あなたの対応にも問題はあったけど、彼の行動に責任を負う必要はないわ」

ウルフガングは、静かに、そしてはっきりと言った。「愛している、カーリー」

カーリーは唖然《あぜん》として彼を見つめた。ようやく口を閉じ、小声でささやいた。「今、なんて言ったの？」

「聞こえただろう」だが、胸の奥では、温かなものがじんわりと広がりつつあった。「いつの間にか、きみはぼくにとってなくてはならない女性になっていた」

喜びを噛《か》みしめながらも、カーリーは疑わしげに言った。「それはまた、ずいぶんな心変わりだこと。わたしは、あなたがさがし求めていたような〝主婦の鑑《かがみ》〟にはなれないわよ」

「わかっている。でも、それでもかまわない」

「それならいいわ」カーリーはとっておきのすばらしい笑みを浮かべた。「それで、あなたの大いなる計画はどうなったの？」

「計画を放棄したわけじゃない。少し修正を加えただけだ。それと、今までのように目標をひとつに絞るのはやめることにした」

ウルフガングは大きな手でカーリーのヒップを包んで持ち上げ、カウンターの上にそっと座らせた。彼女の脚を開き、その間に入り込む。「ぼくが最初に計画を立てたのは、十六歳のときだった」カーキ色のパンツをはいた彼女の太ももを撫でながらウルフガングは言った。「当時は、野心しか持っていない、不幸な子供だった。もちろん今でも野心は持っている。言っておくが、それだけはこれからも変わらないだろう。だが今は、人生には仕事よりも大切なものがあることを知った。中西部に行かなければ自分の人生計画を実行できないとは、もう思っていない。ラスベガスに住んでいても立派な人生が送れるということを、この数週間で学んだよ」

希望とは、まさに天空に浮かんで光を放つ人生の道しるべだ。「つまり、これからもラスベガスで暮らすってこと?」

「ああ、少なくともニックがハイスクールを卒業するまでは。いや、もっと先まで住み続けるかもしれない。大きなリゾートホテルの警備員というのは、実はすごく大変な仕事なんだ。一度のシフトであれほどさまざまな事件に遭遇する仕事は、ほかには思いつかない。たしかに〈アヴェンチュラト〉では、これ以上の出世は望めないかもしれない。ダンが引退するのは当分先になるだろうから。でも、ラスベガスなら、カジノはほかにいくらでもある」

ウルフガングは首を傾け、幸せを噛みしめながらカーリーにゆっくりとキスをした。人生計画を立てていたとはいえ、こういう幸せがかなえられるとは正直なところあまり期待していなかった。カーリーの唇は滑らかで柔らかい。ウルフガングは病院にいることはもちろん、彼女を腕に抱いているという事実以外のことをすべて忘れ、しばしカーリーとの甘い時間に浸った。ようやく顔を上げ、尋ねた。「きみはどうなんだ? ダンスをやめたら何がしたい?」彼女のことをもっと知りたい。これまでは、妙な取り決めのせいでほとんど聞き出せなかったのだから。

「まだはっきりとは決めてないの。でも、やっぱり動物に関係することかしら」カーリーは優しく微笑み、腕を伸ばしてウルフガングの顎の下に両手を当てた。「さっきの言葉、もう一度言って」

「愛している」カーリーへの愛が、ウルフガングの体のすみずみまで満たしていく。心臓に留《とど》まり、吐き出した息に混ざり込んだ愛は、やがて血流を通してシャンパンの泡のようにあふれ出した。

カーリーの顔が輝いた。「ああ、ウルフ、こんなに誰かを愛せるなんて思わなかったわ」

「その言葉が聞きたかった」いくら聞いても聞き足りないくらいだ。「それで、きみはいつ結婚したい？」

「ちょっと待って」カーリーはウルフガングの顔から手を離し、わずかに後ろへ下がった。「勢いに流されるのはやめたほうがいいんじゃないかしら」

ウルフガングの自尊心がちくりと痛んだ。だが、自分でも驚いたことに、カーリーの気持ちがわからないわけではなかった。「永遠の愛を約束したいんだ」諭すように訂正した。「勢いに流されるのとはまったく違う」

「結婚に対するわたしの気持ちは知ってるでしょ」

「どうしてそういう気持ちにいたったか、もだ。だが、きみはきみだ。お母さんとは違う」

カーリーは息を吸い込み、ゆっくりと吐き出した。「それはわかってるわ。でも、結婚の相談ができるほど心の準備ができてないの。あなたがわたしを愛してくれていることがわかっただけで十分。お願いだから、今はここまでにしておいてくれないかしら」

できることならすべてがほしい。だが、頬を赤らめてカウンターに腰かけるカーリーは、五分前までは彼が期待もしていなかった、愛に満ちた瞳で自分を見ている。ウルフガングはうなずいた。「わかった。今日のところは、ここまでにしておこう」だが、明日からはまた新しい作戦を展開するぞ。

ウルフガングの気持ちに気づいたのか、カーリーは目を細めた。「わたしに反対されると、闘争心が燃え上がるんでしょ？」

「ああ」

彼女のブルーの瞳の奥で、闘いの火花が散った。「勝てると思ってるの？」

「きみとの永遠の幸せがかかっているからね」ヒップをつかむ手に力をこめて彼女を引き寄せ、彼女が作った小さな隙間《すきま》を取り除いた。太ももの後ろで彼女が足首を組むのを感じ、にっこりと笑う。「どうだろう、今すぐ降参したほうがいいんじゃないか？　今回ばかりは、絶対に負けるわけにはいかないんだ」

エピローグ

「この男女が夫婦であることをここに宣言いたします」

祭壇の前に立ったカーリーが笑みを浮かべて振り向き、まっすぐにウルフガングを見つめた。

ウルフガングは、カーリーと自分を順に指さした。きみとぼく。もうすぐだ。三列目の座席で口だけを動かした。バージンロードを戻りはじめたエレンとマックのあとから、カーリーとトリーナがついていく。

カーリーが満面の笑みを浮かべた。この数週間、ウルフガングはカーリーにしつこいほど結婚をせまってきた。イエスと言ってくれる日も近いはずだ。

だが……。

「また、その話？」カーリーは言った。エレンとマックの結婚式が滞りなく執り行われ、しばらくしてからのことだ。ウルフガングはカーリーに、自分の結婚式にどんな花を使いたいかを尋ねた。ふたりは教会の駐車場で、マックとエレンが使った花をニクラウスの車のバックシートに乗せているところだった。暖かな太陽の光が彼女の肩に降り注ぎ、午後も遅い空には、一面の青空が広がっている。

「ねえ、おじさんと結婚してあげてよ。かわいそうで見ていられないんだ」ニクラウスが割り込んだ。「毎晩、家の中を行ったり来たりしてるんだよ。いいかげんに一緒に寝てあげてくれないと、頭がおかしくなっちゃうかもしれない」

カーリーはニクラウスに向かって眉をつり上げた。「それって、彼にしては普通なんじゃないかしら」そう言うと、ウルフガングをにらみつけた。「子供たちを使うのも作戦のうち？」

ウルフガングはその大きな肩をすくめた。「言うじゃないか。恋と戦争は手段を選ば――」

「ところで、ナタリー」カーリーはフロントシートに乗り込もうとしているナタリーのほうを向いてウルフガングの言葉を遮り、あっさりと話題を変えた。「ニックの新しい車はどう？」

「もう、最高！」ナタリーはドアを閉めたものの窓を下げ、にこやかに微笑《ほほえ》んだ。ニクラウスは、先週の誕生日にウルフガングに買ってもらった一九五二年製のビュイック・ロードマスターのエンジンを始動させた。「こんなすてきな車があったなんて、信じられない」

「エンジンも快調のようだ」ウルフガングが満足げに言った。屋根に手をついて体をかがめ、ニクラウスを見やる。「安全運転で行けよ」

「決まってるじゃないか」ニクラウスが答えた。「おじさんに後ろからぴったりつけられたんじゃ、飛ばしたくても飛ばせやしない」

「生意気なやつだ」ウルフガングはそうつぶやきながら、カーリーと一緒に一九四〇年製のフォード・クーペに乗り込んだ。ニクラウスが廃車にした車の代わりに買ったもので、前とまったく同じ型だ。

「でも、そこが好きなんでしょ」カーリーは、わかってるわよ、とばかりに微笑んだ。事故のあと、ニクラウスにのちのちまで引きずるような後遺症がないと知り、ウルフガングはどれほど喜んだことだろう。けっきょくニクラウスの脾臓《ひぞう》は打撲を負っただけですんだ。彼の今の最大の悩みは、ビュイックの深緑色のフェンダーに炎の絵を描《か》くべきか描かざるべきか、というものだ。ニクラウスは描く方向に気持ちが傾いているが、ウルフガングはやりすぎだと言って反対している。ロードマスターの特徴でもあるクロムパーツが台無しになるというのだ。

教会からコンドミニアムまではあっという間の道のりだった。ふたりはニクラウスとナタリーを手伝って花を車から降ろし、エレンとマックが披露宴用に予約したクラブハウスへ運んだ。

カーリーが持っていった花は、ジャックスがクラブハウスの入り口で受け取ってくれた。

「これをどこへ置くか、こと細かに指示されてるんだ」ジャックスは言い、カーリーを上から下までさっと眺めた。「ブライズメイドのドレスを着たきみは、ものすごくきれいだよ。うん、トリーナにも負けないくらいだ」

「当然よ、思いきりめかし込んだんだから」緑がかったブルーのサテンのスリップドレスを着たカーリーは答え、軽くタップを踏むとくるくると回転した。するとお揃《そろ》いのデザインで淡黄色のドレスを着たトリーナがいつの間にか横に現れ、カーリーに合わせて踊りはじめた。ドレスを披露するだけのパフォーマンスが、いつの間にか即興の短いダンスに変わっていた。

踊りがばらばらになりはじめたところで、ふたりは笑いながら足を止めた。周囲からいっせいに拍手が巻き起こった。ふと目を上げると、マックのたくましい腕に肩を抱かれたエレンが、ふたりに向かって笑いかけている。エレンの顔は喜びに輝いていた。

「ほら、ブロディ夫妻のおでましよ！」トリーナの手を取り、カーリーは新婚夫婦のもとに歩み寄った。

エレンは、喜びに顔を輝かせている。「久しぶりにあなたたちのダンスが見られてうれしいわ！　なんてすてきなプレゼントかしら」

「しかも、ただ同然よ」カーリーはにやりと笑った。「お祝いに贈った業務用のクッキーの焼き型を返してもらわなくちゃ」

トリーナはカーリーのヒップを叩《たた》いてから、エレンに注意を引き戻した。「いつもの愛らしさに増して、本当にきれいよ」トリーナは言い、身をかがめて小柄なエレンにキスをした。赤毛のカールが、エレンの紫がかったブルーのドレスの肩をこすった。

カーリーもトリーナにならってキスをすると、ふたりはくるりと振り向き、マックの両頬に同時にキスをした。「エレンを大切にしてあげてね」体を引きながら、トリーナは軽く忠告した。

「もちろん、するわよ、ね？」カーリーは言い、マックにもう一度キスをした。「マックは紳士だもの。見る目もあるし。でしょ？」

「おまえの言うとおりだ」マックはエレンの腰に腕を回し、タキシードを着た胸に彼女を抱き寄せた。

熟年カップルの幸せそうな表情に、カーリーの顔がほころんだ。「ふたりとも、おめでとう。この日のためにいろいろがんばってきたことは知ってるけど、ついにこの日がやってきたことがどれほどうれしいものか、わたしには想像もつかないわ」カーリーは周囲を見回した。「マック、娘さんたちはどこ？」

「ケータリング業者にあれこれ命令しているんだろう」マックはひとり笑いした。「マグズはあの母親の娘だからな」

ゲストが次々と到着し、花嫁と花婿にお祝いの言葉をかけにやってきた。カーリーとトリーナはバーへ移動し、それぞれグラスワインを注文した。グラスの縁越しにトリーナを見つめながら、カーリーが尋ねた。「あなたも旅行のことで頭がいっぱいなんじゃない？　出発まであと一週間ちょっとでしょ」

「そうなの」トリーナは笑った。「もう荷物はすっかり準備できてるわ。わかってる。ばかみたいでしょ。でも、パリに行けるのよ！　楽しみでどうかなりそう」シャルドネをすすり、カーリーに体を寄せる。「ジャックスと相談して、近い将来の計画を立てたの」

「『ラ・ストラヴァガンザ』をやめたあとで、ってこと？」

「ええ。二、三年は、彼のトーナメントについていって、あちこち世界を見てこようと思うの。そのあとで、自分のスタジオを開くわ」

「まあ、トリーナ、よかったじゃない！」カーリーは親友の肩に腕を回し、彼女を強く抱きしめた。「世界旅行もすてきだけど、ダンススタジオを開くのは、あなたの長年の夢だったものね」

「ええ」トリーナは満足げに答えた。「最高の気分よ。こんなに幸せが味わえるなんて思わなかったわ、カーリー」

「今まで苦労してきたんだもの、当然の結果よ」

ふたりの前で、ナタリーと手をつないだニクラウスが立ち止まった。「ナタリーと一緒に、ジャスパーの散歩に行くんだ。バスターも一緒に連れていこうか？」

「それは助かるわ！　ちょっと待って。バッグをさがして、鍵《かぎ》を渡すから」

「いらないよ」駆けだしながら、ニクラウスが言った。「家にスペアキーがあるから」

「猫たちにキャットフードをやってくれる？」ニクラウスの背中に向かって叫んだ。ニクラウスは、わかったとばかりに長い指を振って合図した。

「あいつ、きみを〝カーリーおばさん〟って呼びたくてしかたがないんだ」耳元でウルフガングの声がした。首を傾けると、すぐ後ろにウルフガングが立っている。「頼むから、かわいそうなあいつの望みをかなえてやってくれ」

「かわいそう、ねえ。近ごろの子供にしてはめずらしいほど幸せに見えるけど。あなたが車を買い与えてからというもの、彼の顔がにやけてないところを見たことがないわよ。まあ、個人的には、ジャスパーを引き取ったことも決定的要因のひとつじゃないかと思ってるけど」

「きみの場合は、常にペットを引き取るかどうかが問題なんだろう?」

「まあね。でもニクラウスの場合、あなたがジャスパーを引き取ったのは、彼のためだって信じてるわ。本当は、あなたがほしくて連れて帰ってきたのにねえ」それに、いつもは慎重な男性がいきなり衝動に走る姿も悪くないわよ。

ウルフガングは苦笑いを浮かべた。「まあ、いいさ」カーリーをよけるように身をかがめ、トリーナに向かって微笑む。「旅行が待ち遠しくてしかたないんだって?」

その後、乾杯から食事会まで、披露宴もスムーズに行われた。やがて照明が落とされ、会場にスローなダンスミュージックが流れはじめると、バーでエレンと彼女の弟と話をしていたカーリーのもとへ、ウルフガングがやってきた。ウルフガングはエレンたちに断りを入れて、カーリーにダンスを申し込んだ。

「わたしにリードさせてくれるの?」自分をフロアへと引っ張っていくウルフガングに向かって冗談半分で尋ねた。

「まさか」

カーリーは目を開いてウルフガングをにらみつけた。「わたしはプロよ」

「そしてぼくは、一人前の男だ」ウルフガングは自分の胸をこぶしで叩いた。「プロにだって負けないぞ」

「粗暴な男に限ってそう言うのよ」カーリーはウルフガングの腕の中に体を滑り込ませた。

「でも、すてき。興奮しちゃうわ」

「今夜のエレンとマックの選曲は抜群だ」エヴァ・キャシディの《ダーク・エンド・オブ・ザ・ストリート》に合わせて体を揺らしながら、ウルフガングがささやいた。「スローナンバーがたっぷりと用意されている」

「ほんと」ウルフガングの腕に抱かれていると、慌ただしい一日の疲れが消えていくようだった。「分別あるおとなの友人を持つとこんな利点もあるのね」

ふたりは三曲続けてスローなダンスを踊った。ゲイリー・ムーアのブルースが終わりに近づいたころ、ウルフガングはカーリーのこめかみに顎をこすりつけた。「愛している、カーリー・ヤコブセン」低い声でささやく。「これほどひとりの女性を愛せるなんて、思ってもいなかった。どんな手段を使っても、きみをぼくだけのものにしたい。毎晩、きみと一緒に寝たがっている、というニクラウスの言葉は嘘《うそ》じゃない。ぼくは本当にそう思ってるんだ。愛し合ったあと、きみを腕に抱いたまま朝までゆっくり眠りたいんだよ。ベッドから抜け出して、バルコニーの壁を乗り越えるなんてもうごめんだ。きみを妻として紹介し、オフィスのデスクの上にきみの写真を飾りたい。動物がいっぱいいる家で、きみと年をとりたいとも思ってる。でも、ぼくのいちばんの望みがわかるかい？」ウルフガングはカーリーの返事を待たずに答えた。「きみを妊娠させたい」

カーリーがびくりと体を震わせた。ウルフガングは短く笑った。「驚くと思ったよ。でも、本当にきみとぼくの子供がほしいんだ。いや、子供たち、かな。きみさえよければだが。きみはすばらしい母親になれる。だから、もう一度訊《き》くぞ。競争するとか先手を打つとか、そんなことはどうでもいい。ぼくと結婚してくれないか？」

「もう、ウルフったら」カーリーはウルフガングの首に顔を埋《うず》め、熱く湿った肌に唇を押しつけた。彼に抱かれて眠る夜、彼とわたしの子供たち。そんなことを聞かされたら、これ以上彼をじらすことなんてできやしない。「オーケー」

ウルフガングの足がぴたりと止まった。「オーケー？」体をそらし、カーリーを見下ろす。「オーケー、ということは――」

「イエスよ。あなたと結婚するわ」

ウルフガングは歓声をあげ、彼女をぐるぐると振り回した。フロアで踊っていた人たちは、彼女の長い脚を慌ててよけている。

「彼女、ついに降参したのか？」マックとトリーナがウルフガングの歓喜の声をまねるのを聞いて、ジャックスが部屋の反対側から叫んだ。

「ああ、どんなもんだ」ウルフガングは頭をのけぞらせて笑い、ゆっくりと足を止めた。

「まあ、言ってくれること」うれしそうな彼の笑みにつられないよう頬の内側を噛《か》みながら、カーリーはわざと怒った表情を浮かべた。「何よ、ひとりで悦に入っちゃって。わたしもずいぶん陳腐な手に引っかかったものね」

「ぼくが言ったことはすべて本心さ。それにしても、よくも手こずらせてくれたものだ。少しは勝利の喜びを味わわせてくれ」

「どうぞ、ひと晩中でも味わっててちょうだい。一生かけて償ってもらうんだから」

「いいとも」カーリーを抱き寄せ、額と額を合わせてにやりと笑った。「きみの奮闘ぶりを楽しみにしているよ」

訳者あとがき

スーザン・アンダーセンによるラスベガスのショーガール・シリーズ第二弾をお届けします。本書のヒロインは、すでにMIRA文庫から刊行されている『この賭《かけ》の行方』のヒロイン、トリーナ・マコールと同じショーガールで、彼女の親友、カーリー・ヤコブセンです。

カーリーはとにかく動物が大好き。捨て猫や捨て犬を見つけると、放《ほう》っておけない性分です。コンドミニアムの一室で犬二匹、猫二匹の〝ベビーたち〟を飼っていることは、前作をお読みいただいた読者のみなさまはすでにご存じでしょう。そんな彼女が頭を悩ましているのが、つい最近仲間入りしたばかりの子犬、ルーファスのやんちゃぶり。どれだけしつけても言うことを聞かない〝彼〟に、カーリーはほとほと手を焼いています。そんなカーリーをさらに夜も眠れないほど悩ましているのが、引っ越してきたばかりのいまいましい隣人、ウルフガング・ジョーンズの存在でした。ウルフガングは無愛想なうえ、顔を合わせるたびに、〝犬がうるさい、しつけもできないくせにペットを飼うなど無責任だ〟と文句を言う口やかましい男。カーリーはそんなウルフガングを〝ロボット人間〟と呼び、同じ空気を吸うのもいやなほど毛嫌いしています。それなのに、なぜか彼のお尻の形のよさが気になってしかたありません。

ラスベガスのホテル〈アヴェンチュラト〉で保安部の副部長を務めるウルフガング・ジョーンズには、大いなる人生計画がありました。それは、いつか虚飾の町ラスベガスを出て世界に名だたる大都市に移り住み、大企業の保安部のトップの座に就いたあと、主婦の鑑《かがみ》となる上品で従順な女性と結婚して落ち着いた家庭を作り上げるというもの。隣の部屋に住む、派手で、ずうずうしく、しつけもまともにできないのにペットを飼っている無責任なカーリーは、当然ながら結婚相手の対象外、のはずでした。ところがあるとき、偶然にも彼女と触れ合ってしまった瞬間から、彼女のことが頭から離れなくなってしまいます。さらに、複雑な事情を抱えた十六歳の甥《おい》っ子ニクラウスを預かることになったことで、彼の人生計画は徐々に道をそれはじめます。

本書をひと言で表すなら、〝絆《きずな》〟の物語です。本書の登場人物たちはみな、それぞれが家族との死別、不和、病気などさまざまな悲しい過去を背負っています。しかし、そんな過去を乗り越え、前向きに生きています。その彼らを支えているのが、心の〝絆〟です。本書では、固い心の〝絆〟で結ばれた彼らが互いを励まし、支え合い、懸命に生きている姿が随所に描かれています。

しかし、固い〝絆〟で結ばれているのは、人間同士だけではありません。人間とペットを結ぶ〝絆〟もときに強力な力を発揮します。訳者も、本書に登場するペットたちを通じて、動物と人間とのかかわり合いについて、改めて考えさせられました。猫が大好きな著者の隠れたメッセージがここにあるのかもしれません。

笑いあり、涙あり、そして感動あり、の物語をぜひお楽しみください。

二〇〇八年二月

立石ゆかり

訳者　立石ゆかり

南山大学外国語学部英米科卒業。英会話講師のキャリアを経て、翻訳の道に入る。主な訳書に、スーザン・アンダーセン『この賭の行方』（ＭＩＲＡ文庫）、エリン・マッカーシー『そばにいるだけで』、エロイザ・ジェームズ『見つめあうたび』（以上、原書房）、キャサリン・キングストン『抑えきれぬ情熱を騎士に』（ぶんか社）がある。

氷のハートが燃えるまで

2008年5月15日発行　第1刷

著　　者／スーザン・アンダーセン

訳　　者／立石ゆかり（たていし　ゆかり）

発 行 人／ベリンダ・ホブス

発 行 所／株式会社 ハーレクイン

東京都千代田区内神田1-14-6

電話／03-3292-8091（営業）

03-3292-8457（読者サービス係）

印刷・製本／凸版印刷株式会社

装 幀 者／小倉彩子（ビーワークス）

定価はカバーに表示してあります。

造本には十分注意しておりますが、乱丁（ページ順序の間違い）・落丁（本文の一部抜け落ち）がありました場合は、お取り替えいたします。ご面倒ですが、購入された書店名を明記の上、小社読者サービス係宛ご送付ください。送料小社負担にてお取り替えいたします。ただし、古書店で購入されたものについてはお取り替えできません。

ISBN978-4-596-91291-6

この賭の行方

スーザン・アンダーセン
立石ゆかり 訳

ギャンブラーのジャックスは、ある目的のため、偶然を装いダンサーのトリーナに近づくが…。ラスベガスを舞台に、熱く激しい恋のゲームが始まる！

理想の恋の作りかた

ジェニファー・クルージー
岡 聖子 訳

キャリアウーマンのケイトは35歳独身。3年間で3回の婚約破棄を経験した彼女は、親友の勧めで有望な独身男性が集まるリゾートホテルを訪れる。

ハッピーエンドのその先に

ジェニファー・クルージー
やまのまや 訳

自由を愛するテスと上昇志向の高い保守的なニック。価値観の違う二人に将来などなかったが、ニックの仕事上やむを得ず、婚約を偽装することになり…。

ひだまりに咲く微笑み

デビー・マッコーマー
小林町子 訳

ちいさな田舎町で紡がれた、心に染みる愛の物語。全米で圧倒的な人気を誇るデビー・マッコーマー、渾身の新シリーズがいよいよ始動！

戯れに恋は

アン・メイジャー
真木弥生 訳

もう恋はしない。固く心に誓ったはずなのに翡翠色の瞳に射抜かれて、計り知れない力で恋に落ちた。アン・メイジャーが描く、極上ラブストーリー。

君に鼓動をかさねて（上・下）

ジュディス・マクノート
島野めぐみ 訳

父を亡くし傷心旅行にでかけたケイトは、謎めいた魅力を放つミッチェルと出会った。先のない関係を求める彼に、なぜか温かな絆を感じ始めた彼女は…。